Lo que calla tu mirada

Lo que calla tu mirada

Elena Peña Bilbao

Papel certificado por el Forest Stewardship Council®

MIXTO
Papel | Apoyando la silvicultura responsable
FSC® C117695

Penguin Random House Grupo Editorial

Primera edición: enero de 2025

Printed in Spain – Impreso en España

ISBN: 978-84-666-8114-8
Depósito legal: B-19.344-2024

Compuesto en Llibresimes

Impreso en Liberdúplex
Sant Llorenç d'Hortons (Barcelona)

BS 8 1 1 4 8

A los tonos grises y las líneas borradas.

A los que fueron Amelia, Irune, Félix...

A Joseba y a Begotxu, siempre

Amar, yo quiero amar con libertad
porque nací mujer para querer
y hacer mi santa voluntad.

Conchita Piquer,
«Se dice»

Parlez-moi d'amour
Redites-moi des choses tendres.
Votre beau discours
Mon cœur n'est pas las de l'entendre.
Pourvu que toujours
Vous répétiez ces mots suprêmes :
Je vous aime.

Lucienne Boyer,
«Parlez-moi d'amour»

No quiero
amar en secreto,
llorar en secreto,
cantar en secreto.
No quiero
que me tapen la boca
cuando digo NO QUIERO...

Ángela Figuera Aymerich,
«No quiero»

The greatest thing you'll ever learn
is just to love and be loved in return.

Eden Ahbez, «Nature Boy»,
que aparece en *Moulin Rouge*

PRIMERA PARTE

Bilbao. Enero de 1914

1

—Aprenderás a quererle —le dijeron.

Amelia se asomó a la calle por la ventana de su habitación, en el segundo piso del palacete Eguren. Asía con fuerza el grueso cortinaje para conseguir el triángulo perfecto que le permitiera ver sin ser vista. Su corazón palpitaba acelerado mientras caía la tarde y el invierno se hacía noche, aunque apenas habían dado las seis en Bilbao. Llevaba horas preparada. Lucía un vestido cuidadosamente elegido —de terciopelo verde con brocados finísimos color oro—, el pelo recogido y decorado con horquillas del mismo tono que el traje y un maquillaje tenue, casi imperceptible, elegante. El atuendo perfecto para que él, su inminente prometido, se fijara en todas sus virtudes y olvidara cada uno de sus defectos.

Se topó con su propio reflejo en el cristal de la ventana y entrevió su cara angulosa y sus ojos oscuros, su pelo castaño y sus labios finos. «Un rostro duro para una novia», se dijo, heredado de su padre y no de su madre, que tenía las facciones dulces y la piel pálida. Suspiró con resignación y cerró la cortina, no sin antes volver a echar un vistazo a la entrada del palacete de su familia por si llegaba el señor Manheim, su futuro marido.

La nieve cubría el jardín y las escaleras de piedra que iban desde la verja hasta la galería que rodeaba la entrada principal. Aquel terrible enero había dejado la ciudad de Bilbao sumida en un mar inmaculado y silencioso, tan solo arañado de negro por las ruedas de carruajes y automóviles.

Amelia sintió un escalofrío a pesar del calor que desprendía el fuego de la chimenea. Deambuló por la habitación sin saber qué hacer. No quería sentarse para no arrugar el vestido, no quería moverse demasiado para no sudar y se había terminado las pastas y el té que Juana le había llevado horas antes para que comiera sin mancharse antes del gran encuentro, en el que apenas probaría bocado, como una buena joven de la alta sociedad.

Se acercó al tocador blanco que enmarcaba un gran espejo. En la encimera, además de botes de cristal y una bandeja de plata con diferentes cepillos para el cabello, había un retrato de sus padres. Se trataba de una imagen en blanco y negro, tomada por Eulalia Abaitua, amiga de su madre y fotógrafa aficionada, días después de contraer matrimonio. Aunque ambos aparecían hieráticos, sus ojos desprendían un brillo que Amelia nunca conoció después. No recordaba mucho de su madre, murió cuando ella tenía cuatro años. Su fallecimiento, durante el duro parto de su hermano Óliver, dejó en él unas evidentes secuelas y en toda la familia una herida imposible de sanar. Le hubiera gustado que Victoria de Zúñiga, su madre, estuviera presente en el momento en que su enlace se iba a formalizar, pero, como en tantas otras ocasiones importantes, transitaría por este día prácticamente sola.

El ronco sonido del motor del Renault de Friedrich Manheim la sacó de sus cavilaciones. Amelia hizo una mueca de disgusto por el estruendo en la, hasta ese momento, silenciosa tarde. Sin duda prefería el repiqueteo de los cascos de los caballos sobre la piedra dura a ese escándalo que ya inevitablemente empezaba a formar parte de las calles de su ciudad, pero al que costaba acostumbrarse.

Juana llamó a la puerta con delicadeza.

—Señorita, el señor Fri... —empezó a decir, una vez más sin conseguirlo—. Ya sabe, su prometido, que acaba de llegar.

—Gracias, Juana.

La criada cerró la puerta con cuidado, después de dedicarle una mirada de ternura desde la distancia. Juana era mucho más que una empleada, un ama de llaves o una niñera, y al mismo tiempo había encarnado cada una de esas facetas en la casa a lo largo de los años. Aquella mujer de edad indefinida había sido su madre, su abuela, su apoyo en la total soledad que sintió tras la muerte de Victoria de Zúñiga y ante la indiferencia que su padre, Federico Eguren, mostró hacia sus hijos desde entonces, y también el pilar fundamental después de que este falleciera al cabo de unos años de un infarto fulminante. Pero, a pesar del cariño mutuo que se tenían, romper la barrera física entre ellas, sobre todo desde que se había hecho mayor, resultaba complicado, casi antinatural; no solo vivían en plantas diferentes dentro del palacete, sino en mundos opuestos, y a ambas les habían enseñado a mantener esas distancias. Amelia tenía que conformarse con miradas de ternura, buenos consejos o tardes de confidencias y risas veladas, aunque hubiese dado media vida por un abrazo, por sentir su contacto en la piel.

Amelia cruzó los brazos sobre el pecho; nerviosa, cogió aire y lo expulsó con lentitud. Debía esperar unos minutos antes de bajar para no ser la primera ni interrumpir el recibimiento al recién llegado. Óliver atendería a Friedrich en el gran salón del palacete con una copa, la chimenea encendida y una conversación amigable. Después bajaría ella, solemne, con un halo de fingida timidez y una estudiada sonrisa, y se reuniría con ellos cuando ya todo estuviera hablado.

Era un juego de apariencias. Imaginó que Friedrich saldría del coche, cuando su chófer le hubiera abierto la puerta, y fingiría no mirar hacia arriba, oculto bajo el ala de su sombrero, y no tener la misma curiosidad que ella. Pero miraría, estaba segura. Amelia deseó que su prometido levantara la cabeza antes de desaparecer de su vista y clavara sus ojos azules como el hielo en los suyos para después esbozar una leve sonrisa de complicidad, cubierta por ligeros copos de nieve. Ella sonreiría, él también, igual que ocurría en las novelas que leía, igual que susurraban las criadas, que fantaseaban cuando creían que no las oía.

Pero la realidad era muy distinta. Friedrich y ella eran prácticamente dos desconocidos que se disponían a formalizar un negocio. El matrimonio era además la unión de dos empresas bilbaínas dedicadas a la elaboración de bebidas, La Blanca y Cervezas Manheim —la primera, pura tradición; la segunda, todo modernidad—, vecinas en Iturrigorri y competencia de Cervecera Vizcaína, una de las más importantes de Bilbao. Con el enlace, ambas familias, los Eguren y los Manheim, pretendían convertirse en las propietarias de uno de los negocios más prósperos de la ciudad y así vencer a sus competidores.

Ese era su destino, se dijo Amelia. Ella había aceptado la oferta de buena gana. Porque el trato más ventajoso para todos no se limitaba a los negocios, sino que se extendía al matrimonio: ambos dueños se aseguraban de esta manera generaciones de prosperidad. Se conocieron a través de Óliver. Apenas habían cruzado unas cuantas palabras directamente y solo habían pasado dos meses desde que tomaron la decisión. Amelia, cuando pensaba en él, no sentía absolutamente nada y, cuando pensaba en ella con él, solo una punzada en el estómago.

Miró el reloj de pared, que mecía el tiempo con su cadencia. Se dijo que ya había esperado suficiente. Había tanto silencio en aquella habitación que podía escuchar el susurro de la tela del vestido en su cuerpo mientras se acercaba a la salida y asía con fingida determinación el pomo de la puerta.

«El amor llegará», le había dicho Juana.

Miró por última vez a sus padres en la fotografía. Después apagó la luz y abrió la puerta. Ese era su destino, se repitió, se casaba con Friedrich Manheim por su empresa.

—El amor llegará —susurró sin convicción.

Después, con un golpe algo más fuerte de lo que pretendía, cerró la habitación y dejó dentro las dudas para avanzar vestida de la Amelia que ellos esperaban.

Nada más verla descender las escaleras que daban acceso al salón, Friedrich se levantó del sofá tapizado en terciopelo granate. Óliver se recolocó en su silla de ruedas con incomodidad y una fingida sonrisa. Amelia se acercó a ellos atenta a todos los detalles del encuentro: la ansiedad de Friedrich, su propia e inesperada tranquilidad, como quien asume su destino y al fin deja de luchar, y la mal disimulada falta de cariño de su hermano. No le sorprendió, estaba acostumbrada a los reproches de Óliver y a su comportamiento egoísta y cruel con ella desde niña. Sentía lástima por la nefasta relación fraternal que mantenían, pero parecía como si hubiese enmascarado su deformidad y su soledad con la rabia dirigida hacia ella, quizá porque era la única de la familia que quedaba por culpar.

Amelia se afanó con sus ademanes en mostrarse elegante, sofisticada, una mujer de mundo, a pesar de sus recién cumplidos veintidós años y del hecho de que nunca hubiera salido de su ciudad natal. Disimuló cuando sus temblorosos pies pisaron el bajo de encaje de su vestido, haciéndola tropezar, y se agarró a la barandilla con gracia y una sonrisa nerviosa. No parecieron darse cuenta.

—Querida hermana —dijo Óliver con exagerada ceremonia, alargando la mano para recibirla—, estás radiante.

Amelia le dio las gracias con una inclinación de cabeza y se acercó a la silla de ruedas, a la que estaba atado desde su nacimiento, para tenderle la mano y que él fingiera besarla. Sintió su piel fría, ligeramente sudada, y sus dedos largos y delgados. Enseguida se separaron, incómodos, poco acostumbrados al contacto mutuo.

Friedrich fue hacia ella y se dobló sobre sí mismo en una especie de reverencia demasiado protocolaria.

—Me alegro mucho de verla, señorita Eguren, está usted encantadora.

Amelia sonrió y pasó a su lado sin rozarlo. Se sentó en uno de los sofás de aquel gran salón que prácticamente nunca utilizaban, porque solo estaba destinado a las visitas. El papel pintado de pequeñas flores cubría las paredes buscando un toque acogedor y elegante, dos butacas tapizadas en terciopelo granate se situaban en el centro y una gran alfombra de tonos oscuros daba algo de calor a la suntuosa estancia. En una mesa redonda, muy cerca de la chimenea, alguien del servicio había dejado una botella de champán y unas copas en espera de la celebración. Tras los saludos iniciales, Amelia y Friedrich permanecieron en un silencio incómodo que, con una sonrisa socarrona y las manos cruzadas sobre sus piernas deformes, al fin rompió Óliver:

—Amelia, como cabeza de familia debo comunicarte lo que ya sabes: Friedrich me ha pedido oficialmente tu mano y yo he aceptado en tu nombre, de acuerdo con lo que habíamos hablado.

Ella asintió con una leve inclinación de cabeza y levantó la mirada hacia su prometido, que, esta vez sí, clavó sus ojos azules en ella. Ambos sonrieron con timidez y Óliver hizo sonar la campanilla que siempre le acompañaba. En unos segundos, su ayudante personal, José, un chico moreno, fuerte y muy discreto, apareció.

—Acércame a la mesa. Voy a servir unas copas, que tenemos mucho que celebrar.

El ayudante asintió y empujó la silla de ruedas. Óliver abrió con torpeza la botella de champán y sirvió las copas derramando una pequeña cantidad del líquido dorado. Amelia sabía del esfuerzo que su hermano estaba haciendo para no estallar en uno de sus ataques de rabia provocados por sus dificultades. Solo se contuvo porque Friedrich estaba delante. Al ver la bebida derramada, Friedrich amagó un intento de levantarse para ayudarlo, pero Amelia, con un sutil gesto de la mano, lo detuvo y evitó que aquello se convirtiera en una escena aún más incómoda. Sabía que su hermano no se tomaría bien que Friedrich interviniera —le haría sentir débil— y prefirió evitarlo.

—Como excepción, hoy no brindaremos ni con gaseosa ni con cerveza —bromeó mientras José entregaba una copa a Amelia y otra a Friedrich.

Después, el ayudante acercó a Óliver hasta ellos y se colocó en un segundo plano, desviando la mirada de la escena como una estatua inerte, un adorno más de aquel elegante salón.

—Por el futuro —dijo su hermano alzando la copa.

—Por Amelia —intervino Friedrich.

Sintió que se sonrojaba por el comentario de su futuro marido, pero levantó la bebida a modo de agradecimiento y los tres bebieron para celebrar aquella unión tan provechosa para todos.

—Si no las acercas al fuego, no se secarán nunca.

Irune miró con recelo a la viuda de Ortiz mientras colgaba su falda y sus medias de una cuerda, frente a la chimenea de la salita. Se había pasado toda la tarde buscando trabajo sin éxito y con la nevada que asolaba la ciudad había terminado empapada y aterida.

—Me da miedo que se queme. Es mi mejor falda y mañana quiero ir a los almacenes Amann por si necesitan a alguien para la limpieza —contestó aproximando solo un milímetro la ropa al fuego.

—Mañana estará cerrado, niña, que es el día de Reyes... —advirtió su casera, sentada en el sofá diminuto y ajado de aquella sala de estar que solo ella veía elegante.

Sus anchos dedos se movían con extrema velocidad remendando la ropa que tenía amontonada a un costado del asiento, esperando el turno. Remiendos sobre remiendos en telas que, de tanto usarlas, parecían estar a punto de desaparecer.

Irune reprimió un exabrupto al darse cuenta de que tenía razón. Llevaba tantos días dando vueltas por la ciudad, aceptando pequeños empleos, buscando lugares en los que limpiar por poco dinero que entre trabajar y buscar trabajo había olvidado que estaban en plena Navidad. Se dejó caer al suelo junto al fuego, acurrucada sobre sí misma para intentar entrar en calor. Perdida en el crepitar de las llamas, se rodeó las piernas con los brazos, mecida por el silencio de la nieve que caía en la calle La Casilla.

Sentía los pies doloridos dentro de sus gruesos calcetines de lana, después de haber caminado durante horas sobre la nieve. Tenía que encontrar un trabajo si quería seguir viviendo bajo un techo decente, como era la casa de la viuda de

Ortiz. Era una vivienda humilde, sencilla, pero acogedora y respetable; además, convivía con otra chica de su edad que trabajaba en los almacenes Amann de Bilbao y que ya se había convertido en su amiga, Gloria. Por supuesto, la entrada de hombres estaba completamente prohibida.

—Me voy a la cama —anunció la viuda mientras colocaba la ropa por remendar, la aguja y el hilo en el costurero, junto al sofá—. No olvides recoger tus cosas antes de irte a dormir.

Irune asintió.

—Buenas noches.

Sonrió, a lo que la mujer respondió con un ligero gesto de la cabeza antes de desaparecer tras la puerta.

Pudo escuchar sus pasos cansados subiendo las empinadas escaleras hasta el dormitorio. La viuda se detuvo a medio camino para recuperar el aliento e Irune sintió lástima por ella. Estaba a punto de cumplir los setenta y llevaba viuda y utilizando su domicilio como casa de huéspedes para mujeres desde hacía más de veinte años. Su marido falleció repentinamente de un infarto y esa fue la única manera que tuvo de salir adelante. Era una mujer seria, algo distante, pero a su manera cuidaba de las muchachas alojadas bajo su techo como si se tratara de sus hijas, con mano firme y disciplina férrea aunque con un cariño contenido. Nada de hombres, nada de escándalos; «seremos pobres, pero decentes», solía decir. Irune llevaba ya un tiempo residiendo allí, desde que salió del orfanato.

No sabía dónde había nacido, no sabía quiénes eran sus padres ni cuál había sido su historia antes de aparecer en la puerta de la Casa Asilo de Huérfanos de La Casilla, donde vivió hasta los siete años. Entonces la trasladaron a la Casa de la Misericordia y de allí, gracias a sor Matilde, la madre superiora que dirigía el orfanato de La Casilla y con la que mantenía una estrecha relación, fue a vivir con la viuda de Ortiz.

Irune alargó la mano para tocar la ropa colgada y comprobó que estaba algo más seca gracias al calor del fuego. Lo había olvidado por un momento, pero sonrió al acordarse de que al día siguiente, la mañana de Reyes, volvería al lugar que la vio nacer, aunque no fuera físicamente, y al que más cariño tenía, y lo celebraría con los niños que eran como ella. Bostezó con fuerza y en ese gesto obtuvo la respuesta de por qué no había recordado uno de los días que más ilusión le hacía. Estaba agotada de andar, de recorrer las calles de Bilbao sin tregua y no encontrar nada, o encontrar poca cosa, harta de ganar una miseria y de estar sola, sobre todo de estar sola.

Desde el suelo cogió la gruesa manta que la viuda, como la llamaban, había dejado sobre el respaldo de su asiento. Se envolvió en ella y se recostó, absorta en el crepitar de la madera, que se deshacía entre las llamas de la chimenea. Al cabo de pocos minutos, se quedó dormida.

Horas más tarde, Amelia permanecía despierta en la cama, cubierta hasta la barbilla por el edredón relleno de plumas y con una sensación indefinida en el estómago. En la oscuridad, observaba la nieve caer al otro lado de la ventana por el pequeño hueco que dejaban las pesadas cortinas. Liberada del incómodo corsé y de aquel vestido de noche con el que se había estado tropezando a cada rato, seguía demasiado alterada para cerrar los ojos. Pensaba en Friedrich, ese desconocido con el que pronto compartiría su vida y su negocio. ¿Cómo iba a explicarle a ese hombre quién era? Huérfana desde hacía más de dieciocho años, a sus veintidós recién cumplidos había vivido casi toda la vida sin una figura de referencia a la que emular. Su hermano era el director y dueño de la fábrica de gaseosas de la familia, al menos sobre el papel, pero aún era demasiado joven e inconstante, de modo que había sido ella, desde la adolescencia, cuando estudiaba lo que su hermano todavía no era capaz de apreciar, quien había aprendido a dirigir, a hacer pedidos, a opinar y a comportarse como un hombre tras la barrera de una puerta cerrada. Óliver daba la cara oficialmente, pero su frágil salud lo tenía muchas veces postrado, aquejado de dolores y días grises; además, debido a su juventud, dieciocho años recién cumplidos, aún no mostraba interés por el negocio familiar y sí por las fiestas y la vida social de Bilbao. Por todas estas razones, era ella quien se encargaba de la rutina del negocio. Pero en la sombra, siempre en la sombra.

Y ahora ese hombre delgado, serio y con los ojos del azul más transparente que había visto nunca esperaría encontrar una dama educada y sin opiniones, una mujer como debía ser: callada y amante de su esposo, que supiera comportarse en eventos y reuniones de la alta sociedad colgada de su brazo. Era lo que le habían vendido, era lo que se esperaba de ella y de cualquier otra mujer joven de su posición. Pero nadie la preparó para eso, para las otras damas, para las conversaciones insulsas y las medias sonrisas. Amelia era callada porque temía decir algo inapropiado, era seria porque casi siempre se sentía fuera de lugar, era distante porque nada de lo que ocurría en los salones y encuentros sociales le interesaba lo más mínimo. Y, al mismo tiempo, tampoco en la fábrica se sentía plenamente realizada, porque debía fingir ser quien no era, fingir que era su hermano sin que nadie se diera cuenta. Ni siquiera tenía firma propia, pero conocía a la perfección cada uno de los trazos de la de Óliver.

Se colocó de costado en la cama. Si al menos alguien le hubiera hablado de todo aquello, de lo que era el amor, de lo que era la intimidad entre dos cuerpos, de lo que iba a suponer el matrimonio para ella... Pero nadie lo había hecho porque no había nadie que pudiera hacerlo. Sentía miedo ante la perspectiva de su futuro. Cómo iba a fingir ser otra mujer todas las horas del día, cómo iba a querer a alguien que no conocía y que no la conocía a ella. Dejó que las lágrimas se deslizaran por su rostro, silenciosa y sola, como había hecho siempre.

—Irune, despierta.

La voz de Gloria le llegó como salida de un sueño. La escuchó convertida en un susurro a lo lejos y, solo cuando sintió el contacto de su mano sobre el hombro, abrió los ojos desconcertada.

—Te has quedado dormida en el suelo.

La miraba su compañera de cuarto.

—Es que me he pasado el día de un lado para otro y ahora, con el fuego y el silencio...

—El silencio será aquí, porque los vecinos de al lado ya están otra vez —le dijo Gloria con cara divertida.

Sonrió al pensar en los recién casados del portal de al lado, que hacían crujir los muelles de su cama de matrimonio noche sí y día también, provocando las risas nerviosas de las dos jóvenes. Gloria agitó la mano en silencio para que la acompañara. Irune asintió, recogió la ropa colgada, que ya se había secado, y, con sigilo, subió tras su amiga las empinadas escaleras de madera hasta la habitación que compartían. Una vez dentro, dejó las prendas sobre la silla, que hacía las veces de mesilla de noche, y juntas se acercaron a la pared, ahogando las risas que les provocaba escuchar los jadeos en la habitación contigua. Al cabo de pocos minutos, el ruido cesó y ellas se miraron en la oscuridad de la habitación.

—Jaime quiere..., ya sabes..., antes de casarnos —susurró Gloria.

—¿Y qué vas a hacer?

—Es muy guapo...

Su amiga se encogió de hombros y sonrió con timidez.

Irune hizo una mueca de disgusto al pensar en aquel hombre pequeño, con tendencia a la gordura y siempre con la piel roja que tanto agradaba a su amiga.

—Pues a mí me gusta —insistió Gloria un poco ofendida.

—¿Crees que habrá trabajo para mí en los almacenes? —cambió de tema Irune para no terminar enfadadas.

Conocía la respuesta: no había vacantes y seguramente, si las hubiera, no serían para una huérfana sin experiencia ni credenciales y que solo sabía limpiar y cantar.

—Si alguna vez escucho algo te lo digo... —aseguró Gloria—. Aunque tú deberías estar en uno de esos teatros, con esa voz...

Irune resopló y se puso de pie dando por terminada esa conversación llena de sueños que jamás se harían realidad.

—Vamos a la cama o no vendrán los Reyes —dijo con cierta tristeza, sabiendo que ninguna de las dos tendría un solo regalo la mañana siguiente.

—Voy a por el calentador de la cama, ¿vale? —dijo su amiga.

—Estaba junto al fuego.

Cuando Irune se quedó sola, comenzó a cambiarse, muerta de frío y de resignación.

El alboroto de aquel lugar era un bálsamo para los nervios y la incertidumbre de Amelia aquel 6 de enero, día de Reyes. Se acercó al Asilo de Huérfanos de La Casilla para pasar un tiempo con los niños y con su tía, sor Matilde, hermana de su madre y madre superiora del lugar. Era la única familia que le quedaba, y no era suficiente, porque siempre estaba enfrascada en el cuidado de las demás hermanas de la orden, así como de los pequeños a su cargo, y pocas veces le sobraba tiempo para sus dos sobrinos. Con Óliver ni siquiera tenía relación desde hacía años. Pero Amelia no quería romper el vínculo que las unía, aunque fuera imperfecto, porque era el único que mantenía con alguien parecido a un familiar. En algunas ocasiones, acudía al orfanato dispuesta a ayudar, para ver a su tía y también para huir de su propia vida llena de silencios y dejarse envolver por la locura, los gritos, las risas y los llantos, que le impedían pensar. En el palacete de Indauchu, la vida era tranquila, ordenada, muy distinta; podría escuchar cada uno de los pasos de los criados si no tuviera siempre el gramófono puesto en su habitación.

Eran las seis de la mañana y el temporal arreciaba con fuerza, por lo que llegar hasta el orfanato había sido complicado. Los caballos que arrastraban por la nieve el carruaje resbalaron varias veces, pero no hubo que lamentar ningún accidente gracias a la pericia del cochero. Amelia llegó al asilo dispuesta a colaborar con las monjas y ayudarlas a colocar los regalos en el comedor antes de que se despertaran todos los niños. Ella misma había costeado buena parte de ellos y también traía caramelos y dulces para el desayuno. Estaba deseando ver sus caritas emocionadas.

Tras golpear levemente con la aldaba la puerta de entrada del asilo, miró a su alrededor, a la plaza desierta y al quiosco cubierto de nieve en un amanecer precioso. El frío le lastimaba el rostro, a pesar del amplio sombrero y la bufanda de visón. Sentía los labios cuarteados y tiritaba bajo el abrigo. Miró atrás, a su criada más joven, cuyo nombre no recordaba, que la acompañaba para cargar las bolsas con los dulces y los regalos.

—Una mañana heladora, ¿verdad? —susurró para llenar el silencio.

—Sí, señorita —contestó la muchacha agachando la mirada con timidez.

Observó su uniforme bajo el abrigo de lana gruesa que había mandado hacer para todos los integrantes del servicio. Pensó que quizá debería añadir algún tipo de bufanda y gorro a juego para los días tan fríos como aquel. Hablaría con Juana para encargarlos. La llave de la puerta del asilo comenzó a girar y, tras una serie de crujidos que hizo temer a Amelia que despertaría a todos los niños, la recibió la hermana Enriqueta, una monja muy mayor que le pidió, llevándose un dedo a los labios, que guardara silencio. Ella asintió y las tres mujeres se dirigieron al grande y frío salón donde otras hermanas de la congregación retiraban algunos muebles austeros para colocar los regalos de los más pequeños.

Sor Matilde, su tía, le hizo un gesto con la mano para que se acercara y la ayudara a sujetar una guirnalda con bolas de Navidad que se había soltado de su enganche en la parte más alta de la pared. Amelia, gracias a su altura, tenía fácil solucionar esos pequeños problemas, cosa que las monjas, menudas en su mayoría, menguadas por la edad y las duras condiciones de aquel lugar, lograban con dificultad. Se retiró el sombrero —el abrigo se lo dejó puesto porque hacía mucho frío y la chimenea estaba recién encendida—, se lo dio a su criada y se dispuso a ayudar a su tía. Cuando logró enganchar de nuevo la guirnalda, terminaron de colocar los regalos y los dulces bajo el ajado misterio de cerámica que presidía la estancia. Al fin las mujeres tomaron distancia para examinar la decoración con perspectiva.

—Está precioso —susurró Amelia al ver las figuras de la Virgen, el Niño Jesús y san José colocadas junto a los regalos.

Sor Matilde asintió con emoción.

—Gracias por todo lo que has traído, hija, Dios te lo agradecerá y estos niños también.

—Es lo menos que puedo hacer... Me encanta ver cómo reaccionan.

Se encogió de hombros.

—Es la hora —interrumpió la hermana Mariela, la más joven de la congregación, asomando la cabeza—. Algunos ya se están despertando.

Sigilosas, se encaminaron hacia las habitaciones de los niños y de las niñas. Al grito de «¡han llegado los Reyes Magos!», las monjas y Amelia los fueron despertando uno a uno. Los pequeños de diversas edades, hasta los ocho años, cuando eran trasladados a la Casa de la Misericordia, reaccionaban con gritos, saltos en la cama y algún que otro llanto debido a los nervios. Al cuello de Amelia se subió una pequeña niña llamada Sara, de cinco años, que lloraba desconsoladamente.

—¿Te dan miedo los Reyes Magos? —le preguntó en un susurro tranquilizador.

La pequeña asintió sin soltar el cabello negro de Amelia, recogido en un moño bajo la nuca.

—No te preocupes, que yo voy a estar contigo todo el tiempo, ¿de acuerdo?

La colocó sobre su cadera izquierda mientras otro niño se agarraba de su mano libre para bajar las escaleras que conducían al salón. Cuando llegaron y vieron los regalos, estallaron en gritos de alegría. El ruido de paquetes abriéndose, de risas y de exclamaciones hizo que Sara sonriera por primera vez. Sor Matilde se acercó hasta ellas con un paquete envuelto en papel marrón.

—Ábrelo, a ver qué te han traído los Reyes —susurró Amelia.

La dejó en el suelo y se acuclilló a su lado. La pequeña, con una gran sonrisa, rompió el papel que envolvía el regalo y sacó una muñeca de trapo con el pelo de lana sujeto en dos coletas. Se le iluminó el rostro.

—¿Te gusta?

Sara asintió y salió corriendo hacia los demás compañeros para enseñarles su juguete.

—Viéndolos ahora merece la pena la paliza que nos hemos pegado toda la noche —dijo sor Matilde observando a los niños disfrutar.

—Siento no haber podido venir ayer, pero estuvo Friedrich en casa y...

—¡Niña! ¿Estás prometida ya? —preguntó la monja con los ojos empequeñecidos por una gran sonrisa.

Amelia asintió con timidez mientras su tía la felicitaba con grandes aspavientos. Pero la conversación quedó interrumpida por el sonido de un grupo de jóvenes recién llegados que cantaban *Campana sobre campana*, acompañados de panderetas y zambombas. Eran dos hombres y dos mujeres y enseguida consiguieron que los niños y las monjas se reunieran a su alrededor para entonar la melodía a pleno pulmón. Amelia también se acercó, pero se mantuvo algo distante. Estaba sorprendida de lo bien que cantaba una de las chicas, la que agitaba la pandereta y bailaba en el centro. Era bajita y rubia, y su voz era algo fuera de lo corriente. La recién llegada se acercó a uno de los niños y le tendió el instrumento para que lo tocara mientras ella seguía cantando, coreada por todos. El pequeño lo intentó entre risas, con la ayuda de aquella chica que parecía emanar alegría.

—Es Irune, una antigua huérfana del asilo —susurró su tía al ver que le había llamado la atención—. ¿No la recuerdas? Es de tu edad, yo creo, o algo más joven, seguro que habréis coincidido por aquí alguna vez.

Amelia hizo memoria, pero no recordaba haberla visto nunca.

La hermana Mariela susurró algo al oído de Irune justo cuando terminó el villancico, y ella inmediatamente exclamó:

—¡Hay chocolate y bizcochos en el comedor!

Los niños corrieron en aquella dirección, empujándose los unos a los otros.

—Irune, ven, quiero presentarte a Amelia, mi sobrina.

La chica se acercó mientras recuperaba el aliento. Saludó con una leve inclinación de cabeza. Amelia, aunque llevaba un vestido sencillo aquella mañana, seguía luciendo una silueta dibujada por el corsé y un aspecto mucho más cuidado que cualquiera de las presentes. Irune, por su parte, vestía una falda amplia de tela gruesa, un chal de lana cruzado sobre el pecho que le cubría los hombros y un pañuelo que le ocultaba a medias el cabello rubio y la protegía seguramente de aquel tiempo infernal que estaban sufriendo.

—Encantada —dijo Amelia.

—Estaba pensando, hija, que quizá podrías darle trabajo en la fábrica como limpiadora. Es muy responsable y muy inteligente, y seguro que podría encajar bien allí. Yo respondo por ella —sugirió sor Matilde, haciendo que Irune se sonrojara levemente.

—Por supuesto, seguro que algo tendremos para ella —contestó Amelia—. Por cierto, me ha encantado el villancico, cantas muy bien.

—Muchas gracias —contestó Irune.

—Ven a la fábrica mañana y te presento a Sabina, la señora Mendibil, que se encarga de la limpieza. Seguro que agradece un poco de ayuda.

—Gracias de verdad, señorita —repitió Irune sonriendo abiertamente ante la perspectiva.

—Pues ya está todo dicho —intervino sor Matilde dando una efusiva palmada—. Ve al comedor, hija, y atiende a los niños, que estarán deseando seguir cantando —se dirigió a Irune.

La chica asintió y deslizó una última mirada de soslayo sobre Amelia que la hizo sonreír.

Cuando se quedaron solas, sor Matilde cogió a su sobrina del brazo con cariño.

—¿Y tu prometido? ¿Cuándo lo voy a conocer? Espero que sea un buen católico y no uno de esos protestantes alemanes... —dijo con rechazo mientras avanzaban para reunirse con los demás.

—Toda su familia es católica, la boda también lo será. Pero no sé, creo que primero tendré que conocerlo yo —se quejó con un suspiro.

—Bueno, tienes toda la vida para hacerlo...

—¿Y si no me gusta? —preguntó de repente.

Amelia se detuvo en mitad del pasillo, entre las monjas y los niños que transitaban a su alrededor ajenos a sus dudas. Su tía la miró a los ojos, la besó en la frente y se encogió de hombros mientras contestaba:

—Aprenderás.

—¿Y si no es así? —insistió angustiada.

La monja no respondió, esbozó una leve sonrisa y entró en el comedor para unirse al alboroto que creaban los niños tomando el chocolate con bizcochos. Amelia se quedó allí quieta, con el miedo anclado en el límite de los labios.

Irune atendía las peticiones de los pequeños sentados a la larga mesa del comedor, pero no podía quitar ojo de Amelia. Lo primero que le llamó la atención de ella fue su estatura, bastante superior a la media, pero después observó su cálida sonrisa y su forma de tratar a los pequeños, sobre todo a Sara, una de las niñas más sensibles del orfanato. Continuamente estaba pendiente de ella: le servía más leche, le acariciaba el pelo con ternura y prestaba atención a las historias que le quería contar sobre cualquier cosa relacionada con su nueva muñeca. Irune pensó que la frialdad de los azulejos blancos y gastados del lugar se volvía menos austera con la calidez de los ojos oscuros de aquella mujer. Nunca había estado en presencia de alguien tan elegante.

En innumerables ocasiones había ido con su amiga Gloria al paseo del Arenal para mirar a aquellas mujeres adineradas del brazo de sus maridos, con su andar lento y su forma pausada de reír, de mover las manos, de estar en el mundo, muy alejada de ellas, que siempre estaban de aquí para allá, siempre con prisas por cumplir horarios y buscar una oportunidad para seguir adelante.

Al día siguiente, se presentaría en la fábrica dispuesta a agarrarse a aquel trabajo con uñas y dientes. Lo necesitaba, lo quería, y no pensaba dejar escapar el regalo que los Reyes Magos le habían traído sin esperarlo.

Alzó la mirada una vez más hacia ella y se dio cuenta de que Amelia, desde el otro lado de la habitación, también la estaba observando. La elegante mujer la sonrió desde la distancia e Irune se sintió intimidada por la naturalidad que demostraba hacia ella. No sabía cómo comportarse, si debía mostrarse más educada, más silenciosa, más cuidadosa; al fin y al cabo, trabajaría en la fábrica de su familia y quería causarle una buena impresión. La voz de uno de los niños mayores la salvó de su desconcierto.

—¡Ahora *Noche de paz*! —pidió sin reparo.

Todos aplaudieron, uniéndose así a la petición. Irune, que adoraba cantar más que cualquier otra cosa en el mundo, carraspeó un segundo para aclararse la garganta y entonó las primeras notas.

—Tú finge, ¿de acuerdo?

Óliver miraba a Amelia desconfiado y nervioso por la visita de Friedrich esa mañana a La Blanca. La unión de las dos familias representaba la unión de las dos empresas, también físicamente. Estaban muy cerca, prácticamente pegadas la una con la otra junto al río Helguera, que discurría delante de ambas. Pero el prometido de Amelia quería visitar la fábrica una vez más para tomar notas para la gran obra que haría que los dos edificios se convirtieran en uno sin tener que parar la producción más de lo necesario.

En el despacho de Óliver, Amelia se paseaba con seguridad, dueña del espacio y orgullosa del ruido de sus tacones sobre la madera. Allí se sentía fuerte. Había una mesa llena de papeles falsificados de su puño y letra, una silla tapizada de cuadros con sinuosas formas en las patas y los reposabrazos, una lámpara de pie, una alfombra y un gran armario. Una habitación que más parecía un dormitorio sin cama que un despacho. Amelia así lo había dispuesto. Necesitaba sentirse cómoda porque era donde pasaba la mayor parte de su tiempo, escondida. Horas y horas sumergida entre números que para ella eran pura certeza, las únicas certezas en una vida demasiado mentirosa. Y ahora tenía que colocarse bajo el retrato de su padre que colgaba de la pared y fingir que era una visitante, en lugar de la conquistadora de aquella sala que su hermano apenas visitaba.

Óliver pidió a José que apartara la silla de cuadros de detrás de la mesa para poder colocar la suya de ruedas y simular que era su propio despacho.

—Qué desastre tienes aquí —se quejó apartando unos cuantos papeles que tenía delante.

—No los desordenes, que, aunque no lo parezca, están bien colocados —pidió Amelia frunciendo el ceño.

Su hermano sabía que aquella situación no era sostenible. La máscara que ella llevaba y que él consentía caería en el momento en el que Friedrich entrara en la ecuación. Descubriría inevitablemente que era Amelia quien dirigía la fábrica, quien sabía firmar con el nombre de su hermano, quien había olvidado su propia firma y quizá hasta su propia voz. Pero para entonces esperaba que fuera tarde para echarse atrás.

El secretario, don Damián, antigua mano derecha de su padre y que mantenía un conveniente silencio para ambos, tocó la puerta con discreción.

—¡Adelante! —pidió Óliver, acallando así el inevitable impulso de Amelia de responder en primer lugar.

—Señorita... Señorito —rectificó el anciano—, el señor Manheim ha llegado.

—Hágalo pasar.

Damián abrió la puerta y el alemán los miró con una leve sonrisa que amablemente correspondieron. Entró en la habitación y dedicó su primera mirada a Amelia, breve pero intensa. Ella intentó no ruborizarse y, para disimular su turbación, bajó los ojos.

—Bienvenido —dijo Óliver.

Le tendió la mano como ya hizo en su casa.

—Gracias —contestó Friedrich estrechándosela.

Después saludó a Amelia de la misma manera, aunque envuelta su piel en un elegante guante negro. Aquel contacto era lo más próximo que habían llegado nunca, a pesar de la tela de la prenda que aún los separaba. Ella se aferraba a esos pequeños segundos de intimidad para justificarse a sí misma que hubiera aceptado el matrimonio. Quería enamorarse de él, lo deseaba con todas sus fuerzas, intentaba ver en Friedrich todo lo que había imaginado sobre el amor por los libros que había leído o las funciones de teatro a las que asistía de vez en cuando. Pero no sabía si con solo la voluntad bastaba.

—Me alegro de que haya venido, señor Manheim. ¿Quiere un poco de agua? —preguntó Óliver señalando la jarra siempre llena y los vasos disponibles en una mesilla del despacho.

—No, gracias, y llámeme Friedrich, por favor. Si vamos a ser cuñados, deberíamos dejar a un lado los formalismos. Si usted lo hace, yo lo haré también —contestó con amabilidad.

—Por supuesto —asintió él. Después carraspeó y continuó—: No es la primera vez que visitas la fábrica, pero estoy seguro de que Amelia hará esta ocasión diferente a las anteriores, ya que lo hiciste en soledad. Como bien sabes, yo estoy impedido para subir y bajar escaleras y entrar en las diferentes zonas de la fábrica —se excusó Óliver señalando convenientemente su silla de ruedas—, pero te dejo en las mejores manos.

—Claro, me encantará —contestó Friedrich al tiempo que centraba su atención en ella—. No le robaré mucho tiempo, Amelia, supongo que tendrá mejores cosas en las que emplear el tiempo.

—No se preocupe —contestó cohibida—. Por aquí, por favor —pidió señalando la puerta.

—Después de usted —dijo él con ceremonia.

El alemán se apartó cortésmente para que Amelia saliera la primera de la habitación.

Juntos fueron pasando por las diferentes estancias de Gaseosas La Blanca. Dejaron atrás el despacho y después la recepción, visitaron el lugar donde tenían los aljibes esmaltados en acero, el almacén de cajas y botellas, la zona de la maquinaria para la realización de las gaseosas...

—Creo que este es un lugar óptimo para construir la galería que una las dos fábricas. Podemos instalar más cámaras frigoríficas o incluso empezar a producir hielo... Bueno, eso dice Óliver, claro —sugirió Amelia, rectificándose a sí misma.

Friedrich asintió concentrado en el lugar y sin dar importancia a sus autocensuras.

—Me parece una gran idea.

Mientras caminaban, Amelia se dio cuenta de que nunca había hablado tanto con Friedrich. Era una sensación extraña sentirle a su lado, notar su mirada centrada en ella, participar en la conversación de igual a igual, aunque tuviera que dar algún paso atrás para no abrumarlo ni desvelar la situación. Quizá no fuera tan difícil, quizá fuera más sencillo de lo que se imaginaba; al fin y al cabo, trabajarían juntos, disfrutaban de intereses en común y puede que tener marido le permitiera acceder a lugares que, por ser mujer, le estaban vedados.

Avanzaron entre las máquinas de embotellado sin escucharse por el tremendo ruido del lugar, pero se entendían señalando con la mano detalles del trabajo de los empleados que allí estaban. Friedrich permanecía atento a ella y Amelia se fue olvidando de la máscara que se había autoimpuesto para disfrutar de un trabajo que la apasionaba. Pero lo que no podía obviar eran las miradas entre temerosas y suspicaces de los trabajadores. Era consciente del miedo que tenían a aquella fusión, a la posibilidad de que hubiera despidos, al cambio que podía suponer en sus vidas. Ramón, el encargado de la fábrica, los miraba con insistencia desde detrás de unas cajas mientras las apilaba y las colocaba en la zona de carga. Amelia decidió ignorarlo, no era el lugar ni el momento para tratar un tema como aquel.

Cuando salieron de la parte más ruidosa de la fábrica, don Damián se acercó apresuradamente y le comunicó que se había presentado una mujer en el despacho que decía que había sido convocada por la señorita Eguren.

—¿No está mi hermano Óliver para atenderla? —preguntó un tanto frustrada por tener que detener la visita con Friedrich.

—Acaba de marcharse.

Solo entonces vio Amelia a la chica rubia de voz inolvidable asomar la cabeza con discreción desde el otro lado de la puerta. Parecía algo amedrentada por el ruido de las máquinas. Le pidió a Damián que la condujera a la entrada de la fábrica, que enseguida se reuniría con ella. El hombre asintió y salió de inmediato de allí, llevándose a la chica.

—La conocí el otro día. Entrará a trabajar como limpiadora, así lo ha dispuesto mi hermano —explicó a Friedrich.

Él asintió sin el más mínimo interés.

—No se preocupe, la espero —dijo.

Amelia se lo agradeció y aceleró el paso para acercarse a la entrada y a Irune, que esperaba al pie de las escaleras que conducían a los despachos.

—Puede irse, don Damián.

El hombre asintió y desapareció hacia el piso superior.

—Perdone que la moleste, me dijo que viniera... —quiso explicarse la recién llegada.

—Sí, no te preocupes. El problema es que la señora Sabina Mendibil no llegará hasta dentro de un par de horas, su turno empieza con la caída del sol.

—No se preocupe, esperaré lo que haga falta.

—Puedes sentarte ahí —sugirió Amelia señalando una silla junto a la puerta de entrada, bajo los grandes ventanales que rodeaban todo el edificio—. Volveré en cuanto ella llegue, para presentaros y que puedas comenzar.

—Muchas gracias, señorita.

Irune se acercó a la silla y se sentó rígida, con el pañuelo hábilmente colocado sobre el cabello, el abrigo cruzado, que seguro que utilizaba solo los domingos, y el gesto serio. Amelia sintió ternura al verla y sobre todo al notar que movía los pies en el aire porque no le llegaban al suelo, siguiendo el ritmo de una música imaginaria que nadie más escuchaba, como una niña.

—¿Continuamos? —preguntó Friedrich, que la había alcanzado.

—Por supuesto.

Una hora más tarde, al terminar la ruta por las instalaciones de la fábrica, Amelia y Friedrich subieron las escaleras que conducían al despacho. Terminadas las palabras de trabajo, ambos sentían que lo personal iba imponiéndose. El aire se había vuelto denso, el silencio parecía pesar entre ellos y las respiraciones se acompasaban al ritmo de sus pasos mientras subían cada uno de los peldaños con lentitud. Cuando llegaron al último rellano, la mesa de don Damián estaba vacía, lo que acrecentó la sensación de intimidad que los envolvía. Amelia sintió la mano de Friedrich dirigirse a la parte posterior de su vestido y acariciar la tela levemente, con disimulo. Se quedó sin aliento. Se volvió hacia él sorprendida y se encontró con sus ojos azules expectantes, con el temblor de sus manos agarrando el sombrero y su voz indecisa al decirle:

—Amelia, yo... no quiero que tema nada de mí.

No sabía qué contestar ni qué debía hacer. Se fue echando poco a poco hacia atrás hasta llegar a la pared, con aquel hombre más cerca de ella de lo que nadie había estado nunca. Amelia se preguntó si la besaría, si sería ese su primer beso, y contuvo la respiración con las manos en la espalda, temerosa de él y de sí misma.

Entonces la puerta del despacho se abrió y don Damián salió con unos papeles, sorprendiéndolos. Se separaron inmediatamente y el anciano esbozó una sonrisa pícara. Se despidió con rapidez y volvió a dejarlos solos, aunque para entonces la atmósfera había cambiado y Amelia ya huía hacia el interior del despacho con urgencia.

—Me gustaría invitarla el domingo a un paseo y a un chocolate después de misa —dijo Friedrich como única opción para retenerla.

Amelia se volvió, lo miró a los ojos y asintió con la cabeza. Después cerró la puerta de golpe.

Irune empezaba a sentir dolor de espalda de estar quieta tanto tiempo, esperando a la señorita Amelia en aquella solitaria silla en medio de la nada. Era una sala de gran tamaño, un recibidor que distribuía el acceso a las diferentes estancias de la fábrica. Se preguntó cómo iba a limpiar todo aquello; le llevaría toda la noche, o varias noches. Resopló. Como estaba sola, se permitió apoyar la espalda en el respaldo en una postura algo más relajada. El movimiento hizo crujir la madera y esta resonó en el vacío. Sorprendida, Irune se irguió y volvió a recuperar la postura firme con la que Amelia la había dejado, temiendo que alguien pudiera verla.

Algo más de una hora tardó en volver aquella mujer elegante que parecía mucho mayor, aunque solo lo fuera por cuatro años, dueña de lo que la rodeaba. Irune se dijo que sería por el dinero, que la seguridad de una buena vida, una buena casa y un buen futuro hacía que pisara con más fuerza. Y, en cambio, ella parecía estar pidiendo perdón por vivir. Era lo que le habían enseñado desde niña, a dar las gracias. Gracias por que la hubieran recogido de la calle con apenas unos meses; gracias por las mujeres que, como Amelia, habían ido apareciendo en el asilo con regalos y visitas esporádicas, caras sonrientes y olvidables; gracias por la educación que las monjas le habían dado sin obtener nada a cambio, y gracias por la oportunidad de entrar a trabajar en una fábrica como aquella. Pero nadie hablaba de la soledad ni de sus padres ni de su historia; ni siquiera sabía el nombre que le pusieron antes de abandonarla, su nombre antes de Irune Expósito, el que le habían dado las monjas. No era lo mismo vivir como la señorita Amelia, en un palacete de la elegante zona de Indauchu, que en una habitación compartida en casa de la viuda de Ortiz. No es que estuviera tan mal, pero no era lo mismo.

—Perdona que te haya hecho esperar tanto —apareció por fin con una sonrisa, bajando las escaleras—. Irune era, ¿verdad?

La chica se levantó inmediatamente y asintió con la cabeza, disimulando el dolor que sentía en los huesos y los músculos por haber estado quieta tanto tiempo.

—Esta es la entrada principal —explicó—, pero a partir de mañana deberás utilizar la de los trabajadores, que está al otro lado del edificio, en la parte de atrás.

Irune asintió sumisa mientras seguía a la mujer por una sucesión de estancias repletas de máquinas y ruidos desconocidos. Hasta que llegaron a un cubículo diminuto donde una mujer mayor se cambiaba con lentitud.

—Buenas tardes —saludó Amelia, a lo que la mujer respondió irguiéndose y mirándola con humildad—. Quería presentarle a Irune. Entra a trabajar hoy mismo en la limpieza.

—No necesito ayuda —se quejó Sabina mientras dedicaba una mirada hostil a Irune.

—Lo sé —quiso suavizar Amelia la situación—, pero ella necesita un trabajo y me lo ha pedido mi tía, sor Matilde, y no puedo decirle que no.

—Por supuesto, qué buena mujer —dijo la anciana cambiando completamente el semblante. Su tía era conocida en la ciudad y estaba muy bien valorada por su labor con los niños huérfanos. La mujer miró a Irune y finalmente resopló—. Está bien, algo habrá para ella.

La señorita Eguren, satisfecha por haber controlado a la trabajadora, sonrió a Irune al salir de la habitación, demostrando una complicidad que no dejó de sorprenderla.

—Te advierto, niña, que este trabajo es el peor de toda la fábrica. Te irás a casa llorando —dijo la señora Mendibil cuando se quedaron solas.

Después, le tiró un uniforme usado a las manos para que se cambiara. Irune, sorprendida por la hostilidad, se propuso que, pasara lo que pasara, no dejaría que aquella anciana tan desagradable la viera quejarse.

Horas más tarde, al amanecer, Irune se miró las manos doloridas, completamente irritadas y con zonas de piel en carne viva por culpa de los productos de limpieza y la fricción de las grandes escobas con las que fregaban los suelos. Tenía ganas de llorar, era cierto, tenía ganas de no volver jamás a aquel lugar. Y encima sentía en la nuca la mirada de superioridad de la señora Mendibil, que sonreía mientras empezaba a cambiarse al final de su jornada. Quería moverse, quería quitarse la ropa y marchar a su casa para meterse en la cama de sábanas frías que tanto había valorado durante las largas horas de limpieza en aquella fábrica gigantesca. Pero no soportaba la idea de que algo le rozara la piel de las manos. Por eso seguía inmóvil, por eso y para no llorar.

—Niña, no te quejes, que no ha sido para tanto —se burló la mujer antes de soltar una carcajada y cerrar la puerta de golpe.

Irune, nada más quedarse sola, no pudo reprimir un sollozo.

2

—Nos echarán a todos.

Irune se agachó para atarse los cordones de una de sus botas y así poder escuchar lo que los empleados de la fábrica hablaban en pequeños corros. Apenas llevaba trabajando unos días, pero el ambiente estaba revuelto con la unión de ambas empresas. Se habían dado enfrentamientos entre los empleados de La Blanca y Cervezas Manheim, porque se acusaban los unos a los otros de que iban a robarse el trabajo.

Al atardecer, en el último turno, cuando Irune llegaba, siempre se encontraba grupitos de hombres susurrando entre ellos, atentos a cualquier ruido que pudieran hacer Amelia o don Damián para cortar en seco la conversación. No había mujeres en La Blanca salvo Irune y la señora Mendibil. Su trabajo era solitario por el horario en el que tenían que realizarlo, siempre de noche, pero, además, el hecho de ser mujeres en una empresa llena de hombres las convertía no solo en invisibles, sino en molestas. Para casi todos. Desde los primeros días, entre las miradas de ellos, Irune había reparado en la de un tal Antonio, que le sonreía abiertamente cuando se cruzaban. Al principio no le dio importancia, pero empezó a notar que el hombre se demoraba a última hora para encontrarse con ella, que le dedicaba siempre una palabra al saludarla y, sobre todo, aquella tendencia suya, primero sutil y después grosera, de acercarse demasiado al hacerlo. Era atractivo, mayor que ella, pero ya le había advertido la señora Mendibil que no solo tenía esposa, sino que estaba esperando su primer hijo. Desde que lo supo, Irune, incómoda con sus atenciones, le huía, le tenía miedo, porque su actitud la desconcertaba y le aceleraba el pulso. No entendía qué había hecho ella para que Antonio la hubiera visto, para que supiera incluso que existía, y rezaba por convertirse en invisible igual que lo era para el resto de los hombres. Pero era el único que le hablaba y por el que podía enterarse mínimamente de lo que ocurría en la fábrica de cara a la unión con Cervezas Manheim.

—¿De verdad os creéis lo que dijeron? Seguro que hay máquinas que se unifican o productos que desaparecen, y eso significa un obrero que deja de tener dinero para comer —decía Ramón aquel día con el rostro preocupado, mientras el resto de los integrantes del corrillo asentían.

Irune, agachada en el suelo con el cordón de su bota ya atado, fingía no escuchar pero no perdía detalle. Ella también tenía miedo. El trabajo era duro, tenía las manos incendiadas y la piel cuarteada y áspera, pero era una forma digna de ganarse la vida y costearse la habitación en la que dormía. Cada amanecer se desplomaba en la cama, agotada, pero al menos lo hacía sabiendo que se había ganado cada segundo de aquel descanso. Por primera vez en su vida, no se trataba de caridad, era fruto de su propio esfuerzo, y eso la hacía sentirse independiente y más adulta de lo que nunca había imaginado a sus dieciocho años.

—¿Qué, ratilla? ¿Poniendo la oreja?

Antonio se agachó a su lado y le sonrió. Irune sintió que

se sonrojaba y se levantó de inmediato con el cuerpo tembloroso, como cada vez que lo tenía cerca.

—Se me ha soltado el cordón y... —empezó a justificarse muy nerviosa.

—Sí, claro, ratilla. —Así la llamaba Antonio, porque según él salía por las noches o cuando no había nadie, igual que un roedor—. Mientras no seas una espía de los señoritos Eguren o del alemán ese...

—No, claro que no —se defendió ella frunciendo el ceño y se apartó todo lo que pudo mientras intentaba seguir su camino.

—Más te vale o tendré que tomar medidas —le dijo colocándose delante e impidiéndole pasar.

Estaba demasiado cerca cuando pronunció esas palabras y con la mano rozó la espalda de Irune, haciendo que esta contuviera el aliento durante unos segundos y arqueara la columna hacia atrás para separarse de él.

—Deja a la chiquilla —le reprendió uno de sus compañeros—. Estamos hablando de cosas serias, los juguetes para otro momento.

Irune se sintió aliviada y ofendida al mismo tiempo, pero, cuando Antonio la soltó por fin, al menos pudo alejarse de ellos y caminar hacia los vestuarios.

—Pórtate bien, ¿eh?, ratilla... —pudo escuchar al hombre a su espalda entre risas.

Sintió un escalofrío.

Había sido muy agradable, Amelia no podía negarlo. El paseo del domingo del brazo de su prometido, notando las miradas de las otras chicas, las que paseaban juntas o con sus madres y ponían ojitos a los que se cruzaban con ellas por un

Arenal atestado de bilbaínos, las que la habían llamado jirafa, larguirucha o esqueleto en un susurro diabólico cuando era niña y no encajaba entre ellas... Esas mismas chicas ahora la observaban con envidia, porque ya no tenía que soñar con el hombre que la sacaría de la casa de sus padres, que la haría protagonizar una de esas novelas que leían a escondidas y que se comentaban en los salones de té de la ciudad. Y además, Friedrich era guapo, pensarían, y bastante joven, a pesar de ser viudo, y extranjero, lo que le daba un plus de exotismo. Amelia se sentía orgullosa, aunque no sabía muy bien de qué, porque nada de aquello era mérito suyo. Su prometido le gustaba, o al menos le gustaba cómo se sentía cuando él estaba cerca. Era atento, inteligente y la hacía soñar con visitar algún día esos países que él ya había visitado y que solo de su mano tendría la oportunidad de descubrir. Si no quererle todavía era el precio que tenía que pagar por empezar a vivir como siempre había soñado, con Friedrich no parecía excesivo.

Amelia se recostó en el asiento de su despacho de la fábrica todo lo cómoda que le permitía el corsé que la abrazaba. La música que salía del gramófono se mezclaba con el tintineo de las gotas golpeando en el cristal. Una mujer francesa entonaba canciones que la reconfortaban, igual que le ocurría a su madre, de quien había heredado el gusto por la música de aquel país y sus discos. Abrió el cajón de la mesa y sacó una serie de postales de París dibujadas en blanco y negro y coloreadas con acuarelas. Quería ir allí, quería ver el lugar del que hablaban esas canciones, sumergirse en las historias que admiraba en los retratos, pasear siendo una más de aquellas elegantes mujeres parisinas.

Suspiró con anhelo. Después miró el reloj de pared. Se estaba haciendo tarde, los trabajadores ya habían terminado su turno y sabía que don Damián estaría refunfuñando para sus adentros porque la señorita Eguren no se había marchado todavía. No le importaba que él se fuera primero, pero el hombre creía que era una falta de respeto abandonar su puesto de trabajo antes que su superior, así que permanecía en la mesa con mala cara, aunque la disimulara en cuanto ella salía por la puerta. Amelia se movió en su moderna silla giratoria, traída de Londres, y miró por la ventana que antes quedaba a su espalda. La lluvia caía torrencialmente sobre La Blanca y sobre los montes que rodeaban aquella ciudad consumida por el humo. Pensó que ojalá no tuviera que salir nunca del escondite de su despacho para volver a una casa solitaria, llena de ausencias y de silencios.

El automóvil que su prometido le había regalado la estaba esperando fuera. Aún no se había acostumbrado, pero Friedrich insistía en que debía utilizarlo, porque sin duda era mucho más cómodo que el coche de caballos y él tenía otro para su uso particular. Amelia había aceptado a regañadientes.

Empezó a recoger con desgana. Se acercó al perchero, junto a la puerta, y se colocó el abrigo sobre el vestido de terciopelo azul. Después se ajustó el sombrero, como solía hacer Juana, y salió del despacho.

—Puede irse a casa cuando quiera, don Damián, que hace un día terrible.

El hombre la miró por encima de sus pequeñas gafas y forzó una sonrisa.

—Gracias, señorita.

—Hasta mañana.

Don Damián se levantó con educación y se despidió con una leve inclinación de cabeza, mientras ella descendía las escaleras que la llevaban al gran *hall* de entrada. Amelia miró de reojo la enorme puerta de cristal y hierro que daba paso a la fábrica, aunque los trabajadores accedían al recinto por la trasera. A su espalda dejó la escalera que conducía a su despacho y a una sala de reuniones de gran tamaño que pocas veces utilizaban. Dos mundos perfectamente delimitados, incluso a dos alturas: ellos, los señoritos, como los llamaban, en las estancias superiores; el resto, los trabajadores, en las inferiores, igual que sucedía con el servicio en el palacete.

—Perdón, señorita, ya me iba —escuchó una voz proveniente de una de las esquinas del gran *hall*.

Amelia se volvió sorprendida y descubrió a Irune, que recogía un cubo y varios trapos con los que limpiaba arrodillada en el suelo.

—¿Qué tal en el trabajo? ¿Logras adaptarte? ¿La señora Mendibil es amable contigo? —preguntó, haciendo que la chica se detuviera al tiempo que asentía, tímida.

—Sí, sí, todo bien.

Amelia observó su cabello rubio escondido bajo un pañuelo gris y arrugado, sus ojos expresivos y sinceros, que se atrevían a mirarla directamente a pesar de la aparente timidez del resto de su cuerpo.

—Si tienes algún problema, házmelo saber —pidió Amelia, sorprendiéndose a sí misma.

Era la primera vez que hacía esa sugerencia a alguno de sus trabajadores, por muchos años que llevara a su lado. Se sintió algo atolondrada, así que decidió que era momento de marcharse y ocultar su turbación.

—Señorita Eguren —la detuvo Irune, algo insólito también.

Se volvió para mirarla.

—Me preguntaba si, con la unión de las empresas, es seguro que vamos a conservar nuestro trabajo... Perdone, no tenía que haber hablado —se reprendió enseguida.

—Tranquila, no diré nada de esta conversación —contestó y se acercó un poco más con curiosidad.

—La gente tiene miedo —se atrevió a decir Irune.

Amelia asintió pensativa. Quizá debería hablar con Friedrich, o con Óliver primero, para que él se lo comunique a su prometido. Era obvio que debían ser contundentes o aquello se les podría ir de las manos y acabar en una huelga. Decidió que lo haría nada más llegar a casa esa noche.

—Gracias por contármelo, Irune.

—No debería haberlo hecho —se lamentó ella, agobiada.

—No pasa nada, de verdad.

Sonrió para reconfortarla, y su impulso fue alargar la mano hasta tocarle el hombro. Pero se detuvo en el último instante. Aquel gesto era del todo inapropiado y se dio cuenta de la mirada incómoda de la chica.

Amelia, confusa, dio las buenas noches en un nimio susurro y salió de la fábrica a gran velocidad.

El chófer tardó unos segundos en reaccionar a su presencia. Se estaba fumando un cigarro, resguardado bajo la tejavana de la entrada. Inmediatamente lo tiró y corrió hacia la puerta del automóvil para abrírsela a la señorita. Después se dirigió al asiento del conductor y puso el coche en marcha. Amelia se acurrucó en el interior del vehículo, resguardada de la lluvia, mientras lamentaba su impulsividad. No sabía qué tenía aquella chica que la hacía comportarse de esa manera. Sentía la necesidad de protegerla, pero era una desconocida y de una clase muy inferior; debía ser consecuente y mantener las distancias, se reprendió. Amelia se quitó los guantes y se secó el rostro con un pañuelo de tela que llevaba en su pequeño bolso, dispuesta a no repetir aquella situación.

Minutos más tarde, al llegar a casa, encontró a Óliver aún

en la mesa, tomando una copa, o varias, del coñac que tenía a su lado después de cenar.

—Cada día llegas más tarde —le reprochó mientras se servía de nuevo.

Amelia lo miró con reprobación. Últimamente bebía demasiado, lo que le agriaba el carácter y lo convertía en un hombre amargado e hiriente, aún más. Su situación no era fácil, ella lo sabía: ocioso la mayor parte del día, atado a una silla de ruedas y dependiente siempre de otras personas. Sabía que su actual compromiso solo ponía todavía más de manifiesto que él no iba a casarse, que ninguna mujer se plantearía la posibilidad de iniciar un romance con él o de considerarlo un pretendiente. Pero creía que no estaba solo, al menos no del todo. Cuando comenzó a desaparecer noches y días, Amelia envió al mayordomo a investigar dónde iba. Así supo que su hermano se escondía en un burdel de la calle Cortes.

—He hablado con uno de los trabajadores —dijo Amelia sin mencionar a Irune ni el hecho de que fuera limpiadora, porque sabía que eso no haría más que restar credibilidad a sus preocupaciones— y me ha contado que están inquietos por la unión con la cervecera. Quizá deberías hablar con Friedrich para tener una charla con ellos.

—¡Estoy harto de esta farsa de ser tu recadista! Habla tú con él, que para algo vas a ser su esposa. No me importa la fábrica ni nada de esto; lo hago por la fusión y porque eso nos dará más dinero, pero ni se te ocurra pensar que puedes mangonearme. El dueño soy yo, tú solo eres... una mujer —dijo airado—. ¡José! —gritó.

El chico apareció al momento y empujó la silla fuera de la habitación.

Amelia suspiró, resignada a los ataques de ira de su hermano. Disfrutaba con su trabajo y, aunque fuera en la sombra, era su vida; la fábrica era todo lo que tenía, pero sabía que aquello iba a ser temporal. Por mucho que Óliver se quejara, estaba segura de que llegaría un momento en que querría hacerse cargo del negocio, que sentaría la cabeza y asumiría lo que el destino le tenía preparado. Y entonces Amelia se quedaría fuera de la fábrica y de todo por lo que había luchado hasta el momento. Se convertiría en un mueble más de aquella casa, con un anillo de casada en el dedo o sin él. Debería ocupar el lugar que le correspondía como mujer, y no soportaba siquiera pensar en ello.

Se acercó a la ventana. Tras el cortinaje se escondía una cuerda que accionaba una campana en los pisos inferiores para avisar al servicio y que acudiera a la estancia. Juana apareció unos segundos después.

—¿Pido que le calienten la cena? —preguntó la criada al verla.

—No, gracias, que me suban a la habitación un vaso de leche caliente y algo dulce, que quiero acostarme.

—Muy bien, señorita.

Juana desapareció con la misma discreción con la que había llegado.

Amelia, en silencio, subió las escaleras. En el piso superior estaban su dormitorio, el que perteneció a sus padres —que fue reconvertido en cuarto de invitados— y un tercero más pequeño que en su momento fue el de su hermano. Óliver había trasladado el suyo a una pequeña estancia junto al salón, en la planta principal, para facilitar su acceso al resto de la casa y no tener que subir escaleras. Amelia, cabizbaja, avanzó por el pasillo de madera, que crujía bajo sus pies en el tremendo silencio que reinaba siempre en el palacete.

—¡Mira esos! —exclamó Gloria, acompañando la frase con una carcajada.

Señalaba a unos niños disfrazados de gallinas que fingían picotear maíz del suelo.

Era el día de Carnaval y las dos chicas, agarradas del brazo, asistían frente al Teatro Arriaga al tradicional desfile de disfraces de Bilbao. Irune intentó reír con la misma intensidad que su amiga, pero se sentía ajena al ambiente de fiesta que reinaba a su alrededor. Gloria había insistido sin descanso para que buscaran algo con lo que disfrazarse y acudieran a una de las fiestas que se celebraban a lo largo de la ciudad, pero lo único que había conseguido de ella era eso, un paseo, acercarse al desfile y perderse entre la gente. Nada más. Lo ocurrido aquella mañana en la fábrica lo había cambiado todo, le había estropeado el ánimo a Irune; y no solo eso, también le había dejado un poso de malestar en la boca del estómago.

Al salir del vestuario, cuando terminaba su turno, dolorida y exhausta, su único deseo era volver a casa para descansar, pero Antonio la esperaba en la puerta con los brazos cruzados y el ceño fruncido. Se sorprendió tanto de encontrarlo tan temprano como del cambio de actitud hacia ella. La miraba serio. Nada de la sonrisa socarrona que le ponía los pelos de punta; esta vez sus ojos daban miedo y su mandíbula estaba crispada en una mueca. Irune sintió un escalofrío recorriéndole cada milímetro de la espalda. Se echó a temblar sin remedio. Antonio, nada más verla, se acercó a ella decidido, la cogió de la muñeca y la arrastró hasta un lugar apartado de los ojos de los trabajadores que fueran llegando. Irune intentó zafarse, pero el hombre tenía demasiada fuerza.

—¿Eres una espía? ¿Has hablado con los señores?

—¿Qué estás diciendo? —preguntó Irune, temblorosa,

mientras intentaba con poco éxito deshacerse de las manos del hombre.

—La señora Mendibil dice que te vio con la señorita Eguren y que parecíais muy amigas. ¿Vas a vendernos? ¿Vas a contarles cada cosa que digamos?

Irune no era capaz de pronunciar palabra. No quería confesar que sí, que había hablado con ella, pero que no debía preocuparse, que lo había hecho precisamente para tranquilizar los ánimos. No podía decir nada porque solo conseguiría empeorar las cosas. Antonio interpretó el silencio como una provocación. Irune hizo un gesto más fuerte con la mano, intentando empujarlo, pero eso solo consiguió enfadar más al hombre. La agarró del cuello y la acorraló contra la pared. No podía moverse ni zafarse de sus brazos; casi no podía respirar y sentía su aliento, su tacto cálido y la piel rugosa de sus manos sobre el cuello, apretando cada vez más. Temblaba, diminuta entre los brazos de Antonio. Ni siquiera fue capaz de llorar o pedir ayuda, estaba paralizada, como un animalito indefenso que finge haber muerto para salvarse de las garras de su depredador.

—Solo le pedí disculpas por haberme cruzado con ella mientras limpiaba —mintió con un hilo casi invisible de voz.

El hombre tardó unos segundos en reaccionar, instantes que a Irune le parecieron horas, mientras la observaba de cerca, sus rostros muy próximos, sus cuerpos rozándose. De repente, la mano de Antonio soltó el cuello de Irune, pero su cuerpo no se alejó ni un milímetro: permanecía sobre ella ejerciendo su poder, su dominio. Aunque su actitud había cambiado y había aflojado la fuerza, disminuyó la presión pero no el miedo de Irune. Una leve sonrisa se dibujó en los labios del hombre al tiempo que le susurraba al oído:

—Qué suave tienes la piel, ratilla. ¿Es así de suave en todo tu cuerpo?

Por encima de la ropa, Antonio deslizó la mano hasta el pecho de Irune.

—Déjame —suplicó asustada, tras dar un respingo al sentir la barrera que ese hombre había cruzado.

—Di mi nombre, dilo —pidió él con deseo, aproximando su entrepierna a la cadera de ella.

Irune estaba a punto de echarse a llorar. Iba a rendirse, pero era el propio miedo el que no la dejaba reaccionar. Negó con la cabeza con desesperación, como intentando convencerse a sí misma, y, en un arranque de fuerza del que nunca se hubiera creído capaz por el pánico que sentía, levantó el pie y clavó el tacón de la bota en el empeine de Antonio, haciendo que este la soltara después de proferir un grito de dolor. Irune aprovechó el momento para huir entre sollozos y alejarse todo lo que fue capaz.

—¡Te pillaré, ratilla, de mí no vas a escaparte! —gritó Antonio.

No se detuvo hasta llegar a su casa. La fábrica no quedaba lejos, pero avanzaba a tal velocidad que sentía que en cualquier momento se le detendría el corazón, le fallarían las piernas y caería al suelo embarrado, sucio, igual que ella se sentía. No saludó a nadie al entrar a la vivienda de la viuda, no quería que vieran sus lágrimas embadurnándole el rostro. Subió la empinada escalera y, en su habitación, cerró la puerta y se metió en la cama. Lloró hasta quedarse dormida. Solo la dulce voz de Gloria, horas después, consiguió sacarla de una pesadilla en la que se agitaba confusa entre realidad y sueño.

—Irune, despierta —susurró con ternura.

Se desperezó deseando que todo hubiera sido producto

de una mala noche, pero la sensación de Antonio rodeándole el cuello y su mano en el pecho aún le palpitaba en la piel. Su cuerpo entero temblaba de miedo. Se volvió a dar la vuelta en la cama, dispuesta a hundirse más en la tristeza, pero Gloria la obligó a levantarse.

—Chica, no sé qué te ha pasado —dijo mirándola con preocupación—, pero, o te levantas ya, o te prometo que me quedaré aquí preguntándote hasta que me lo cuentes.

Irune sabía que su amiga era muy capaz de cumplir su promesa, así que finalmente se levantó y se vistió, sin dar ninguna explicación, para bajar hasta el Arenal y ver los disfraces del Carnaval que se celebraba esa misma tarde.

El gentío y el ambiente alegre consiguieron que se olvidara un poco de lo ocurrido.

—Así al menos te distraes —dijo Gloria, preocupada.

No tenía más remedio que darle la razón. Los niños y mayores disfrazados y el sentido del humor de los que celebraban la fiesta la sacaron levemente de sus recuerdos y de la perspectiva de volver la noche siguiente y encontrarse de nuevo con Antonio.

Tras las nevadas del último mes, el tiempo parecía dar una tregua a la ciudad y, aunque hacía bastante frío, al menos se podía estar en la calle.

—Vayamos caminando —pidió Gloria, e Irune asintió, porque el aire de la última hora de la tarde estaba consiguiendo despejarle el ánimo y liberarla de la informe sensación de ahogo que traía consigo desde la fábrica.

Mientras su amiga hablaba sin parar sobre su novio, su trabajo y las ganas que tenía de formalizar su compromiso, si el chico se decidía a pedírselo por fin, llegaron hasta el Teatro Campos Elíseos, donde un sinfín de invitados accedía al interior, a una de las famosas fiestas. Eran muchos los curiosos que se acercaban a observar la llegada de los asistentes a aquella gran celebración de Carnaval, todos de la alta sociedad bilbaína. Los presentes comentaban los trajes de los recién llegados en sus carruajes o automóviles, luciendo sedas, joyas y sonrisas. Irune pensó que los disfraces confeccionados para una sola noche de aquellos hombres y mujeres tenían mucha más calidad que cualquiera de las ropas que ellas mismas lucían a diario.

—Ojalá pudiera ponerme yo uno de esos vestidos —susurró Gloria, soñadora.

Irune fue a contestar, pero se le quedaron las palabras ancladas en los labios cuando la vio llegar y apearse del coche. Amelia apareció y llenó todo de luz, como si con su sola presencia el teatro, el acceso y la noche se hubieran convertido en una mañana de junio. Iba de blanco, como la futura novia que era, con un vestido repleto de ligeras y sutiles plumas y un antifaz también recubierto del mismo material. Miraba con amor al hombre a su lado, su prometido, el señor Manheim. Él le dijo algo al oído, ella se agarró a su brazo con candidez y el alemán respondió con una caricia en la mano, guante sobre guante. En apenas unos segundos desaparecieron de su vista, llevándose las luces, los sueños y la añoranza de una vida que no iba a tener. Irune se miró las manos rojas del frío y del trabajo y suspiró.

Amelia llevaba horas bailando en brazos de Friedrich. Estaba radiante, todos lo decían; podía escuchar los comentarios a su alrededor, observar la aprobación en las miradas de aquellos hombres y mujeres que hasta hacía muy poco la ignoraban con desconfianza por su atípica historia familiar. Pero sobre todo veía los ojos de su prometido, brillantes, tan azules, con las manos sobre su cuerpo acercándose más de lo que lo había hecho nunca.

El teatro estaba decorado para la ocasión con guirnaldas, flores y antifaces. Una gran orquesta amenizaba la velada mientras los camareros, elegantemente vestidos, ofrecían pequeñas muestras de delicatesen a los que charlaban en el jardín o en el interior. El champán burbujeaba y brillaba iluminado por la luz de las lámparas y las velas. Amelia estaba disfrutando como nunca. Reía, se dejaba llevar, fingía ser parte de toda aquella ceremonia de máscaras en la que nunca había participado. Pero, cuando miraba a su alrededor, con todo aquel lujo y brillo, no conseguía olvidar por completo lo que estaba sucediendo en la fábrica, los trabajadores temiendo perder el trabajo y la comida en la mesa cada día. Quizá no fuera el lugar adecuado, pero tenía que hablar con Friedrich o la situación terminaría por írseles de las manos.

Mientras daba vueltas en brazos del alemán, se miró de reojo en uno de los espejos del salón que habían decorado para la fiesta de Carnaval. Había sido un acierto mandar confeccionar aquel disfraz. Cuando dijo a la modista que quería que le hicieran un vestido blanco, completamente cubierto de plumas y con un antifaz a juego, y que se pintaría los labios de rojo, la miró con desaprobación. No era propio de una señorita llevar algo tan sugerente, tan llamativo y fuera de lo común, ni siquiera en una fiesta de disfraces. Pero era lo que Amelia quería sentir; quería dejar de ser la patita fea para convertirse por fin en cisne, quería dar a todos lo que esperaban de ella: belleza, elegancia, saber estar. Quizá de esa forma, con el orgullo pintado en sus ojos, Friedrich pasaría por alto el hecho de que, en realidad, dentro de ella se ocultaba una patita fea que no solo se había visto obligada a trabajar como un hombre para suplir a su hermano, sino que además disfrutaba con ello y temía el día en que aquello terminara.

—Estás radiante —susurró Friedrich cuando se apartaron de la pista de baile para tomar un poco de champán y estar todo lo solos que las miradas curiosas les permitían, lo cual era muy poco.

Amelia sonrió para después dar un pequeño sorbo y sentir las burbujas jugueteando en su paladar.

—Me muero por besarte —dijo él sin soltarle la mano y con esa mirada que empezaba a dejarla sin aliento.

—Hazlo —contestó Amelia, desafiante, envalentonada tal vez por la bebida espumosa.

Friedrich abrió los ojos, sorprendido por el atrevimiento, pero después sonrió con picardía. Miró a su alrededor, como si en su interior estuviera debatiendo si debía seguir la invitación de su prometida, pero finalmente no se atrevió delante de los allí presentes. Amelia sintió una leve decepción que disimuló con otro trago de champán. El hombre le cogió la mano y la acarició por encima del guante con ternura.

—¿Crees que podríamos hablar de la fábrica? —preguntó ella de repente. Si no iba a ser aquel un momento íntimo, al menos haría que fuera útil.

Su prometido asintió con sorpresa, pero la condujo hasta uno de los pasillos que daban acceso al salón, para distanciarse de la música. Habían colocado unos bancos de madera con el fin de que los invitados pudieran descansar del baile y buscar un poco de intimidad sin que resultara escandaloso. Se sentaron en el más alejado.

—¿Qué te preocupa, Amelia? ¿No será mejor que trate este tema con Óliver y nosotros disfrutemos de la velada? —preguntó Friedrich.

La joven intentó buscar las palabras adecuadas para revelar lo que le habían ocultado. Le importaba el bienestar de su empresa, no había trabajado tanto para rendirse solo por no romper las convenciones.

—Creo que esperas de mí que sea alguien que no soy —dijo Amelia sin saber cómo abordar el tema.

Friedrich sonrió pensando que se trataba solo de inseguridad ante el matrimonio, pero ella lo detuvo con un gesto de la mano antes de que hablara.

—No es Óliver quien dirige la fábrica, al menos no hasta el momento.

El alemán la miró sin entender.

—Mi hermano siempre ha tenido una salud delicada y, desde niña, mi padre, conocedor de que su heredero quizá no pudiera hacer frente a sus deberes en La Blanca, y porque era muy joven, permitió que yo asistiera a las clases de mi hermano y así aprendiera todo lo que había que saber sobre el negocio, para ocuparme de él en el caso de que mi hermano enfermara. Tuve que repetir una y mil veces su firma hasta que me salió perfecta; imité su letra y así urdí el engaño. Fingía, finjo —se corrigió— que es él quien está a la cabeza de la fábrica. La verdad es que todo lo relacionado con La Blanca lo llevo yo por el momento —sentenció mirándolo por fin a los ojos.

Friedrich estaba sorprendido. No era para menos. Se quedó pensativo unos segundos que a Amelia le parecieron horas con su diminuto bolso de pedrería blanca estrujado entre los dedos ansiosos.

—Reconozco que las conversaciones con Óliver sobre la unión de las dos empresas nunca han sido muy productivas —dijo su prometido por fin—. Ahora entiendo por qué me pedía que todo lo pusiera por escrito, que le dejara estudiarlo y que lo comentáramos en otro momento. Supongo que era porque...

—De esa manera lo estudiaba yo y le decía lo que tenía que contestar —terminó Amelia la frase.

Friedrich la miró entre confuso e impresionado.

—¿Y cómo una mujer es capaz de todo eso? —comentó observándola como si se tratara de algo exótico.

—Quizá, si las demás mujeres tuvieran acceso a la educación que yo he tenido, podrían hacer lo mismo que hago yo. —Amelia se encogió de hombros.

—No lo sé —contestó él, pensativo—. ¿Y por qué me cuentas esto ahora? ¿Creías que para mí eso iba a ser un problema, que no me casaría contigo al descubrirlo?

Amelia asintió.

—Eso y que quiero comentarte algo que se está hablando en la fábrica, e intuyo que en Cervezas Manheim también.

—¿Qué quieres decirme?

—Los trabajadores están nerviosos porque creen que habrá despidos una vez que se realice la unión.

—Posiblemente los habrá —asintió Friedrich.

Amelia frunció el ceño, contrariada.

—Yo no quiero que mis trabajadores pierdan su trabajo. He participado en la contratación de cada uno de ellos, los conozco y no quiero ser la responsable de su desgracia.

—Pero, Amelia —contestó Friedrich con condescendencia, mientras le colocaba detrás de la oreja un cabello que se había desprendido del antifaz que le cubría levemente el rostro—, la vida es así, no podemos mantenerlos a todos porque habrá máquinas que serán sustituidas por otras y quizá necesitemos menos mano de obra. Son dos fábricas enteras las que van a unirse.

—No, Friedrich. —Levantó la voz Amelia, quitándose el

antifaz con rabia—. Mis trabajadores de La Blanca conservarán sus puestos porque yo me he comprometido a ello.

Varios asistentes a la fiesta dirigieron la mirada hacia ellos con expresión curiosa.

—Por favor, baja el tono —pidió su prometido, molesto—. Entiendo que quieras cuidar de ellos, eso habla muy bien de ti —concedió—, pero hazme caso, llevo mucho tiempo dirigiendo la fábrica y...

—Yo también.

—Pero yo seré el director después de la fusión y, además, tu marido —dijo utilizando un tono lo menos hiriente que fue capaz.

Amelia sintió que el mundo se le venía encima. Las paredes se hacían más estrechas, el aire escaseaba y el corsé ajustado que realzaba sus curvas solo conseguía arrebatarle el oxígeno y las ganas de permanecer allí.

—Llévame a casa, Friedrich —pidió sintiéndose repentinamente mareada.

—¿Qué te pasa? —preguntó él, preocupado.

—No me encuentro bien. Llévame a casa, por favor.

El alemán se levantó inmediatamente y avisó a uno de los camareros para que les trajeran el coche y los abrigos. Mientras tanto, Amelia intentaba seguir respirando. Enseguida respondieron a sus peticiones. Fue un alivio notar el aire gélido de la noche en el rostro, pero también sintió que despertaba, que el sueño acababa de terminar, y con él la posibilidad de un futuro de posibilidades como el que había imaginado.

El trayecto hasta el palacete fue silencioso. Friedrich permanecía a su lado, esperando a que ella hablara, pero Amelia solo deseaba llegar a casa para quitarse aquel disfraz en el que se sentía atrapada.

—Amelia, si he dicho algo que... —comenzó a decir su prometido cuando ella bajó del coche a toda velocidad sin esperar a que le abriera el chófer.

—Buenas noches —le cortó ella.

Subió las escaleras que conducían hasta la entrada con rapidez, sin mirar atrás, acompañada solo por el repiqueteo de sus tacones sobre la piedra. El mayordomo abrió la puerta en cuanto ella alcanzó el último escalón.

—Que suba Juana a mi habitación —pidió Amelia y después desapareció en el interior del palacete, resguardada por los muros de su infancia, gruesos, cálidos y llenos de ausencias pero conocidos.

Una vez en su dormitorio, se deshizo del disfraz con la ayuda de la criada, que llegó de inmediato. Se cambió en silencio, con la cabeza repleta de un ruido que no podía acallar, con dudas y decepción. Cuando terminaron, pidió a Juana que la dejara sola. Se puso ella misma el camisón y se soltó el pelo con rabia; cogió un pañuelo y prácticamente se arrancó el rojo de los labios y todo rastro de maquillaje. Pudo escuchar el sonido del coche de Friedrich alejándose y, como si se hubiera liberado de un nuevo corsé, respiró y se dejó caer en la silla frente al espejo del tocador.

Tras la conversación que había mantenido con Friedrich, fue consciente de que muchas de sus discusiones futuras terminarían con el argumento de que él era su marido. Pero no estaba dispuesta a salir de una cárcel para meterse en otra. Si esa iba a ser la postura de su prometido, entonces no se casaría; prefería las habladurías, que la tacharan de solterona, de vieja loca, de lo que fuera. Todos tenían razón, era una mujer extraña, lo sabía, pero no pensaba dar ni un paso atrás, aunque tuviera que seguir con la máscara que había llevado hasta entonces. Sintió que la barbilla comenzaba a temblarle y los ojos se le llenaban de lágrimas. Había tenido en la palma de la mano la oportunidad de salir de Bilbao, de emprender una nueva vida, pero debería conformarse una vez más con lo poco que le quedaba: su trabajo, su palacio envuelto en tristeza y su soledad conocida. Aquella unión, aquella nueva forma de sentirse el centro de la vida de alguien, le había gustado, pero era hora de despertar del sueño para asumir la realidad. Ella no estaba hecha para el matrimonio, de alguna manera siempre lo había sabido y no tenía sentido seguir con aquella farsa.

Guiada por un impulso, con las lágrimas corriendo por su rostro, cogió un papel del cajón del tocador y, con la pluma que hacía años le regaló su padre, escribió una nota a su prometido:

> Querido Friedrich:
>
> Te libero del compromiso que adquiriste conmigo, tanto en lo personal como en lo profesional. Te he engañado y no voy a seguir haciéndolo porque el trabajo es mi vida, en la luz o en la sombra. Nunca podré ser la esposa que tú pretendes que sea. Estoy segura de que la encontrarás, pero no seré yo. No puedo serlo, ahora lo sabes.
>
> Gracias por todo.
>
> AMELIA

Introdujo la nota en un sobre con sus iniciales, se secó las lágrimas del rostro y llamó a través del sistema de cuerdas y campanas que había en toda la casa para pedir la atención del servicio. Juana apareció de nuevo al cabo de pocos segundos, con el pelo revuelto y cubriéndose con una toquilla. Era obvio que estaba a punto de meterse en la cama. Amelia ni siquiera se dio cuenta.

—Que entreguen al señor Manheim esta nota lo antes posible —pidió.

Después volvió a encerrarse en su habitación y en sus pensamientos.

Irune, apostada tras la puerta del vestuario, trataba de adivinar si los trabajadores habían llegado ya o si podía salir sin preocuparse por encuentros indeseados como el del día anterior. Se asomó con prudencia, con las manos temblorosas y el estómago revuelto por el miedo. El ambiente parecía aún tranquilo. Era muy temprano y quizá, si se apresuraba, podía evitar a Antonio. Entre esto y su mala relación con la señora Mendibil, el trabajo se le estaba haciendo cuesta arriba. La mujer apenas le dirigía la palabra. Podían estar horas limpiando una misma estancia que únicamente le contestaba con monosílabos o se mantenía en un silencio inescrutable. Al principio intentó ser amable, buscar conversación, puntos en común..., pero finalmente desistió. Ahora solo hacía su trabajo, nada más.

Se escabulló del vestuario sin hacer ruido y, de la misma manera, atravesó la fábrica hasta llegar a la pequeña puerta que daba al patio trasero, por donde se marchaban los trabajadores. La abrió con rapidez y salió al exterior en aquella mañana fría de febrero.

—¿Dónde vas tan rápido, ratilla? —preguntó Antonio a su espalda, justo cuando ya creía que se había librado de él.

Irune sintió temblar todo su cuerpo. Quiso escabullirse yendo hacia un lateral, pero solo consiguió que el hombre se divirtiera aún más con la situación.

—No puedes escapar, ratilla.

Se reía mientras la agarraba por el brazo y la atraía hacia él.

—¡Déjame! —pidió Irune, a punto de echarse a llorar y sacudiéndose como un pez fuera del agua.

—Si no estoy haciendo nada... —susurró cada vez más cerca de su oído.

Irune sintió que las lágrimas volvían a asomarse a sus ojos. Quería huir, pero tenía miedo a su reacción, quería enfrentarse a él pero solo era capaz de sentir esa presión en el estómago que la hacía desaparecer, perder toda su fuerza.

—¡Antonio, basta! —escuchó de repente una voz femenina fuerte y autoritaria.

Irune se volvió al igual que el hombre para ver la procedencia de esa orden y se dio cuenta de que la cabeza de Amelia asomaba del coche en el que llegaba cada día a trabajar. Al ver la situación, había mandado detenerse al chófer en su trayecto hasta la parte noble de la fábrica.

¿Qué estás haciendo? —preguntaba insistente.

—Nada, señorita, de verdad —contestó Antonio, cambiando completamente el tono y alejándose de Irune con cara de no haber hecho nunca nada malo.

La joven, al ver la oportunidad de huir, salió corriendo y los dejó en aquella tensa situación. No miró atrás, no quería volver; tenía miedo y, solo después de alejarse todo lo que pudo de la fábrica, se sentó en una piedra del camino, detrás de unos árboles, para desahogarse y llorar angustiada.

3

—¡A la huelga!

Los trabajadores de La Blanca y los de Cervezas Manheim se habían reunido en lo que próximamente sería el espacio físico donde se erigiría la galería acristalada, la unión entre ambas. Los gritos reivindicativos sustituían el inexistente ruido de la maquinaria, ahora detenida. Las octavillas de papel volaban por las estancias en una lluvia blanca y beligerante.

Amelia, en su despacho, permanecía ajena a lo que ocurría abajo. Mientras revisaba los términos de la unión de las empresas y meditaba cómo hacer que todo aquello diera un paso atrás, comenzó a escuchar primero un inesperado silencio y después unas voces distintas a las habituales. Don Damián llamó a la puerta.

—Señorita, debería ver esto.

Con solo salir al descansillo, Amelia pudo oír el alboroto que se había creado al pie de la escalera.

Llevaba días gestándose la huelga, lo sabía; escuchaba murmullos y el día anterior habían aparecido pintadas llamando a la movilización en la pared exterior tanto de La Blanca como de Cervezas Manheim. No sabía qué hacer para solucionar la situación, lo mismo que tampoco sabía cómo solucionar su propia vida. Desde la noche que le envió la carta a Friedrich, había rechazado hablar con él una y otra vez. Juana, don Damián y hasta su propio hermano, que la miraba con desaprobación, le habían servido de parapeto para no enfrentarse a la realidad. No quería verlo, no quería perderse en sus ojos azules y plegarse a las expectativas que Friedrich había depositado en ella. Se negaba a ser quien no era, aunque eso supusiera ser señalada por una sociedad en la que no encajaba. Pero aquella ruptura iba ligada a lo laboral y eso complicaba terriblemente las cosas. Había escondido la cabeza bajo el ala como una cobarde y la situación se le había escapado de las manos. Porque en el fondo sabía que la huelga estaba a punto de ser convocada y que eso la llevaría inevitablemente a volver a ver a Friedrich.

Sin recordar su abrigo ni su sombrero, descendió las escaleras a toda velocidad, fielmente seguida por don Damián. Se encontró el suelo repleto de papeles, octavillas de propaganda en papel rústico y barato que habían teñido de blanco la entrada. Además se dio cuenta de que las máquinas de producción se habían detenido, de ahí el silencio que la había sorprendido antes. Amelia se agachó para coger una de las cuartillas y leerla: «Los trabajadores de La Blanca y Cervezas Manheim queremos conservar nuestros puestos. ¡Abajo la unión de empresas! ¡Huelga ya!».

Amelia, decidida, se dirigió al lugar de donde provenía la mayor parte de las consignas y se encontró a muchos de los trabajadores agrupados al fondo de la estancia, como si estuvieran esperándola, cosa que probablemente era cierta.

—¿Qué ocurre aquí? —preguntó con tono enfadado, acercándose a ellos.

—Desde este momento los trabajadores vamos a la huelga. Queremos conservar nuestros empleos y con la unión habrá despidos. ¡A la huelga! —gritaron todos de nuevo.

Y bajo ese lema, con pancartas escritas en tela y los ojos incendiados, se acercaron gritando y jaleándose entre ellos. No tuvieron ningún reparo en pasar a su lado, observarla como si fuera el mismo demonio y marcharse de allí envalentonados. Amelia contuvo el aliento en medio de la masa enfervorecida y por primera vez se sintió solo una mujer entre un centenar de hombres.

Poco a poco el gentío se despejó. Al final de la estancia, como la luz después de una tormenta, apareció Irune apoyada en la pared, vestida de calle y mirándola a los ojos con aspecto culpable.

—¿Tú también te unes a la huelga? —preguntó Amelia, aún conmocionada.

Irune se acercó y con voz temblorosa dijo:

—Solo quería darle las gracias por lo del otro día con Antonio.

Amelia, más preocupada por su situación actual que por aquel momento que en su memoria solo había quedado como incómodo, tardó en responder.

—¿Qué voy a hacer ahora? —se lamentó, llevándose las manos a la cabeza.

—Quizá debería hablar con su prometido —sugirió Irune, en un intento de mostrarse amable.

—No sé si aún lo es… —contestó Amelia con la voz quebrada.

Miró una vez más a la chica y después se volvió cabizbaja, sabiendo que no tenía otra opción que ponerse en contacto con Friedrich.

Irune se despertó a mediodía. Somnolienta, se levantó y se desperezó al sentir el agua fría de la palangana que tenía junto a la ventana. Gloria, cada mañana, le dejaba el recipiente lleno. Únicamente había agua corriente en la cocina de la casa y se aseaban en el dormitorio. Su compañera de cuarto se lavaba antes de marcharse a los grandes almacenes, pero cuidaba de ella dejándole agua limpia después.

Notó el líquido helado en el rostro y abandonó cualquier atisbo de sueño con rapidez. Había soñado con la señorita Amelia y la expresión de desconcierto que tenía después de que los trabajadores convocaran la huelga. Parecía una niña perdida. Sintió pena por ella y al mismo tiempo se vio reflejada en aquella soledad y aquella mirada ausente y lastimada. Mientras se vestía con la misma falda y la misma blusa que había llevado toda la semana —solo tenía dos faldas y tres camisas, además de su uniforme de trabajo—, se preguntaba por qué habría dicho que no sabía si Friedrich era su prometido aún. El día de Carnaval, cuando la vio junto al señorito Manheim salir de aquel moderno automóvil, parecían la pareja perfecta. Suponía que, en cierta forma, ellos también debían de llevar una máscara ante los demás, además del disfraz de aquella noche.

Suspiró con resignación. ¿Se enamoraría ella alguna vez? Quería ser madre, era un deseo que atesoraba desde niña. El no haber conocido a sus padres la impulsaba a vivir esa experiencia, como si de esa manera pudiera recuperar una pequeña parte de todo lo que no había tenido. Quería enmendar con sus hijos lo que a ella le habían arrebatado. Nunca los abandonaría, nunca crecerían sin saber quién había sido su madre ni por qué había decidido dejar de serlo.

Bajó a desayunar —a la hora del almuerzo para el resto de la casa— un guiso de carne que la reconfortó. Pensó en Gloria, en su novio y sus planes de futuro. Ella no tenía nada de eso, pero al menos había conseguido trabajo, era independiente y… La imagen de Antonio le vino a la mente y le produjo un escalofrío. Desde que la señorita Amelia los descubrió aquel día, no había vuelto a acercarse a ella. Estaba demasiado preocupado por la huelga, pero le dedicaba miradas interminables desde la distancia y esas sonrisas que le provocaban náuseas y un terror palpable.

—Niña, ¿has terminado? Hay manzanas, si quieres.

La viuda de Ortiz se acercó para retirarle el plato.

—He oído que hay huelga en tu fábrica —dijo mientras colocaba la fruta frente a ella y dejaba su plato en la pila para lavarlo después.

—Sí, algunos trabajadores, esta mañana cuando me marchaba, han decidido convocarla. Han montado mucho lío.

—Aquí se paga todos los meses, ¿eh? Que yo no vivo del aire —advirtió con muy poca sutileza la casera.

—Por supuesto —contestó Irune, aparentando una tranquilidad que estaba lejos de sentir.

Mientras el automóvil avanzaba en dirección al restaurante El Amparo, donde Friedrich la había citado, Amelia sentía que iba a ser incapaz de comer nada. La táctica de esconderse que había llevado hasta ese momento no iba a servirle si quería solucionar los problemas de La Blanca. Con sus delgados dedos, jugueteaba nerviosa con la finísima asa de su bolso de terciopelo. Se asomó a la ventanilla en busca de un poco de aire que paliara las incipientes náuseas que la acompañaban desde que había recibido la nota de su prometido, unos minutos después de que se declarara la huelga en ambas fábricas al mismo tiempo. Era un papel con el sello de Cervezas Manheim que don Damián le entregó cuando ella misma estaba en su despacho buscando la manera de redactar una nota profesional para Friedrich, sin ser fría ni grosera ni cariñosa ni darle esperanzas de ningún tipo. Él se le adelantó y Amelia sintió que se le detenía el pulso. Disimuló su turbación, le dio las gracias al secretario y le pidió que le diera una pequeña propina al chico que la había traído. Después se encerró en el despacho, dispuesta a leer lo que Friedrich le había escrito.

> Querida Amelia:
>
> Sé, porque lo he intentado en innumerables ocasiones, que no quieres verme, pero creo que debemos hablar de lo que está ocurriendo. Los trabajadores han declarado la huelga, algo que tú bien vaticinaste, y, como me dijiste que Óliver no es quien lleva el negocio, creo que debemos reunirnos para buscar una solución, al menos en la parte laboral. Te espero para comer en El Amparo, a la una y media.
>
> Un afectuoso saludo,
>
> FRIEDRICH

Amelia estrechó el papel entre sus manos, nerviosa. El restaurante al que iban era un clásico de la ciudad, un local regentado por tres hermanas célebres en Bilbao por su cocina y su buena mesa. Sería la primera vez que fuera allí a comer, porque las mujeres era impensable que lo hicieran solas. Como la crisis en su compromiso no se había hecho pública, podía acudir sin dar demasiado que hablar a la tradicional sociedad bilbaína.

El automóvil traqueteaba con intensidad en el camino empedrado de El Amparo. El restaurante no estaba en la mejor zona de la ciudad, eso era indudable. Una serie de prostíbulos y casas de mala calidad habían proliferado por aquella parte y hacían imposible para una mujer acercarse de otra forma que no fuera en coche o carruaje hasta la misma puerta. Aquellas hermanas habían conseguido, gracias a la excelencia de su cocina, aunar en un mismo lugar a comensales de prácticamente todos los estratos sociales, fascinados por su habilidad con los fogones. Que no hubiera acudido nunca al local no significaba que Amelia no hubiese probado los manjares que allí se servían. Tenían un negocio de reparto a domicilio y se encargaban de muchos banquetes y fiestas en la ciudad. Ella adoraba desde niña las tostadas de Carnaval que su padre encargaba en casa durante esas fechas.

Volvió a recostarse en el asiento todo lo que el corsé le permitía, ansiosa por el encuentro. Estaban aún aproximándose, pero ya había visto a lo lejos a Friedrich, con su traje oscuro, su gabardina y su sombrero. Se movía nervioso, se colocaba bien la ropa y disimulaba con una sonrisa el gesto preocupado en el rostro. Cuando el vehículo llegó a la puerta del restaurante, el chófer bajó y abrió la puerta para que Amelia pudiera descender.

—Amelia... —dijo Friedrich, tendiéndole la mano y agachando la cabeza con una leve reverencia.

—Friedrich —contestó con la voz temblorosa.

—Me alegro de verte —susurró.

Intentaba encontrar en ella algún resquicio de complicidad, pero Amelia estaba demasiado nerviosa como para responder a sus intentos de acercamiento.

Friedrich le ofreció el brazo; ella aceptó y juntos entraron al restaurante. Desde la planta inferior, tenían que ascender unas empinadas escaleras hasta la zona noble, desde donde incluso podía verse la cocina y a las hermanas trabajando. Amelia se dejó guiar teniendo cuidado con su vestido, porque temía tropezar y caer escaleras abajo. Pero ya allí mismo a uno le envolvía la mezcla de los riquísimos olores que llenaban el lugar, mecidos por el murmullo de los comensales. Cuando accedieron al comedor, comprobaron que estaba muy concurrido a aquella hora: un sinfín de conversaciones cruzadas, tintineo de platos y cubiertos y risas de fondo. La llegada de una mujer provocó leves cuchicheos que hicieron a Amelia sentirse incómoda y pensar que quizá no había sido una buena idea acudir allí. Pero, al pasar, la mayoría la saludó con una inclinación educada de cabeza.

—Les hemos preparado un lugar tranquilo junto a la ventana para que estén más cómodos —dijo el *maître* señalando un biombo decorado con telas exquisitas de color granate que los separaba del resto de los comensales.

Le dieron las gracias y caminaron hacia allí admirando las paredes enteladas de flores y la decoración un tanto afrancesada, pero muy cuidada. Amelia se preguntó, mientras se sentaban a la mesa, si aquel biombo era para que estuvieran más tranquilos o para que ella no molestara con su presencia al resto de los clientes. Friedrich entregó la gabardina y el sombrero y Amelia dejó que uno de los camareros la ayudara con el abrigo. Eso sí, no se deshizo del sombrero, era costumbre llevarlo en público.

—Lo de siempre —pidió Friedrich sin consultarle y el camarero asintió—. He pedido ensaladilla rusa y bacalao. Son dos de las especialidades del restaurante y estoy seguro de que te encantarán. Después pensaremos en el postre.

Amelia asintió nerviosa. Se quitó los guantes con delicadeza y los dejó sobre la mesa. Ahora, frente a frente, no había posibilidad de esconderse. El barullo del restaurante no era suficiente para tapar el silencio entre ellos, que parecía incluso más pesado en comparación con la animada vida al otro lado del biombo. El *maître* apareció con una botella de vino; era obvio que habían acordado previamente los detalles de esa comida. Friedrich lo probó y asintió. Después les llenaron una copa a cada uno, además de otra con agua.

—Estás preciosa —dijo Friedrich cuando volvieron a quedarse a solas.

Amelia no contestó porque varios camareros se acercaron con la fuente de ensaladilla rusa para servirles. Amelia creyó que, con los nervios, no podría comer nada, pero, en cuanto la probó, le gustó tanto que lo demás quedó relegado a un segundo plano.

—Deliciosa, ¿verdad? —preguntó alegre Friedrich al verla degustar el plato.

Ella asintió sin darse cuenta de que saborear aquella delicia había conseguido abstraerla y relajarla.

Durante los minutos siguientes, se dedicaron a charlar sobre el tiempo, el restaurante y demás banalidades, aún sin el empuje suficiente para abordar las cuestiones importantes: las fábricas y su matrimonio.

A continuación trajeron el bacalao, el plato por el que era famoso el restaurante, y ambos lo disfrutaron tanto o más que el primero. Quizá fuera por el vino, pero se sentía libre, sofisticada y sobre todo encantada de gozar de un privilegio que hasta aquel momento no había tenido.

—Los hombres tenéis muy bien guardados estos secretos, mientras que nosotras estamos recluidas en casa tomando el té. No es justo —dijo en alto, sin darse cuenta de que ese comentario los conducía sin remedio hasta la conversación que ambos habían tratado de evitar.

Friedrich se quedó callado y la observó con cierta distancia. Ella se ruborizó y se limpió la comisura de los labios con la servilleta. Amelia hubiese jurado que el restaurante entero guardaba silencio a la espera de que uno de los dos hablara.

—¿Y tú qué más secretos me tienes guardados, Amelia? —preguntó el hombre con una media sonrisa.

Ella se revolvió en su asiento y buscó las palabras adecuadas para una frase que parecía encerrar más sentidos de los que era capaz de asimilar en aquel momento.

—Pusiste fin a nuestro compromiso con una nota de madrugada... —insistió Friedrich con cierto reproche, tras dar un trago a su copa de vino.

—No puedo ser quien tú quieres que sea.

Los camareros interrumpieron para recoger los platos, lo que permitió que la pareja se tomara un respiro de la conversación. Cuando volvieron a quedarse solos, el alemán habló por fin.

—Yo ya estuve casado con esa mujer, Amelia —dijo acercándose levemente a ella por encima de la mesa—. Mi primera esposa era exactamente como debía ser: joven, preciosa, dulce, tocaba el piano a las mil maravillas, tenía conversación en sociedad, siempre accedía a todo lo que yo le pedía, me miraba en silencio, me agarraba del brazo, me acompañaba y nunca me llevaba la contraria.

—Yo nunca podré ser así —interrumpió Amelia.

Friedrich puso su mano sobre la de ella, lo que la dejó sin aliento.

—Nunca llegué a saber quién era —siguió explicando—. Murió en mi casa, en mi cama, en Alemania, y, mientras veía cómo su cuerpo se apagaba, no podía sentir nada. La veía alejarse y solo conseguía pensar que había tenido una relación más sincera con cualquiera de los hombres con los que trabajaba antes que con mi mujer. Me prometí que, si volvía a casarme, no sería de aquella manera.

Amelia lo miraba sorprendida. Nunca le había hablado

de su primera mujer. Sabía que se llamaba Frida, que se habían casado muy jóvenes y que era muy bella. Solo eso le había contado, ahora empezaba a vislumbrar por qué.

—Me marché de mi casa para huir de la sensación de fracaso que enviudar me había dejado. Todos me daban el pésame por una pérdida que yo estaba lejos de sentir. Me acostumbré a llevar una máscara y empecé a observar a mi alrededor cómo los hombres y mujeres que conocía se escondían en sus relaciones, en sus costumbres vacías. Parecían actuar como si de una obra de teatro se tratara. Por eso decidí que tenía que marcharme. Le pedí a mi padre que me dejara venir a Bilbao para cambiar de ambiente y hacerme cargo de la fábrica. Yo le había ayudado a llevar la que tenemos en Manheim y por fin me dijo que sí, que creía que estaba preparado. Mi padre quería ampliar el negocio y por eso contacté con Óliver al poco de llegar.

Los camareros trajeron el postre, pero ninguno de los dos lo probó. De hecho, apenas desviaron la mirada el uno del otro hasta que volvieron a quedarse solos.

—Enseguida me di cuenta de que él no era quien llevaba la empresa, Amelia —explicó con una leve sonrisa—, sabía que había alguien detrás. Creí que sería algún empleado de confianza, pero empecé a sospechar de ti en cada una de las reuniones que aparecías simulando atender a tu hermano. Lo percibí en tu mirada, aunque seguí conservando las dudas hasta que tú me lo confirmaste todo. Así empezaste a interesarme, y por eso quise hablar con Óliver de la unión de las empresas, pero también de matrimonio, porque estaba seguro de que tú serías una mujer diferente.

Amelia seguía sin creer lo que estaba escuchando. Su mayor temor parecía haberse convertido en su mayor ventaja a ojos de aquel hombre.

—No dejaré de trabajar si nos casamos —quiso tantear.

Friedrich amplió su sonrisa.

—Si es lo que quieres, no te lo pediré.

Amelia seguía con el ceño fruncido y se preguntaba hasta qué punto ese alemán con acento fuerte y ojos claros no le estaba diciendo lo que quería oír para después convertirse en otra persona. Se sorprendió al ver que se levantaba, se acercaba a ella y allí, en un lugar público, aunque estuvieran detrás de un biombo, se aferraba a ella por los hombros y la besaba, primero con delicadeza, después con pasión. Nunca había sentido nada como lo que sintió al notar los labios de Friedrich sobre los suyos, la lengua enredada en la suya y sus manos acariciándole el cabello en la nuca. Se resistió cuando él quiso separarse y se acercó más aún a su futuro marido.

—Nos verán —susurró él mientras le mordía el labio con ternura.

Amelia lo agarró de la solapa de su chaqueta y lo atrajo hacia ella para volver a sentir aquello de nuevo, para volver a tenerlo.

En el comedor alguien tiró una copa al suelo, y el ruido de los cristales al romperse hizo que Friedrich volviera a su asiento precipitadamente. Ambos se miraron sin aliento, sorprendidos, deseosos de más. Hasta que el alemán dijo:

—Bueno, ahora tenemos una huelga que resolver.

—¿Qué te ocurre? No tienes buena cara —preguntó sor Matilde a Irune, que ayudaba a atarse los cordones a una de las niñas del asilo.

—¡Lista! —le dijo a la pequeña con una sonrisa.

La niña se marchó corriendo para unirse a otra compañera mayor que ella. Envolvían una piedra con una tela, simulando que era la cabeza de un bebé que acunaban y cuidaban entre las dos. Niñas sin madre que jugaban a serlo.

—No deberías ponérselo tan fácil. Sara tiene que aprender a atarse los cordones sola —dijo la monja, cuando ella misma recogía las tizas de otros dos niños que se habían cansado de pintar en el suelo del pequeño patio.

—Precisamente por eso, sor Matilde, porque nadie lo hará por ella nunca. Que al menos sienta que aquí sí lo hicieron.

La monja le sonrió con ternura.

—Recuerdo que de niña siempre te comportabas como la madre de todos y cuidabas de los más pequeños incluso cuando solo les sacabas un par de meses.

Irune se encogió de hombros.

—Es lo que ustedes me enseñaron —explicó, para después cambiar de tema—. ¿Cuándo empiezan las obras del pabellón nuevo? —preguntó mientras paseaban por un patio agradable, con algunas plantas y rodeado de un muro de piedra que estaba en bastante mal estado.

—Enseguida, hija —contestó Sor Matilde mirando a su alrededor—. Bueno, si Dios quiere, porque los obreros no parecen querer —se quejó antes de llamar la atención a dos chicos que se estaban enfadando el uno con el otro por quién era el dueño de una pelota.

—¿Y dónde van a jugar cuando empiecen?

Era el único lugar de esparcimiento de los niños que allí vivían, niños recluidos como si hubieran hecho algo malo, como si solo por el hecho de ser abandonados ya tuvieran que recibir un castigo. Ella bien lo sabía. Lo había vivido tanto en el Asilo de Huérfanos de La Casilla como en la Casa de la Misericordia. No es que no tuviera buenos recuerdos, es que le hubiese gustado tener también otros fuera de aquel lugar.

—Iremos aquí delante, a la plaza —explicó la monja sin darle mucha importancia—. Les vendrá bien salir un poco de estas cuatro paredes. Pero, hija —insistió—, tú no tienes buena cara, a ti te pasa algo.

Irune pensó en Antonio, pensó en la huelga, pensó en dormir de día y trabajar de noche, pensó en el dolor de las manos y las rodillas al limpiar en aquella postura y en el miedo que le daba ir cada día a la fábrica. Pensó en todo eso y, sin embargo, sonrió.

—Solo es cansancio.

—No está bien mentir —la reprendió la monja moviendo el dedo índice como una amenaza, igual que le hacía de niña cuando la pillaba en falta.

Irune esbozó una sonrisa enternecida, porque aquella mujer de pelo oculto y rostro lleno de arrugas desde que tenía recuerdo había resultado ser lo más parecido a una madre que había conocido nunca.

—Si hay algún problema, déjame que hable con Amelia y...

—No se preocupe, de verdad —la interrumpió, dándole unos golpecitos en el brazo. Amplió su sonrisa con la intención de borrar así las incipientes lágrimas que iban a deslizarse por su rostro—. Debo irme —dijo apresuradamente mientras la besaba en la mejilla.

—Pero, hija... —comenzó a decir sor Matilde, preocupada.

Sin embargo, Irune ya estaba muy lejos, ya recorría el interior del asilo, decía adiós a las monjas con las que se encontraba y huía hacia una calle y una realidad que no estaban resultando ser lo que soñó al refugio de aquellas paredes.

Amelia se colocó detrás de Óliver en la reunión con los representantes de los recientemente creados sindicatos de la fábrica de cerveza y de La Blanca. Aunque el engaño para Friedrich ya no fuera tal, de cara a la galería todo seguía siendo como siempre y ella solo era una mera ayudante temporal del verdadero dueño, su hermano. Se trataba de un pacto tácito y silencioso entre los que, quizá, intuían la verdad pero preferían callar.

Friedrich pasó por detrás de Amelia y le dedicó una mirada cómplice. Su paseo inquieto contrastaba con el hieratismo de Óliver en su silla de ruedas. Aquella estancia, un despacho rectangular, majestuoso, hacía también las funciones de comedor para invitados si el momento lo requería. Y, por supuesto, estaba pensado para amedrentar con su voluptuosa presencia a los trabajadores poco acostumbrados a lugares como aquel. Eso le había contado siempre su padre, y Amelia corroboró aquel pensamiento en cuanto vio entrar a los dos hombres, gorra en mano, abrumados por la araña de cristal en el techo, los candelabros encendidos, a pesar de tener ya luz eléctrica en toda la fábrica, y los ventanales recubiertos de cortinas casi como en un salón de baile. Parecían de repente pequeños aquellos dos hombres grandes que habían sido nombrados representantes sindicales: Ramón, el encargado, y un tal Pablo, que venía de Cervezas Manheim.

—El señor Manheim les pondrá al corriente de los acuerdos a los que hemos llegado para la unión de nuestras queridas empresas —se adelantó Óliver sin saludar a los recién llegados, que permanecieron de pie porque nadie los invitó a sentarse.

Friedrich y Amelia intercambiaron una mirada cómplice.

Ninguno de los dos habría sido tan brusco, porque, al fin y al cabo, lo que pretendían era llegar a un acuerdo beneficioso para ambas partes. El alemán se colocó frente a ellos y, ahora sí, les hizo un gesto para que tomaran asiento. Él se quedó de pie para mostrar su superioridad, lo que no les pasó desapercibido.

—Después de mucho negociar y de haber leído sus peticiones —dijo mirando primero a Amelia, aunque enseguida desvió la vista a Oliver—, creemos que una solución para no despedir a ningún trabajador puede ser implantar el sistema de turnos y reducir un poco la jornada, algo de lo que se está hablando desde hace mucho. Así, daremos la oportunidad de elegir el horario que cada uno desee, por orden de antigüedad. Entre todos llegaremos a un acuerdo en cada caso individual, si ustedes no se deciden.

—¿Y qué pasará mientras se estén realizando las obras? —preguntó Ramón, aunque se notaba que le habían gustado las palabras de Friedrich.

—Durante este tiempo, intentaremos que la fábrica esté parada el menor tiempo posible. Reubicaremos a cada empleado en otros puestos y otros turnos y, si alguien tuviera que dejar de acudir, siempre tendrá la seguridad de que conservará su trabajo pasado ese breve periodo de inactividad.

Los dos integrantes del sindicato se miraron con satisfacción mal disimulada y Ramón habló de nuevo:

—Y quien no quiera aceptar ese cambio de turno…

—Tendrá la opción de marcharse con buenas referencias, por supuesto —explicó Friedrich.

Los dos hombres se pusieron en pie. Dieron las gracias y se marcharon con la promesa de dar una respuesta en cuanto lo hablaran con los demás.

Nada más quedarse solos, Óliver los miró con una media sonrisa.

—Con todos los trabajadores contentos, desde luego vais a ser los empresarios más queridos de la ciudad.

—¿No estás de acuerdo? —preguntó Friedrich muy serio.

—A mí las ideas tan socialistas me dan un poco de tirria, la verdad. Eso se lo dejo a mi hermanita, que lo sabe todo.

—Era la mejor forma de evitarnos un futuro de huelgas y paros indefinidos —se defendió Amelia, algo molesta por el tono de Óliver.

—Y yo estoy de acuerdo con ella —la defendió Friedrich.

—Sí, sí, eso ya lo veo —dijo con sorna. Después los señaló alternativamente con el dedo—. Entonces vosotros... ¿qué? ¿Hay boda o seguimos con el drama de estos días?

—Sigue en pie. Será en junio —explicó Amelia.

—Pues esto hay que celebrarlo. —Y se rio al ver la cara de sorpresa de su hermana—. Contigo no, hermanita, las mujeres mejor en casa; ya mandas aquí demasiado para llevar faldas. Pero esta misma tarde, mi futuro cuñado y yo nos vamos de cena, corre de mi cuenta —dijo Óliver al alemán mientras agitaba la pequeña campana que escondía en el bolsillo para llamar a su ayudante.

José apareció diligente y acompañó a Óliver a la entrada. Entre el chófer y él bajarían la silla de ruedas hasta la recepción.

Friedrich y Amelia se quedaron solos y, como cada vez que eso ocurría, la tensión entre ambos se disparó. El hombre se colocó junto a ella.

—Algún día podrás tener voz tú también.

Amelia resopló incrédula.

—No creo que eso pase nunca.

—Yo te la daré —susurró Fiedrich, acercándose cada vez más.

Ella contuvo el aliento hasta que el roce de sus labios se convirtió en otro largo beso, esta vez sin la presión de ser vistos.

—Me muero de ganas de estar contigo —murmuró él, besándola en el cuello con delicadeza.

Amelia, al sentir el contacto, se puso tensa. El momento la superaba, la certeza de que pronto Friedrich y ella compartirían cama, deseo y cuerpo la dejaba sin aire, incluso le daba miedo. Nada sabía, nada le habían contado nunca y, de repente, su piel parecía estar despertándose de un letargo ignorado hasta entonces. Se separó de él con torpeza y nerviosismo.

—Tengo que irme —se disculpó y huyó hacia el pasillo tropezando con cada silla y mueble de la habitación, como una presa torpe a punto de ser devorada—. Es tarde y me están esperando...

Friedrich sonreía con ternura ante la inexperiencia de su prometida.

Cuando por fin cerró la puerta a sus espaldas, Amelia se preguntó si aquello era deseo, amor o miedo, si era todo eso junto o si se trataba de incertidumbre, porque estaba a punto de empezar una vida y no estaba segura de si él mantendría todas esas promesas que le había hecho. Quizá fuera cierto que, por primera vez, un hombre le daría voz en vez de ocultársela.

Aquella mañana, Irune se enteró por uno de los trabajadores de La Blanca que vivía cerca de su casa de que la huelga había terminado. Respiró tranquila al saber que todo volvería a la normalidad, que ya no tendría que esquivar las miradas nerviosas de su casera, aunque aquella vuelta trajera consigo a Antonio. Parecía que no podía vivir tranquila, que tenía que elegir entre la incertidumbre de vivir sin trabajo y el miedo a estar cerca de ese hombre, a sufrir su deseo, a hallarse bajo su merced.

—¿No saludas, ratilla? —le preguntó el primer día que se encontraron.

Solo tenía que mirarla y ella por instinto agachaba la cabeza y aceleraba el paso, con el estómago encogido y el cuerpo tembloroso. No sabía si era mejor contestar o si, precisamente por no hacerlo, estaba dando pie a algo que se escapaba de su control y que, por supuesto, no quería. Esta vez Antonio no insistió; estaba con unos compañeros y supuso que no quería exponerse demasiado, pero podía sentir sus ojos clavados en ella, en su cuerpo, en cada gesto que sin pretenderlo parecía llamar su atención. O eso le dijo la señora Mendibil cuando la encontró presa de los nervios, escondida en los vestuarios.

—Niña, tú no le provoques y no irá detrás de ti.

Irune se decía que tal vez fuera verdad, que igual lo estaba provocando involuntariamente. Podía ser que de alguna manera —con una mirada, con un gesto o con un silencio— estuviera incrementando las ansias de aquel hombre y sus instintos. Al miedo que sentía en su presencia, se añadía el sentimiento de culpa por estar haciendo algo que quizá la convertía en irresistible para él, quien al fin y al cabo no era más que un hombre con sus instintos. Pero qué era, qué era lo que hacía o no hacía. Irune no dejaba de darle vueltas y nunca llegaba a una conclusión; solo la desbordaban las emociones y la culpa.

Por el momento, Antonio se había mantenido alejado de ella desde el día que Amelia le reprendió en la entrada trasera de la fábrica. Se lo agradecía, igual que agradecía que no hubiera revelado en ningún momento que fue ella quien la puso al corriente de las intenciones de los trabajadores.

De camino a casa, aquella incipiente mañana, Irune volvió a pasar por delante de Harino Panadera. La luz incidía en aquel edificio blanco con poca decoración que su dueño, el industrial Juan José Irala Arriola, estaba consiguiendo convertir en algo más que una fábrica, en un barrio donde muchos bilbaínos querían residir y trabajar. Paseó junto a las casas de colores que él había ideado, algunas aún en construcción, preguntándose cómo sería vivir en una de ellas, sentarse en la parte delantera a observar a la gente pasar, sentirse parte de una comunidad, vivir junto a otros trabajadores de la misma empresa, ver crecer a sus hijos protegidos, amigos de los hijos de otros compañeros.

Justo en ese momento, un hombre salió por sorpresa de la casa amarilla en la que se había fijado. Irune, que se había detenido en la puerta para soñar, se tuvo que apartar de la verja de entrada pidiendo disculpas.

—¿Está bien? —preguntó el hombre, camino de la fábrica de harina con su descolorido atuendo de faena.

Era joven y atractivo, y al verla se quitó la gorra con amabilidad.

—Sí, perdone —dijo nerviosa Irune y se volvió.

Sin dar opción al chico de continuar la conversación, reemprendió el camino descendiendo la empinada cuesta. Aparcó los sueños en los jardines de aquellas casas de colores para volver a su realidad gris.

Eran las cuatro de la madrugada. Amelia estaba dormida en su habitación cuando unos insistentes golpes en la puerta del palacete la despertaron. Se incorporó en la cama, aún somnolienta, y, tras tropezar con el taburete labrado a juego con la cama, se asomó a la ventana que daba a la entrada de la casa. José y Friedrich intentaban hacer entrar en razón a un Óliver completamente borracho que gritaba y cantaba a pleno pulmón, agarrado a los hombros de los dos hombres. Los que lo porteaban parecían más enteros camino de la puerta principal.

Amelia enseguida se cubrió con su bata blanca de seda, sobre el camisón del mismo color, y dejó que su larga trenza le cayera sobre la espalda mientras descendía las escaleras hasta el comedor. Juana, en camisón, medio dormida y escandalizada también, esperó detrás del mayordomo a que este abriera la puerta y dejara entrar al señor y a los dos hombres. Corrió a subir la silla de ruedas para que José y Friedrich pudieran sentar a Óliver, que seguía mascullando palabras ininteligibles y entremezcladas con canciones que Amelia no reconocía.

—Estábamos celebrando la futura boda del señor Manheim y creo que el señorito Eguren no se encontraba muy bien.

José quiso suavizar la situación. Friedrich intentó desviar la mirada del cuerpo de Amelia.

—Creo que lo mejor será que se acueste —dijo al ayudante.

Amelia pidió al chico que lo acercara a su habitación y a Juana que le llevara algo de comer.

—Creo que lo que va a necesitar es mucha agua y quizá una palangana —susurró José a Juana cuando empezó a empujar la silla de ruedas, a lo que esta asintió.

—¡Me casaré con ella! ¿Me oís? ¡Llevará mi nombre! —gritó Óliver mientras se lo llevaban.

Con el énfasis estuvo a punto de caerse de la silla; solo la rapidez de José, acostumbrado a aquellas situaciones, evitó el desastre.

Ambos desaparecieron tras la puerta del dormitorio, ayudados por el mayordomo.

—¿Qué ha dicho? —preguntó Amelia a Friedrich cuando se quedaron a solas—. ¿A quién se refiere? —insistió.

—Desvaríos de un borracho —dijo Friedrich quitándole importancia.

La noche los envolvió. Apenas había una vela encendida que Juana había dejado sobre el mueble de madera de la entrada, y su tenue luz difuminaba los límites de los dos cuerpos solos en la estancia. Cada vez más cerca, Friedrich la agarró por la cintura. Clavó los ojos en el cuerpo que escondía el camisón de Amelia, quien, entre sus brazos, apenas podía respirar: el pulso se le aceleraba, le temblaban las piernas y el estómago le golpeaba con una punzada de deseo que no sabía responder. Quiso que su prometido volviera a besarla como en el restaurante, quiso retenerlo en su piel, junto a ella, y al mismo tiempo sintió un terrible miedo a lo que pudiera pasar.

—Debería irme —consiguió decir Friedrich sin moverse un milímetro.

Amelia no quiso evitarlo, no pudo; se acercó a él y lo besó. Sus manos no la rozaron, no se atrevía, pero, en cuanto él sintió sus labios, fue como si los pensamientos dejaran de existir para convertirse en cuerpos, los únicos conocedores del destino de aquella piel. Se dejó besar, incluso acariciar por encima de la ropa al tiempo que le susurraba cuánto la deseaba.

Únicamente el grito quejoso de Óliver desde su dormitorio consiguió devolverles la cordura.

—Debemos esperar —susurró él abrazándose a su cintura, agotado—. No quiero hacer antes de la boda nada que podamos lamentar.

—Aún queda mucho —se quejó Amelia sin apenas voz, mientras le acariciaba el cabello.

Friedrich sonrió.

—Tendremos que intentarlo.

Amelia volvió a besarlo y se sintió más viva de lo que había estado nunca.

4

El palacete Eguren bullía de actividad aquella mañana. Las flores se arremolinaban en cada rincón de las escaleras de entrada, trepaban por la gran terraza, descansaban alrededor de la única palmera del jardín y formaban con su caprichosa unión de colores una alfombra única de destellos. Era principios de junio, casi verano, y el sol acompañaba otorgando al palacete la chispeante sensación de que era el edificio el que brillaba. La temperatura era templada y agradable, las nubes no habían aparecido y la ceremonia de enlace entre Amelia Eguren de Zúñiga y Friedrich Manheim estaba a punto de celebrarse. Los preparativos habían sido exhaustivamente pensados y después llevados a cabo durante los meses anteriores, y por fin todo estaba dispuesto, sin margen para el error, porque cada pormenor había sido tratado y decidido por los dos contrayentes. Era un acontecimiento en la sociedad bilbaína del que sin duda se hablaría años después por su elegancia y belleza.

Amelia cerró los ojos mientras se dejaba mecer por el murmullo lejano del ajetreo de la casa, más allá de la puerta de su habitación. Estaba dándose un baño en la gran bañera blanca con pies dorados que había heredado de su madre. No estaba nerviosa. La ceremonia, organizada hasta el más mínimo detalle, en realidad le parecía casi un trámite; lo que quería era lo que venía después, porque tenía la sensación de que, en esa nueva vida que se abría ante ella, dejaría de sentirse sola en su propia casa. Friedrich, tras el enlace, se trasladaría a vivir allí, y aquel silencio que la había acompañado siempre se llenaría por fin de conversaciones y futuro. A pesar de que era un desconocido cuando se comprometieron, el alemán, como le llamaba a veces en tono cariñoso, se había convertido en alguien mucho más interesante de lo que imaginó en un principio. Ya lo habían hablado: Amelia no tendría que dejar el trabajo ni esconderse detrás de la silla de ruedas de su hermano, ni fingir quien no era, porque ahora tenía un muro contra el que rebotarían las críticas, un muro revestido de matrimonio decente, tradicional, sólido, que le permitiría ser un poco más quien era sin tantas máscaras, o al menos con otras distintas.

Juana entró en el dormitorio, donde habían dispuesto la bañera, para preguntarle si había terminado.

—Sí, estoy lista. Ayúdame, por favor —pidió Amelia para levantarse.

La mujer cogió una toalla, se acercó y, cogida de su mano, Amelia logró descender su pie perfumado hasta el frío suelo. De reojo vio su cuerpo desnudo en el gran espejo labrado del dormitorio y pensó que esa misma noche un hombre la observaría así por primera vez. Sonrió levemente con una mezcla de miedo y curiosidad, porque ella también lo vería a él como nunca lo había visto. Habían logrado mantener su promesa de no dejarse llevar hasta la noche de bodas y, aunque los besos furtivos, las caricias y los jadeos robados al tiempo habían existido, se habían parado los pies el uno al otro.

Amelia trastabilló al intentar colocarse la bata de seda que Juana le ofrecía, después de secarse la piel con esmero.

—¡Ay!, si su madre la viera... —dijo Juana con lágrimas

en los ojos, contemplando con devoción el vestido colgado en una percha de lo más alto del armario—. Aunque sigo pensando que esta moda de ir de blanco no va a calar.

—No es algo nuevo, Juana, ya lo usó la reina Victoria hace años en Inglaterra.

—Eso está muy lejos, aquí las cosas se hacen distintas. —Resopló—. Aunque, bueno..., siendo usted quien es, puede permitírselo. Tener un marido extranjero le da más libertad, un toque de excentricidad que las otras damas no podrán disfrutar.

Amelia se sentó frente a su tocador en silencio y deseó que aquella afirmación fuera cierta.

—Y conocerá París. —Juana suspiró con emoción mientras comenzaba a peinarle la larga cabellera—. Es lo que siempre quiso, con esa música francesa sonando a todas horas en la casa.

Resopló de nuevo.

Amelia pocas veces había deseado algo con tanta fuerza. Friedrich y ella harían un breve viaje de novios a la Ciudad de la Luz, como la llamaban. No sería una luna de miel demasiado larga, porque las obras en ambas fábricas habían comenzado y no podían permitirse estar lejos mucho tiempo. Incluso dejarían la visita a los familiares de Friedrich en Alemania para más adelante. Pero París... París era un sueño, no podía renunciar a él aunque Friedrich ya hubiera estado allí en numerosas ocasiones. Sus calles, la torre Eiffel —de la que todos hablaban desde que la construyeron—, Notre-Dame, el Sena... Y, por supuesto, ansiaba visitar los cabarets, escuchar las canciones que, como había dicho Juana, había oído sin descanso en el gramófono y dejarse llevar por el bullicio de los teatros de la ciudad.

No dejó de mirarse en el espejo, a medida que la transformación se iba produciendo en manos de una experta Juana, hasta que quedó sumergida en su traje de boda. Era blanco, con sutiles bordados y pedrerías a lo largo de todos los pliegues del vestido, con un velo que caía de su sombrero ladeado y le dejaba la mitad del rostro dibujado de misterio y la otra mitad despejado y provocativo. Estaba segura de que a Friedrich le gustaría.

—¿Estoy lista? —preguntó a Juana con un suspiro.

La mujer que la había visto crecer tenía lágrimas en los ojos y asintió casi sin poder pronunciar palabra.

—Estás tan preciosa como lo estuvo tu madre el día que se casó con tu padre.

Amelia le dio las gracias, aunque sintió el cumplido como algo ajeno, como si le hablara de un familiar lejano y no de su propia madre. Aun así, le cogió la mano con ternura, uno de los pocos gestos de cariño que se permitían entre ellas.

—Voy a comprobar que todo esté preparado.

Juana se recompuso algo incómoda para después salir de la habitación.

Amelia volvió a su imagen en el espejo y sonrió. Al cabo de pocos minutos, los primeros acordes de la marcha nupcial de Wagner, que Friedrich había elegido, llenaron la habitación a modo de llamada. Había llegado el momento. Suspiró, cogió su ramo de novia de lirios blancos y salió de la habitación para emprender su paseo hasta la capilla del palacete, donde el obispo de Bilbao celebraría la ceremonia.

Los señores estaban a punto de casarse y habían dado un día libre a todos sus trabajadores para celebrarlo. Además, el día anterior, los invitaron a abrir unas cajas de cerveza y gaseosa y organizaron un pequeña fiesta en la parte exterior de la fábrica, donde se ubicaba un gran jardín que apenas usaban. El día era soleado, perfecto para estar al aire libre. Unos camareros contratados por los novios colocaron unas mesas y las llenaron de pan, queso y diferentes aperitivos..., y así festejaron con sus trabajadores el inminente enlace.

Irune no había trabajado la noche pasada y disfrutaba de esa mañana soleada paseando por los alrededores de la plaza de toros de Vista Alegre. Recordaba cómo la señorita Eguren y el señor Manheim habían saludado a todos los presentes, que incluso fueron invitados a acudir con sus familias. Sonreían, estrechaban manos, agitaban los brazos desde la distancia para después dedicar unos minutos a cada uno de los trabajadores, que se les acercaban como si se tratara de reyes. Pasados unos minutos, los protagonistas del enlace se marcharon entre aplausos para dejarles a ellos un tiempo de expansión y fiesta sin su presencia, quizá algo intimidatoria.

Irune acudió a la merienda con Gloria, que no dejó de darle codazos de admiración cuando la señorita Amelia se había acercado a ella con una excelente sonrisa y le había presentado a su futuro marido.

—Irune creció con mi tía, con sor Matilde —le explicó al alemán, que también le dedicó una sonrisa, aunque mucho menos esmerada que la de la señorita.

Sintió algunas miradas de desaprobación entre sus compañeros por tanta atención de los señores; al fin y al cabo, era solo una limpiadora invisible, como oía que la llamaban todos.

—Es por sor Matilde, por eso es tan amable conmigo —tenía que justificarse continuamente.

—Pobre huerfanita... —escuchó que decían algunos con burla.

Pero hizo caso omiso a las voces que la criticaban, porque no se sentía incómoda siendo el foco de atención de aquella elegante mujer, aunque fuera durante apenas unos segundos. Sentía sus ojos cálidos, dulces y envueltos en un halo de soledad que reconocía como propia, como si un hilo invisible las uniera sin explicaciones y sin remedio.

—No te preocupes, yo te protejo de las habladurías, ratilla —le susurró Antonio al oído cuando iba a por una bebida para su mujer embarazada, al otro lado del jardín.

Irune sintió un escalofrío recorrerle la espalda. No entendía cómo ese hombre era capaz de hacerlo, cómo conseguía que nadie se diera cuenta de lo que le decía, ni siquiera Gloria, que no supieran lo que él pretendía, que no intuyeran su miedo. Si no fuera por aquel altercado del que la salvó la propia señorita Amelia, hasta ella creería que eran imaginaciones suyas, porque solo parecían ocurrir entre los dos, sin testigos, sin defensores, sin remedio. La llamaba ratilla, pero, cuando pensaba en él, era precisamente ese animal el que Irune se imaginaba: una rata repugnante, escurridiza, casi invisible pero tremendamente dañina.

Irune desechó los recuerdos del día anterior. En ese domingo de fiesta, poco a poco se encaminó hacia la iglesia de San Francisco de Asís, conocida como la Quinta Parroquia, de reciente construcción. Había quedado con Gloria para asistir a misa, ya que contaba con tiempo libre antes de volver al trabajo aquella misma noche.

—Buenos días —dijo en la entrada un hombre acompañado de una chica joven.

Enseguida lo reconoció. Era aquel chico alto, de ojos traviesos e incipiente barba que la había saludado unos días antes a la salida de su casa, en el nuevo barrio del señor Irala, con el traje de faena desteñido por la harina. No tuvo tiempo de contestar, porque el hombre entró en la iglesia entre el tumulto de fieles que esperaban el inicio de la misa.

—Perdona, ya estoy aquí —se disculpó Gloria, alcanzándola casi sin aliento.

—Tranquila —dijo Irune, aún mirando la puerta por la que había desaparecido la pareja.

Las dos entraron cogidas del brazo y se sentaron en uno de los bancos. Mientras el sacerdote hablaba, Irune no podía dejar de observar al hombre de la harina, como lo bautizó para sí misma, con insistencia y muy poca discreción.

—¿Qué miras?

Gloria le dio un codazo, divertida. Irune sintió que se ponía colorada mientras con un dedo lo señalaba.

—¿Lo conoces? —preguntó su amiga en un susurro.

Negó con la cabeza.

—Me parece que ese ya está pillado —dijo su amiga refiriéndose a la joven que estaba a su lado—. Qué pena, porque te hace falta un hombre que te bese como a mí mi Jaime.

Soltó una risita traviesa.

—Gloria, por favor, que estamos en la iglesia... —la reprendió Irune riendo.

—Bueno, me voy a casar con él, así que solo es un pecado pequeñito.

—Señoritas, compórtense —se quejó una mujer a su espalda.

Ambas disimularon mirando al frente y se aguantaron la risa como dos colegialas pilladas en falta.

Amelia, acompañada del ritmo de la melodía, avanzaba por el pasillo central de la capilla hacia el altar, desde donde Friedrich la miraba con los ojos centelleantes. Óliver, empujado por José en su silla de ruedas, iba a su lado haciendo las veces de padrino. Habían escogido la capilla del palacete Eguren porque Friedrich quedó prendado del lugar cuando Amelia se lo enseñó. Decía que, al ser viudo, no se sentía cómodo en una ceremonia ostentosa, prefería algo íntimo en el que sería su futuro hogar. Era un pequeño oratorio de madera, con techos pintados de azul y dorado y repletos de pequeñas estrellas, un altar de piedra con una imagen de la Virgen de Begoña y una gran cruz presidiendo la estancia.

Habían invitado a las familias más destacadas de la ciudad —los Ybarra, los Allende, los Iturrizar, los Olabarri—, a Eulalia Abaitua, gran amiga de la madre de Amelia, y a sus allegados, como su tía sor Matilde, que la sonrió al pasar junto a ella. Muchos disponían de palacetes en las proximidades de los Eguren y se mostraron encantados de dar la bienvenida al nuevo matrimonio. Amelia los veía sonreír con simpatía a uno y otro lado del pequeño pasillo en su camino hasta el altar. Rostros que nunca llegaron a ser cercanos, antiguos amigos de sus padres o dueños de otras fábricas, como La Salve, que recibían a uno de los suyos, un miembro más de la alta sociedad bilbaína. Las jóvenes de su edad desde luego no se contaban entre sus amistades, no había tratado apenas con ninguna de ellas en todos aquellos años de soledad. Amelia siempre era la gran ausente de meriendas, bailes y actos sociales a los que poco a poco dejaron de invitarla, porque se escondió tras los altos muros de la fábrica. La tacharon de tímida, de distante, y fueron apartándola de los grandes acontecimientos. Hasta que Friedrich volvió a situarla en aquel juego de apariencias y máscaras que ella no había sabido jugar.

Amelia levantó la vista y sonrió a su futuro marido, que la esperaba en el altar acompañado por su padre. Su suegro era un hombre muy mayor al que había conocido la noche previa al enlace, en una cena que Friedrich celebró en el palacete para dar la bienvenida a sus padres. El matrimonio de alemanes había hecho un viaje muy largo solo para poder asistir a la boda de su único hijo. Estaban visiblemente cansados, pero hicieron el esfuerzo de integrarse lo que pudieron entre los invitados, con los que apenas podían comunicarse. La madre de Friedrich no hablaba ni una palabra de castellano y el padre, a pesar de haber pasado largas temporadas en Bilbao sacando Cervezas Manheim adelante, había olvidado buena parte del idioma y se defendía con monosílabos. Aun así, le parecieron amables y cariñosos solo con sus miradas y sonrisas llenas de ternura hacia Friedrich. Nunca olvidaría el gesto de su futura suegra, una mujer menuda, tanto que llamaba la atención junto a su marido y a su hijo, mucho más altos. Sin embargo, su presencia no pasaba desapercibida; sus ojos tan azules, iguales a los de Friedrich, hablaban por ella. La mujer, nada más verla, se acercó con una inmensa sonrisa, le cogió las dos manos y le dijo unas palabras en alemán que, por supuesto, Amelia no entendió.

—«Friedrich a ti sí te quiere» —le susurró al oído el propio Friedrich, haciendo las veces de intérprete.

Ahora, camino del altar, a punto de entregarse a ese hombre para toda la vida, se preguntó si eso era amor, si ella también lo quería, si podrían hacerse felices o si se convertirían en una de esas parejas frías y distantes, unidas solo por los años y los votos, como muchas de las que había sentadas en aquella capilla repleta de flores.

Mientras las palabras del sacerdote vestían de solemnidad el acto, ella viajó con su mente a París y a todas las canciones francesas que le encantaban a su madre y que por fin podría descubrir.

Irune esperaba en la puerta del orfanato de La Casilla a sor Matilde, que llegaba en aquel momento corriendo y sin aliento.

—Perdona, hija, que he querido quedarme a la ceremonia completa de la boda de Amelia y casi no llego.

—La hermana Celia me ha ayudado a reunir a todos los niños para salir a la plaza.

—Muchas gracias, muy bien hecho —dijo acercándose a las dos, mientras hacía lo posible por volver a respirar—. ¡Todos en fila! —pidió a los niños, que estaban excitados por ir fuera del orfanato, algo que hacían en contadas ocasiones.

Muy formales, caminaron unos detrás de otros hasta que llegaron al centro, junto al quiosco. Irune observaba sus pequeños rostros ilusionados bajo el sombrero que formaba parte del uniforme del orfanato y que ella tanto había odiado de niña. Miraban a su alrededor sin perder detalle, porque por fin podrían disfrutar del sol y de la temperatura agradable. Casi podía sentir cómo les ardían los pies de las ganas que tenían de jugar y correr. Sor Matilde dio la señal para que dejaran la estricta fila y cada niño gritó y saltó alrededor del quiosco que reinaba en mitad de la plaza.

Las tres mujeres vigilaban desde la distancia para que no molestaran a los que se encontraban en el lugar público disfrutando del buen tiempo que por fin había llegado a Bilbao. La mayoría de las personas los observaban sin discreción, como si se trataran de algún tipo de animal exótico que paseaba ante ellos. Irune odiaba esas miradas desde niña, como si, por el hecho de llevar aquel uniforme y tener la desgracia de no haber conocido a sus padres o de haber vivido alguna de las terribles historias que cargaban a sus espaldas cada uno de aquellos pequeños, se hubieran convertido en seres algo así como mitológicos. Ella misma, en una ocasión, protagonizó un enfrentamiento con una mujer de las que miraban sin disimulo y la tuvieron castigada toda la tarde. Le había sacado la lengua a una señora que se había acercado a ella y le había preguntado a la que debía de ser su nieta:

—Mira, los pobres huerfanitos. ¿Quieres que les demos lo que te ha sobrado del bollo?

Cuando aquella niña repleta de lazos se acercó con una sonrisa, su mejor intención y los restos del dulce deshechos en la mano, Irune, avergonzada y rabiosa, se los cogió y los tiró al suelo gritándole que no quería sus sobras, que le daban asco. Las monjas enseguida la reprendieron y tuvo que escuchar muchos sermones aquellos días sobre la gratitud. Pero Irune no podía olvidar la sensación de vergüenza, la inferioridad que aquella mujer la hizo sentir, lo señalada que se vio con aquel sombrero y aquel uniforme mientras las niñas bien vestidas le daban sus limosnas. Ese día se prometió a sí misma que nunca las aceptaría.

Un repentino alboroto la sacó de sus recuerdos. Al otro lado de la plaza, unos niños se reían de los más pequeños del grupo de huérfanos.

—Son unos pordioseros, ni sus madres los han querido. Seguro que tienen piojos —decían envalentonados.

Irune estaba a punto de acercarse y enfrentarse a ellos, pero sor Matilde la detuvo.

—No queremos montar un escándalo —pidió agarrándola del brazo—, quizá es el momento de volver dentro.

Tuvo que morderse la lengua cuando fue a reunir a los niños, porque de buena gana les hubiera dicho cuatro cosas a los mocosos maleducados. Los miró con el ceño fruncido, cogió a uno de los huérfanos y se lo puso en la cadera, mientras les decía a los demás que entraran, que se había hecho tarde. Entre protestas volvieron al interior, a su refugio y su cárcel a partes iguales.

Amelia saludó desde la puerta del vehículo, ya con su vestido de viaje, a los invitados de la celebración que aún quedaban a última hora. El recién estrenado matrimonio partía enseguida para hacer escala en Biarritz, antes de llegar a París. Allí dormirían su primera noche como marido y mujer para después tomar un tren que, en primera clase, los llevaría hasta la capital francesa. Estaba cansada y ansiosa a la vez. El banquete de la boda, a manos del restaurante El Amparo, había sido todo un éxito, los jardines que bordeaban la finca lucían sus mejores galas y el día había acompañado con un sol templado perfecto para no acalorar a los invitados ni a la novia. Amelia disfrutó de la fiesta, de las atenciones de Friedrich, de bailar entre sus brazos y de todas las palabras amistosas que le habían dedicado aquellos invitados, casi desconocidos para ella. Pero deseaba seguir adelante, dejar ese ensueño para pisar la realidad con paso firme y descubrir la ciudad con la que tanto había soñado.

Con un golpe seco de la mano del chófer, las puertas del vehículo se cerraron y Friedrich y Amelia se quedaron solos en el interior. El hipnótico movimiento del coche, mientras se alejaban de Bilbao, los iba relajando poco a poco hasta disipar toda la presión que habían sentido al ser los protagonistas del día. En otro vehículo, inmediatamente tras ellos, los acompañaban una doncella y el ayudante de cámara de Friedrich, junto con la mayor parte de sus maletas.

El alemán alargó el brazo para, ahora ya con la aprobación del matrimonio, abrazar a su esposa.

—¿Estás cansada? —preguntó con los ojos brillantes.

Ella asintió y recibió el suave beso de su marido con una sonrisa. Friedrich se acercó más, colocando el hombro junto a ella para que pudiera apoyarse.

—Duerme un poco —sugirió—, nos espera un largo trayecto.

Amelia asintió y se recostó en él, sorprendida por lo agradable que era ser cuidada por otra persona. Cerró los ojos y en pocos segundos se quedó dormida. No supo cuánto tiempo permaneció ajena a la realidad, pero, cuando volvió en sí, estaban en Biarritz, era noche cerrada y Friedrich la despertaba con un susurro.

—Hemos llegado.

El cochero abrió la puerta del vehículo para que ambos salieran. Estaban en la entrada del hotel Regina, donde un botones los esperaba dispuesto a cargar las maletas y conducirlos al interior. Amelia quedó impresionada por el edificio, por las lámparas que los recibían con una tenue luz a esas horas de la noche, tiñendo el ambiente de un cálido amarillo. El *hall* era muy amplio y estaba rodeado de diferentes árboles que parecían querer unir el exterior y el interior. Los pasillos de los pisos superiores, donde se situaban las habitaciones, se abrían a la estancia central flanqueados por grandes arcos. En la recepción, un gran mueble de madera daba solidez y elegancia al lugar. Un hombre asintió nada más saber su nombre y enseguida los acompañó hasta sus habitaciones. Si ellos estaban impresionados, Amelia se fijó en las miradas de complicidad que la doncella y el ayudante de cámara se dedicaban el uno al otro, disimulando y siguiéndolos en silencio.

Su habitación constaba de dos dormitorios unidos por un salón común. Los criados tenían habitaciones reservadas en el sótano, donde podrían descansar aquella noche. Con nerviosismo, la doncella deshizo la maleta que había preparado para Amelia, siguiendo sus instrucciones. Eligió cuidadosamente un ligero camisón de seda blanco, pues hacía calor, que resaltaba sus curvas sin resultar demasiado obvio. Era su noche de bodas y, como Juana le había aconsejado, debía cuidar hasta el más mínimo detalle.

Cuando la doncella —una chica joven, porque Juana se había negado a abandonar el palacete— se retiró, después de haberla ayudado a cambiarse, Amelia sintió el vértigo, consciente de que por primera vez en su vida iba a estar con un hombre. Sus dedos jugaron con su larga trenza, que descansaba sobre su hombro atada con un ligero lazo en la punta. La estancia estaba iluminada por numerosas velas que la doncella había prendido por orden suya, y que aportaban calidez y romanticismo al momento. Quizá el sentir que todo a su alrededor era perfecto, que ella lucía radiante y que el viaje no había hecho mella en su rostro le otorgó cierta seguridad. Era una forma de controlar lo único que podía controlar, porque lo que iba a ocurrir escapaba a su imaginación.

En aquel momento, en la puerta que comunicaba el salón compartido con el dormitorio de Friedrich, sonaron unos pequeños golpes.

—¿Puedo pasar? —preguntó su marido al otro lado.

Amelia asintió sin voz, por lo que Friedrich tuvo que repetir la petición, porque no había obtenido respuesta. Cogió aire, en un intento de aparentar menos nervios de los que tenía, y dijo:

—Pasa.

La manilla dorada de la puerta descendió con lentitud. Ella esperaba temblando. Friedrich entró con su batín de seda y la mirada clavada en el cuerpo de su mujer bajo la luz de las velas. No supo decir nada. Cerró la puerta tras de sí y se acercó para abrazarla.

—Nunca hubiera imaginado tener esta suerte —susurró mirándola a los ojos.

Amelia esbozó una sonrisa entumecida cuando él le cogió la mano y muy lentamente la besó. Sintió su cuerpo adherido al de ella, sintió sus manos y su piel, y el corazón acelerado y una punzada de deseo en el estómago a la que ni siquiera supo poner nombre.

—¿Estás nerviosa? —preguntó Friedrich en casi un murmullo.

Quería gritar que sí, que apenas sabía nada del cuerpo de un hombre, que desconocía cómo tocarlo, que no creía que ella pudiera hacer lo que se suponía que tenía que hacer. Estaba paralizada y aterrorizada, pero solo asintió.

La besó mucho tiempo, tocándola levemente por encima de la ropa hasta que logró que su cuerpo se fuera relajando. Se desnudó y la desnudó con ternura, pero, cuando Amelia sintió el contacto directo de su piel, volvió a ponerse rígida. Friedrich la recorría con calma y, sin embargo, ella se sentía incapaz de tocarlo y se limitaba a acariciarle el pelo y el rostro. Muchas caricias después, dejó que su marido se sumergiera en ella al tiempo que le susurraba:

—Te dolerá. Si quieres que pare, dímelo.

Amelia negó con la cabeza y se agarró fuerte a su espalda mientras sentía una punzada entre las piernas y se preguntaba si aquello era lo que debía sentir, si tendría que soportarlo cada una de las veces que él quisiera, ya que era su marido. Tuvo miedo y la embargó una tremenda soledad cuando él se estremeció entre sus brazos para después salir de su interior, exhausto. Miró al techo e intentó aguantar las lágrimas, pero sin lograrlo. Friedrich, tras unos segundos para recuperar el aliento perdido, la miró y, preocupado, le acarició el rostro, secándole las lágrimas.

—Lo siento, lo siento mucho. No quería hacerte daño...

—Estoy bien —susurró Amelia, confusa y triste.

Su marido la abrazó con fuerza cuando el cuerpo ya era cuerpo, ya no era deseo ni ansiedad, era abrazo y algo parecido al amor. Eso decía él. Amor. Amelia aún no podía contestarle y por eso callaba y se preguntaba si el placer estaba reservado a los hombres, si era otro aspecto más del que las mujeres no podían disfrutar.

—Será diferente las próximas veces, confía en mí —dijo Friedrich.

Amelia asintió sin creer ni una palabra.

Al cabo de un rato, el hombre se durmió sobre su piel. Ella cerró los ojos también, aunque sabía que sería incapaz de conciliar el sueño. Sin embargo, a pesar de la desesperanza que la había invadido en un primer momento, ahora estaba más relajada, sintiéndose como una madre abrazando a su hijo.

Irune abrió sigilosa la puerta del despacho de Amelia, como si la oscuridad de la noche no fuera suficiente cómplice, como si en lugar de estar a punto de hacer su trabajo, la limpieza de aquella habitación, fuera a realizar algo prohibido. Cerró la puerta a su espalda y dejó los utensilios de lavado en el suelo. Miró a su alrededor y, en un primer momento, no encendió la luz. Sobre la mesa yacía una vela apagada y a medio consumir. La luz de la luna llena entraba por la ventana iluminando el lugar, tiñendo de gris y tenue caricia el mobiliario.

Que Amelia era en realidad quien dirigía la fábrica era un

secreto a voces que en el día a día resultaba difícil de ocultar. En el cartel colgado de la puerta, en el exterior, era el nombre de su hermano el que figuraba, pero en el interior había detalles que remitían a una mujer. Una mesa no adaptada a la situación del señorito Óliver, poco espacio entre los muebles para que circulara una silla de ruedas, un armario de formas sinuosas, de un estilo más femenino que masculino, flores frescas, un empapelado delicado en las paredes... Irune se acercó al armario y lo abrió procurando no hacer ruido. Dentro había un abrigo de terciopelo, un echarpe de piel y un par de zapatos de tacón. Acarició cada una de las prendas e inspiró el olor del perfume de Amelia, una mezcla dulce y algo cítrica al final.

Cerró el mueble con cuidado y entonces reparó en el gramófono junto a la mesa. Nunca había utilizado ninguno y no se atrevió a acercarse demasiado. Lo acarició en el aire, sin rozarlo, y se agachó para mirar los discos que había almacenados debajo del aparato. No conocía ninguna de las palabras, escritas en otro idioma, pero deseó con todas sus fuerzas poder escuchar las canciones que allí se guardaban como secretos.

La señora Amelia estaba en Francia, en París, un lugar que le sonaba a escenario de novela, a ciudad que en realidad no existía y que solo aparecía en las vidas de quienes soñaban. Se acercó a la mesa del despacho y se fijó en que, entre los papeles, había una serie de postales. Eran solo las imágenes, nadie las había enviado ni escrito; solo mostraban lugares dibujados a lápiz. Irune supuso que Amelia las coleccionaba. Aparecían distintos monumentos de París, como la torre Eiffel, según revelaba la leyenda, Notre-Dame en otra y un molino, flanqueado por otros edificios más altos, en una tercera. Se preguntó qué sería aquel lugar, qué hacía un molino de viento en un sitio en el que seguro que no podía usarse. «Moulin Rouge», estaba escrito detrás. No entendió qué quería decir.

Un ruido la hizo levantarse rápidamente del asiento y comenzar a limpiar con ímpetu. Pero, mientras lo hacía, en el recuperado silencio nocturno de la fábrica, las postales la llamaban desde la mesa con su presencia. Se mordió el labio con nerviosismo y se preguntó si alguien notaría la ausencia de alguna de ellas. Probablemente no, se dijo; seguramente la señora Amelia tendría miles y traería más de su viaje de novios. Con sigilo, a pesar de que nadie más había allí, cogió la última, la del molino, y la escondió bajo la blusa. Después siguió limpiando con el corazón acelerado.

—¿Qué hacemos aquí?

Amelia agarraba del brazo a Friedrich justo delante del Moulin Rouge. Era un gran molino rojo cubierto de pizarras y con anuncios en azul y blanco que emergía entre los demás edificios como extraído del tiempo, inconexo con las calles de París. Había oído hablar de él, sabía que era un cabaret, sabía de las chicas del cancán; hasta el propio Friedrich le había hablado de ellas, porque para él no era la primera vez allí.

Su marido, con ademán travieso, llevó la mano al bolsillo interior de su chaqueta y sacó dos entradas para aquella misma noche.

—Quería sorprenderte —dijo enseñándoselas con una sonrisa.

Amelia se abrazó a su marido para demostrarle lo mucho que le había gustado su iniciativa, porque no tenía palabras para describir cuánto quería entrar allí. De su mano, junto con otras parejas y muchos hombres solos o en grupo, atravesó el umbral de la entrada a aquel teatro de tintes rojos y decoración extravagante. Amelia no podía dejar de mirar a todas partes con los ojos de una niña impresionada y soñadora. En la decoración gobernaban los tonos rosas y granates; era un lugar lleno de espejos, con asientos que miraban al gran escenario y luces tenues en cada una de las mesas. Nunca había estado en un sitio como aquel. Las representaciones a las que había acudido en Bilbao eran mucho más discretas y austeras. El ambiente que se respiraba en el Moulin Rouge era todo lo contrario, de exuberancia y brillo.

Se sentaron a una de las mesas y Friedrich pidió champán en un perfecto francés que a Amelia le encantaba escuchar. En el escenario, un grupo de mujeres bailó primero el cancán, una danza enérgica en la que las bailarinas levantaban tanto las piernas que enseñaban mucho más de lo que hubiese estado permitido en cualquiera de los locales que ella conocía. Mientras Friedrich miraba a las bailarinas en su actuación, ella lo observaba entre divertida y escandalizada, como si hubiera descubierto en él un aspecto que no le había visto nunca.

—¿Estás cómoda? —preguntó nervioso su marido—. No es lo que solemos frecuentar, pero no se puede venir a París sin ver, aunque sea una vez en la vida, un espectáculo en el Moulin Rouge.

Amelia asintió sin palabras para explicar cómo se sentía, aunque le decepcionaba ligeramente la mal disimulada incomodidad de Friedrich.

Después, comenzó una obra de teatro en la que una mujer disfrazada de momia era desvestida por una arqueóloga hasta casi aparecer desnuda. Al final, las mujeres se besaron en el escenario y el murmullo creció a medida que los espectadores salían de su estupor por lo que acababan de presenciar.

—Creo que esto es demasiado atrevido hasta para el Moulin Rouge —susurró Friedrich, muy sorprendido y algo ofendido.

—¡Es un escándalo! ¡Es una vergüenza! —gritaban muchos hombres que no habían puesto ni una sola pega a contemplar las piernas de las bailarinas.

—Es mejor que nos vayamos —propuso su marido, algo nervioso al ver que la tensión iba en aumento.

Amelia no contestó. Se dejó hacer y abandonaron el Moulin Rouge justo en el momento en que la policía llegaba al local.

De camino al hotel Crillon, donde se hospedaban, permanecieron en silencio, acunados por el vaivén del coche de caballos que el propio establecimiento había puesto a su disposición durante su estancia allí. Amelia sentía que su cuerpo estaba junto a su marido, pero su mente se había quedado presa en aquel escenario y en aquel beso. Los labios de las dos mujeres rozándose era mucho más de lo que Amelia había imaginado nunca. No sabía que aquello fuera posible, pero no podía reprimir la sonrisa cuando volvía a imaginarlo y toda su piel se erizaba.

Cuando subieron a la elegante habitación decorada en granate y oro, apenas se habían dirigido la palabra.

—¿Estás bien? —preguntó Friedrich, preocupado, al cerrarse la puerta aún sin haberse quitado ni siquiera los abrigos.

Amelia no lo pensó dos veces. Sentía que había despertado, que una chispa en su interior ardía sin remedio, porque había descubierto algo tan nuevo que todas las partes de su cuerpo vibraban con el recuerdo de aquel beso. Miró a su marido a los ojos y, por primera vez desde aquella primera noche en Biarritz, fue ella quien se acercó, quien posó los labios en los de él mientras le ayudaba a quitarse la ropa con ansiedad.

Besaba a Friedrich y besaba a aquellas mujeres, y, sin entender por qué, el recuerdo de Irune se coló de repente en sus pensamientos y la sorprendió en mitad de su desnudez.

Se paralizó un segundo. El hombre la miró desbordante de ansiedad. Amelia simplemente sonrió, lo besó de nuevo y dejó que sus manos y las de Irune se mezclaran en su mente con el champán. Tembló, jadeó y descubrió que su cuerpo también era capaz de sentir como el de un hombre.

Irune, agachada, limpiaba los suelos de las escaleras de la fábrica. Las obras de unificación de las dos empresas ya habían comenzado y las estancias se llenaban de polvo blanco, suciedad y barro los días que llovía. Sentía las manos entumecidas de tanto fregar y veía cómo el amanecer llegaba con la misma fuerza que sus ganas de dejarlo todo y salir corriendo. Frunció el ceño con una mueca, por las heridas en las manos, y se dejó caer derrotada en la escalera, preguntándose si aquel no era trabajo para más de dos mujeres, para diez al menos.

De repente, una música la sacó de su ensimismamiento, una melodía que provenía del despacho de la ahora señora, en vez de señorita, Amelia. Era la voz de una mujer cantando en otro idioma. Tenía una cadencia triste, a pesar de que le era imposible entender lo que cantaba. Se levantó y, como llevada por una fuerza difícil de controlar, se acercó a la puerta del despacho y cerró los ojos abrigada por la música. Con disimulo, miró el dibujo que había robado del despacho y se imaginó a Amelia en aquel lugar, elegante, dominada por la noche, del brazo de su marido. De repente, la puerta se abrió y la misma Amelia apareció y se sorprendió al verla allí.

—Irune... —dijo en un susurro.

La chica dejó caer la postal que tenía en la mano, al tiempo que pedía disculpas.

—Perdone señorita, quiero decir, señora, yo... ya me iba, es que la música...

A toda velocidad descendió las escaleras y a punto estuvo de caerse. Dejó atrás la voz de mujer y se escondió turbada en el vestuario, dispuesta a marcharse lo más rápido posible.

Amelia vio descender corriendo por las escaleras a Irune mientras la voz de Damia, una cantante francesa que había descubierto en el viaje a París, seguía sonando a su espalda. Estaba agotada porque acababan de llegar, pero, al entrar en Bilbao, le había pedido a Friedrich que la dejara en la fábrica; necesitaba disfrutar un poco de la soledad y así asimilar todo lo vivido los últimos días. Su marido sonrió encantado, porque él quería hacer lo mismo. Ese era el motivo por el que estaba en el despacho tan temprano y sin haber anunciado su llegada.

Había entrado allí a oscuras, había encendido el gramófono y se había sentado en su silla con los ojos cerrados, disfrutando del reencuentro con su refugio. Entonces escuchó unos pasos tras la puerta y por eso, con curiosidad, se acercó allí y la abrió. Al otro lado, Irune parecía estar tan ensimismada con la melodía como ella. Durante un segundo pudo disfrutar de su perfil, de su cabello rubio y su nariz estrecha dibujados en la penumbra del amanecer. Se sorprendió al ver en su mano una de sus postales de París, justo la del Moulin Rouge, justo la del lugar que la había revuelto por dentro.

—Irune... —susurró, y se sintió ridícula por el tono con el que lo había hecho.

Ella salió corriendo sin darle opción a detenerla, a explicarle, a preguntarle por aquel dibujo.

Amelia recogió la imagen que había caído al suelo, volvió a meterse en su despacho, se acercó de nuevo al gramófono y manejó la aguja para colocarla una vez más en el inicio de aquella voz que ya quedaría unida a Irune en su mente. Quiso escucharla una y otra vez.

5

Amelia y Friedrich desayunaban en el comedor del palacete Eguren. Ella contemplaba a su marido al otro lado de la gran mesa de madera, todavía sintiéndose extrañamente feliz de tenerlo. Se había instalado allí al volver del viaje de novios y todo era nuevo y diferente. No iba a negar que tuvo que hacer un esfuerzo para ver con buenos ojos sus costumbres —era mucho más madrugador, siempre desaparecía a primera hora de la mañana y se acostaba mucho antes que ella— y ciertas manías que no comprendía, como la de ser él mismo quien doblara su ropa antes de que los criados procedieran a guardarla. Amelia le observaba hacerlo con una sonrisa de tierna burla y Friedrich reía con disimulo, algo avergonzado.

—Será que soy alemán... —se excusaba.

—Será que yo no... —replicaba ella.

Le gustaban la complicidad, la compañía y también los encuentros nocturnos que compartían. Llevada por las manos de Friedrich, estaba conociendo su propio cuerpo, su capacidad para el deseo y el placer y también el poder que le proporcionaba satisfacerlo a él.

Aquella mañana, Amelia lo contempló con detenimiento mientras daba un sorbo a su café recién hecho. Su pelo rubio, sus ojos claros como el hielo, su traje impoluto. Le gustaba estar casada, le gustaba haber dejado de estar sola.

Friedrich, sin embargo, en aquel momento no compartía la tranquila sensación de Amelia. Permanecía enfrascado en el periódico sin levantar la mirada y, de repente, comenzó a negar enérgicamente con la cabeza.

—¿Qué ocurre? —preguntó sorprendida.

—Esto no va por buen camino.

—¿A qué te refieres?

El alemán cerró el periódico con rabia y lo dejó arrugado a un lado de la mesa antes de mirarla.

—Mucho tienen que cambiar las cosas para que esto no acabe en guerra.

—¿Tan grave es?

Desde el asesinato del archiduque Francisco Fernando, heredero de la Corona austrohúngara, no se hablaba de otra cosa.

—Por lo que dice el periódico, los acontecimientos se están precipitando. Todo son conversaciones ocultas, gestos malinterpretados, terribles noticias. Temo por mis padres en Alemania. Aquí estamos alejados del centro del conflicto, pero ellos están muy cerca —dijo realmente preocupado.

Amelia le cogió la mano con ternura.

—Ya verás como no llega la sangre al río. Seguro que son todo bravuconadas, y que después recuperan la cordura.

—Eso espero... Mis padres son muy mayores y no me gustaría que tuvieran que pasar por algo así de nuevo.

—Si ocurre lo peor, Dios no lo quiera, podrían trasladarse aquí. Hay sitio para todos.

—Ellos nunca abandonarían su país —contestó Friedrich, ofendido.

Amelia no quiso seguir tocando un tema que ignoraba y un sentimiento que estaba muy lejos de entender.

Pero los días pasaban y las noticias no parecían refrendar lo que ella había vaticinado. Friedrich estaba cada vez más preocupado, y las conversaciones en la calle, en los periódicos y en cada tertulia de Bilbao, como en las del Lion d'Or y el Café Iruña, a las que era asiduo, bullían con las noticias, que recorrían la ciudad en segundos.

—He logrado hablar por teléfono con mi padre —comentó una noche cuando se acostó junto a ella.

El alemán tenía su habitación privada, pero acostumbraba a dormir al lado de Amelia. Ella disfrutaba de su compañía y de su ternura, pero los abrazos hacía tiempo que habían dado paso a largas conversaciones, debido a la preocupación por lo que ocurría en Europa.

—Mi padre dice que todo está muy revuelto, que la gente ha empezado a acaparar alimentos y que, aunque ellos no viven en Berlín, el sentimiento efusivo por Alemania es cada vez más fuerte. —Se quedó en un silencio melancólico que cada vez era más habitual—. Echo de menos mi país —susurró, mirándola con aquellos ojos claros en los que Amelia se perdía.

—Lo sé, pero qué podemos hacer... Yo ya he ofrecido recibirlos en el palacete. Esta puede convertirse en su casa como se ha convertido en la tuya, al menos hasta que se calmen las cosas.

—Se lo he sugerido, pero no quieren marcharse; no quieren abandonar su hogar, me han dicho.

Friedrich se dejó caer en la cama con la mirada perdida en el techo. Amelia se acurrucó a su lado y él la abrazó. Pero lo sentía cada vez más lejos, cada vez más ajeno a la vida cotidiana de Bilbao, a la fábrica, a ella. Cuando estaba empezando a conocerlo, cuando estaba empezando a gustarle, era testigo de cómo aquel hombre se le estaba diluyendo entre los dedos, sumido en una nostalgia que ella no lograba comprender. Pero ambos callaban los reproches hacia el otro y la incomprensión, y mantenían así una tensa calma que no querían quebrar por miedo a las consecuencias.

Mientras, continuaban las obras en La Blanca y Cervezas Manheim. Quedaba poco para que finalizaran —habían pasado dos meses— y la realidad de Cervezas y Gaseosas Blanca Manheim, como habían decidido llamar a la nueva empresa, era cada vez más cercana. Los dos logotipos se habían transformado en una mujer vestida de blanco que, con una amplia sonrisa, portaba una cerveza. Esperaban que aquello captara la atención de los consumidores. El mundo bullía fuera, pero, en la fábrica, la inminente guerra resultaba muy lejana; afectaba a países que ninguno de los trabajadores creía poder visitar nunca.

Sin embargo, Amelia fue plenamente consciente de que algo drástico amenazaba sus vidas el día que acudieron a la representación de *Las golondrinas*, de José María Usandizaga, en el Teatro Campos. En lugar de la zarzuela, en todos los corrillos formados antes de la obra, en el descanso y al final de la función, solo se mencionaba la inminente guerra. Unos apostaban por que Alemania entraría en el conflicto, mientras que otros decían que aquella situación no podía desarrollarse con tanta rapidez, que el país germano seguro que sería mucho más inteligente y mantendría la calma.

Pero a los pocos días ocurrió. En el titular del periódico podía leerse que Alemania había invadido Bélgica, y ese hecho lo cambió todo en Europa y también en el palacete Eguren, a muchos kilómetros de distancia del conflicto.

Irune ayudaba a sor Matilde a reunir a los niños a la puerta del orfanato, en un nuevo intento de llevarlos a la plaza mientras se realizaban las obras en el patio interior. Aquella sería la tercera vez que lo hacían. La primera fue un desastre, con la burla de los chiquillos, pero la segunda discurrió de forma tranquila y los huérfanos disfrutaron de un día soleado y amable. Esperaban seguir por ese camino esta tercera vez. Los pequeños formaban una fila entre risas y nervios, ajenos a las preocupaciones de sus cuidadores, deseosos simplemente de pasarlo bien. Pero Irune se sentía incómoda, no le gustaba que estuvieran tan expuestos; a veces prefería esconderse entre las frías paredes del orfanato y no enfrentarse a la realidad.

—Tienen derecho a un poco de luz natural; si no, enfermarán —decía sor Matilde al reconocer en su rostro un mohín de duda.

No podía estar más de acuerdo. No se trataba de eso, pero, mientras el sol la cegaba al dejar atrás los cálidos brazos de los muros del asilo, presintió que algo no iría bien.

—¡Marchaos de aquí, nos vais a contagiar! —empezaron a chillar y a reírse unos chicos que había en la plaza, jugando a la pelota.

No sabía si se trataba de los mismos niños del primer día, pero la tensión fue en aumento.

Irune intentaba contenerse, aunque sentía que se le erizaba la piel al ver a los pequeños, con sus ojos grandes y siempre algo tristes, mirar con incomprensión a los que increpaban. Sara se acercó a ella y le tiró de la falda con delicadeza. Se agachó para mirarla.

—¿Qué ocurre, pequeña?

—¿Por qué nosotros somos diferentes?

Irune esbozó una sonrisa quebrada, rota en su interior, porque ella también había sentido aquel desconcierto por una vida que nadie le había dado a elegir.

—Todos somos iguales. Esos chicos son unos maleducados, nada más. No hay que hacerles caso —explicó a la pequeña en contra de lo que ella misma sentía.

De repente, uno de los muchachos cogió una piedra y la lanzó cerca de los más pequeños. No le dio a ninguno, pero Irune se levantó de inmediato dispuesta a pararle los pies. Solo el contacto de la mano de la pequeña Sara la hizo volver a la realidad y detenerse en el último momento. Se repitió que también eran niños, que, por muy equivocados que estuvieran, ella era la adulta allí y debía mantener la calma. Cruzó una mirada con sor Matilde en la distancia y ambas asintieron, preparadas para no intervenir. Pero aquella acción, aquella piedra que había quedado en zona neutral, pareció hacer mucha gracia al resto de los compañeros del primer chico, que lo imitaron entre insultos.

En aquel momento, Amelia descendió de su coche y fue a saludar a su tía, dedicándole un gesto con la mano a Irune desde lejos, a lo que ella contestó con una inclinación de cabeza.

Pero las burlas y las piedras continuaron.

—¡Parad, estáis locos! —gritó Irune, ahora ya incapaz de refrenarse.

Amelia, dándose cuenta de la situación, se colocó delante de los abusadores.

—Pero ¿qué hacéis? —preguntó enfadada.

Uno de los gamberros no atinó bien esta vez y la piedra la golpeó en la frente, provocándole un corte y un leve mareo. Irune corrió a sujetarla del brazo, presa de la inquietud, igual que sor Matilde, que enseguida se acercó a ellas. Solo entonces los niños, asustados por lo que habían hecho, se marcharon corriendo.

—¿Está bien? —preguntó Irune, preocupada.

—Estoy sangrando —susurró Amelia al llevarse la mano a la frente y verla teñida de rojo.

—Hija, pero qué brutos...

Sor Matilde le pidió que fueran dentro para que la curaran en la enfermería.

Irune comenzó a reunir al resto de los niños para que entraran. Sara lloraba en silencio a su lado, asustada por todo lo que acababa de pasar. La cogió en brazos mientras le susurraba que ya se habían ido, que era la última vez que ocurriría aquello, se lo prometía.

—Estoy bien, de verdad —repetía Amelia mientras sor Matilde le limpiaba la pequeña herida.

Irune, unos pasos más atrás, observaba la escena con el ceño fruncido y los brazos cruzados. Amelia pensó que con aquella expresión parecía la niña que realmente era.

—Hay que hacer algo —rumió sin poder evitarlo.

—¿Y qué podemos hacer? —Se encogió de hombros sor Matilde, más calmada—. Es mejor dejarlo pasar, solo han sido unos gamberros, unos críos.

—Pero esto no puede repetirse —insistió Irune—. Hoy ha sido la señora Eguren, pero otro día será uno de los pequeños o una de nosotras —se quejó.

—Se han marchado asustados cuando han visto la sangre, esos no volverán —sentenció la monja con seguridad.

Amelia miraba absorta la ira en el rostro de Irune, sus labios contraídos, las manos apretadas y ese dolor contenido que hablaba de ella más que de ninguno de los niños, que seguramente ya habrían olvidado el incidente. Pero, para la chica, aquello resonaba como una herida abierta.

—Voy a tirar esto. No te levantes todavía, no vayas a marearte —pidió sor Matilde a su sobrina antes de salir de la enfermería para limpiar los paños y deshacerse del agua manchada de sangre.

Se quedaron solas y en silencio. A Amelia le daba reparo hurgar en el pasado de Irune, pero no pudo contenerse, necesitaba saber más.

—¿Te ocurrió algo parecido cuando estabas aquí?

La chica levantó la mirada, sorprendida por el tono cercano y directo que había utilizado Amelia, muy lejos del que le correspondería.

—No exactamente eso, pero hubo situaciones similares. Siempre estuvimos señalados, a veces sin mala intención, y siempre nos hicieron sentir distintos de los demás —contestó Irune con amargura.

Amelia asintió sin saber qué responder.

—Yo también crecí prácticamente sin padres —dijo al fin, aunque enseguida se dio cuenta de lo injusto de aquella comparación, pues ella tenía una casa, un hermano, unas comodidades y unas oportunidades que Irune nunca habría siquiera soñado.

Estaba a punto de disculparse, pero la chica no pareció haberse ofendido. La miró y preguntó, curiosa:

—¿Qué les ocurrió? —De inmediato se arrepintió de haberle hablado de una forma tan directa—: Perdone…

Amelia sonrió sin darle importancia.

—Mi madre murió al dar a luz a mi hermano, y mi padre lo hizo cuando yo tenía ocho años, un problema de corazón. Pero nunca fue muy cercano, solo lo veíamos a última hora de la noche, antes de acostarnos, porque estábamos obligados a darle las buenas noches. Él guio nuestras vidas desde una distancia que lo convirtió en un desconocido, así que, en realidad, nos quedamos solos mucho antes de que él muriera —explicó con resignación.

Irune asintió con empatía.

—No tuvo que ser fácil... —dijo, y parecía sincera.

Amelia negó con la cabeza, dándole la razón.

—En mi caso, sor Matilde fue quien se convirtió en algo así como una madre —contó Irune.

—Yo os odiaba —dijo Amelia riendo—, porque siempre he apreciado mucho a mi tía y ella se desvivía por este lugar y no por sus sobrinos. Éramos huérfanos de distintas clases para ella.

Se miraron con una triste y cómplice sonrisa.

Aquel amanecer, Irune, envuelta por la tenue luz que entraba por la ventana, miró a su alrededor satisfecha del trabajo realizado con los suelos de la entrada. Las obras para unir las dos fábricas estaban consiguiendo sacarle de sus casillas, porque nada de lo que hiciera lograba terminar con el polvo y la suciedad que lo impregnaban todo. Se preguntó si quienes pisaran la fábrica al cabo de pocas horas, o incluso minutos, se detendrían a considerar por un segundo quién mantenía aquello limpio, quienes eran las personas invisibles que un día tras otro conseguían que la jornada comenzara cuando tenía que comenzar, que los olores y la suciedad no convirtieran la fábrica en nauseabunda. «Seguro que no», se dijo resoplando. Cogió el cubo y las bayetas y, sorteando las zonas mojadas del suelo, se acercó hasta los vestuarios.

Entró allí dispuesta a despedirse de la jornada cuando escuchó unos pasos acercarse por su espalda. Se lamentó por todo el trabajo inservible, por las huellas de esa persona sobre lo que había tardado tantas horas en limpiar. Se volvió con intención de protestar por la poca consideración del recién llegado, pero, cuando lo vio, se quedó inevitablemente muda. Antonio, que se había mantenido alejado de ella, que la seguía observando de reojo, pero no se había atrevido a contradecir lo que Amelia le ordenó aquella vez, avanzaba hacia ella manchando de tierra con sus botas ajadas el brillante suelo que Irune acababa de fregar. Quiso hablar, quiso moverse, pero sus manos estaban aferradas al asa del cubo y sus pies parecían haberse convertido en piedra. Su cuerpo entero era un instante de miedo cuando el hombre se quitó el cigarrillo de los labios, lo tiró al suelo y mezcló la ceniza con el trabajo de Irune.

—¿Vas a ir hoy también a hablar con la señora Amelia? —preguntó acercándose a ella.

Solo en el último momento consiguió reunir las fuerzas suficientes para soltar el cubo, darse la vuelta y entrar en los vestuarios, sin pensar si aquello era una buena idea. Calzó una silla contra el picaporte para que Antonio no pudiera abrir la puerta. Creyó que quizá no lo intentaría, que se daría por satisfecho con asustarla, pero entonces vio cómo la manilla descendía, cómo esa silla era lo único que la separaba de las manos y las malas intenciones de aquel hombre que la tenía enfilada desde el primer día. Se echó a llorar aterrada por lo que podría pasar, por lo que ya estaba pasando, sin poder dejar de observar aquella puerta. Después de varios intentos, Antonio no consiguió abrir e Irune respiró más aliviada, soltando un sollozo angustiado. Pero del fondo de la habitación apareció la señora Mendibil, que la miraba llena de desprecio.

—Eres tú quien lo provoca con tanta huida y tanto drama...

—Por favor, no abra la puerta —pidió Irune.

Pensó que no lo haría, que, a pesar del visible poco cariño que le tenía, habría un límite, que la protegería porque, al fin y al cabo, eran mujeres y quizá también había vivido alguna vez lo que Irune estaba sufriendo en aquel momento. Pero la señora Mendibil hizo caso omiso de las súplicas de la chica, se acercó a la puerta, retiró con parsimonia la silla y, sin pestañear, salió de allí, dejándola completamente abierta.

Irune contuvo el aliento. Se pegó a la pared y rezó en un susurro tembloroso, mirando aterrorizada la entrada. Al principio no ocurrió nada, pero a los pocos minutos alguien se acercó. Supo que esta vez no podría escapar. Antonio por fin se saldría con la suya y haría con ella lo que deseaba desde el primer día. Irune tuvo que sentarse, porque le temblaban las piernas ante la perspectiva de verlo entrar. De repente, un chico joven, al que apenas había visto un par de veces y que trabajaba en la zona de embotellado, accedió al vestuario.

—Buenos días —dijo extrañado al verla con el rostro demudado—. ¿Está usted bien, señorita?

Irune no contestó, no podía; solo se cubrió el rostro con las manos para recuperarse por esta vez.

Amelia llevaba horas despierta, esperando a que Friedrich llegara de no sabía dónde. Envuelta en una bata, se acurrucaba enredada en sí misma y veía avanzar la madrugada en silencio. Quería escuchar el ruido del motor del coche que traería de vuelta a su marido. Aquella tarde no lo había localizado en la fábrica y su secretario le había comunicado que unos compatriotas habían venido a buscarlo nada más conocer la noticia.

—Francia ha declarado la guerra a Alemania —había dicho don Damián con el rostro preocupado.

Amelia sintió que se ahogaba. Numerosas preguntas flotaban en el ambiente, esta vez incluso entre los trabajadores de la fábrica, porque Francia estaba muy cerca: aquella guerra de repente estaba a la puerta de sus casas. Nadie sabía qué podía significar aquello, qué haría Inglaterra, qué pasaría con Rusia, qué haría España ante los movimientos del resto de los países europeos. Amelia había vuelto al palacete esperando encontrarse con su marido y hablar de todo eso para calmar sus nervios y entender la situación.

Pero no estaba, ni tampoco apareció para la cena, ni después. Amelia se desvistió con la ayuda de Juana, que la observaba de reojo en silencio.

—El señor vendrá enseguida, ya lo verá —había dicho la criada justo antes de marcharse—. Con lo que está pasando, seguro que estará en algún café con otros caballeros.

Amelia asintió y le dio las buenas noches mientras contenía la rabia, porque ella también querría estar ahí, formar parte de esas conversaciones, saber qué estaba ocurriendo. Y, en cambio, tenía que esperar en casa, guardarse la preocupación y callar como una mujer.

El dormitorio estaba alumbrado por la suave llama de una de las antiguas velas que aún usaban de noche en la casa, incluso teniendo electricidad. Amelia se dejaba mecer por el temblor de la luz y se preguntaba qué les depararía el futuro.

En ese momento, el faro de un coche iluminó la entrada del palacete con impertinencia. Amelia corrió hacia la ventana, justo a tiempo de ver entrar el vehículo de Friedrich y a este bajar del coche tambaleándose. Se apresuró escaleras abajo para encontrarse con él. Su marido levantó sorprendido la cabeza cuando la propia Amelia le abrió la puerta. No tenía buen aspecto. Había bebido y se agarraba a la pared para mantener el equilibrio y una cierta dignidad.

—Ya está, Amelia —dijo con la voz quebrada—, ya ha ocurrido.

Corrió hacia él cuando iba a tropezar y Friedrich se apoyó sobre sus hombros. El matrimonio subió lentamente las escaleras hasta el piso superior, donde se encontraba su dormitorio. Amelia hizo un discreto gesto al servicio para que volvieran a sus cuartos y los dejaran solos cuando aparecieron sorprendidos por el ruido.

—¿Qué va a ser de ellos? ¿Qué va a ser de mi familia? —se preguntó el hombre, dejándose caer derrotado sobre la cama.

Ella no contestó, solo lo desvistió lentamente, con ternura.

—¿Qué va a ser de nosotros? —volvió a decir Friedrich al aire.

—Seguro que estarán bien. Esto es una locura. Están intentando demostrar quién es más fuerte, pero, en cuanto se les pase el ataque de superioridad, se darán cuenta de que todo esto no es más que un sinsentido —intentó tranquilizarlo Amelia mientras le cogía el rostro con las manos y lo besaba dulcemente.

—¿Quién es más fuerte? Alemania, por supuesto... —se quejó Friedrich, ofendido.

—Claro —respondió ella con paciencia.

—¡Alemania es mi país, Amelia! ¡Es donde nací y no voy a dejar que nadie lo ataque ni que nadie de mi familia sufra ni...!

Se envalentonó alzando el tono de voz e intentó ponerse en pie. Se había dejado llevar por un patriotismo repentino y bañado en alcohol, pero se había levantado tan rápido que se mareó y tuvo que volver a sentarse agarrado de la mano de su mujer. Amelia enseguida le llenó un vaso de agua de la jarra que Juana dejaba siempre sobre su mesilla de noche y se lo tendió. El hombre lo apuró de una vez.

—Yo te quiero, Amelia. ¿Tú me quieres? —preguntó con ojos lastimeros cogiéndola por la cintura.

—Eres mi marido, tengo que quererte... —dijo ella con resignación, por el estado en el que estaba Friedrich.

—Eso no es una respuesta... —se quejó el alemán.

—Venga..., ayúdame —insistió Amelia mientras le ponía el pijama con dificultad.

—Túmbate conmigo —pidió él antes de acostarse.

Amelia apagó la vela con un leve soplido y se metió en la cama junto a él, que la abrazó con fuerza.

—Ojalá tengas razón, ojalá tengas razón en todo.

—Duerme, mañana será otro día —susurró ella.

Friedrich cerró los ojos y se dejó mecer por los brazos cariñosos de su mujer. Ella, sin embargo, permaneció despierta, con el corazón acelerado, el pulso tenso por lo que vendría, por la intuición de que todo estaba a punto de cambiar y por la rabia que le daba ser incapaz de contestar abiertamente que lo quería. Pero cómo decirlo cuando nadie se lo había dicho nunca, cuando escucharlo le sonaba tan sumamente extraño, tan sonrojante y al mismo tiempo tan tierno... Sintió lo músculos de Friedrich desdibujarse entre sus brazos, presa del sueño, y le besó en la frente, deseando que aquel calor durara mucho tiempo.

Irune se despertó tiritando y no sabía si se trataba de frío o de miedo. Deseó que lo ocurrido en la fábrica el día anterior hubiese sido solo una pesadilla, pero el nudo en el estómago, la sensación de angustia y las ganas de no levantarse de la cama eran muy reales. Estaba sola en la habitación. Gloria ya se había marchado a trabajar y al otro lado de la ventana escuchaba el ajetreo de un nuevo día. Sin embargo, Irune no quería seguir, quería detenerse, descansar del mundo y de todo lo que estaba por venir. Porque aquella situación no iba a cesar. Antonio no pararía hasta conseguir lo que quería, y ella sabía lo que era solo a medias. Tenía miedo, mucho miedo; miedo a que ocurriera algo, a que le hiciera daño, a que después no pudiera volver ser la persona que era. Tenía miedo a Antonio...

Encogió las piernas en la cama y pensó en él, incluso quiso intentar que le gustara, que esa animadversión que sentía se convirtiera en algo parecido a la atracción. Quizá así, si no se mostraba tan reacia, él reaccionaría de otra manera; quizá la trataría mejor si creyera que le gustaba. Una lágrima descendió por su rostro de pura indefensión.

—¡Arriba, perezosa!

La casera golpeó la puerta con insistencia. Aquella viuda no concebía estar en la cama a esas horas, aunque le hubiese explicado una y mil veces que llegaba con el amanecer, que necesitaba dormir.

—¡Ya voy, señora Ortiz! —dijo desde la cama, fingiendo normalidad en su voz.

Irune se levantó y se secó las lágrimas con su pequeña toalla deshilachada por los extremos. Después fue hasta la palangana para asearse antes de ponerse la ropa. Solo con escuchar el ruido del líquido contra el rústico esmalte ya se sintió mejor. Miró por la ventana a los comerciantes hacer su trabajo, las carretas pasar, a las mujeres arrastrar a sus hijos, a los niños jugar contra la pared con un balón hecho de trapos y atado con cuerdas... Y pensó que la ciudad seguía adelante sin remedio y que ella lo haría también; tendría que hacerlo, pasara lo que pasara.

Esa tarde debía acompañar a los huérfanos de La Casilla hasta el tren que los llevaría a sus colonias de verano en Santurce. Le daba pena verlos marchar, pero recordaba aquellas escapadas anuales como un pequeño respiro de las paredes del orfanato, una oportunidad para coleccionar historias sobre cielos azules, arena, barcos pesqueros y olor a mar.

Se aseó con rapidez y salió de la habitación.

—Tienes algo de pan en la mesa —dijo la viuda de Ortiz mientras remendaba una prenda, sentada a la mesa de la cocina—. Está un poco duro, pero…

—No me importa —contestó Irune, ya con el mendrugo en la boca—. Voy a salir, vendré en un par de horas.

—Si llegas tarde, no quedará nada de comer —advirtió la casera.

—Lo sé —replicó tras recoger las migas de la mesa.

Salió por la puerta con un somero «agur».

Irune puso un pie en la calle con la intención de dar un paseo, como si así pudiera dejar también todos sus pensamientos atrás, todo el miedo que ya nunca la abandonaba. Se acercó a los aledaños de Harino Panadera, como hacía siempre que quería soñar. Muy cerca estaban aquellas casas de colores que tanto le gustaban, las que el dueño de la empresa había hecho construir para sus trabajadores y sus familias. Recuperó su sueño mil veces repetido de algún día vivir en ellas, descender aquellas escaleras con un niño en brazos mientras escuchaba a otro jugar. Un sueño, sí, pero que esa mañana de agosto necesitaba más que nunca.

Después de unos minutos de corta caminata, se asomó a aquel barrio de Irala y a su bullicio. Se volvió a fijar en la casa amarilla y recordó al hombre con el que se había cruzado aquella vez, al que luego vio en la iglesia con una chica. Se los imaginó viviendo la vida que ella quería vivir.

—No estarás pensando en robarnos, ¿verdad?

Una voz grave a su espalda la sobresaltó.

Como si hubiera invocado su presencia, el hombre de la harina apareció a su espalda con una gran sonrisa.

—Salgo de turno ahora y te he visto ahí quieta... por segunda vez... —siguió hablando.

—Perdona, no quería molestar —contestó Irune, bastante nerviosa y dispuesta a marcharse lo más rápido que pudiera.

—No molestas. ¿Quieres tomar una gaseosa?

Irune lo miró sorprendida por el ofrecimiento.

—No, gracias —dijo mientras descendía la calle algo azorada.

—Otro día... —escuchó al hombre mientras se alejaba.

Irune, fuera de la vista de él, sonrió.

Amelia miró el reloj de la sala una vez más, como si con su insistencia el tiempo pudiera avanzar a mayor velocidad.

—No va a venir —dijo su hermano al entrar en la habitación empujado por José.

—¿Qué quieres decir? —preguntó molesta.

Óliver hizo un gesto a su ayudante para que lo llevara hasta el secreter, donde varias cartas esperaban a ser leídas. Mientras abría una de ellas, en aquel salón que apenas utilizaban porque no eran una familia, chasqueó la lengua de manera irritante.

—Tu flamante marido está en el Boulevard, cantando consignas alemanas con sus compatriotas, y, por el entusiasmo con el que lo hacía, me da la sensación de que no va a aparecer a la hora de la comida, y puede que tampoco para la cena.

Amelia se mordió el labio para disimular lo mucho que

las palabras de Óliver le molestaban. La actitud de Friedrich la estaba empezando a preocupar.

—¿Qué pasa? ¿Celosa de la patria alemana? —preguntó su hermano entre risas.

—No estoy celosa, pero, si esto va a más, voy a tener que hablar con él de la fábrica, porque lleva varios días sin aparecer por allí.

—Creo que la fábrica le importa en este momento igual de poco que el hecho de que lo estés esperando —contestó con una mueca de burla—. Asúmelo, Europa está en guerra.

—Nosotros no lo estamos.

—Pero tu marido es alemán, él sí lo está.

Amelia se levantó para dar por zanjada la conversación, pero volvió a mirar el reloj, preocupada.

—Vámonos —pidió Óliver a José, llevándose unas cartas sobre el regazo.

—¿No te quedas a comer? —preguntó ella.

—No —contestó sin más aclaraciones.

Cuando se quedó sola, Amelia se sentó en uno de los sofás tapizados y se recostó como pudo por culpa del corsé. Friedrich apenas aparecía por la fábrica, llegaba a altas horas de la madrugada en muy mal estado y se marchaba temprano sin dar más explicaciones. Se estaba empezando a sentir igual de sola que antes de casarse. Se había acostumbrado a su presencia, le gustaba su olor, sentir el tacto de sus manos bajo las sábanas cuando se acostaban, que la abrazara y verse en sus ojos como esa mujer que él veía, mucho mejor que la mujer real. Tenía miedo de perderlo, de que aquella nueva vida recién estrenada se le estuviera escapando entre los dedos. No podía quedarse de brazos cruzados.

Se levantó y tiró de la cuerda, camuflada con el gran cortinaje de tela, que llamaba al mayordomo.

—Necesito el coche, voy a salir —pidió al verlo llegar.

Todos los pequeños detalles del entramado de preparativos que conllevaba su petición se pusieron en marcha a su alrededor. Ella simplemente se dejó colocar por Juana el sombrero color crema de verano y cogió la sombrilla que esta le ofrecía.

—El chófer la espera —avisaron al cabo de pocos minutos.

Amelia salió decidida a encontrar a Friedrich, traerlo a casa y no permitirle que la abandonara por un deber que no entendía. Su trabajo estaba aquí, su vida estaba aquí y ella era su familia.

—Rápido, al Boulevard —ordenó al chófer.

Este asintió.

Amelia no miraba por la ventana porque sus ojos, su cuerpo y todos sus pensamientos estaban concentrados en Friedrich y en aquella guerra absurda que amenazaba su vida mucho más de lo que nunca hubiese imaginado. El trayecto fue algo pesado, pues tuvieron que atravesar el Arenal esquivando innumerables transeúntes, coches de caballos, otros vehículos y tranvías en hora punta. Bilbao bullía de actividad, pero ella se sentía aislada en un oasis de silencio en medio de la tormenta.

Delante del establecimiento, el chófer abrió la puerta del automóvil y Amelia utilizó su sombrilla a juego con el sombrero para cubrirse en su camino hasta el Boulevard, donde sabía que Friedrich había acudido más de una vez durante los últimos días. Sintió la mirada de varios hombres. No era costumbre que una mujer sola entrara en un café. Le encantaba el lugar, con sus mármoles y vidrieras, sus divanes y sus barras doradas sobre ellos para dejar el sombrero. Pero aquel día lo veía sombrío, a pesar del bullicio y la orquesta.

Inmediatamente, un camarero se le acercó y le preguntó con tono cómplice:

—Buenas tardes, señora. ¿Espera a alguien?

—No —contestó seca, mientras miraba por encima de su hombro.

—Entonces estará buscando a alguien, ¿verdad? —continuó intentando ayudarla.

Solo después de comprobar de un vistazo que a simple vista no estaba su marido, asintió con un gesto de disgusto.

—Sí, perdone, busco a mi marido, el señor Friedrich Manheim.

—Por supuesto, conozco al señor Manheim, un asiduo del Boulevard. Podría comprobar si se encuentra en uno de nuestros salones privados. ¿Quiere sentarse a esperarlo?

El camarero le señaló una mesa junto a la vidriera de la entrada. Amelia asintió y fue a acomodarse en la sinuosa silla de madera. En su cabeza imaginaba la conversación, quizá la negativa de él a verla, o puede que estuviera en un estado en el que sería mejor llevarlo a casa, o tal vez todo lo que no fuera Alemania había dejado de interesarle, como afirmaba su hermano. Un sinfín de posibilidades bullían en su mente mientras apretaba el bolso contra las piernas, hasta que los nudillos se le quedaron blancos.

Apenas habían pasado unos minutos, que le parecieron horas, cuando Friedrich se acercó desde el fondo del local acompañado por el camarero, que le señalaba el lugar donde estaba Amelia. El alemán asintió colocándose la chaqueta y, con rostro apurado, se dirigió hacia ella, que se levantó nerviosa.

—Amelia, ¿ocurre algo? ¿Qué haces aquí?

Friedrich se volvió al camarero con enfado, antes de que este desapareciera.

—¿Cómo no le han servido nada a la señora? —preguntó—. ¿Quieres un café o un chocolate?

—Sí, gracias. Un café, por favor.

El camarero asintió y desapareció diligente. Ahora sí, el matrimonio se sentó cara a cara.

—No has venido a comer y no has avisado. Óliver me dijo que estabas aquí.

—Perdona, con todo lo que está pasando, olvidé la hora que era.

—Estoy preocupada, Friedrich —confesó.

—Todos lo estamos, Amelia, pero es muy improbable que España entre en guerra. No te apures por lo que se comenta aquí...

—No me refiero a eso, al menos no solo a eso —apuntó antes de continuar—. Estoy preocupada por ti —recalcó—. Ven a casa conmigo o a la fábrica, tenemos que hablar de...

El camarero trajo lo que habían pedido, interrumpiendo la conversación.

—Ahora no puedo, Amelia. Termina el café con tranquilidad y esta misma tarde hablamos. ¿De acuerdo? —pidió él, de repente ansioso por marcharse de su lado.

Estaba decepcionada, pero disimuló; solo fingió una sonrisa que estaba muy lejos de sentir. Friedrich la miró con ternura, pero aun así se levantó y se alejó de ella. Amelia terminó su café sin ganas y sin esperanza.

El caos en la estación de tren de La Naja era máximo. Las monjas e Irune intentaban mantener quietos y juntos a los niños del orfanato mientras esperaban en el andén la llegada del tren que los conduciría a Portugalete, desde donde caminarían hasta Santurce para dar comienzo al verano. Los pequeños lucían sus uniformes limpios y sus sombreros para protegerse del sol. Con pequeñas sonrisas, capeaban las miradas divertidas de algunos pasajeros y las molestas de otros, que veían rota la tranquilidad con el alboroto de los huérfanos. Los niños mayores cuidaban a los pequeños, formando a su alrededor una especie de círculo de protección que los aislara ante posibles fugas y caídas a las vías del ferrocarril. Nerviosos, esperaban el acontecimiento de montar en el tren, por primera vez para muchos.

—¿Estás bien, hija? Te noto seria últimamente —susurró sor Matilde en tono de confidencia.

—Sí, estoy bien.

Irune no fue capaz de sostener la mirada de la mujer que tan bien la conocía. La había visto crecer y la había acompañado en tantas noches de soledad, en medio de monstruos y terrores infantiles, que ocultarle el miedo atroz que la situación con Antonio le infundía era prácticamente imposible.

—Te conozco y eso no es cierto —respondió sor Matilde.

Una vez más intentó aguantar las lágrimas y disfrazarlas de sonrisa, pero se desmoronaba bajo la mirada tierna de la mujer.

—¿Es en el trabajo? —insistió.

Irune asintió con un gesto de la cabeza, porque tenía la garganta atrapada en un sollozo que pugnaba por salir.

—¿No estás a gusto? ¿Quieres que hable con Amelia? Entiendo que tiene que ser un trabajo duro, pero tú eres fuerte y...

—Hay un hombre... —susurró nerviosa.

Sor Matilde la miró aún más preocupada.

—No habrás hecho algo de lo que arrepentirte, ¿verdad?

Irune se preguntó por qué la duda siempre recaía sobre

ella, como si fuera culpable solo por ser mujer. Se limitó a negar con la cabeza, algo decepcionada.

En aquel momento, el tren llegó a la estación acompañado del griterío de los niños, que aplaudían eufóricos. La conversación tuvo que finalizar e Irune lo agradeció, porque, de alguna manera, solo había conseguido sumirla en una sensación de soledad aún más profunda. Las monjas los condujeron, con la ayuda de Irune, hasta el vagón que les correspondía y los colocaron en los asientos mientras ellas permanecían de pie para controlarlos. Irune bajó del tren, tras despedirse rápidamente de los pequeños. Después permaneció quieta, agitando la mano a modo de adiós igual que lo hacían desde dentro. La locomotora anunció su salida con un fuerte pitido. Sor Matilde, en el último momento, se asomó por la ventanilla.

—Irune, ten cuidado —gritó mientras el tren comenzaba a avanzar por la vía.

Asintió desde el andén sin tener muy claro qué podía hacer ella. No sabía cómo afrontar aquella situación, ni siquiera si había una forma de hacerlo que no implicara agachar la cabeza y dejar el trabajo, o agachar la cabeza y dejarse hacer con la esperanza de que así se olvidara de ella.

Alzó de nuevo la mano para despedir a los niños que sacaban las manitas por la ventanilla. El tren se hizo cada vez más pequeño en la lejanía e Irune se vio cada vez más sola y cada vez más asustada.

Cuando Amelia, sentada en la cama con su camisón, el pelo suelto hasta la cintura y ni rastro de maquillaje ni adornos, vio entrar a Friedrich con sigilo, supo que algo no iba bien.

—Creía que estarías dormida.

—Me prometiste que hablaríamos esta tarde —dijo enfadada.

—Perdona —se limitó a contestar él.

Amelia observó a su marido desde la cama, en silencio, con las piernas encogidas y rodeadas por sus brazos como una niña, como la niña indefensa y solitaria que siempre había sido. Clavaron los ojos el uno en el otro, bajo la luz de la única vela que había dejado encendida, pero él desvió la mirada mucho antes y cerró la puerta a su espalda. No se atrevía a formular la pregunta, no quería escuchar la respuesta que le rondaba la piel, los labios y cada centímetro que él había tocado desde que se casaron.

Friedrich se quitó la chaqueta y comenzó a desnudarse sin avisar a su ayuda de cámara. El silencio era tal que podían oír el crepitar de la llama de la vela sobre la mesilla en su vaivén diminuto. El hombre, nervioso, por fin se sentó a su lado y buscó las palabras precisas. Amelia intuía la sucesión de frases, miedos y sueños —posiblemente en su lengua natal, el alemán— que desfilaban por su mente y se escondían en sus ojos.

—Me he alistado —susurró por fin, haciendo que el mundo se derrumbara sin emitir un solo ruido.

Y entonces sí, entonces Friedrich levantó la mirada y la clavó en ella, buscando algo que Amelia no podía darle: comprensión.

—Me abandonas —dijo con un nudo en la garganta.

El hombre intentó acercarse a ella, pero Amelia lo rechazó con un gesto de la mano.

—Tengo que hacerlo. Es mi familia, es mi país, es mi guerra —quiso explicarle, pero ella nunca lo entendería.

—¿Y yo qué soy? —preguntó.

—Todo —susurró él, derrotado.

Amelia sintió cómo se le llenaban los ojos de lágrimas y se tumbó en la cama dándole la espalda. No quería que él la viera llorar. Estaba tan enfadada que prefería que sus lágrimas no restaran ni un ápice de ira a la situación, quería que se sintiera culpable, que fuera consciente del sinsentido que era marcharse a una guerra a miles de kilómetros cuando acababa de empezar una vida aquí, con ella. Quería castigarlo.

—Amelia, por favor.

Friedrich le colocó una mano en la espalda.

—No. —Lo rechazó con un ademán despectivo—. Vete a tu habitación.

—Pero...

—Quiero estar sola.

El silencio volvió a emerger entre los dos, inevitable, duro, frío.

—Dentro de una semana sale el barco que me llevará hasta mi país. Viajaré con muchos de mis compatriotas que también viven aquí.

Friedrich intentó apelar a la urgencia mientras se dirigía hacia la puerta.

Amelia sintió que se quedaba sin aliento al pensar en su partida, pero su rabia era mayor que su miedo y simplemente se incorporó y sopló la llama de la vela en su mesilla, dejándolos en la oscuridad. El sonido de la puerta al cerrarse fue tan triste como el sollozo que la ahogó inmediatamente después.

6

El palacete nunca había estado tan amargamente silencioso como los días previos a la partida de Friedrich. Parecía como si una espesa niebla hubiera cubierto la casa de un vapor repleto de miradas esquivas. Amelia pasaba la mayor parte del tiempo en la fábrica escuchando la música francesa que le hacía recordar París, como una forma de torturarse por la falta de Friedrich, que aún no se había producido, pero que ella ya sentía. Se negaba a contemplar la posibilidad de cruzarse con su marido y evitaba sus horarios, su habitación y hasta el comedor en las comidas y cenas, por si él tenía pensado utilizarlo. Recluida en su despacho o en su habitación, había erigido a su alrededor un muro de fingida indiferencia, porque necesitaba protegerse, porque sabía que, si lo veía, se desmoronaría, dejaría su enfado de lado y lo abrazaría para intentar con su cuerpo convencerlo de que se quedara a su lado. Pero su orgullo era más fuerte, y se encerraba en el despacho escuchando *Sous les ponts de Paris* en voz de Georgel una y otra vez para olvidar, para no hacerlo, para luchar contra la soledad que ya creía haber dejado de lado.

Pero la última noche antes de su partida las horas se convirtieron en una interminable sucesión de tictacs del reloj y clics metálicos del péndulo colándose por las rendijas de aquel gran chalet rodeado de jardín. La perseguían, la angustiaban, estaban volviéndola loca. Amelia permanecía en la cama y miraba al techo intentando ignorar el paso del tiempo y todo lo que eso significaba.

De repente frunció el ceño con extrañeza. Creyó haber confundido los sonidos del reloj con unos pequeños golpes en la puerta de su habitación. Pero únicamente encontró silencio. Se dijo que no, que solo eran sus ganas de que Friedrich apareciera y le dijera que se quedaba, puras ensoñaciones. Hasta que escuchó la leve voz de su marido en el pasillo, al otro lado de la puerta.

—Amelia, por favor, déjame entrar.

Se incorporó lentamente y trató de encontrar su propia voz, perdida en algún lugar de su aterrorizada garganta. Por fin se levantó y con pasos temblorosos fue a la puerta. Quizá él también tuviera miedo, quizá se hubiera arrepentido, quizá no se marchara. Abrió con la respiración entrecortada y todas las esperanzas puestas en los ojos de su marido. Friedrich solo la miró. Sin decir nada, entró en la habitación mientras Amelia intentaba descubrir en él algo de lo que buscaba.

—No quiero pasar la última noche solo —rogó el hombre, volviéndose hacia ella.

Amelia deseó echarlo, quiso decirle otra vez que la estaba abandonando, que aquello era una locura, que podría no regresar nunca, que ella no conseguiría entender por qué había cambiado lo que tenían por la incertidumbre del futuro y una probable muerte muy lejos de allí. Pero su cuerpo tomó la decisión, se acercó a él y habló por ella, sumergiéndolos en un inmenso abrazo.

—Gracias —susurró Friedrich, emocionado.

—No quiero que te vayas.

—Lo sé.

—¿Será por mucho tiempo? —preguntó angustiada.

—Todos dicen que no —contestó Friedrich cogiéndole el rostro entre las manos—. Es Europa, acabarán entrando en razón. Será una guerra corta y contaré los días para volver a estar aquí contigo.

Amelia lo llevó a la cama para quitarle la ropa que él acababa de ponerse. También se desnudó ella misma. Y se acariciaron despacio, con la sensación de tener que grabar en su piel el tiempo que iban a estar separados. Ninguno de los dos pudo dormir, pero tampoco dijeron mucho; se limitaron a ver pasar las horas en un descuento angustioso y cruel mientras la lluvia de una tormenta de verano golpeaba los cristales con insistencia.

A la mañana siguiente, temprano, Amelia y Friedrich se vistieron en una callada angustia. Se dedicaban miradas preocupadas, silencios clave en aquella despedida que tan dura les estaba resultando a los dos. Quería gritarle que cómo estaba haciendo algo así, que se había vuelto loco, que lo odiaba, pero entonces se lo imaginaba solo, en peligro, luchando en una guerra que la propaganda patriótica alemana había idealizado, pero en la que seguro que acabaría muriendo demasiada gente, como en todas las guerras.

Sin apenas fuerzas para contenerlo, Amelia reprimió un sollozo, pero Friedrich lo notó y lo sintió como una puñalada en el pecho. Fue a abrazarla.

—Volveré pronto, te lo prometo.

Cuando todo estuvo preparado, se subieron al coche que los llevaría hasta el puerto, donde un barco partía en aquellos primeros días de guerra con compatriotas que buscaban volver a sus lugares de origen. En el muelle, Amelia y Friedrich volvieron a abrazarse con lágrimas en los ojos, se dijeron muchas frases imprecisas sobre la duración de la contienda, se prometieron mil cartas que no sabían si llegarían a recibir y se juraron esperarse el uno al otro para seguir esos puntos suspensivos que él había decidido poner en su vida.

—Te quiero —susurró Amelia por primera vez.

Friedrich sonrió emocionado bajo el ala de su sombrero y con una mirada se despidió de ella. Amelia vio partir aquel barco mientras sus dedos jugaban con su alianza y la luz de la mañana le recordaba que la vida debía seguir adelante, aunque sintiera que algo de ella se marchaba con él.

Irune limpiaba la escalera que daba acceso a los despachos con excesiva minuciosidad, y todo porque eso le permitía escuchar la música francesa que Amelia había puesto en el gramófono de su despacho. La señora Manheim llevaba allí encerrada todas las horas que ella llevaba trabajando. Quizá hubiera pasado allí el día entero, eso al menos había oído comentar a los trabajadores de la fábrica cuando se marchaban. El señor Manheim había partido hacia su guerra la mañana anterior y, aunque hubiera cierto miedo en el ambiente por cómo esa contienda iba a afectar a España, en general se creía que el país se mantendría neutral, si se tenían en cuenta el enfrentamiento abierto que aún mantenía con Marruecos y el enorme desgaste que estaba suponiendo. Eso se comentaba en los corrillos, eso se decía entre los hombres y en los periódicos, aunque Irune permanecía bastante ajena a todas aquellas opiniones. Lejos le quedaba África y muy lejos le quedaba también Alemania. Pero entendía de ausencias y podía imaginarse el vacío de la señora Amelia después de decir adiós a su marido, sin fecha de vuelta y a un lugar tan peligroso.

Se detuvo un momento para escuchar la melancólica melodía que Amelia ponía una y otra vez en aquel gramófono, la voz de un hombre que a ritmo de vals le erizaba la piel. Irune, después de escucharla tantas veces, ya era capaz de tararearla mientras fregaba el suelo. Pensó en la postal de Amelia, en todos los sueños que representaba aquel trazo, aquel París imaginado, aquella vida que ella nunca tendría.

De repente, una mano masculina, ancha y áspera le tapó la boca con fuerza. Irune no entendía qué estaba pasando; se quedó sin aliento, presa de alguien a su espalda a quien no conseguía ver. Con un aspaviento provocado por el susto, tiró el cubo y el agua sucia se derramó por el suelo ya fregado, mientras el hombre la arrastraba hasta el hueco debajo de aquellas escaleras relucientes. No tenía que mirarlo, conocía esas manos, conocía el olor de quien la estaba atacando. Antonio respiraba en su oído mientras la escondía en un punto ciego desde la entrada.

—Te tengo, ratilla —susurraba satisfecho.

Irune arrancó a llorar de impotencia. Se retorcía, intentaba zafarse, pero él era mucho más corpulento, más alto, más fuerte, y no conseguía escabullirse. La tiró sobre las baldosas que ella misma había fregado hacía un rato y con una mano le tapó la boca; con la otra se abría paso entre el vestido buscando su carne, buscando su piel. La música francesa que seguía sonando en el despacho de Amelia ahogaba toda posibilidad de que la escucharan. Además era muy improbable que otro trabajador apareciera por allí tan temprano, pensó Irune con angustia. De todas formas, intentó gritar, pero se encontró con un golpe de Antonio en el rostro para que callara. Irune obedeció porque tenía aún más miedo que antes. Los dedos de aquel hombre habían conseguido rozarle la piel de los muslos. Un escalofrío la recorrió, paralizándola. Antonio había encontrado el camino y, mientras tapaba la boca de la chica, buscaba su propia ropa para desatar el pantalón que le impedía realizar lo que tanto tiempo llevaba esperando.

En los primeros instantes, cuando sintió su dedo en la piel, Irune se defendió con rabia —quería salir de allí, quería que la dejara en paz y huir—, pero después de muchos intentos se dio cuenta de que no era capaz de moverse, porque el hombre la bloqueaba con su cuerpo. Creyó entonces que aquello iba a ocurrir hiciera lo que hiciera y le dio miedo el dolor. Quizá, si se relajaba, si destensaba los músculos, sería menos doloroso. Vio su propia mano deslizarse por el suelo, desmadejada, rendida a lo que sucedería después, y pensó que era como si estuviera muerta, que todo en ella se había desvanecido y había dejado de ser carne y piel para volar, para desaparecer, para morir.

Las lágrimas resbalaban hacia el suelo, pero ella permanecía quieta, dejándose hacer, intentando sobrevivir. Se le vino a la mente la imagen del hombre lleno de harina, de su repudia y su rechazo si la viera así, del rechazo de todos si fueran testigos de aquello, porque, cuando algo así ocurría, la mujer era siempre la culpable, la mujer quedaba marcada. Se despidió de una parte de sí misma al darse cuenta de que Antonio sería el primer hombre con el que estaría en toda su vida. Nunca podría cambiarlo, nunca podría borrar a quien sintió dentro por primera vez.

Antonio intentó penetrarla, pero la tensión del momento y la posibilidad de que los descubrieran le estaban poniendo nervioso.

—¿No podría dejar de sonar esa maldita música? —se quejó.

Amelia, encerrada en su despacho, se sentía agotada de la despedida, de las lágrimas, de la soledad que no había hecho más que empezar. Cuando se subió al coche, tras ver partir a Friedrich, pensó en volver a casa, pero, solo de imaginar el silencio o los comentarios sarcásticos de Óliver, tuvo claro que ahí no debía ir. Pidió al chófer que la llevara a la fábrica, su refugio. Se encerró en el despacho, no sin antes ordenar a don Damián que no se la molestara en todo el día y en ninguna circunstancia. El hombre asintió discreto y Amelia simplemente desapareció del transcurrir de minutos que gobernaba la vida de los demás. La suya se había detenido, y así tenía que ser.

Puso la música que la reconfortaba y se sentó a su mesa. Cerró los ojos y se dejó mecer por aquellas canciones que tan bien conocía y que conseguían devolverle cierta paz. Entonces se dio cuenta de que alguien había dejado sobre la encimera una carpeta que no conseguía reconocer. La abrió intrigada y descubrió un montón de papeles de Cervezas Manheim y una nota de Friedrich, en la que le decía que con ellos podría manejarse el tiempo que estuviera fuera. Amelia se quedó clavada en sus últimas palabras, un «puedes hacerlo» y un «te quiero» que navegaron hasta sus ojos para hacerle derramar todas las lágrimas que tenía guardadas.

Se quedó dormida a altas horas de la madrugada y solo el fin del disco en el gramófono consiguió despertarla. Se desperezó como pudo y fue a servirse algo de agua de la jarra que siempre había disponible para ella en el despacho. Pero al inclinarla descubrió que estaba vacía. Había dado orden de no ser molestada, por lo que a buen seguro nadie se había atrevido a entrar para reponerla. Volvió atrás para colocar de nuevo la aguja en el disco y salió del despacho con la intención de comprobar si en la sala de reuniones había quedado algo de la tarde anterior. Sin embargo, cuando llegó al rellano de la escalera, echó la vista abajo y le sorprendió ver allí, derramado, el cubo de la limpieza de Irune. Aquello no tenía sentido. Ella siempre era muy cuidadosa, nunca dejaba nada a medias, y un desastre como el que tenía ante sus ojos no encajaba con la Irune trabajadora que conocía. Algo debía haber ocurrido. Con sigilo y cuidado de no resbalar, descendió los escalones buscando a la chica. Al pie de la escalera, para su sorpresa, pudo ver dos cuerpos retorciéndose en el suelo. Primero sintió vergüenza. Quizá la chica estaba teniendo algún escarceo con otro trabajador, en cuyo caso la reprendería esa misma mañana por haber utilizado la fábrica para aquello, porque era una vergüenza. Pensó en esconderse para no interrumpir el encuentro furtivo de dos amantes —ya llegarían las consecuencias más tarde—, pero entonces reconoció a Antonio de espaldas y, tras recordar el incidente en la puerta de los trabajadores de la fábrica, lo escuchó, amenazante:

—Ratilla, ni te muevas, que de aquí no sales entera, eso te lo aseguro. Solo necesito un momento.

Amelia se quedó sin aliento. Irune no estaba voluntariamente con aquel hombre, sino que ese malnacido de Antonio la estaba atacando. La invadió una rabia incontrolable, la necesidad de liberarla. Incluso descendió dos escalones más, hasta que se dio cuenta de que sola no podía enfrentarse a alguien mucho más corpulento que ella. Necesitaba algo, un arma, una forma de defenderse y liberar a Irune.

Hizo lo primero que se le ocurrió. Corrió a su despacho, cogió la jarra de agua vacía y bajó las escaleras lo más rápido que pudo. No habían reparado en ella. Irune tenía los ojos cerrados y emitía un leve llanto que a Amelia le partió el corazón. Antonio estaba de espaldas y se afanaba con su propio cuerpo para rematar lo que había venido a hacer, sin éxito. Cogió aire, levantó la jarra sobre su cabeza y la descargó sobre el hombre con toda la fuerza de que fue capaz. Antonio se tambaleó y, apartándose de Irune desorientado, se llevó las manos al lugar donde había recibido el golpe y del que empezaba a manar un líquido espeso.

—¡Ven! —gritó Amelia, tendiendo la mano a Irune.

La chica acababa de abrir los ojos y observaba la situación asustada e incrédula. Amelia tiró de ella y la situó a su espalda. Irune obedeció recolocándose la ropa. Antonio parecía mareado, se recuperaba con lentitud mientras intentaba cubrirse el cuerpo medio desnudo. Amelia sintió miedo de su reacción. Quizá se levantaría con más rabia y las atacaría, tenían que defenderse de alguna forma. Miró a su alrededor, cogió uno de los fragmentos en los que se había roto la jarra y lo amenazó con él en cuanto Antonio se levantó y las miró de frente.

—¡Lárgate o llamo a la policía!

El hombre dudó un momento. Se acercó a las dos mujeres con actitud desafiante y ellas dieron un paso atrás sin poder evitarlo. Amelia levantó el pedazo de cristal, dispuesta a atacar. Antonio esbozó una sonrisa de superioridad y pasó a su lado. Ellas instintivamente se apartaron dando un respingo.

Al quedarse solas, Amelia respiró por fin. Tiró el cristal al suelo, se volvió a Irune y le cogió el rostro entre las manos.

—¿Estás bien? —preguntó muy preocupada.

Irune asintió levemente, pero su barbilla temblaba al intentar aguantarse las lágrimas.

—Sube conmigo al despacho, te daré agua y podrás recomponerte un poco.

—No es necesario, de verdad, señora Manheim —contestó con un hilo de voz.

—Amelia.

—Señora Amelia.

—Solo Amelia. —Sonrió—. Y no acepto un no por respuesta.

Irune no podía creer que estuviera en aquel despacho, sentada en el asiento de la señora, a su mesa, con una manta suave y cálida que había sacado del armario junto a la puerta, un vaso de agua en la mano y la sensación de haberse librado inexplicablemente de lo inevitable. Observaba a Amelia moverse eficiente por aquel lugar, su territorio, no como si pidiera permiso, que es lo que hacía ella, sino con seguridad, sabiéndose la dueña del suelo que pisaba.

—Esto no va a quedar así, te lo aseguro —dijo indignada—. En cuanto venga el señorito Eguren, Óliver, le echaré inmediatamente. Si no pone problemas, no contaré los motivos, pero, como forme el más mínimo revuelo, no volverá a trabajar en ninguna fábrica de la ciudad.

Amelia había recogido los aperos de limpieza de la escalera. Irune la miraba con aquel roñoso cubo en esas manos tan finas, tan delicadas, y le parecía una incongruencia, un sinsentido que aquella belleza quedara manchada por la burda suciedad del mundo real. Se miró sus propias manos, llenas de marcas y rojeces por el trabajo, y las escondió avergonzada bajo la manta.

En ese momento, la sirena que anunciaba el comienzo de la jornada rompió el silencio que hasta ese momento había gobernado en la fábrica. Irune se levantó como un resorte.

—Debo irme —dijo mientras acababa de doblar con minucioso cuidado la manta que le había dejado.

—¿Estás segura? ¿Quieres que llame a un médico? Será discreto, te lo prometo.

Amelia se acercó a ella preocupada, e Irune se preguntó cómo era posible que oliera tan bien después de haber pasado casi un día entero, con su correspondiente noche, encerrada entre aquellas paredes y de haberla salvado, porque Amelia la había salvado y eso no podría olvidarlo por muchos años que viviera.

—Estoy bien, no ha podido...

Irune se detuvo, incapaz de finalizar la frase por pura vergüenza. Amelia también se mostró un poco contrariada, pero asintió con la cabeza.

—Estarás a salvo, te lo prometo —dijo ahora sí con seguridad y mirándola a los ojos.

Como respuesta, Irune esbozó una sonrisa y le tendió la manta doblada. La señora Manheim la cogió y, durante un segundo, sus manos se rozaron. Un leve gesto de complicidad, de agradecimiento, de admiración, que hizo que se miraran a los ojos con intensidad. Solo fue un segundo, pero Irune se sintió renacida, llena de fuerza, emocionada por la suerte que había tenido. Amelia lo entendió y sonrió sutilmente.

Irune salió entonces de la habitación y corrió para alejarse de allí, asustada por cada uno de los instantes de aquella madrugada.

Amelia llegó a casa esa noche, después de casi dos días eternos encerrada en su despacho. Necesitaba un baño y comer algo, pues apenas había picado un poco de pan, queso y fruta que don Damián le había traído a mediodía. Y después quería simplemente tumbarse en la cama a descansar.

—¿Es que te has vuelto loca?

No sabía a qué se refería Óliver con su recibimiento, ni por qué su hermano no era mínimamente comprensivo con ella en aquellos momentos, pero tampoco era algo que la sorprendiera.

—Estoy muy cansada, Óliver —rogó—. Sea lo que sea, mejor en otro momento.

—Ramón, el encargado de la fábrica, ha estado aquí hace un rato y me ha contado que ha tenido que echar a Antonio por orden expresa tuya. Estaba muy disgustado y dijo que no le habías dado la más mínima explicación. ¿Es que te has vuelto loca? Está claro que no puedes seguir haciéndote cargo de la fábrica. Eres una mujer y piensas con el corazón, no con la cabeza. ¡Es ridículo!

—Se sobrepasó con la chica que limpia. No quiero tener gente así trabajando para mí —contestó, pensando que aquello zanjaría el tema.

—¡Pues echa a la chica! —gritó incrédulo—. ¡Todo esto por una limpiadora, por favor! Ese hombre lleva trabajando para nosotros desde que era un crío, y antes lo hizo su padre. ¿Pretendes despedir al trabajador más leal a la mínima de cambio?

—¿Acaso te parece bien lo que ha hecho? —preguntó desconcertada y agotada.

—Es que me da igual lo que haya hecho. Si esa chica es una tentación para él, quítasela de delante, pero no puedes echar a Antonio o la fábrica entera se revolverá contra nosotros una vez más. Su mujer acaba de dar a luz, por el amor de Dios... Será nuestra ruina —dijo Óliver, realmente enfadado.

—No puedo hacer eso, le prometí a Irune que...

Amelia se dejó caer en el sofá, sin fuerzas para seguir peleando, pero su hermano se acercó a ella y en tono amenazante le dijo:

—Es que no es una sugerencia, ¿me entiendes? A partir de ahora me voy a hacer cargo de la fábrica. Yo estaré al frente, porque está claro que una mujer no es la indicada para esta tarea.

—Lo he estado haciendo todos estos años y hasta ahora no habías tenido pegas —se quejó Amelia, temblorosa, pues veía peligrar su trabajo, lo único que la mantenía cuerda desde la marcha de Friedrich.

—¿Llamas hacerlo bien a echar a uno de nuestros mejores trabajadores y sin tan siquiera consultármelo? ¡Se acabó! Ve haciéndote a la idea de que voy a estar al frente. Tengo responsabilidades y ya es hora de ser un ejemplo.

Amelia lo miró extrañada:

—Un ejemplo ¿para quién?

Su hermano se quedó pensativo, madurando una respuesta que parecía esconder el verdadero motivo por el que estaba dispuesto a sentar la cabeza. Pero no dijo nada.

Amelia miró a Óliver con rabia y al mismo tiempo extrañada por que le diera tanta importancia a un solo trabajador, cuando lo extraño era que conociera su nombre. Sentía que algo le estaba ocultando.

—¿Qué te pasa con él? ¿Por qué te interesas de repente por ese tal Antonio? ¿De qué lo conoces? ¿Para quién quieres ser un ejemplo? —preguntó, escrutando cada milímetro del rostro de su hermano para descubrir la verdad que estaba segura que le ocultaba.

Él se revolvió en su silla, incómodo con la pregunta, pero no contestó. Hizo sonar la campanilla para que acudiera su ayudante y así zanjar el tema.

—Me voy a acostar —dijo cuando José llegó—. Y Antonio mañana volverá al trabajo, yo mismo me encargaré de que así sea.

Amelia quiso responderle, porque sabía que nada podía hacer. Su hermano era quien aparecía en todas las escrituras y quien aparentemente dirigía la fábrica; él tenía siempre la última palabra, ella solo era una regente en la sombra.

—Gracias por preguntar por Friedrich —dijo Amelia con rencor antes de verlo desaparecer.

—La guerra será corta —se limitó a contestar Óliver.

Amelia no dijo nada, decidió que era momento de rendirse. Subió las escaleras hasta su dormitorio, donde Juana la esperaba con rostro preocupado.

—¿Puedes prepararme un baño, por favor?

—Ahora mismo —contestó la criada sin hacer más preguntas.

Se sentó en la cama a esperar y, en cuanto lo tuvo listo, se sumergió en el agua caliente. Se estiró en la bañera y cerró los ojos. No sabía cómo hacer aquello, cómo enfrentarse a la mirada de esa chica a la que había prometido que protegería. Sentía la necesidad de asegurarle que todo estaría bien, que no tendría que sufrir de nuevo aquel horrible encuentro con ese hombre. Pero iba a decepcionarla irremediablemente. Irune la veía como una mujer fuerte, lo sentía en sus ojos, en su forma de admirarla; sin embargo, Amelia sabía que no era nada más que ella, nada más que una mujer. Se encogió sobre sí misma y se rodeó las piernas con los brazos, intentando consolarse. Pero aquella noche ni el más cálido de los baños hubiese podido aliviar su frustración ni su tristeza ni su soledad.

Irune se sorprendió al ver a la señora Amelia al otro lado de la puerta de los vestuarios. Estaba relajada, sabiendo que Antonio en ningún momento podía aparecer y repetir lo que había intentado hacer, así que incluso se permitió una sonrisa al verla. Lo habían echado, se decía, y nadie sabía el verdadero motivo, cosa que la tranquilizaba doblemente, porque intuía que muchos la culparían a ella.

—¿Podría tener un momento a solas con la señorita Expósito? —preguntó Amelia a la señora Mendibil, que estaba al lado de Irune sin dirigirle la palabra, como cada noche.

Esta asintió y desapareció. Irune sonrió algo avergonzada por la situación.

—Necesitaba hablar contigo —dijo Amelia sentándose en uno de los bancos de madera—. Ven, por favor.

Irune obedeció desconcertada. Se acomodó a una cierta distancia y observó lo incongruente de aquella figura, vestida con un traje blanco de verano, en el vestuario descuidado y gris.

—Lo siento mucho, Irune —comenzó a decir presa de los nervios, con las manos enredadas sobre el regazo y la mirada baja.

Se preguntó qué podría sentir aquella mujer, si le había salvado la vida, si gracias a ella no tenía que soportar a Antonio ni volvería a tener miedo.

—Sé que te lo prometí, pero no he podido hacer nada. Antonio volverá a la fábrica.

Amelia alzó la mirada y la clavó en Irune, que, tras escuchar aquellas palabras, se sintió desolada. No lo esperaba, no esperaba tener que volver a experimentar aquella angustia. Creía que ya era libre, que todo había terminado, y por primera vez había dormido sin despertarse, sin pesadillas, sin miedo a la jornada siguiente.

—No puedo... —susurró con lágrimas en los ojos.

Amelia la cogió de las manos y ella se estremeció.

—Lo siento mucho, de verdad. Mi hermano es quien toma las decisiones y esta es irrevocable.

—Tengo que dejarlo, entonces —dijo Irune, y se echó a llorar sin consuelo—. Él es quien me atacó y soy yo la que se queda sin empleo. ¿Qué voy a hacer?

Amelia, agobiada, la abrazó mientras le susurraba:

—Te prometí que ibas a estar bien. Te voy a ayudar, de verdad.

Irune se deshizo de los brazos de aquella mujer que la miraba angustiada.

—No me prometa nada más. Trabajaré hoy, pero mañana no volveré —contestó enfadada.

Amelia asintió.

—Irune, yo...

Intentaba buscar las palabras adecuadas sin éxito.

—Da igual —dijo la chica, que se puso de pie y salió de allí con sus aperos de limpieza, decepcionada, rabiosa y triste.

No fue fácil trabajar aquella noche sabiendo que era la última, que su futuro era incierto, pero, a pesar de esa incertidumbre, no podía seguir allí. No soportaba la idea de tener que ver a Antonio cada día, porque entendía que aquello no se había terminado, que en cualquier momento volvería a sentir su aliento rozándole la piel y que no siempre habría alguien cerca para salvarla. Esta vez había tenido suerte, pero no se repetiría. Sabía que volvería a hacerlo, que ese hombre querría llegar hasta el final.

Y no le quedó la más mínima duda cuando esa misma mañana, después de recoger sus últimas cosas, se cruzó en la salida con Antonio, que, crecido por la victoria, volvía a su puesto de trabajo después de lo que él mismo llamaba «un malentendido». Coincidieron delante de otros trabajadores porque Irune se había retrasado. Solo de ver su sonrisa ya le dieron náuseas. Se reafirmó en su decisión de marcharse, aunque eso supusiera no saber cómo iba a seguir adelante. Pero al menos estaría viva y aquella pesadilla habría terminado.

Amelia no pudo dormir esa noche. Solo pensaba en Irune, en lo culpable que se sentía por haber roto su promesa, en el miedo que tenía de que le ocurriera algo por la decisión que su hermano Óliver la había obligado a tomar. Pero esa frustración fue precisamente lo que hizo que no se detuviera. Al llegar la mañana, se colocó a primera hora delante de la puerta de la habitación de su hermano y llamó con insistencia. José abrió y Óliver le pidió que pasara, sorprendido y aún a medio vestir.

—No voy a salir de aquí hasta que me digas cómo vamos a ayudar a esa chica. Tú me has obligado a meter a ese demonio de nuevo en la fábrica, así que tú me vas a ayudar a conseguirle un trabajo nuevo a Irune.

Su hermano la miró con rostro cansado.

—¿Y qué quieres que haga yo?

—Lo que sea —dijo dispuesta a no rendirse—. Se supone que tú diriges la fábrica, y si quieres que deje estar lo de Antonio y que no hurgue en esos chanchullos que tenéis, porque algo me estás ocultando, debes conseguirle un trabajo a ella.

—Está bien… —susurró Óliver con disgusto—. Déjame que pregunte. No creo que sea complicado buscar empleo para una limpiadora. Por cierto, vete dejándome todos los documentos de La Blanca y de Cervezas Manheim para que vaya poniéndome al día.

Amelia tragó saliva. No había creído a su hermano cuando le dijo que pensaba hacerse cargo de la fábrica; supuso que lo decía porque estaba enfadado por el despido de

Antonio. Pero se equivocaba, Óliver parecía decidido a asumir sus obligaciones y eso la convertía a ella en... prescindible.

Pasaron varios días, en los que Amelia no perdió oportunidad de preguntarle qué había hecho o qué había logrado, hasta que finalmente Óliver respondió:

—Busca a esa chica. Trabajará en el Teatro Arriaga como limpiadora, sustituyendo a una que se ha puesto enferma, se ha roto una pierna o algo le ha ocurrido... No lo sé, qué más da, pero no volverá, así que el puesto es suyo.

Amelia sonrió satisfecha. No le costó mucho descubrir la dirección de Irune, un piso donde había alquilado una habitación compartida junto con otra chica, cerca del Asilo de Huérfanos de La Casilla. Así se lo dijo sor Matilde.

—Si no consigues un trabajo, tendrás que marcharte —le advirtió la viuda de Ortiz una semana después de que dejara la fábrica.

—Lo sé, pero lo voy a conseguir pronto —aseguró Irune con mucha más esperanza en la voz de la que sentía dentro de ella.

Ambas estaban en el pequeño saloncito de la casa. Irune contribuía limpiando mientras no podía pagar el alquiler de su habitación. La viuda la miraba de reojo, acostumbrada a ser ella quien hacía ese trabajo y nunca satisfecha con el que desempeñaba la chica. Irune, sabiéndose observada, prefirió marcharse a la cocina para que dejara de juzgarla.

En aquel momento, llamaron a la puerta. La viuda se levantó de su ajado sofá y se acercó a abrir. Cuando Irune escuchó la voz de Amelia, se quedó paralizada con un trapo en la mano. No lo podía creer.

—Buenas tardes, quería hablar con la señorita Irune Expósito, si está en casa.

La viuda susurró, aclarando la voz con nerviosismo, que sí, que estaba en la cocina, y la condujo hasta allí. Irune saludó a la señora y se fijó en la viuda, a la que nunca había visto tan alterada. Observaba a Amelia como si fuera una reina; hubiese jurado que incluso estuvo a punto de hacerle una reverencia. Reprimió la risa como pudo.

—¿Podríamos hablar un momento en privado? —preguntó Amelia.

—Por supuesto —dijo Irune, dispuesta a llevarla a su habitación.

—Podéis... Quiero decir, pueden usted e Irune usar la sala privada de mi marido, estarán más cómodas.

—Muchas gracias —dijo Amelia mientras la seguía hasta la primera planta.

Irune nunca había estado en aquella habitación porque ellas solo podían ocupar las zonas comunes: la cocina, la despensa, un baño que compartían entre todas y el diminuto salón donde estaba la chimenea. Era una especie de despacho no muy grande pero acogedor, con una alfombra bastante bien conservada y muebles de madera. Era el lugar favorito de la casa de su fallecido marido y solo la viuda pasaba largas horas allí. Todo estaba impoluto, como si se tratara de un mausoleo. Se fijó en un retrato diminuto de la viuda y su esposo en un marco ovalado, sobre la mesa.

—¿Quiere beber algo? —preguntó a Amelia, que declinó la oferta amablemente.

La viuda salió de la habitación y el ambiente se relajó. Amelia se acercó a Irune.

—Tengo un trabajo para ti, si lo quieres.

—¿De verdad? —preguntó ilusionada.

—El horario es nocturno, igual que en la fábrica, y sería de limpieza, pero al menos el entorno es mucho más bonito. Se trata del Teatro Arriaga.

Irune abrió mucho los ojos, sorprendida. Nunca había estado en aquel edificio, pero se moría por hacerlo.

—¿Te interesa?

—¡Claro! —contestó sin poder reprimir su entusiasmo.

Ambas se sonrieron contentas de ver algo de luz tras la oscuridad de los últimos días.

7

Lo que parecía que iba a ser una contienda rápida, un malentendido entre naciones que apenas duraría unas semanas, estaba empezando a complicarse. Las informaciones que llegaban desde Europa no eran muy halagüeñas aquel diciembre y Amelia leía con preocupación los periódicos día tras día. No tenía noticias de Friedrich desde que marchó a luchar por su país. Por proximidad geográfica, era más sencillo comunicarse con los países aliados de la Triple Entente, sobre todo con Francia, y estos bloqueaban el contacto con sus enemigos. Amelia soportaba el silencio como podía. Enviaba cartas a la casa de sus suegros, que muchas veces eran devueltas. Deseaba que, las que no lo eran, las intentaran hacer llegar a su marido en algún lugar de Europa. A veces miraba el retrato de bodas que les hicieron en el jardín del palacete y se preguntaba si aquel día y si aquellos meses habían sido reales, porque parecían extraídos de un efímero sueño del que habían despertado a golpe de consignas patrióticas.

Mientras, en la fábrica, todo estaba tranquilo después de la incertidumbre de los primeros momentos de la contienda. España se había declarado neutral y empezaba a aprovecharse de que muchos de sus competidores en la industria estuvieran sumidos en la guerra para ganar puestos en la escala económica. Quitando algunos problemas de abastecimiento iniciales con la cebada, Amelia no estaba teniendo ningún percance; seguía al frente del negocio en la sombra, quizá incluso más en la sombra que antes, porque Óliver aparecía muchos días para preguntar, recorrer la fábrica, interesarse por los detalles que antes le eran indiferentes. Amelia se lo explicaba todo, no tenía otro remedio, pero, con cada nueva faceta que él dominaba, ella quedaba relegada al olvido. Iba perdiendo terreno, iba perdiendo la fábrica, y lo miraba impotente mientras él se iba sintiendo cada vez más dueño de todo.

Amelia echó una ojeada a su despacho y se dio cuenta de que había una chaqueta de Óliver sobre el sofá, su pluma sobre la mesa, la bebida que solía tomar tras las comidas encima del aparador... Y alguien había relegado los discos a la parte de atrás del armario. Poco a poco la estaban haciendo desaparecer de su propia vida, y lo peor es que no podía hacer nada. Él era el dueño legítimo y ella... solo una mujer.

La falta de Friedrich, además, hacía mella en su ánimo. No tenía fuerza para estar allí sin él, sin el futuro que había imaginado a su lado. Lo que antes era su vía de escape se estaba convirtiendo en una condena, porque la unión de las fábricas le recordaba cada día su ausencia. El proyecto en común se convertía en su fantasma, como el hueco que había dejado en todas partes.

Amelia apenas dormía, apenas comía y, mientras soportaba la soledad, se preguntaba también cómo se encontraría Irune en su nuevo trabajo. Hacía meses que no sabía de ella, desde que le había conseguido el empleo en el Teatro Arriaga, y suponía que, en aquel caso, esa falta de noticias era positiva. Tampoco habían coincidido en el orfanato, porque Amelia no acudía allí desde hacía mucho tiempo. Le costaba dar normalidad a sus días entre voces de niños e historias desgraciadas. Lo que antes la distraía ahora la agobiaba. Necesitaba sumirse en su propia pena, no tenía espacio para la de nadie más.

—Hija, sabes que estoy aquí, ¿verdad? —decía sor Matilde cada vez que visitaba a su sobrina, preocupada por su incipiente aislamiento.

—Estoy bien, no pasa nada.

Pero no le hablaba de sus sueños, de esos en los que Friedrich aparecía muerto y desfigurado, esos en los que abría la puerta de casa y encontraba un simple féretro, en el que unas veces estaba su marido y otras veces estaba Irune, que la miraba con una sonrisa de muñeca inerte que le provocaba escalofríos. Y esos otros, los que no se contaba ni siquiera a sí misma, en los que Friedrich y aquella chica la abrazaban, a veces uno y a veces la otra, y se despertaba empapada en sudor. Cuando aquello ocurría, tenía que refrescarse con agua helada para que dejara de latirle el corazón a esa velocidad, porque estaba segura de que se llevaría su último aliento.

—¿Has visto esto? —dijo Óliver señalando una noticia de *La Gaceta del Norte*, el periódico que estaba sobre la mesa—. Las cosas no pintan bien.

Amelia leyó rápidamente el titular de aquel día: «Los alemanes se han apoderado de Lodz», pero escrutó con avidez las dos fotografías de soldados alemanes heridos en la contienda en busca de una cara familiar. Siempre se imaginaba que encontraría a Friedrich entre aquellos combatientes que parecían todos iguales, vestidos con su uniforme, inmortalizados en blanco y negro para una posteridad que quizá jamás llegarían a ver.

—¿Es que disfrutas con esto? —preguntó a su hermano

realmente dolida, mientras apartaba el periódico decepcionada por no haber encontrado a su marido, una vez más.

Óliver se sirvió café recién hecho de la cafetera que les había dejado el servicio, hacía apenas unos segundos, y dio un sorbo encogiéndose de hombros.

—Así es la vida.

Amelia se levantó, herida por la poca empatía de su hermano, y se marchó enfadada de la habitación.

Irune se afanaba en limpiar los asientos del teatro cada noche, después de la función. La primera vez que entró en el edificio, asomó la cabeza por una de las puertas para ver salir a los asistentes a la zarzuela *La alegría del batallón*. Mujeres y hombres elegantemente vestidos que abandonaban la sala envueltos en la última melodía, *¿Cuál será la suerte del pobre soldao?*, que Irune se llevaba consigo para tararearla una y otra vez mientras recorría con su trapo el escenario, los palcos y los apliques de cada una de las lámparas de aquel salón. El resto de las limpiadoras eran amigables, chicas que como ella trabajaban duro para que el lugar estuviera impoluto.

Irune disfrutaba sobre todo de los ensayos de los actores y actrices cuando se alargaban antes de estrenar la función. Aprendía las canciones para después, con las demás trabajadoras, replicar fragmentos de lo que había oído y deleitar a las jóvenes soñadoras con príncipes y gitanas que enamoraban a señores.

—Y tú, Irune, con lo bien que cantas, ¿cómo es que no tienes un enamorado? —preguntaban picaronas las que iban pasando y dejarían pronto el trabajo para casarse y dedicarse a criar una innumerable lista de niños.

—No lo sé —contestaba encogiéndose de hombros, del todo sincera.

—Dejadla en paz, que los hombres no dan más que problemas —la ayudaban las más veteranas.

—Sí, pero de los buenos... —respondían entre carcajadas.

Irune, en la soledad de algunas noches, se dejaba llevar por sus fantasías, en las que se subía a un escenario y el chico de la harina la aplaudía entre el público. No había vuelto a verlo, pero se había convertido en el protagonista masculino de las canciones que aprendía. Hasta que recordaba a la mujer a su lado en la iglesia y se enfadaba consigo misma por ser tan ilusa. Pero prefería pensar en él antes que en Amelia, que se colaba entre la audiencia imaginaria de sus sueños sin permiso. Era agradecimiento hacia ella, se decía, que la había salvado y que, en otra vida, en otra realidad, quizá podría haber sido su amiga.

—¿Vendrás en Nochebuena? Solo queda un poco más de una semana, habrá que encargar algo... —preguntó Amelia a Óliver la mañana del 12 de diciembre.

Amelia veía aquella Navidad como una amenaza. No es que no hubiera pasado cenas de Nochebuena sola, pero, después de conocer lo que era estar acompañada, volver a su situación anterior le resultaba aún más doloroso. Se agarraba a su hermano porque era lo único que tenía, aunque no fuera mucho. Era consciente de las miradas de compasión de Juana y del servicio cuando la veían, día tras día, sentarse sola a la mesa y simular una tranquilidad que estaba lejos de sentir. En Nochebuena, Amelia ponía siempre su música francesa, encargaba las mejores materias primas y hasta bebía champán para aparentar estar muy cómoda con su tranquila celebración. Después se iba a la cama con una sonrisa que, solo cuando las luces se apagaban y se metía en la cama, lejos de la vista de todos, se convertía en lágrimas. Con la llegada de Friedrich, creyó que aquello cambiaría, eso le había prometido él, pero aquella Nochebuena no parecía que fuera a ser diferente.

—No lo creo —contestó Óliver mientras, ayudado por José, se ponía el abrigo y se echaba una manta sobre sus escuálidas piernas.

—¿Dónde vas a pasar esa noche?

Su hermano la miró con sorpresa.

—¿De verdad quieres saberlo? —preguntó con tono divertido—. No lo creo...

Amelia no quería una cena más en soledad y la curiosidad empezaba a picarle.

—Déjame que lo intente.

Óliver pensó mucho la respuesta hasta que, pasados unos minutos, finalmente le dijo:

—Si de verdad quieres saberlo, ven conmigo.

Amelia, con el trozo de pan tostado del desayuno en la mano, observaba a Óliver. Nunca se habían entendido, desde niños la incomprensión entre ellos era patente. Con el tiempo, su hermano se llenó de resentimiento hacia ella y nunca supo cómo reconducirlo. Poco a poco se fueron distanciando hasta ser unos completos desconocidos que vivían bajo el mismo techo.

Amelia dejó lo que le quedaba de desayuno sobre la mesa y no dudó en llamar a Juana para que la ayudara a ponerse el abrigo y el sombrero. La posibilidad de un acercamiento a Óliver le resultaba una fantasía y no estaba dispuesta a perder la oportunidad.

—¿Dónde vamos? —preguntó a su hermano, nerviosa.

—Ya lo verás.

Amelia y Óliver subieron al coche, él con ayuda de José, y el chófer los condujo hasta una zona alejada de la ciudad, más allá de la basílica de Begoña. Fueron en silencio todo el trayecto. Amelia buscó una y otra vez algún tema de conversación con el que crear un nexo con él, para sentirse un poco más querida y acompañada. Pero era complicado luchar contra años de indiferencia, incluso de injusto rencor, y, como su hermano no parecía incómodo con el silencio, decidió dejar de intentarlo.

Llegaron a un caserío, no excesivamente grande pero de aspecto muy cuidado, y Óliver mandó detener el vehículo.

—¿Qué es esto? —preguntó Amelia, muy sorprendida.

—Mi casa —contestó él con un tono cálido que no le hubiese reconocido nunca.

No sabía que su hermano se hubiera construido otra vivienda, un sitio lo suficientemente importante como para llamarlo hogar. Descendió del coche y esperó a que el chófer ayudara a Óliver a sentarse en la silla de ruedas.

En ese momento, una mujer morena salió del caserío con gesto resuelto. Llevaba un bebé de unos ocho meses apoyado en la cadera y se quedó inmóvil en cuanto los vio acercarse por el camino empedrado. Tardaron bastante en llegar hasta la puerta de la casa, porque era complicado empujar la silla de ruedas por aquella superficie. A Amelia le dio tiempo de fijarse en la mujer, que la miraba desafiante, y en el niño, que tenía una tela en la mano y jugaba con ella a pasarla por el cuerpo de su madre. Era morena, algo más joven que Amelia, aunque mayor que Óliver, de rasgos fuertes y aspecto duro, con los ojos negros y las formas contundentes, sin un ápice de dulzura en su expresión. Y, sin embargo, no resultaba intimidante ni arisca, simplemente seria y precavida.

—Ella es Dolores —dijo su hermano cuando llegaron donde los esperaba.

—Encantada —contestó Amelia, sin atreverse a tenderle la mano.

La mujer respondió escuetamente con la misma palabra. Pudo reconocer en el acento su procedencia andaluza.

—Es mi mujer a casi todos los efectos, y este es mi hijo, Carlos —dijo Óliver sonriendo al niño, que se lanzaba a sus brazos.

Dolores le cedió al pequeño, que parecía encantado en el regazo de su padre. Amelia no daba crédito a lo que oía.

—¿Tu hijo?

Óliver asintió.

—¿No querías saber la verdad?

Amelia no era capaz de reaccionar. Su hermano, con casi diecinueve años, ya era padre de un bebé de ocho meses.

—El niño tiene que comer —dijo Dolores.

—Entremos.

Los tres se dirigieron al interior del caserío. Dolores empujó la silla de Óliver con destreza, después de decirle a José que tenía leche y galletas recién hechas en la cocina. El ayudante desapareció sin necesitar más explicaciones, lo que dejaba claro que aquella tampoco era su primera visita.

Dolores los condujo a un pequeño salón muy acogedor, decorado con muebles de madera rústica, mucho menos elegante que el que tenían en casa y sin embargo mucho más cálido. Amelia se sentó, sin quitarse el abrigo ni el sombrero, en el lugar que le indicó la mujer con un leve gesto de la mano. No podía dejar de mirar a Óliver jugar con su hijo, reírse con él, convertirse en un hombre completamente distinto. Dolores enseguida volvió con una jarra de agua con limón y dos vasos. Después de dejar la bandeja sobre la mesa central de aquel saloncito, cogió a Carlos y se lo llevó arriba para darle de comer.

—No entiendo nada, Óliver —comentó Amelia cuando se quedaron solos.

—Mi hijo es el motivo por el que he querido tomar posesión de mi puesto en la fábrica. Quiero que se sienta orgulloso de su padre.

—¿Has tenido un hijo con una criada? No la recuerdo de casa.

Era muy habitual la historia del señorito que se enamoraba de la criada, un chico joven y efusivo que perdía la cabeza por una mujer de otra condición social, pero a la que veía cada día. Aquello casi nunca terminaba bien, sobre todo para la mujer, pero Amelia estaba dispuesta a aceptar la situación, a mantener la mentira con discreción y a empezar a disfrutar del niño, que era precioso. No esperaba tener un sobrino y, sin embargo, aquel pequeño de ojos inquietos lo era; se parecía mucho a Óliver de niño y se moría por volver a verlo.

—No es una criada, Amelia, ella es..., bueno, era prostituta.

Durante un segundo creyó que estaba bromeando, pero el rostro de su hermano le confirmó que aquello era todo menos una broma.

—No puede ser. Óliver, no puedes estar con una prostituta... Es... asqueroso —dijo poniéndose de pie, horrorizada, como si el hecho de estar sentada en su sofá entrañara algún peligro de contagio o algo similar—. ¿Qué pensará todo el mundo?

Su hermano bufó con ironía.

—Creía que tú eras a quien no le gustaba aparentar, que entenderías que una cosa son las apariencias y otra muy distinta la realidad.

—Sí, pero ¿una prostituta? —dijo Amelia, desbordada—. Si fuera una criada, con discreción..., pero ¿una prostituta? Eso no.

Se colocó bien el vestido y, muy nerviosa, se dirigió a la puerta.

—No puedo estar aquí —exclamó, presa de sus propios prejuicios.

—¿Y tu sobrino? ¿No quieres conocerlo un poco más? —preguntó él desde la distancia, pero sin volverse en su silla.

Amelia se quedó quieta en la puerta. Dudó unos segundos, pero después pensó en todo lo que conllevaría que la historia se hiciera pública y también, aunque le costara confesarlo, en Dolores, en los brazos en los que habría estado esa mujer, en todos los hombres a los que habría conocido. Sintió repugnancia solo de pensar en aquella posibilidad y se marchó lo más rápido que pudo.

—¡Dile al chófer que venga mañana a buscarme! —gritó Óliver cuando su hermana ya estaba subiéndose al vehículo—. ¡Y no, no estaré en Navidad!

Amelia cerró la puerta de golpe, sin esperar a que lo hiciera el conductor, y pidió que la llevara a casa.

Irune estaba durmiendo cuando sonó la puerta y alguien empezó a zarandearla. Era muy temprano y no entendía por qué Gloria la había despertado ni por qué la miraba con el rostro desencajado.

—Pero ¿qué ocurre? ¿Qué hora es? —preguntó confusa, frotándose los ojos.

—Son las seis de la mañana —contestó Gloria—. El teatro está ardiendo, el Teatro Arriaga, tu teatro. Me lo ha dicho Jaime, que ha pasado a verme antes de ir a trabajar.

Irune sintió que se le cerraba el estómago y reaccionó de inmediato. La viuda de Ortiz las observaba desde la puerta en ropa de cama, ahogándose las ganas que tenía de advertirle de que sin trabajo no había casa.

—¿Hay heridos?

—Aún no sé nada. Corre —pidió su amiga.

—Tened cuidado, por favor —rogó la viuda, envolviéndose más en la toquilla que ella misma había tejido.

Ninguna contestó. Terminó de vestirse y salieron corriendo en dirección al teatro. Era 22 de diciembre de 1914, casi Navidad, e Irune rezaba por que solo se tratara de un susto, que aquel incendio no se llevara su futuro, que no desapareciera su trabajo, porque le encantaba. La posibilidad de estar cerca de los espectáculos, de las cantantes, de aprenderse todas las melodías desde su posición invisible, limpiando mientras ensayaban..., era un sueño del que no quería despertar aquella madrugada.

Después de recorrer el trayecto a gran velocidad, apenas podían respirar por la mezcla de los nervios, la carrera y el humo que se dejaba notar desde la distancia.

—Dios mío... —susurró Gloria.

Se había quedado paralizada al ver las llamas ascender sobre los edificios. Irune la cogió de la mano para atravesar los últimos metros hasta el lugar, que, a pesar de la hora, estaba repleto de gente absorta mirando el terrorífico espectáculo.

A empujones se acercaron todo lo que pudieron y se apretujaron junto a los demás curiosos. De repente, un estruendo les hizo agacharse, asustados. La cristalera trasera del teatro había explotado y del interior se escapaban las llamas como si el mismo fuego tratara de huir.

—¡Mirad allí! —dijo uno de los presentes, señalando un lugar en el edificio.

Unas siluetas apenas distinguibles agitaban los brazos y gritaban intentando hacerse oír por encima del estruendo, prácticamente en vano.

—Son el conserje y sus hijos —exclamó Irune, horrorizada—. Pues tiene que estar también Lucía —susurró con lágrimas en los ojos en referencia a la criada de la familia, con la que había compartido muchos momentos.

Los bomberos se reagruparon para estudiar cómo acceder hasta ellos.

—¡Tienen que salvarlos! ¡Los conocemos! —gritaron Irune y Gloria.

Un bombero se acercó a ellas y preguntó:

—¿Cuántas personas puede haber dentro?

—Cuatro —contestó Irune—. El conserje, sus dos hijos y la criada. Son los únicos que viven allí. Soy limpiadora del edificio, pero a estas horas ya había terminado; cuando me fui, no quedaba nadie más.

—Gracias, señorita —contestó antes de volver corriendo hacia sus compañeros.

Los hechos se sucedieron rápidamente. Se habían refugiado en la parte exterior de la terraza, en la que daba a la calle Bidebarrieta, y desde allí pedían auxilio con insistencia y desesperación. Los bomberos no habían traído la escalera y mandaron a buscarla a sus compañeros mientras intentaban apagar las llamas de las zonas a las que podían acceder. Pero el incendio continuaba y el fuego crecía imparable consumiéndolo todo a su paso. Los testigos buscaban sus propias soluciones a la situación y pedían al hotel Arana y al hotel Antonia, los más cercanos, que tiraran colchones al pie del edificio para que, a la desesperada, las cuatro personas atrapadas se lanzaran sobre ellos para salvarse de morir en el fuego.

—¡Estáis locos, se darán con los salientes de las fachadas! —contestaban otros—. ¡Además, no sobrevivirán a la altura!

Gloria e Irune permanecían con el corazón encogido. Parecía que no había solución: las llamas estaban cada vez más cerca de la familia y el desastre se veía inminente. Los bomberos llegaron con las escaleras, pero descubrieron que la que utilizaban normalmente solo alcanzaba hasta la mitad de la fachada y que la más larga no podían colocarla debido al tendido eléctrico. Un bombero, que alguien comentó que era muy montañero, trepó por la fachada desde la escalera más pequeña y cogió a uno de los niños para bajarlo. Fueron unos minutos de contener el aliento, de cerrar los ojos y rezar para que aquel loco lograra su hazaña y no muriera en el intento. Y lo hizo. Los presentes estallaron en aplausos y felicitaciones. Así salvaron también a la criada y al otro niño, a los que llevaron envueltos en mantas hasta el hotel Antonia, donde los atendieron.

—¿Y el conserje? —preguntó Irune, extrañada al no verlo descender.

—Se niega a bajar —comentó el bombero, que recuperaba el aliento sentado en el suelo y bebía agua.

—Como un capitán de barco que se niega a abandonar el navío —comentaban los allí presentes, entre admirados y espantados.

Desde donde estaban, pudieron ver cómo el conserje conducía a los bomberos por la zona del edificio que aún no ardía para que intentaran salvar el Club Náutico, el Café Arriaga y otros locales. Pero fue imposible, las llamas se habían extendido demasiado. Finalmente, a regañadientes, el hombre accedió a salir del teatro.

Cuando todos estuvieron a salvo, Irune abrazó a Gloria

con tristeza. Aquella madrugada se había quedado sin trabajo, el que más le había gustado en toda su vida, y sin posibilidad ninguna de recuperarlo.

Amelia se despertó sobresaltada una hora después de haber logrado conciliar el sueño. Por la ventana entraba la claridad del amanecer. La luz era aún tenue y dotaba al ambiente de una calidez que no logró apaciguar la amarga sensación que le había dejado el encuentro con Óliver del día anterior. Se sentía atrapada, quería obviar las conveniencias sociales, apoyar a su hermano y conocer a su sobrino, aunque al mismo tiempo estaba horrorizada porque fuera con aquella mujer. Sentía lástima por ella, pero también miedo y una cierta repugnancia, como si solo fuera capaz de pensar en su forma de vida como algo terrible y vergonzoso, un horrendo pecado.

Se levantó y accionó la campanilla para que Juana le trajera el desayuno. Apenas unos segundos después, la criada asomó por la puerta.

—Buenos días, señora, ¿cómo se encuentra esta mañana?

—Cansada. Hoy tomaré el desayuno en la cama, por favor.

—Ahora mismo pido que se lo preparen —contestó y salió un minuto de la habitación.

Amelia se recolocó en la cama y miró la ventana con cierta melancolía. Se preguntó cómo sería una mañana cualquiera de Friedrich, cómo sería aquella misma mañana. En su mente se sucedían las imágenes que veía en los periódicos. Hombres heridos, nieve, su marido tiritando entre ellos, cubierto de barro y añorando un hogar que quedaba demasiado lejos, un hogar al que no sabía si podría volver. Sabía que era muy complicada la comunicación, pero deseaba que llegara algo, que un día la correspondencia tuviera su letra, sus palabras. Llevaba varios meses sin saber de él y su soledad no hacía más que acrecentarse.

—¿Se ha enterado ya? —preguntó Juana, que había entrado con el desayuno.

Le colocó la bandeja sobre las piernas.

—¿Enterarme de qué? —preguntó Amelia sin hacer mucho caso.

Juana le sirvió el café con sumo cuidado y sin dejar de hablar.

—Ha habido un terrible incendio en el Teatro Arriaga esta madrugada. Me lo ha dicho el lechero, que ha venido a primera hora. Ha ardido el edificio entero. Ha debido de quedar en ruinas, aunque por fortuna parece que lo han conseguido apagar.

Amelia sintió por un momento que no podía respirar. Se aferró a la bandeja con fuerza para disimular el temblor de sus manos. Solo podía pensar en Irune, en que le hubiera ocurrido algo.

—¿Sabes si hay heridos? —preguntó con la voz rota.

—No lo sé —contestó Juana, extrañada por su reacción.

—Necesito el coche —dijo Amelia, que hizo el ademán de levantarse de la cama.

Juana cogió la bandeja con rapidez y la retiró, sorprendida.

—Enseguida —se apresuró a responder cuando vio que la señora, en pie, ya empezaba a desnudarse.

Amelia temblaba solo de imaginar que Irune estuviera herida o algo peor. Juana le colocó el corsé y la vistió todo lo rápido que pudo. Permanecían en un silencio roto únicamente por el roce de la ropa y el ruido de los criados al otro lado de la puerta, afanados en sus quehaceres diarios.

—Hoy no llevaré maquillaje, Juana, no tengo tiempo. Ayúdame con el sombrero y el abrigo, que tengo mucha prisa.

—Por supuesto, señora —obedeció Juana.

En cuanto terminaron, Amelia salió de la habitación y descendió las escaleras a toda velocidad para subirse al coche. El frío de la mañana golpeó sus mejillas con rudeza, aunque ella ni siquiera lo sintió. Podía ir al teatro y ver lo ocurrido, pero pensó que, si aquello había sido de madrugada, como había dicho Juana, a cualquier herido ya lo habrían trasladado al hospital o... Ni siquiera quiso terminar aquel pensamiento. Simplemente no se veía capaz de perder a dos de las personas que sentía más cerca, Friedrich e Irune. Decidió con rapidez y pidió al chófer que la llevara hasta el domicilio de la chica, junto al Asilo de Huérfanos; había estado allí una vez y le parecía el lugar más oportuno para encontrarla o al menos para tener noticias de ella. En apenas unos minutos estaba delante del portal. Sin demorarse, llamó a la puerta con los nudillos y la misma mujer que la otra vez, la dueña de aquella humilde casa, abrió la puerta.

—¿Señora? —preguntó sorprendida nada más verla. Era obvio que la había reconocido.

—Perdone, querría hablar con Irune —dijo Amelia atropelladamente—. He oído lo ocurrido en el Teatro Arriaga y me preguntaba si se encontraba bien.

—Está bien, está en su habitación, segunda puerta a la derecha —dijo la mujer, señalando la inclinada escalera que daba acceso al resto de la casa.

Amelia no esperó más explicaciones. Subió los peldaños y, después de tocar a la puerta, abrió.

Irune no escuchó los leves golpes en la puerta. Estaba doblando las mantas que había dejado sin recoger al salir de forma repentina por el incendio. Solo la voz de la señora Amelia la hizo girarse, perpleja.

—¿Estás bien? —preguntó mientras caminaba hacia ella.

Irune, sorprendida por el rostro desencajado de Amelia pero agradecida por su preocupación, sonrió.

—Lo estoy.

La señora, con emoción contenida, le devolvió la sonrisa y la abrazó con fuerza sin poder reprimirse. Irune soltó una carcajada nerviosa, breve, desconcertada pero contenta. La señora, después, la besó con cariño en la mejilla, como si se tratara de una amiga, de una igual. Irune la miraba enternecida por las muestras de afecto. Pero entonces, durante un segundo, Amelia, en su abrazo, se deslizó por su rostro de una forma muy sutil, casi imperceptible. Con extrema dulzura, rozó fugazmente los labios de Irune, que permanecían entreabiertos, sorprendidos. La muchacha contuvo el aliento y levantó la vista hasta los ojos de Amelia, que también la miraban. Labios dulces, suaves, los primeros labios que nunca habían rozado los suyos. Fue un beso equivocado, un roce efímero del que se separaron de inmediato, sorprendidas. Irune sintió que un escalofrío la recorría desde la nuca; Amelia respiraba entrecortadamente. La electricidad que las había atravesado era tan patente, tan real, que tardaron unos segundos en colocar aquel beso en el lugar en el que debía estar.

—Perdona —dijo Amelia, avergonzada de repente, apartándose de Irune con el rostro encendido y las manos temblorosas.

Irune aún sentía su tacto suave, su olor, todo de ella recorriéndole la fina piel de los labios. Necesitó más, acercarse de nuevo y volver a besarla. Cómo era posible seguir sintiendo algo que ya no existía, añorar algo que estaba mal, desear una equivocación. Le dio tanto miedo que dio un paso atrás.

—Márchate, por favor —pidió temblando, porque, si no lo hacía, quizá no fuera capaz de detenerse.

Amelia agachó la cabeza y asintió mientras ocultaba el rostro entre las manos. Irune sintió lástima por ella, sintió ganas de abrazarla, pero también de que se fuera y de huir. La señora dejó la habitación con pasos inciertos, como si no quisiera llamar la atención, como si ya lo hubiera hecho lo suficiente. Irune, sin embargo, no pudo moverse, no pudo reaccionar ni salir corriendo, y, si respiraba, era solo porque el cuerpo lo hacía por ella. Se abrazó a sí misma con la necesidad de paliar el tremendo frío que le sobrevino de repente. Se sentó en la cama y escuchó alejarse el motor del coche de Amelia.

Amelia no supo cómo había bajado las empinadas escaleras ni si se había despedido de la dueña de la casa, porque la última mirada de Irune era lo único que podía recordar. Esa mirada y sus palabras pidiéndole que se marchara. Cerró la puerta del vehículo sin esperar a que lo hiciera el chófer y rompió a llorar en una atropellada confusión.

—¿Está bien, señora? —preguntó el hombre, preocupado al verla tan agitada.

Ella asintió intentando tranquilizarse y le hizo un gesto para que fuera a su puesto, porque se sentía incapaz de pronunciar una palabra. Cuando el coche se puso en marcha, agradeció el ruido del motor, que acallaba su llanto. Se volvió hacia la diminuta ventanilla que había en uno de los laterales de la capota, mirando sin ver, anclada en la habitación de Irune, en los ojos de Irune, en los labios de Irune. Dejó que las lágrimas descendieran por su rostro y se abrazó a sí misma temblando. No entendía qué había ocurrido, cómo había hecho aquello, no entendía por qué la había besado ni de dónde había salido esa ansia por ella, esa necesidad de estrecharla. Todo era culpa de la angustia de creer que le había sucedido algo y de la inmensa alegría al saber que se encontraba bien. Recordó la obra de teatro que había visto en París, el beso sobre el escenario convertido en realidad, y se tapó la cara, impotente. Ella no era así, no era una actriz ni una prostituta, era una mujer casada y enamorada de su marido. Pero había ocurrido, lo había sentido, porque aún palpitaba en su boca, efímero pero firme, vívido. Se tocó los labios mientras lo rememoraba y al mismo tiempo deseó la llegada de Friedrich.

En cuanto entró en el palacete, se encerró en su habitación y se sentó a su escritorio, presa de la necesidad de hacer presente a un marido que ya no sabía si había existido, al que había perdido tan pronto que a veces creía haberlo imaginado. Cogió lápiz y papel y escribió una nota desesperada:

> Vuelve, Friedrich. Vuelve. No puedo seguir sin ti. Temo por lo que pueda pasarte cada día, cada minuto. Te necesito.

Amelia miró lo escrito y, tras unos segundos de estrechar el papel entre sus dedos, de intentar sentirse conectada con esas palabras que había redactado, pensó que aquella carta no era más que otro de los sinsentidos de su vida. Escribirle a él y pensar en ella. Un beso. La angustia de saber que había sido el primero, pero también el último. La certeza de que Irune nunca querría volver a verla. Rompió el papel en mil pedazos que quedaron desperdigados por la alfombra.

Se levantó y bajó al salón para servirse un whisky del que siempre bebía Friedrich. Dejó que las lágrimas calladas resbalaran por su rostro. No sucedería nunca más, no volvería, no los tendría a ninguno de los dos. Gritó en silencio. La soledad volvía a ser la única que compartiría esa casa con ella.

Terminó el whisky de un solo trago y se sirvió otro.

SEGUNDA PARTE

Bilbao. Septiembre de 1918

8

La fuerte luz del sol de mediodía entró por la ventana urgente, insidiosa, incómoda. Amelia, tumbada en la cama con la ropa del día anterior, despeinada y con la sensación de haber muerto en algún momento de la noche, abrió los ojos con cuidado. Tuvo que volver a cerrarlos inmediatamente. Era doloroso mantenerlos abiertos. Su cabeza parecía una maldición y la boca la sentía tan pastosa que no hubiese sido capaz de pronunciar una sola palabra, ni siquiera para pedir ayuda. Además, esa terrible sensación no era una novedad, se repetía una y otra vez desde hacía casi cuatro años. Noches de insomnio, alcohol para intentar paliar aquella desazón, aquella angustia y el terrible silencio de la casa, y después despertares de insoportable resaca e incapacidad. Prefería los sueños, la neblina creada por el alcohol que potenciaba los recuerdos, las fantasías donde un beso era mucho más, donde no había ausencias, donde aún tenía un propósito, un trabajo, el refugio mentiroso de las noches cuando se soñaba como otra Amelia. ¿Cuánto podía una mujer vivir sin estar viva?

—Señora, es mediodía —susurró Juana desde la puerta.

Amelia, desmadejada, emitió un gruñido que podía ser tanto de conformidad como de desacuerdo, incluso de pura desidia. Pero su criada llevaba muchos años cuidando de ella, con su sutil y lejana presencia, cariñosa y discreta al mismo tiempo, como para darse por vencida una mañana más. Juana, ya una mujer de cincuenta años, entró en la habitación con sumo cuidado, midiendo cada crujido de la madera antes de acercarse a la cama. Amelia aún no había vuelto a abrir los ojos, pero podía sentir la mirada compasiva y afligida de su ángel de la guarda. La mujer le retiró el cabello sudoroso del rostro con infinita ternura.

—No sé si podré levantarme —susurró en un hilo de voz.

—Podrá —contestó Juana—, igual que lo ha conseguido cada día desde que decidió hacerse esto.

Amelia no respondió. Se dejó levantar con la sensación de haber envejecido diez años, dolorida a cada paso, a cada bocanada de aire, como un pez ansioso en mitad de la playa. Mientras Juana la llevaba apoyada sobre sus hombros hasta el cuarto de baño —donde ya estaba preparada la bañera con agua caliente y jabón perfumado con lavanda—, se preguntó si sus despertares serían distintos en el futuro. Llevaba cuatro años en aquella media vida, desde que todo empezó y todo terminó al mismo tiempo con la partida de Friedrich, el beso fugaz a Irune y su paulatino pero inexorable arrinconamiento en la fábrica. Óliver se había puesto al frente del negocio, Amelia ya no pintaba nada. Desapareció de allí porque su hermano dejó de contar con ella, de llamarla para las reuniones, comenzó a ocultarle los informes... La apartó. Y ella no lo pudo soportar, aunque tampoco podía quejarse, era su destino: Amelia solo había sido una farsante. Se dejó caer en el abismo en el que se encontraba en aquel momento, después de haberlo perdido absolutamente todo.

—A su marido no le gustaría verla en este estado. Dicen que la guerra en Europa terminará pronto. Tiene que empezar a cuidarse —oía Amelia como en un sueño lejano que le dolía, aunque ignoraba.

Para qué, pensaba ella, si Friedrich no volvería, Irune la habría olvidado y ya no podía trabajar.

Juana le fue quitando la ropa con lentitud hasta dejarla desnuda y vulnerable, tan solo vestida con las eternas ganas de llorar que la acompañaban casi cada día. Tampoco a Irune le hubiese gustado verla así, estaba segura, pensó al recordar la mirada de la muchacha antes del incidente, su admiración, su intensidad. Hasta el beso, cuando todo terminó para ellas y dejó a Amelia en un precipicio de sentimientos que solo sabía ahogar cada noche en el whisky de importación que su hermano traía de sus aliados ingleses. Inevitablemente, como un destino inexorable, se sentaba al llegar la oscuridad frente a la botella y pensaba que estaba bebiendo el líquido que fabricaban los que tarde o temprano matarían a su marido en algún lugar de Europa. Después, se servía otra copa.

Mientras sumergía su tembloroso y escuálido cuerpo en el agua templada, se rindió a la evidencia de la falta de esperanza, de que, aunque aquella guerra terminara, su marido quizá estaría ya muerto... O al minuto siguiente, o al siguiente. Se imaginó su cuerpo inerte, sus ojos azules abiertos y perdidos en la inmensidad de la nada, en el suelo embarrado de un campo de batalla, quién sabía dónde. Solo. Anónimo.

—Quizá esté ya muerto —dijo a Juana mientras esta le lavaba con esmero el cabello enredado.

—Las malas noticias vuelan rápido, señora. Si el señor no estuviese en este mundo, estoy segura de que lo sabría.

Quizá sí, pensó cerrando los ojos. O quizá no. Desde que se marchó, solo había recibido tres cartas llenas de mentiras y un par de vagos telegramas de su familia en Manheim. Pero hacía ya más de dos años de la última. Desde entonces, nada. Y era lógico, se decía, porque Europa estaba en guerra y la comunicación entre un hombre y una mujer, en lados opuestos del mapa, no era elemental para el desarrollo de la Historia, esa con mayúsculas, aunque aquello consumiera a Amelia.

—El señorito Óliver ha vuelto a pedir que pase usted por la fábrica —dijo Juana, que le secaba la humedad del cabello con una toalla—. ¿Mando recado para decirle que lo hará?

Amelia sabía que se trataba de un intento de la mujer por devolverle algo de dignidad, de ilusión, pero solo pensar en recorrer aquellas paredes que una vez fueron tan suyas, y que le habían arrebatado, le revolvía aún más el ánimo.

—No lo sé —fue lo único que dijo.

—Su hermano ha dicho que era importante.

Amelia sintió curiosidad y se reprochó no poder cortar el lazo con la fábrica, no poder olvidar. Nada ni a nadie.

Irune se paró frente a la casa de color amarillo que una vez admiró desde fuera y que prácticamente se había convertido ya en su hogar. Se acercó a la puerta, subiendo las pequeñas escaleras, y asió firmemente la aldaba con forma de mano. Golpeó la madera en tres ocasiones y, en unos segundos, la recibió la sonrisa más dulce. Clara era una niña encerrada en un cuerpo de adulta, una especie de hada inocente con el físico de una mujer de dieciocho años. Era la hermana de Jon y también un ser etéreo siempre vestido de blanco.

—¡Irune! —dijo con su voz de cascabel antes de abrazarla con ternura.

El cariño que había cogido a aquella niña, apenas cuatro

años más joven que ella, era tan grande que hasta Jon le solía preguntar con fingida envidia:

—Pero ¿vienes a verla a ella o a mí?

—A ella, claro... —susurraba pícara, y Jon le dedicaba una caricia mínima tan característica en él, un pequeño guiño, un roce en el pelo, un leve contacto en la cintura...

Algo diminuto, pero sumamente importante.

Clara la abrazó con tanta fuerza que a punto estuvieron de rodar las dos escaleras abajo, entre risas.

—¿Me haces una trenza? —pidió con su voz cantarina.

—Déjala respirar. Además, no nos va a dar tiempo. Tengo que ir a la fábrica e Irune me acompaña —respondió Jon desde el fondo del pasillo, poniéndose el mono descolorido por la harina para ir a trabajar.

La chica hizo un mohín al que Irune no pudo resistirse.

—Tardo un segundo —dijo a su novio.

Las dos mujeres corrieron al salón, donde Clara ya tenía todo preparado. Irune comenzó a peinar sus ondulados cabellos negros y con destreza le hizo una larga trenza rematada por un enorme lazo de color rosa, su favorito.

—¿Ves? ¡Ya está! —dijo a su hermano, contenta de haberse salido con la suya.

Él las observaba desde la entrada y fingía estar enfadado. Irune se levantó, cogió su bolso y salió de la casa. Jon daba las últimas instrucciones a su hermana:

—Vendré para la hora de la cena. No salgas y ten cuidado a quién abres, ¿de acuerdo? Prepara la mesa para cuando vuelva y yo terminaré de hacer la comida.

—Que sí... —contestó ella con tono cansado mientras les decía adiós con la mano.

—¡Venga, cierra la puerta! —pidió Jon, camino de la fábrica de Harino Panadera.

Solo cuando escucharon el golpe, Irune sintió que Jon se relajaba. Era muy protector con su hermana. Sus padres vivían en un pueblo de Álava llamado Luna, muy lejos de allí. Cuando consiguió el trabajo, decidió que Clara estaría mejor junto a él que en aquel caserío donde sus padres bastante tenían con cuidar de sí mismos y de la tierra. Desde que nació, Jon había sentido debilidad por su hermana pequeña y débil, que casi murió siendo un bebé y que no había conseguido desarrollarse igual que las otras niñas de su edad. Jon cuidaba de ella, y Clara, al mismo tiempo, le hacía compañía en aquella ciudad grande e inhóspita a la que tanto tardó en acostumbrarse él, que venía de un diminuto pueblo donde todos eran prácticamente de la familia.

—Estará bien, no te preocupes —susurró Irune mirándolo con cariño.

—Lo sé, pero...

—Sí, te entiendo.

—Es más fácil con el turno de mañana, porque me voy cuando está dormida, le dejo todo preparado y vuelvo a una hora razonable. Pero el turno de tarde me deja inquieto.

—No ocurrirá nada, ya lo verás.

Jon la agarró por los hombros y la atrajo hacia él mientras caminaban. Se cruzaron con una señora del barrio que los miró con desaprobación por la muestra de cariño en público. Se soltaron inmediatamente con una sonrisa nerviosa. Cada vez se les hacía más complicado esperar a aquel 11 de octubre, el día en que celebraban su boda, para dar rienda suelta a la necesidad de contacto que tanto luchaban por reprimir. Llevaban dos años juntos. Irune lo recordaba como si hubiese sido la noche anterior. Nunca olvidaría aquella tarde en el *txitxarrillo* de Portugalete, cuando lo vio desde lejos. Ella tomaba una gaseosa acompañada de Gloria, embarazada y con los pies hinchados, pero preocupada por la excesiva soledad de su amiga.

—¿Cómo vas a encontrar marido, si apenas sales de tu cuarto? —repetía una y otra vez, a lo que ella respondía poniendo los ojos en blanco.

Irune accedió a regañadientes a acudir a aquella verbena. Ser la tercera en discordia no le hacía especial gracia, porque Gloria siempre iba con Jaime a todas partes, pero hacía bueno, era verano y el día invitaba a unirse a la fiesta.

—Ese chico te está mirando —susurró su amiga entre risas.

Con disimulo, dirigió su atención hacia donde le indicaba Gloria y se sorprendió a sí misma sonriendo con espontaneidad cuando se dio cuenta de que se trataba del chico de la harina, que, aseado y sin el traje de faena, la observaba. Contuvo el aliento al verlo acercarse.

—Buenas tardes, ¿puedo invitarlas a una gaseosa?

Irune miró el vaso lleno en su mano y no supo qué contestar. Menos mal que Gloria, divertida con la situación, se lo arrebató y se disculpó diciendo que la llamaba su marido.

—Claro que quiere —le dijo a Jon antes de saber que así se llamaba.

El chico se acercó a pedir una bebida para cada uno, aprovechando que estaban solos. Irune se había quedado muda de repente.

—Hace muy buen día, ¿verdad? —dijo entregándole la gaseosa.

Ella volvió a asentir y se preguntó por qué no era capaz de pronunciar una sola palabra. El chico también parecía nervioso y se pasaron la mitad de la tarde mirando cada uno para un lado, en silencio. Pero el domingo siguiente volvieron a coincidir, y de tres palabras pasaron a cinco, y después a diez, hasta que se les escapaba el baile charlando y lo único que querían era que se terminara la semana para volver a encontrarse.

—¿Te veré mañana? —preguntó antes de despedirse en la puerta de la fábrica de Harino Panadera.

—Claro —contestó Irune con una sonrisa.

Ella trabajaba como lavandera y cada madrugada recogía los pedidos de varias casas para ocuparse de la colada junto a otras mujeres. Era un trabajo duro, pero al menos podía hablar mientras lo hacía y, por supuesto, pagar la habitación en casa de la viuda de Ortiz, que pronto abandonaría para irse a vivir con Jon y Clara a las coloridas casas de Irala.

Jon e Irune se miraron con besos reprimidos y ojos ansiosos antes de marcharse cada uno por su lado, acompañados de la calidez de un futuro que estaba por empezar.

Amelia llegó a la fábrica a última hora de la tarde. Gracias a Juana, se sentía algo mejor, pero la luz de primera hora de la tarde la cegó al salir del vehículo. Giró la cabeza para ocultarse detrás del ala de su sombrero y soportar la resaca que aún la acompañaba. Muchas cosas habían cambiado desde que la habían apartado del negocio familiar. Óliver se hizo cargo de Cervezas y Gaseosas Blanca Manheim, o La Blanca, como seguían llamándola todos, con entusiasmo. Y eso supuso que Amelia perdiera su puesto y su derecho a estar allí, como bien se había ocupado de demostrarle él con cada desplante. Aquella visita a la casa de Dolores y su hijo en las afueras de Bilbao, cuatro años atrás, había deteriorado la relación por completo. Óliver ya nunca pasaba por casa y ella bastante tenía con levantarse cada día y mantenerse en pie como para ocuparse de nada más.

Amelia subió las escaleras de madera, camino del despacho que antes fue su refugio, con el estómago encogido, fruto no solo de una mala noche. Escuchó el ruido de los trabajadores y las máquinas al otro lado de la puerta que dividía los dos mundos. Avanzaba lentamente, deslizándose por cada escalón, procurando evitar tanto los recuerdos de Irune, de Friedrich y de todo lo que había perdido como la imagen de en quién se había convertido. Cuando llegó a la puerta de su antiguo despacho, se encontró, para su sorpresa, con Dolores en el puesto que antes ocupaba don Damián.

—Buenos días —dijo la mujer, asombrada también al verla.

—¿Qué haces tú aquí? —preguntó con desdén—. ¿Y don Damián?

—Se jubiló hace un año. ¿Quiere que avise a su hermano? —respondió Dolores, ignorando el tono brusco y la mala educación de su supuesta cuñada.

—Sí, gracias —pidió Amelia con fingida indiferencia.

La mujer se levantó de su asiento y, con desparpajo, llamó a la puerta. No esperó ninguna indicación desde el interior, simplemente entró y cerró tras de sí dejando a Amelia sola y fuera de aquel lugar que antes era tan suyo. Vestía una ropa más elegante que cuando la conoció. Todo en Dolores era distinto, como si su buen porte hubiese estado dormido bajo capas de pobreza y, cuando esa situación hubo quedado atrás, su belleza natural y una especie de halo de seguridad hubieran emergido de ella.

—Dichosos los ojos —dijo Óliver cuando Dolores abrió la puerta y los dos hermanos se encontraron cara a cara.

—Me has pedido que viniera, Juana me lo ha dicho esta mañana —contestó ella, escudriñando cada rincón del despacho.

—Hoy y ayer y muchos días antes —se quejó su hermano.

Amelia no podía contestar nada, porque ni siquiera recordaba que se lo hubiera pedido. Olvidar era su objetivo y parecía que había dado sus frutos, aunque en lo menos importante.

Se quedaron solos cuando Dolores cerró la puerta. Amelia miraba a su alrededor, sobrecogida por el cambio. Sus cosas estaban acumuladas en una esquina: su gramófono, sus discos, su ropa metida en una maleta vieja... Todo lo importante para ella había sido relegado a un rincón de aquel lugar que ya no le pertenecía.

Óliver siguió su mirada y, como única explicación, dijo:

—Puedes llevártelo todo con el chófer, si quieres, o mandar a alguien para que lo recoja. Yo no lo necesito y aquí ya no pinta mucho.

—¿Para eso querías que viniera? —preguntó Amelia, seca.

—No, hemos cambiado de proveedores. Al parecer, la guerra está terminando y Alemania va a perder. Nos hemos decantado por empresas inglesas, que serán más prósperas en el futuro.

—No puedo firmar eso, Friedrich no me lo perdonaría.

—Friedrich no está aquí para decidir y tú hace mucho que no tienes potestad en nada de lo que sucede en esta fábrica. Además, él era un hombre de negocios, habría sabido adaptarse a las circunstancias.

Amelia sintió como una puñalada la suposición que su hermano había hecho de que su marido estaba muerto y se sintió débil.

—Es un hombre de negocios —rectificó Óliver—, y estoy seguro de que para él primará hacer que la fábrica prospere, en vez de agarrarse a lealtades propias solo de la contienda.

Amelia se mordió los labios, presa de la rabia, porque no era capaz de rebatir lo que le decía su hermano, aunque no estuviera segura de que Friedrich fuera a reaccionar así.

—Da igual lo que digas. —Óliver quitó importancia al asunto—. Lo haremos con tu consentimiento o sin él, pero creemos que es mejor contar también con tu firma en su nombre, por lo que pueda pasar. Y si no, la falsificaremos, al fin y al cabo tú has estado años haciéndolo con la mía...

—¿Con ese «nosotros» te refieres a Dolores y a ti?

Óliver la miró sin entender, pero enseguida soltó una sonora carcajada.

—No, Dolores es solo mi secretaria. Don Damián se jubiló, por el reúma, y ella aprende con rapidez.

—¿Y quién es ese «nosotros»?

—Antonio y yo.

Amelia no pudo evitar una mueca de sorpresa y de desagrado. No entendía qué tenía que ver aquel hombre en las decisiones de la fábrica.

—Antonio es desde hace un mes el director general —explicó su hermano.

Intentó disimular la sensación de mareo que sintió en aquel momento.

—¿Cómo has podido hacer eso? —preguntó con un hilo de voz.

—¿Por qué no iba a hacerlo? —respondió y se encogió de hombros.

Óliver la miró desde su silla con rostro desafiante y, sin más preámbulos, le tendió unos papeles para que los firmara, señalando con el dedo dónde debía hacerlo, lo que daba por terminada cualquier oportunidad de réplica. Amelia los sostuvo en su mano, consciente de que nada evitaría que su fábrica, que ya no lo era, fuera cada vez menos suya.

Una vez acabado el trámite, salió del despacho sin despedirse y respondió con un leve movimiento de cabeza al «buenas tardes» que Dolores le dedicó desde su mesa. Empezó a descender las escaleras acompañada del chófer, al que Óliver había hecho llamar para que llevara todas sus cosas al automóvil. Su presencia allí estaba de más y todas aquellas cajas y trastos lo ponían de manifiesto.

—Voy a adelantarme un poco, señora, para poder hacer otro viaje y traer el gramófono.

—Sí, tranquilo —dijo Amelia, que llevaba un antiguo abrigo colgado del brazo y una maleta pequeña llena de discos.

—Buenas tardes, señora Manheim.

La voz de Antonio le erizó la piel, pero aún más aquella sonrisa socarrona y desafiante que se dibujaba en su rostro mientras la miraba. En medio de la escalera, cruzado de brazos, esperaba con satisfacción a que ella pasara por su lado. Amelia no tenía escapatoria; cogió aire y, con la cabeza alta, bajó uno a uno los peldaños sin apartar la mirada de aquel hombre que tanto rechazo le provocaba.

—¿Cómo está su amiga? —preguntó Antonio con una leve risita que le provocó otro escalofrío.

Amelia no contestó. Aceleró el paso camino de la calle sin mirar atrás, sin conceder ni un segundo más a aquella pesadilla. Corrió hasta el vehículo y le entregó al chófer sus cosas solo para poder esconderse dentro del automóvil, para desaparecer e intentar dejar de sentirse la mujer que Óliver y Antonio le habían hecho sentir. Cerró la cortina de las ventanillas traseras del coche y se escondió del mundo. Lástima no poder huir también de la Amelia en la que se había convertido.

—¿Cómo está la enamorada?

Irune agachó la cabeza un poco cohibida y le sacó la lengua con descaro a la lavandera que acababa de hablar y que se afanaba en una de las pilas en hilera que recorrían la primera planta del lavadero público de Alameda San Mamés. Eran las seis de la mañana, el lugar acababa de abrir y un numeroso grupo de mujeres se afanaba en frotar, mojar, tender en la planta superior y asegurarse de cobrar sus veinticinco céntimos por sábana o su peseta y veinticinco céntimos por manta. Rosa era la que había hablado, la más deslenguada de todas, la que, a sus espaldas, las demás comentaban que tenía la cabeza llena de pájaros, que terminaría con algún niño bastardo y sin padre conocido, porque no se perdía una verbena y se atrevía a hablar con todos y todas. Irune la consideraba una de sus mejores amigas, porque, desde que Gloria había sido madre de dos niños, uno a los pocos meses de casarse y el otro un año después, su contacto con ella se había reducido. La visitaba en su casa del Casco Viejo de vez en cuando, pero les resultaba complicado encontrar puntos de encuentro en sus vidas.

—Anda, déjame —dijo Irune riendo.

Margarita, otra de las lavanderas que solía acudir cada mañana, entró con muy mala cara y se apoyó en la pared.

—Me duele mucho la cabeza.

Las otras dos se acercaron a ella con actitud maternal.

—¿Quieres irte a casa? —preguntó Irune, preocupada—. Nos encargamos nosotras de las sábanas.

Rosa resopló con desgana ante la perspectiva de ayudar a la chica.

—Yo creo que tienes fiebre —dijo Irune, poniéndole la mano en la frente.

—No puedo ponerme enferma ahora —se lamentó con lágrimas en los ojos—. No sabes cuánto comen mis hijos, y con lo que gana Kepa en el astillero no nos llega para nada.

—Anda, trae —se quejó Rosa con fingido enfado y añadió una parte de su colada a la que ella misma llevaba—. Pero solo por hoy y no me encargo de entregarlas, ¿de acuerdo?

Irune sonrió. Su amiga era franca y quejica, pero, incluso después de dar dos voces, siempre estaba dispuesta a ayudar. Cogió el resto de la cesta y buscó un hueco entre las demás chicas para empezar con aquella tarea que le servía de sustento desde hacía casi cuatro años. Tras el incendio del Teatro Arriaga, no encontró otra forma mejor de ganarse la vida que acudir a aquel lavadero para limpiar la ropa de marinos de paso, familias adineradas o cualquiera que se lo pidiera y pagara. Era un trabajo duro, pero menos solitario, porque allí había encontrado un lugar junto a aquellas mujeres que charlaban mientras se dejaban la piel entre el agua y el jabón.

—Sois muy buenas conmigo, muchas gracias —dijo Margarita después de toser un par de veces—. Hace mucho frío hoy, estoy helada —comentó con mala cara, abrazándose a sí misma.

—Mete las manos aquí y luego me dices si hace frío —se quejó Rosa, que ya se afanaba en su labor.

—Anda, déjala, ¿no ves que se encuentra mal? —le recriminó Irune para después dirigirse de nuevo a Margarita—: Vete a casa, después te llevo yo la ropa.

—¿Estás segura?

—Segura —asintió con cariño.

La mujer se despidió después de dar de nuevo las gracias

y se dirigió tambaleante hacia la puerta. Irune la vio alejarse con el ceño fruncido.

—Mi hijo, que es compañero del de Margarita en el cuartel, me ha dicho que están la mitad enfermos —comentó desde el final de la hilera de pilas una mujer mayor, cuyo vástago era soldado.

—Si es que estos jóvenes..., a saber lo que han hecho. No se cuidan y luego, ya ves, todos malos —contestó otra que ya llevaba su ropa a colgar en el piso superior.

—Pobre Margarita, no tenía buen aspecto —dijo Irune a Rosa.

—¡Pobres nosotras! —se quejó de nuevo su amiga mientras golpeaba la ropa contra la piedra.

—Eres una quejica...

—Y tú una bocazas...

Se miraron con una sonrisa, fingiendo un enfado que ninguna de las dos sentía.

—Anda, Irune, canta algo —pidió la anciana del hijo soldado.

Ella comenzó a tararear la melodía de *Carmen*, la ópera que acababa de estrenarse en el nuevo Teatro Coliseo Albia y de la que todo el mundo hablaba.

—Amelia, no puedes seguir así.

La música del gramófono traído de la fábrica llenaba el ambiente de toda la casa. La canción francesa que escuchaba cuando Friedrich se fue, cuando logró quitar los brazos de Antonio de Irune, sonaba una y otra vez mientras Amelia miraba con melancolía por su ventana al jardín. Miraba sin ver, ausente, enfrascada en idear cada una de las decepciones de su presente.

Sor Matilde se acercó un poco más al comprobar que su sobrina apenas la había oído. La cogió del brazo con ternura.

—Hija, ¿qué te está pasando?

Amelia, que parecía volver de repente de una terrible pesadilla, se volvió hacia ella y la abrazó con lágrimas en los ojos.

—No lo sé, tía, es como si me hubiese quedado sin nada, como si estuviese desapareciendo.

Sor Matilde le cogió el rostro entre las manos en un gesto maternal y le dio un beso en la frente.

—Tú, que siempre has sido tan fuerte... Te torturas poniendo esta canción sin parar, una y otra vez.

—Me recuerda a mi marido.

No le confesó que también le traía a Irune a la memoria.

A sor Matilde se le llenaron los ojos de lágrimas y volvió a abrazarla.

—Entiendo que lo eches de menos, pero tienes que salir de este pozo en el que te has metido tú sola, porque cada vez es más profundo y llegará un momento en el que nadie pueda venir a salvarte.

—Lo sé, pero... ¿cómo? —preguntó Amelia con verdadera desesperación—. Ya no puedo encargarme de lo que hacía en la fábrica porque Óliver está en mi puesto; me ha despachado y se ha rodeado de los suyos. No tengo trabajo, no tengo marido ni hijos...

—¿Por qué no nos ayudas en el orfanato? Hace años que no vienes por allí, al menos estarás más entretenida. Y ahora mismo, con varios niños enfermos, te aseguro que todas las manos son bienvenidas.

Amelia sopesó la sugerencia de su tía. Por una parte, necesitaba sentirse útil; por otra, si iba a aquel lugar, tenía muchas posibilidades de reencontrarse con Irune, y no sabía hasta qué punto era o no una buena idea. Habían pasado cuatro años, en los que se había empeñado en no verla. No le había resultado difícil, porque sus mundos eran completamente distintos, pero había borrado cada uno de los lugares que podían haber tenido en común, como el orfanato, para evitar toparse de nuevo con sus ojos y sus labios, aunque fuera en su memoria. Pero tenía que admitir que sentía curiosidad, o quizá era pura desesperación, o puede que el último recurso que le quedaba para recuperarse a sí misma. El caso es que respondió afirmativamente:

—De acuerdo, iré.

Su tía la abrazó con verdadero cariño, que Amelia agradeció.

—¿Va Irune alguna vez? Aquella chica que trabajó en la fábrica... —preguntó, dándole la espalda y fingiendo indiferencia.

—Casi todos los días saca un momento. Además, desde hace tiempo nos ayuda limpiando la ropa, es lavandera.

Amelia asintió con los ojos fijos más allá del jardín y las manos temblorosas.

Irune accedió al interior del orfanato como cada tarde, cargada con las sábanas y las ropas de los niños que había lavado con sus propias manos. Sor Matilde se acercó con rostro preocupado.

—Por favor, guarde todo eso y dele el dinero que le corresponde a Irune antes de que se marche —pidió a una de las hermanas más jóvenes, una chica que Irune apenas conocía porque acababa de ser ordenada.

—No hay prisa —contestó Irune, aunque sí la tenía, pues con ese pago terminaría de darle a la casera el dinero que le debía de la semana anterior.

Estaba deseando casarse con Jon, trasladarse a vivir con él en aquella casa amarilla y olvidarse de una vez de la viuda de Ortiz y su mirada sutilmente insistente.

—Estamos teniendo un día de locos —dijo sor Matilde cogiéndola del brazo—. Han enfermado tres niños desde ayer por la noche. Los he colocado en las camas del fondo y estoy esperando al doctor, pero nos ha hecho llegar una nota diciendo que tiene muchos pacientes y que no sabe si podrá acudir hoy.

—Una de las lavanderas también estaba mala y se ha marchado a casa —comentó Irune, que acompañaba a la monja hasta el lugar donde estaban los niños.

—Gracias por venir. Estamos desbordadas. Esta tarde he visitado a mi sobrina, Amelia, no sé si la recuerdas, y me ha prometido que vendría pronto. Ojalá lo haga, porque contar con un par de manos más es muy valioso para nosotras ahora mismo.

Irune sintió un vuelco en el estómago al escuchar su nombre. Se negaba a confesar, sobre todo a sí misma, que en todo aquel tiempo, e incluso durante algún segundo en que los labios de Jon estaban sobre los suyos, el olor y el tacto de la piel de aquella mujer le habían venido a la memoria. Ni siquiera estaba segura de no haber vuelto a encontrársela, ya que, a pesar de que sus mundos eran opuestos, durante un tiempo le pareció verla en todas partes: en cada vehículo que pasaba por la calle, en cada mujer con sombrero, en cada labio que sonreía tras las cristaleras de un café... Amelia lo llenaba todo y nada al mismo tiempo, como un fantasma que la persiguiera y al que, sin embargo, no fuera capaz de renunciar.

—Me tiene preocupada... —comentó sor Matilde, lo que despertó aún más la curiosidad de Irune.

Pero permaneció en silencio, con aquel nombre acariciando su oído y su recuerdo, inmune a las cavilaciones de la monja, sumida en el pasado y en el fugaz roce de sus labios. Hasta que se acercó uno de los niños mayores con un bebé en brazos que no dejaba de llorar.

—Es que no sé qué le pasa —dijo con los ojos temblorosos, a punto de desmoronarse también.

Irune cogió al bebé en brazos y comenzó a tararear una melodía que lo tranquilizara. El pequeño poco a poco fue quedándose dormido.

9

Irune se asomó por tercera vez aquella mañana a la puerta del lavadero, al camino por el que siempre aparecía Margarita, y por tercera vez lo vio desierto. Arrugó el entrecejo con preocupación y regresó al interior con las demás. Habían pasado dos días y que no acudiera al trabajo le parecía extraño y preocupante.

—¿Sabéis algo de Margarita? —preguntó a las lavanderas que tenía al lado.

Todas negaron con la cabeza y Rosa le hizo un gesto para que se acercara, con aire misterioso.

—He oído cosas... —susurró mientras aclaraba una manta con energía.

—¿Qué cosas? —preguntó Irune, colocándose a su lado.

—Ya sabes que su hijo es soldado, ¿verdad? —Irune asintió y Rosa continuó—: Me han dicho que están aislados, que en pocos días han pasado de tres enfermos a casi todo el cuartel.

—En el orfanato también hay varios niños malos —comentó Irune.

—Esto va a ser serio, te lo digo yo —dijo su amiga con aire dramático.

—Para ti siempre es todo igual de grave.

Puso los ojos en blanco, quitándole importancia.

—Hazme caso —contestó Rosa, que levantaba el dedo índice a modo de amenaza.

Irune le dedicó una mirada de incredulidad. Era cierto que en el orfanato, en los últimos dos días, el número de enfermos había crecido mucho, pero parecían lógicos los contagios, pues dormían todos en la misma habitación, en una larga hilera de camas, se dijo. Habían separado a los convalecientes con unos biombos hechos con sábanas viejas, para aislarlos y que el jaleo de los demás chicos no molestara a los que se encontraban peor. Sin embargo, lo que primero fueron cuatro camas se había convertido ya en la mitad de la habitación de las chicas y un cuarto del dormitorio de los chicos. Pensó de nuevo en la ausencia de Margarita y decidió que pasaría después por su casa para saber qué le ocurría. No se lo dijo a Rosa, porque no quería escuchar sus quejas, pero estaba preocupada y decidida a verla.

—Esta noche tenemos que asistir a la ópera —dijo Óliver, poniéndole las dos entradas sobre la mesa, junto a su almuerzo.

Amelia lo miró muy sorprendida: primero, por la visita de su hermano, que ya nunca venía a casa; después, por lo que acababa de decir. Las cogió. Se trataba de la representación de *Thais* en el recién construido Teatro Coliseo Albia, el que presumía de ser el más moderno y grande de Bilbao.

—¿Y por qué debería ir yo a la ópera contigo? Llévate a Dolores —dijo con desdén y sinceridad.

—Créeme que si pudiera lo haría —contestó exasperado.

—Eso me encantaría presenciarlo —soltó Amelia, recostándose sobre su asiento con cara de satisfacción.

Imaginó el escándalo al ver aparecer a su hermano acompañado de una prostituta, por muy reformada que estuviera. Ya imaginaba las habladurías de los que supieran que la había empleado como secretaria en la fábrica, aunque, al fin y al cabo, era un recinto privado, sin contacto con la sociedad bilbaína. Pero acudir a un evento público de su mano... Eso daría para tema de conversación durante meses.

—¿Y se puede saber para qué quieres que vaya?

—Porque van a acudir las personalidades más influyentes de la ciudad: empresarios, aristócratas, todo el que se precie. Además, a la representación de esta noche asistirá el rey Alfonso XIII en persona, y todo el que es alguien tiene que estar allí.

—Ya entiendo... —dijo Amelia—, quieres lavar tu imagen, que nos vean juntos para acallar a los que dicen que no apruebo tus decisiones en ausencia de mi marido y que hemos dejado de hablarnos.

—Necesitamos dar una imagen de unidad ahora que va a terminarse la guerra, porque lo que nos ha beneficiado hasta este momento puede volverse en nuestra contra cuando el mercado recupere todos sus activos.

—No sabes si la guerra va a terminar.

—Es lo que se comenta en todas partes. Alemania pierde y el mercado se volverá hipercompetitivo. No hay que mostrar debilidad, es esencial que nos vean unidos.

Amelia sabía que tenía razón. Si en verdad la guerra terminaba y todas las empresas europeas que ahora estaban condicionadas por el conflicto volvían a funcionar, la competencia sería épica y la fábrica debía estar bien situada para entonces.

—De acuerdo —contestó lacónicamente, pensando más

en la memoria de La Blanca y Cervezas Manheim que en la empresa actual.

Óliver ni siquiera le dio las gracias. Desapareció acompañado de su inseparable José hacia la fábrica o quizá al rincón que tenía junto a Dolores y a su hijo. Amelia siguió degustando la comida con parsimonia mientras pensaba en ellos y en la única espina clavada que tenía con aquella situación, su sobrino. Era un bastardo, era hijo de una prostituta, pero en el fondo sentía que era parte de su familia, aunque desechara esa idea cada vez que se le pasaba por la mente.

Amelia se levantó ayudada por el mayordomo, que le retiró la silla, y se dirigió hacia la sala de estar. Con la inercia de los últimos cuatro años, se acercó al carrito de las bebidas. Fue a servirse un vaso sin pensar siquiera en lo que estaba haciendo. Así solía ser: empezaba a mediodía, creyendo que solo tomaría una copa, y poco a poco terminaba sumida en sí misma a última hora de la tarde, bebiendo sola, con la música del gramófono a todo volumen y los ojos llenos de lágrimas. Pero esa vez pensó en sor Matilde, en el orfanato y en la ópera, y dejó el vaso sobre la mesa auxiliar, a su lado. Suspiró con una sensación de angustia en el estómago.

Tocó la campana y Juana apareció de inmediato.

—Voy a dar un paseo por los jardines. Trae mi abrigo, por favor.

No le pasó desapercibida a Amelia la media sonrisa de satisfacción que la mujer había dibujado en su rostro al comprobar que esa tarde sería diferente, que no iba a beber como todas las anteriores y que al menos saldría a que le diera el cada vez más fresco aire de septiembre.

—¡Ah!, y prepara mi vestido verde esmeralda para la ópera de esta noche.

—Como usted mande, señora...

La complicidad entre ambas se materializó en un leve apretón de la mano de Juana en el brazo de Amelia al colocarle el abrigo.

Irune se acercó esa misma tarde a casa de su compañera Margarita, en la calle Camino de Recalde. El portal estaba abierto. Entró sorprendida por la oscuridad del interior, en contraste con la claridad que dejaba atrás, en la bulliciosa calle. Mientras ascendía las oscuras escaleras de aquel lugar, iba escuchando toses y llantos de niños que se acrecentaron a medida que se acercaba al piso de su amiga. Con cierta aprensión, llamó varias veces a la puerta con la mano, preguntándose si lograrían oírla con el jaleo que tenían en el interior. Enseguida advirtió unos pasos que se acercaban y la propia Margarita abrió la puerta.

—Irune, ¿qué haces aquí? —preguntó con verdadera sorpresa.

Tenía la nariz roja y se la secaba continuamente con un pañuelo de tela arrugado y roto que después escondía en el extremo de la manga de su ajada bata. En sus brazos, un bebé de apenas unos meses, su último hijo, Raúl, si no recordaba mal, lloraba desconsoladamente.

—También está enfermo —explicó angustiada mientras acunaba al pequeño—. No deja de llorar, ha vomitado varias veces y tiene fiebre. Todos estamos enfermos, hasta Kepa. Pero se ha marchado al astillero a pesar de la fiebre, porque no podemos prescindir de su salario —se lamentó—, y mucho menos ahora que no puedo hacer yo mi trabajo.

—¿Ha venido el médico? —preguntó Irune.

—No, no lo hemos llamado. Tenemos miedo de que vea a

Kepa y le impida acudir a su puesto. Pero estamos bien, no te preocupes, seguro que en unos días se nos pasa... —dijo intentando fingir una sonrisa.

—¿Y cómo está tu hijo en el cuartel?

—No lo sabemos, no los dejan salir. Solo nos han dicho que prácticamente todos están enfermos.

—Ya verás como enseguida la situación mejora.

—Sí, estoy segura —dijo Margarita, que se apartó para toser de nuevo—. Te diría que pasaras, pero creo que no es un buen momento.

—Tranquila, vendré cuando estéis mejor.

—Y gracias por traerme las sábanas el otro día.

—¡No te preocupes! —gritó Irune intentando hacerse oír por encima del llanto del bebé—. ¿Necesitáis algo? Quizá Jon pueda traerte pan de la fábrica... —se le ocurrió, impotente, al ver la situación de Margarita.

—Tranquila, no os quiero meter en líos, no sufras por mí.

Del fondo de la casa, surgió una voz infantil, la de una niña que llamaba a su madre con desesperación.

—Tengo que dejarte... Y gracias por venir —dijo Margarita antes de cerrar la puerta.

Su amiga no esperó contestación y de un golpe seco puso distancia con el infierno que se estaba desatando en el interior de la vivienda. Irune descendió las escaleras poco a poco, sintiéndose culpable por no poder ayudarla.

Amelia se miró al espejo mientras Juana terminaba de retocarla. Aquel traje parecía disfrazar los últimos meses de su vida con una fortaleza que antes ni siquiera dudaba.

—Está muy hermosa —dijo Juana, que la observaba con

el orgullo por el trabajo bien hecho y un halo de cariño levemente disimulado—. Parece usted la de antes.

—Ahora solo falta serlo —comentó Amelia con una media sonrisa.

La criada respondió con el mismo gesto y le colocó la última pulsera en la muñeca, cuando ya no podía engancharsela con el bordado del vestido.

—Su hermano la espera.

Asomó la cabeza otro de los lacayos para avisarla.

—Gracias —dijo antes de seguirlo escaleras abajo y después hasta la puerta de entrada.

Óliver ya estaba sentado en el coche. La silla de ruedas estaba guardada, como siempre, en una maleta de su tamaño que habían mandado instalar en el vehículo años atrás para los desplazamientos y para protegerla de la lluvia. José subió junto al chófer.

—Buenas noches —dijo con aspereza.

Amelia contestó de la misma manera y se sentó a su lado. El trayecto no fue largo, pero sí silencioso, y al llegar al teatro pudieron comprobar que su hermano no se equivocaba al suponer que estaría allí todo Bilbao. La cola de automóviles se mezclaba con la de los pocos coches de caballos de quienes aún se resistían al cambio. De cada uno de ellos descendían las mejores familias, como los Allende, los Escauriza, los Vallejo y los Arteche. Pasados unos minutos, les llegó el turno a ellos, los Eguren. El chófer colocó junto a la puerta trasera la silla de ruedas y luego ayudó a Óliver a sentarse en ella, siempre atendido por José. Después abrieron la otra puerta para que Amelia descendiera con una elegancia estudiada. La última vez que acudió a un acontecimiento como aquel fue con Friedrich, pero de eso habían pasado cuatro años y había perdido la práctica. Sintió un hormigueo en el estómago y las manos le temblaron levemente, a pesar de que la noche era muy templada. Atravesaron las puertas cubiertas por una tejavana de cristal y hierro y accedieron al teatro más moderno de la ciudad. El vestíbulo central era mucho más amplio de lo que Amelia había imaginado. Un acomodador los acompañó hasta sus asientos, donde escuchó comentar que el teatro había sido construido con lo último en prevención de incendios para evitar que sucediera lo mismo que en el Teatro Arriaga unos años antes. Amelia llenó los pulmones de aire y valentía para paliar los recuerdos de aquel momento y los nervios de volver a la sociedad.

Varios empresarios se acercaron hasta ellos para saludarlos, pero, como era habitual, en ningún momento intercambiaron una palabra con ella, apenas un cordial saludo; solo se dirigieron a Óliver. Sus mujeres, en cambio, formaron un corro a su alrededor para alabar su vestido antes de seguir con la conversación banal.

—La temporada en el Campos ha sido un fracaso —comentaron algunas señoras, que agitaban sus abanicos llenos de plumas.

—Hace tiempo que no acudo a ningún espectáculo —se excusó Amelia.

—Claro, querida, con la situación de tu marido... Supongo que no tendrás el cuerpo para fiestas.

Sonrió preguntándose si aquel comentario era una crítica a lo que había hecho hasta entonces o a lo que estaba haciendo en ese momento.

—Tengo muchas ganas de disfrutar de la actuación de Genoveva Vix —dijo Amelia para cambiar de tema y desviar la atención de sí misma.

—Es estupenda —asintió una señora—. Estoy deseando

volver a verla, pero no será como hacerlo en París, claro. Al ser francesa, allí se esmera mucho más.

—Por supuesto —le dieron la razón.

—¿Va a venir el rey esta noche? —preguntó Amelia con curiosidad.

—Seguro que sí —afirmaron todas al unísono.

—Pero no hará su entrada hasta justo antes del espectáculo... —apostilló otra dama.

Poco a poco, los asistentes fueron tomando asiento, los murmullos se apagaron y las conversaciones fueron sustituidas por pequeños susurros aquí y allá. Amelia oyó que las dos mujeres que estaban a su espalda murmuraban sobre ella con descaro.

—Es la viuda del alemán.

—Sí, la de Cervezas Manheim...

El corazón le comenzó a latir con excesiva velocidad al escuchar la palabra que tanto miedo le daba, «viuda». Por un segundo se preguntó si era posible que aquellas mujeres tuvieran más información que ella, su esposa, y que también fuera la última en enterarse de una noticia tan terrible. Óliver había escuchado el comentario y desde el hueco del pasillo, donde habían colocado su silla de ruedas, se inclinó hasta el oído de su hermana.

—No les hagas caso, no saben de qué hablan.

—No es verdad, ¿no? —preguntó con angustia en la voz.

—Tú lo sabrías antes que nadie.

Amelia asintió recuperando un poco la confianza, pero el rescoldo de tristeza e incomprensión ya se había colado en su interior, y temió que aquello le impidiera disfrutar por completo de la representación.

En ese momento, en el palco central, el más grande y elegante de cuantos había en el teatro, la figura del rey Alfonso XIII apareció saludando levemente con la mano. El patio de butacas estalló en una gran ovación, que tan solo terminó cuando el monarca se sentó y apagaron las luces. Amelia agradeció la oscuridad, pero aún más la música y la voz de aquella soprano francesa, que le hicieron olvidar por un momento las palabras que tanto daño le habían causado.

Irune y Jon habían subido hasta el Txakoli de Artxanda, en compañía de Clara, para tomar un par de vasos del vino con el mismo nombre y cenar algo bajo la cálida protección de los árboles al anochecer. En una mesa de madera, con un poco de chorizo a la sidra, algo de bacalao y dos vasos de aquel líquido amargo pero reconfortante, Irune comentó lo asustada que estaba después de ver el estado de la familia de su amiga Margarita.

—Pobre, debe de ser una locura que estén todos enfermos al mismo tiempo.

La música de un grupo de acordeonistas los obligaba a acercarse mucho para hablar, algo que a ninguno de los dos parecía importar.

—Estás muy guapa esta noche —le dijo Jon al oído.

—Tú también —contestó ella, coqueta.

Se miraron con una sonrisa, sin atreverse a hacer lo que ambos querían. En lugar de acercar los labios y besarse, se agarraron de la mano.

—Quiero tener hijos —dijo Irune de repente.

—¿Ahora? —preguntó él entre risas.

La chica le dio un suave golpe en el brazo, pero rio abiertamente la broma antes de ponerse de nuevo seria.

—Lo digo de verdad. Quiero tener muchos hijos, quiero que nuestra casa esté llena de ruido, quiero que no nos dejen dormir, que siempre tenga que llevar uno en la cadera y que escuche la palabra «*ama*» a todas horas.

—No sé si lo pones muy apetecible —volvió a bromear y se rio Jon con ganas.

—Yo no he tenido madre ni padre, no he tenido nunca familia y quiero una, una muy grande.

—Haré todo lo que esté en mi mano —contestó él con solemnidad.

Irune lo miraba y no podía creer la suerte que había tenido.

Clara apareció de repente corriendo.

—¡Tengo sed! —exclamó con una gran sonrisa.

Irune le llenó un vaso con agua de una jarra y su futura cuñada, en cuanto lo hubo apurado, corrió a bailar delante del grupo de acordeonistas, junto a los niños.

—Me encanta que esté tan feliz —dijo Jon, que sonreía al escuchar las carcajadas de su hermana y verla jugar como una niña más.

Irune asintió con ternura.

Amelia notaba que el corazón le latía de nuevo como hacía mucho tiempo. Se había levantado, vestido y desayunado temprano con la cabeza puesta en el orfanato, en la posibilidad de volver a ver a Irune y en lo que eso supondría para ella. Quería aparentar normalidad, quería hacerse creer a sí misma que estaba nerviosa por retomar su vida, que el hecho de que ella estuviera allí era simplemente un paso más en su recuperación. Pero era mentira y su cuerpo tembloroso al entrar en el edificio lo confirmaba.

Enseguida se dio cuenta de que algo extraño ocurría. No salió nadie a recibirla y la puerta no estaba cerrada. Con lentitud, se adentró en las instalaciones, extrañada. Normalmente, a esas horas hubiese escuchado un gran jolgorio en los pasillos, porque los pequeños estarían a punto de acudir al comedor por turnos para devorar cualquier cosa que las cocineras hubieran puesto sobre la mesa. Pero ese día un extraño silencio gobernaba el ambiente. Había un gran grupo de niños en el jardín, custodiado por varias monjas, pero no vio a su tía Matilde entre ellas y ninguna reparó en su presencia. Siguió buscando por las distintas habitaciones hasta que escuchó toses, lamentos y una voz masculina extraña al final del pasillo. Amelia se acercó al que hacía las veces de dormitorio de los chicos y se asomó con precaución.

—No hay nada que hacer... —dijo el hombre, un médico que comprobaba el pulso de un niño de apenas siete años.

—Qué desgracia... —susurró una monja, que se santiguó con rapidez.

—Oremos por su pequeña alma —dijo sor Matilde—. Después habrá que contactar con la funeraria.

Los presentes agacharon la cabeza con respeto y rezaron una oración en latín, a la que Amelia se unió de inmediato, haciendo notar su presencia a su tía con una discreta mirada. Se le puso la piel de gallina al ver a aquel niño casi en los huesos, con el rostro rígido y los ojos cerrados.

—¿Qué pasa? —preguntó otro pequeño, que se asomaba en ese momento al dormitorio desde detrás de un biombo.

Amelia reaccionó rápidamente y se lo llevó fuera para que no viera a su compañero sin vida.

—¿Le ha pasado algo a Pablo? —preguntó angustiado.

—Estaba muy malito... —intentó explicarle Amelia, que se había agachado para mirarlo a los ojos.

Era inexperta en encontrar palabras de consuelo.

—Se ha muerto, ¿verdad? —preguntó el niño con seriedad, dejándola helada.

Asintió sin saber qué más podía añadir. El niño se dio la vuelta y se marchó de nuevo al patio. Lo observó por la ventana, serio, con las manos en los bolsillos, golpeando con el pie unas piedritas del suelo.

—Tenía que haberle mentido —susurró para sí misma, arrepentida.

—Es mejor que no —contestó una voz a su espalda.

Amelia se volvió sobrecogida al reconocer a Irune, que se acercaba.

—Es muy pequeño... —dijo Amelia, conmocionada por el encuentro.

—Estos niños están acostumbrados a la parte más difícil de la vida —explicó Irune, colocándose a su lado.

—No debería ser así...

Amelia intentaba controlar el temblor que sentía en su voz e Irune no dijo nada. Ambas se situaron junto a la ventana, sin perder de vista a aquel niño.

—Me alegro de verla, señora Amelia —dijo al fin Irune, sin mirarla.

—Yo también —contestó ella.

Irune terminó de recoger las sábanas en las que había reposado el pequeño niño fallecido y las dobló para llevárselas a la mañana siguiente al lavadero. A su lado, Amelia seguía las instrucciones que hacía un rato le habían dado sor Matilde y el médico: abrió las ventanas y dejó que la brisa entrara y aireara la habitación.

—Hay muchos otros niños enfermos —comentó Amelia, preocupada—. Deberían separarlos de los demás, ¿no? Y no me refiero solo con un biombo.

—Me ha dicho una de las hermanas que han despejado el

aula más grande para llevar camas allí y aislarlos del resto, por recomendación del doctor —respondió Irune.

Volvieron a quedarse en ese silencio lleno de palabras no dichas que no sabían cómo manejar.

—Una compañera mía del lavadero también tiene a toda su familia enferma. Y los cuarteles están en cuarentena —dijo Irune, para evitar las miradas y los recuerdos.

—Mientras se trate solo de catarros... —comentó Amelia, que la ayudaba con otra cama, aunque enseguida quedó patente que no tenía la más remota idea de cómo hacerlo.

Irune fue haciendo los movimientos despacio para que Amelia pudiera imitarla.

—Sí —respondió, sin hacer ningún comentario sobre lo torpe que la señora estaba siendo y lo increíble que le parecía que nunca hubiera hecho una cama—, espero no enfermar, porque queda poco para mi boda.

No sabía por qué sentía la necesidad de contárselo, como si tuviera que dejar las cosas claras, como si aquel tema fuera espinoso de alguna extraña manera.

—¿Te casas?

—Sí, el 11 de octubre.

—No falta nada.

—Es verdad.

Volvieron a quedarse en silencio. Irune buscaba la manera de evitar retroceder al pasado, de olvidarlo, de crear entre ellas un ambiente nuevo, porque sentía que revoloteaba como una maldición o como un secreto en cada una de las palabras que pronunciaban.

—Debo irme —dijo finalmente, incapaz de soportar la tensión y la forma en que Amelia la miraba.

—Claro —contestó la señora.

Irune se dirigió a la puerta de salida cargada con las sábanas, pero se volvió al escuchar la voz de Amelia, que preguntaba:

—¿Volverás mañana?

—Sí —contestó.

10

Amelia se despertó, por primera vez en meses, sin esa sensación pesada y dolorosa que atenazaba su cabeza y gobernaba todo su cuerpo. La noche anterior había decidido no probar ni una gota de alcohol y parecía haber surtido un gran efecto en cómo se sentía. Después de estar con Irune en el orfanato, llegó a casa con una sensación de ligereza, de esperanza, como si lo ocurrido años atrás —aquel beso, la despedida y la vergüenza—hubiese perdido el carácter agridulce con el que ella lo recordaba. Era como si la sola presencia de Irune —su falta de rencor y su mirada limpia— la tranquilizara y le diera una paz que creía haber olvidado.

—Buenos días, señora, le traigo el desayuno —dijo Juana al entrar en la habitación.

Amelia se incorporó sonriente, pensando que se daría cuenta de que aquella mañana era diferente, que ella estaba diferente. Pero desde la cama se sorprendió por el mal aspecto que presentaba su criada: sudorosa, pálida y con oscuras ojeras bajo la mirada.

—¿Qué te ocurre, Juana? —preguntó Amelia, que se puso en pie al momento.

—No lo sé —respondió la criada. Dejó la bandeja sobre

la mesilla y se llevó la mano a la frente—. Me duele mucho la cabeza... Será un catarro.

Quitó importancia al asunto con un gesto de la mano.

Amelia recordó inevitablemente al pobre niño fallecido la tarde anterior; mencionaron síntomas muy parecidos. La obligó a sentarse en la cama, cosa que Juana hizo con dificultad.

—Ve a descansar. Llamaré al doctor —dijo poniéndole la mano en la frente con cariño—. Estás ardiendo.

—No estoy tan mal, de verdad...

Juana quiso levantarse, pero Amelia se lo impidió.

—No se hable más, voy a pedir que envíen recado al doctor —dijo empujándola hacia la puerta—. Métete en la cama y descansa, iré a verte dentro de un rato ya con el médico.

Juana asintió con la cabeza, estornudando y con aspecto derrotado.

—Gracias, señora —dijo antes de desaparecer cabizbaja tras la puerta.

Amelia tiró de una de las cuerdas detrás de las cortinas y enseguida apareció un chico joven, el mozo. Le entregó una nota, que terminó de redactar delante de él, dirigida al médico personal de la familia, el doctor Alfonso Arana, para que viniera a atender a un enfermo. Le pidió que se la llevara inmediatamente. El chico obedeció, diligente.

A continuación, Amelia se sentó a desayunar lo que Juana le había traído, un bollo suizo y un poco de café junto con una gran variedad de frutas de temporada.

Sobre la bandeja, a un lado de la comida, descansaba el periódico. Lo abrió dispuesta a hojearlo mientras degustaba un trozo de melón cortado en trozos pequeños. Crecía el número de noticias que hablaban sobre una posible paz en Europa a no mucho tardar. Alemania no quería aceptar las condiciones que se le proponían desde los países aliados, pero tarde o temprano tendría que hacerlo. Escrutó cada una de las páginas en busca de una foto que por un milagro hubiera captado la imagen de Friedrich en algún campo de batalla de su país o de cualquier otro. No encontró nada, una vez más. Habían pasado cuatro años en los que no habían podido verse, en los que la comunicación había sido prácticamente nula, y entonces, si la guerra terminaba, en el mejor de los casos se presentaría en casa un hombre al que apenas conocería, que quizá habría cambiado, que quizá la habría olvidado, que quizá no sería el mismo o incluso no querría volver.

Amelia dejó el periódico con desgana sobre la colcha de tonos dorados y bebió un poco del zumo de naranja que Juana le había dejado junto a un jarroncito con una rosa recién cortada del jardín. La cogió entre las manos y la acercó a su nariz. Aún se podía sentir el rocío de primera hora de la mañana en cada uno de los pétalos. Pensó en Irune, en verla esa misma tarde, y sonrió.

—¡Pero qué contenta estás esta mañana!

Rosa le dio un codazo mientras ambas colgaban la colada en las cuerdas del primer piso del lavadero.

—¿Yo?

Irune no disimulaba una sonrisa.

—¿A qué se debe tanta felicidad? —preguntó su amiga con una mueca de asco que le hizo soltar una carcajada.

—Esta tarde voy con Jon al cinematógrafo por primera vez.

—¿De verdad? Yo no he ido nunca, pero debe de ser increíble ver todas esas fotografías moviéndose como si fuera magia. Mañana tienes que contármelo todo.

—Tenemos entradas para ir a ver a Charlot en el Olimpia —explicó contenta.

—No sé quién es —dijo Rosa—, pero me daría igual, iría a ver cualquier cosa. Además, así podrás acercarte mucho a tu futuro marido…

Le guiñó un ojo.

—¿Qué dices? Que vamos a ver la película…

—Ya, ya…

—¿Por quién me tomas? —fingió estar ofendida Irune.

—Qué correcta eres… —se quejó Rosa—. Si fuera yo…, nos echarían del cine.

Rio a carcajadas.

—Si fueras tú, habría que llamar a la policía por escándalo público.

Rosa le dio otro codazo y contestó:

—Es que es el mejor pecado de todos…

Irune puso los ojos en blanco, dando por perdida a su amiga. Se agachó al cesto y cogió más ropa para seguir tendiendo. Era cierto que tenía muchas ganas de ir al cinematógrafo, pero también deseaba ver a Amelia y no lo haría aquella tarde. Por un momento, había pensado en avisarla con una nota, pero después la idea le pareció ridícula. El encuentro de la tarde anterior había sido muy intenso: la muerte de aquel niño fue sobrecogedora y la soledad de su amigo paseando por el jardín realmente dolorosa. Pero, entre toda esa tristeza, verla fue como encontrar una luz en plena oscuridad. No se había permitido pensar en ella ni recrearse en sus labios, en el beso contra natura que aquella mujer elegante, que una vez le salvó la vida, le dio sin esperarlo. Pero los recuerdos eran difíciles de controlar y, como un hilo diminuto e imperceptible, la sensación había perdurado en su piel.

Ella no estaba enferma, no era como esos hombres de los que hablaba la gente; hombres del espectáculo en su mayoría, sarasas y afeminados, como les decían señalándolos con el dedo. Enfermos. Nunca había oído nada semejante sobre mujeres y por eso descartó la idea de que aquello pudiera existir. Era solo algo impensable. Ellas eran más cariñosas que los hombres, se justificaba, y todo lo que Amelia le removió aquella tarde no había sido más que la expresión de un afecto más tierno que el que pueden mostrarse dos amigos varones. Amelia y ella quizá sí habían sido amigas, y quizá aquella había sido la manera de demostrarlo.

—Bueno, esto ya está —dijo Rosa mientras se agachaba a recoger su cesto vacío de mimbre. Se acercó al oído de su amiga y susurró—: Aprovecha y haz todo lo que yo haría en ese cine tuyo...

Soltó una carcajada antes de desaparecer.

Irune negó con la cabeza y una sonrisa.

—Me temo que se trata de otro caso de gripe —explicó el médico tras haber atendido a Juana en la austeridad de la zona de los criados.

—¿Como un catarro? —preguntó Amelia mientras lo conducía a la planta principal, escaleras arriba, desde la pequeña habitación de Juana en la parte inferior de la casa.

—Mucho más grave, me temo.

Negó con la cabeza. Las palabras del doctor sobrecogieron a Amelia. En el salón, le ofreció un poco de coñac y se sentó frente a él para escucharlo. Ella no tenía ninguna bebida en la mano.

—La situación en toda la ciudad está empeorando muy rápido —contaba aquel hombre que la había visto nacer y los había atendido a todos desde siempre—. Primero fueron los cuarteles, pero es que ya tenemos avisos continuos desde las viviendas más pobres por los mismos síntomas y cada vez con más gravedad.

—¿Por qué en las viviendas pobres? —preguntó Amelia, extrañada.

—Porque viven muchas personas en una misma casa. Es una enfermedad muy contagiosa y, sin posibilidad de airear las habitaciones ni de aislar a los enfermos, en apenas unos días están enfermando familias enteras.

—¿Corremos peligro aquí, por Juana? —preguntó Amelia, nerviosa.

—Todo el que está cerca de un enfermo corre peligro. Procura que tu criada guarde cama y que tenga el mínimo contacto con el resto de los habitantes de la casa. Incluida tú, por supuesto.

—Así lo haré —prometió—. ¿Cree que se recuperará?

—No tiene por qué no hacerlo —dijo el doctor Arana poniéndose de pie—. Estamos viendo muchos casos, pero de momento no son de máxima gravedad. Habrá que esperar a ver cómo evoluciona la enferma.

—Muchas gracias, doctor.

Le estrechó la mano. Amelia despidió al hombre en la entrada y lo vio marchar con la cabeza gacha y el cuerpo agotado. Estaba preocupada. Juana había permanecido a su lado en los peores momentos de su vida. Recordaba que de niña, tras la muerte de su madre, se había colado en las habitaciones de los criados y había llamado a su puerta en innumerables ocasiones. Juana siempre abría y la dejaba pasar sin preguntar, sin regañarla; simplemente se acurrucaban juntas en su diminuta cama y esperaba a que se quedara dormida. Después, de madrugada, cuando Juana ya tenía que comenzar su jornada, la levantaba con suavidad y, sin que nadie se enterara, la llevaba hasta su cama, donde amanecía sin tener muy claro si aquello había sido un sueño, pero sintiéndose reconfortada y querida.

Bajó las escaleras que conducían hasta las habitaciones de los sirvientes. Las ventanas eran más pequeñas, los pasillos más estrechos y la decoración prácticamente inexistente. El resto de los empleados del palacete estaban atendiendo sus responsabilidades, por lo que no se encontró con nadie de camino a la habitación de Juana. Llamó a la puerta antes de abrir.

—Señora, no hacía falta que bajara de nuevo...

—Quería saber si te encontrabas bien —dijo desde la puerta con preocupación.

—Bueno, bastante cansada...

Juana intentó incorporarse, pero la asaltó una tos aparatosa que la dejó postrada de nuevo.

—Tranquila, duerme un poco. Volveré más tarde. Le pediré a la cocinera que te traiga un poco de caldo —dijo Amelia sin atreverse a acceder al dormitorio.

—Muchísimas gracias, señora.

Juana suspiró mientras se recostaba en la cama y cerraba los ojos.

Amelia dudó unos segundos. Su impulso era acercarse a ella y arroparla con las mantas, como Juana habría hecho si la situación fuera a la inversa, pero recordó las palabras del doctor y no se atrevió a entrar. Cerró la puerta con suavidad y se dirigió a la cocina para dar las instrucciones.

Irune esperaba nerviosa a que Jon llegara a la puerta del cine. La cola para adquirir las entradas era infinita y, aunque ellos ya tenían las suyas, estaba realmente alterada por entrar en un cinematógrafo por primera vez. Se había puesto su mejor vestido, el que usaba para la misa de los domingos, y solo deseaba que su novio la viera con su peinado nuevo, un poco más arreglado de lo que solía llevarlo, y un leve toque en los labios del carmín que le había prestado su casera, que, ahora que se marchaba, había empezado a mostrarse más cariñosa con ella. Lo vio acercarse corriendo entre la gente en la Gran Vía. Le pidió disculpas.

—Siento llegar tarde, he tenido que doblar turno porque media fábrica está enferma —se quejó mientras intentaba recuperar el aliento.

—No te preocupes —dijo Irune, esperando un halago sobre su ropa o su pelo.

Pero Jon estaba demasiado preocupado por arrastrarla del brazo al interior. Entregó los tíquets y accedieron a la sala. Irune se habría enfadado con la actitud de su prometido si no fuera por lo nerviosa que estaba. Se sentaron en unas sillas de madera, en la zona más barata, y esperaron a que todos ocuparan sus localidades. Irune miraba la pantalla blanca intentando ver algo, sentir algo. No se había fijado en el piano colocado en un lateral del escenario y se sorprendió cuando el músico entró acompañado de los aplausos de los asistentes y se sentó ante el instrumento. Las luces se apagaron poco a poco y el lugar quedó a oscuras. Irune contuvo el aliento. Las imágenes en blanco y negro llenaron la pantalla e Irune, impresionada, agarró la mano de Jon, que la miraba con una sonrisa.

—Por cierto, estás muy guapa —susurró al oído.

Irune quiso responder, pero estaba atrapada por la historia, la música y aquel hombrecillo con bigote y sombrero que la hacía reír.

—Ayer no viniste —dijo Amelia al día siguiente, nada más verla entrar en el dormitorio de los chicos en el orfanato.

Irune sonrió por su impaciencia.

—Fui al cinematógrafo por primera vez. Vi a Charlot —contestó orgullosa.

Dejó en el suelo un cesto con ropa limpia.

—¡Yo quiero ver a Charlot! —exclamó uno de los niños enfermos, que se incorporó en la cama.

Amelia miró extrañada al pequeño y se acercó.

—¿Cómo conoces tú a Charlot? —preguntó, sentándose a su lado.

—Salía en las fotos de una revista y tenía una pinta muy graciosa con el bigote y el bastón —contó entre terribles accesos de tos.

—No hagas esfuerzos —pidió Amelia.

Le acomodó la almohada en la espalda y le dio agua de un vaso que tenía al lado.

—Me gustó mucho —empezó a contar Irune a todos los que la escuchaban con atención—. Es muy cómico cómo va andando —dijo imitándolo, lo que provocó las carcajadas de los niños.

Amelia no podía dejar de mirarla: cada uno de sus movimientos, sus gestos, su cuerpo balanceándose al ritmo de aquel personaje de ficción que estaba consiguiendo que por un rato olvidaran su enfermedad los que allí estaban.

—Bueno, bueno, un poco menos de alboroto, señoritas, que estos niños están convalecientes.

Una de las monjas puso orden dando palmas para que se callaran.

Irune hizo una mueca de fastidio a la espada de la religiosa y todos estallaron en carcajadas.

—Será mejor que salgamos —comentó Amelia empujando a Irune, que seguía con sus gestos divertidos, para sacarla de la habitación.

Irune, antes de desaparecer tras la puerta, realizó una reverencia al estilo de Charlot que fue aplaudida por su inesperada audiencia.

—Se te dan bien los niños —dijo Amelia una vez fuera, todavía sonriendo.

—¡Qué remedio! Me crie en este lugar y sé lo que es estar enfermo aquí. Las monjas siempre nos cuidaron bien, pero nos solíamos contagiar todos a la vez, como es lógico, y, claro, estaban para atender a muchos niños, así que en esos momentos echabas de menos la figura de esa madre imaginaria que ninguno quería confesar que tenía.

La miró con ternura, porque se había sentido así muchas veces en su infancia, añorando a una madre que nunca llegó a disfrutar. Aunque ella pudo contar con Juana, que estaba a su lado en todas las ocasiones que la necesitaba.

—Venid, hay que llevar la merienda a los niños que están jugando fuera, que aquí no damos abasto —pidió una monja con una bolsa de bocadillos que puso en sus manos.

—Hay muchos enfermos... —comentó Amelia saliendo al jardín.

—Sí, empieza a ser preocupante —respondió Irune frunciendo el entrecejo. Gritó—: ¡La merienda!

—Cada vez hay más esquelas —dijo Jon ante las páginas abiertas del periódico, mientras Clara e Irune jugaban en el suelo de la cocina con una muñeca.

Irune no contestó, pero era cierto que todos los días había alguna compañera en los lavaderos que o había caído enferma o contaba que alguien de su entorno lo estaba. Y lo peor de todo es que afectaba a familias enteras como la de Margarita, de quien seguía sin saber absolutamente nada.

—Y son solo de los que tienen dinero para pagar una esquela en un diario —dijo Jon con preocupación—, porque a saber cuántos casos más habrá.

—¿En la fábrica hay muchos? —preguntó Irune, que se puso de pie y fue a su lado para observar también la página con innumerables esquelas.

Jon la cogió de la cintura con ternura mientras asentía.

—Cada día más. He tenido que doblar turno más de una vez. Pero el problema es que los que se ponen enfermos tienen que seguir trabajando, si no quieren perder su puesto...

—Ya... En el orfanato también hay cada vez más niños con gripe. No sé, parece que se está convirtiendo en algo bastante grave.

Jon se colocó frente a ella.

—Sé que ir al orfanato es muy importante para ti, pero quizá deberías dejar de hacerlo por un tiempo.

—¿Por qué? —preguntó Irune con nerviosismo—. No va a pasarme nada, te lo prometo. Siempre tenemos cuidado, ventilamos mucho...

Jon le besó las manos con cariño, pero insistió.

—No lo digo por ti, aunque también me preocupa que enfermes. Sobre todo estoy pensando en Clara. ¿Y si te contagias y luego se contagia ella? Es más débil que nosotros y no quiero que le ocurra nada.

—Pero en realidad podría ocurrirle en cualquier lugar...

—Desde luego, eres única tranquilizándome... —se quejó Jon, molesto.

—Me refiero a que no tiene por qué contagiarse porque yo vaya al orfanato. En la fábrica te puede pasar a ti, o a mí en el lavadero. Es algo incontrolable.

Jon se recostó en el asiento mientras miraba jugar a su hermana en el suelo de la cocina.

—Solo estoy preocupado por ella —dijo sin querer entrar en discusiones.

Irune se dio cuenta de que se había puesto demasiado a la defensiva con la posibilidad de dejar de acudir al orfanato y, aunque no quisiera admitirlo a las claras, no volver a ver a Amelia. Se tranquilizó cuando su novio dejó de insistir y lo abrazó.

—Tendremos cuidado. Quizá sea mejor que no salga los próximos días, hasta que la situación se tranquilice.

—Sí, será lo mejor —admitió Jon.

Irune observó a su prometido con el ceño fruncido y esa arruga que se le quedaba en la frente. Quiso cambiar de tema para aliviar la tensión.

—¿Ya has hablado con tus padres? ¿Vendrán a la ceremonia?

—He recibido una carta de mi madre. Me felicita, pero me dice que no podrán desplazarse hasta aquí. Es mucho trayecto y son muy mayores… —se excusó apenado.

—Lo siento mucho.

Irune aún no conocía a los que iban a ser sus suegros.

—No pasa nada. Quizá podamos ir los tres a visitarlos dentro de un tiempo.

Irune asintió y le retiró el plato de la cena que ella había preparado. Se puso a fregar antes de que él la acompañara de nuevo hasta la casa de la viuda de Ortiz.

11

—«La amenaza contra la salud pública es grave» —susurró Amelia, con el periódico abierto junto al desayuno.

Un nudo en el estómago por aquella noticia tan poco optimista terminó por quitarle el apetito. Dejó el diario sobre la mesa y el café a medias, se levantó y se dirigió hacia las habitaciones del servicio. Aquella mañana, Juana tampoco había ido a despertarla; se había encargado de hacerlo una criada joven que estaba tan nerviosa que Amelia tuvo que pedirle que se marchara. Juana llevaba varios días encamada y no parecía mejorar; todo lo contrario, la fiebre y la tos aumentaban y apenas probaba bocado.

Descendió las empinadas escaleras y llamó a la puerta de la criada. El servicio compartía habitación en parejas separadas por sexos, pero Juana se había ganado con creces el derecho a tener su propio cuarto. Amelia volvió a llamar, pero una vez más nadie contestó. Se decidió a abrir con prudencia. Se quedó sin aliento al encontrarse a Juana sobre la cama, destapada, con la frente y el camisón empapados por el sudor y aspecto de tener mucha fiebre. El olor a cerrado hacía la atmósfera pesada y húmeda. Los restos del caldo de la noche anterior estaban derramados en el suelo, como si la mujer hubiese querido apoyar el cuenco caliente sobre la mejilla y no hubiese tenido fuerzas. Abrió la ventana para ventilar, pero era tan pequeña que apenas dejaba pasar algo de aire por una diminuta rendija. Amelia se abalanzó sobre la mujer, olvidando toda prudencia.

—Juana... —susurró, pero ella parecía estar más allá de todo—. No, por favor... —exclamó.

Salió corriendo en busca de alguien que la ayudara. Encontró a una criada en el comedor, recogiendo lo que Amelia había utilizado para el desayuno.

—¡¿Por qué nadie me ha avisado del estado de Juana?! —preguntó muy enfadada.

La chica se quedó paralizada con la bandeja en la mano, sin saber qué contestar. Amelia, al ver su reacción, se dio cuenta de que no merecía la pena seguir con la reprimenda; solo le haría perder tiempo y lo importante era tomar medidas.

—Quiero que se le prepare la habitación de invitados del piso superior y que mandéis recado al doctor para que vuelva a visitarla. De inmediato.

—Sí, señora —contestó la chica, que salió lo más rápido que pudo.

Amelia volvió a bajar las escaleras, dispuesta a ayudar a Juana en lo que pudiera. Le cambió el camisón, le limpió la frente y la arropó. Iba a quedarse a su lado todo el tiempo que tardara el médico en aparecer.

Irune leía en voz alta el recorte que una compañera había llevado al lavadero esa mañana. En el periódico se había publicado una serie de recomendaciones para contrarrestar la epidemia de gripe que estaban sufriendo.

—«Primera: aseo personal, sobre todo de boca y nariz»

—dijo, e instintivamente varias se limpiaron la zona con la falda—. «Con una solución de fenosalol...» —añadió con extrañeza.

—Pero ¿qué es eso? —preguntó otra, alarmada.

—No tengo ni idea —respondió Rosa.

—Mirad, esto sí que se entiende: «Usar aceite mentolado al dos por ciento en las fosas nasales. Tercera: desde el momento en que se sientan escalofríos, picazón de garganta, dolores de cabeza o en el cuerpo, se debe guardar cama, procurando sudar con infusiones calientes» —siguió leyendo Irune.

—A mí ya me empieza a picar todo —se quejó una, llevándose las manos a la garganta.

Las demás rieron con nerviosismo.

—«Cuarta: como alimentación, en las primeras cuarenta y ocho horas, ayuno absoluto y después leche o caldos vegetales sin sal. Quinta: en caso de fiebre alta, una papeleta de aspirina de medio gramo, tomando a continuación una infusión de café. Sexta: en caso de dolores de costado, pecho o espalda, aplicaciones de agua caliente y cataplasmas sinapizadas en el sitio del dolor. Octava: todo enfermo que haya padecido *grippe* debe guardar, por lo menos, diez días de convalecencia».

—¡Sí, claro, y de qué comen mis hijos! —se quejó otra mujer que frotaba con rabia la ropa que había traído.

—«Novena: las complicaciones de la enfermedad deben ser tratadas siempre por el médico. Décima: deben desinfectarse la ropa, los retretes y las habitaciones de los enfermos con una solución de... e-re-cli-na...» —leyó Irune con dificultad.

—Pero ¿qué narices es eso? ¿Es que no pueden hablar en cristiano?

—No tengo ni idea —contestó la chica encogiéndose de hombros. Siguió leyendo—: «De ereclina... al cinco por ciento».

—Las farmacias y droguerías van a hacer su agosto —se quejó Rosa y volvió a sus tareas.

—Y nosotras vamos a tener más trabajo que nunca con tanta higiene —dijo Irune después de dejar el recorte.

—Mira, pues no hay mal que por bien no venga...

—Por cierto, ¿alguien sabe algo de Margarita?

—Yo fui a verla hace un tiempo, estaban todos enfermos —contó Irune.

—¿No te habrás contagiado? —preguntó Rosa con una exagerada cara de asco.

—Estaría ya en el cementerio, fue hace más de una semana —contestó antes de tirarle una prenda de ropa con fingido enfado.

Rosa se la devolvió y le sacó la lengua.

—Pues tendrá que llenar la casa de ereclina —bromeó otra.

Estallaron en carcajadas, aunque a todas les quedó un poso de incertidumbre al final de su risa.

—Gracias, doctor —dijo Amelia estrechándole la mano en la puerta de la habitación de invitados, donde habían instalado a Juana.

—Ventilad continuamente, dadle muchos líquidos, que no le falte la aspirina y no olvidéis ni la higiene ni la desinfección.

—Descuide —dijo Amelia asintiendo.

—La situación está empeorando muy deprisa —aseguró el médico con tono preocupado.

—He leído el periódico, sí, resulta angustioso. ¿Juana se pondrá bien?

—No puedo decirte que sí, hija. Ojalá pudiera, pero está muriendo mucha gente, mucha más de la que te imaginas. Quizá deberíais pensar tú y tu hermano en marcharos, no sé, a la playa, a algún lugar lejano. Os lo digo por la estima que les tenía a tus padres y os tengo a vosotros, que os traje al mundo.

—Y ellos a usted —dijo con cariño—, pero en este momento no podemos irnos. Tal vez, si la situación empeorase, lo pensaríamos.

—Hacedme caso, hija...

Amelia suspiró llena de incertidumbre mientras le dedicaba una mirada a Juana en la cama.

—Seguid las instrucciones que os he dado y tendrá más posibilidades —sentenció el médico, que le puso una mano sobre el brazo a modo de consuelo.

La chica lo acompañó hasta la puerta. El doctor Arana se marchó a toda prisa, angustiado por la cantidad de pacientes que tenía por atender.

Amelia volvió al dormitorio y se sentó en una silla al lado de la enferma. La miró con el ceño fruncido. Ahora parecía una anciana, con el pelo canoso extendido sobre la almohada, los pómulos marcados y ese respirar acelerado por la fiebre. Pensó que, si se quedaba sin ella, se quedaría sin conexión alguna con su infancia, con quien era en realidad, allí sola con sus vestidos, en aquella casa heredada que había pasado de generación en generación y que a veces parecía más una cárcel fría que un hogar. Ni siquiera pensaba en Friedrich, su marido ausente, desconocido, que tal vez había muerto o, si los periódicos acertaban, tal vez estaba a punto de llamar a su puerta como un fantasma.

Empapó un pañuelo en la palangana de agua templada que habían dejado junto a la cama y con ternura intentó refrescar la frente de Juana, que dormía. Pensaba quedarse allí todo el día, toda la noche si hacía falta, porque, en la situación contraria, ella no se hubiese marchado de su lado. Se acordó de Irune y decidió escribirle una pequeña nota que el mozo llevaría al orfanato.

Irune leyó la nota que sostenía en la mano:

> Juana, la mujer que me crio en ausencia de mi madre, está muy enferma. Me quedo a su lado. Siento no poder ir al orfanato y siento no poder verte.

Dobló con cuidado el papel que el mozo de la casa de Amelia había traído en su nombre y lo guardó en un refajo de la falda para conservarlo, para leerlo muchas veces en los días posteriores, en soledad. La iba a echar de menos, pero Amelia le había contado lo importante que aquella mujer era para ella y esperaba que mejorara.

Irune acababa de llegar al orfanato cuando el chico le entregó la nota, por lo que aún no sabía lo que la esperaba dentro. En un primer momento no notó nada distinto, quizá más silencio del habitual, pero, en cuanto accedió al aula acondicionada para los niños enfermos, se quedó impresionada. Si antes ocupaban una esquina al fondo, ahora ya llegaban a más de la mitad de la estancia, y varias monjas atendían sin descanso a los pequeños.

—¿Qué puedo hacer? —preguntó mientras se quitaba la toquilla con la que se envolvía.

Una de las hermanas le tendió un paño con agua tibia y le

pidió que intentara bajarle la fiebre a una niña que estaba en la tercera cama, junto a la ventana. Irune obedeció sin rechistar.

—Hola, pequeña —susurró sentándose a su lado—. Voy a cuidar de ti, ¿de acuerdo?

La niña apenas respondió. Solo la miró con los ojos entrecerrados y la cogió de la mano con mucha fuerza. Irune no quiso soltarla, a pesar de que la postura dificultaba la tarea colocarle el paño en la frente.

Sor Matilde se acercó con el rostro desencajado y las ojeras de no haber dormido durante días.

—Es..., es terrible —dijo la monja con la voz entrecortada—. En una noche se han puesto enfermos más de diez, no hay forma de parar esta gripe, como la llaman los periódicos. Les hemos dado aspirinas y hacemos lo que podemos, pero algunos están más allá de nosotros... Ni siquiera puede venir el médico, porque tiene tantas urgencias que no da abasto. No sabemos qué más hacer...

—No creo que podamos hacer más que lo que ya hacemos... —susurró Irune, recordando la petición de Jon de no ir al orfanato, que ella había ignorado.

—Gracias, hija, cualquier colaboración ahora mismo es indispensable —dijo sor Matilde haciéndole una caricia en el pelo.

Amelia seguía velando el sueño de Juana, que, sudorosa y con delirios debidos a la fiebre, parecía más lejos de ella que nunca. La posibilidad de volver a verla sana y salva se le escapaba entre los dedos al compás del reloj de la pared y se sentía completamente impotente.

—Amelia... —dijo la mujer con voz débil.

Se agachó para estar cerca de ella y consolarla.

—No hables, no hagas esfuerzos —pidió arropándola con cariño.

—Tiene que hacer algo por mí, por si Dios me lleva con él.

—No digas eso, Juana, no te va a pasar nada. El doctor ha dicho que...

Con un gran esfuerzo, la anciana le colocó la mano sobre el brazo para que le permitiera hablar.

—Debe buscar a mi hija. Se llama María. Está sirviendo en la casa de la señora Eulalia Abaitua, viuda del señor Olano. No deje que muera sin volver a verla, por favor.

La voz de Juana se quebró en un sollozo ahogado por la angustia. Amelia se reprochó a sí misma no haberse acordado siquiera de que Juana tenía una hija. No tenía en su memoria ninguna imagen de ella embarazada ni sabía quién era el padre. Su vida se revelaba como un misterio.

—Por supuesto, Juana, voy a hablar con los señores Olano de inmediato. Conozco a Eulalia desde niña y estoy segura de que permitirá que venga a verte.

Solo después de escuchar esto, Juana pareció tener la paz suficiente para cerrar los ojos y quedarse dormida.

Horas más tarde, cuando salió del orfanato, Irune estaba agotada. Había cuidado de varios niños, igual que las monjas, les había aliviado el calor de la fiebre, había recogido vómitos, limpiado el suelo y consolado el llanto de los que todavía conservaban fuerzas para llorar. Completamente exhausta, solo pensaba en llegar a su casa y cenar algo de lo que hubiese cocinado la viuda de Ortiz, fuera lo que fuese.

Pero una imagen insólita le llamó la atención y se acercó sobrecogida a la calle Autonomía. Una comitiva de personas, todas vestidas de negro, acompañaba a varios hombres que, sobre la cabeza, portaban dos pequeños ataúdes. Irune se quedó impresionada por la estampa, un grupo de rostros cabizbajos y desolados, roto el silencio por repentinos llantos desgarradores. Era tal la tristeza que desprendían que muchas personas se paraban a su paso y se santiguaban, como si con eso pudieran espantar la muerte de sus propias casas.

Irune iba a escabullirse por detrás, con la cabeza gacha y el ánimo roto, cuando sintió una mirada sobre ella, penetrante, dura, como de quien lleva la muerte y la rabia prendidas a la ropa. Fijó la vista en aquella mujer que no tenía ya voz ni para llamarla por su nombre. Reconoció los ojos y se dio cuenta de que se trataba de Margarita, que, como un fantasma, la observaba.

—Dos hijos míos... —susurró con tono ronco, señalando con la mirada hacia los ataúdes.

—Lo siento muchísimo —dijo Irune sin atreverse tan siquiera a abrazarla.

—Nada será igual —comentó con la voz quebrada.

Irune no supo qué contestar, porque la única respuesta posible era un sí rotundo: la vida de aquella mujer que, vestida de negro, caminaba tras los ataúdes de sus hijos estaba rota.

La comitiva siguió su camino y Margarita ni siquiera le dijo adiós. Desaparecieron en dirección al cementerio como una bandada de cuervos a los que todos evitaban y temían. Irune volvió sobre sus pasos acompañada por un escalofrío que le recorrió todo el cuerpo.

Cuando entró en casa, la viuda la miró con el ceño fruncido.

—¿Estás bien? —preguntó nerviosa.

—Sí, es que acabo de ver... —contestó Irune, pensando que se estaba preocupando por ella.

—No estarás enferma, ¿verdad? Porque, si estás enferma, aquí no quiero que entres, esto es muy grave y...

—No estoy enferma —respondió con dureza.

Tenía hambre. Su estómago rugía, después de no haber comido nada desde la mañana, y quería meterse en la cama, pero no soportaba la idea de pasar ni un segundo más con aquella mujer que no tenía un ápice de consideración. Salió de nuevo a la calle y se marchó dispuesta a ver a Jon.

Amelia llegó en el coche al palacio del Pino, la residencia de los amigos de su familia. Eulalia, la madre, una mujer muy interesante y apasionada de la fotografía, que había hecho instalar un estudio fotográfico en su propia casa, fue íntima de su madre. De ella era el retrato de sus padres, el que conservaba con tanto cariño en el dormitorio. Las campanas de la basílica de Begoña la recibieron con un insistente tañido que la obligó a mirar hacia el edificio. Era tentador dejarse llevar por la majestuosidad de la construcción y estuvo a punto de entrar y pedirle a esa Virgen de Begoña que terminara con aquella situación para siempre, que aquella ciudad no merecía tanto sufrimiento. Pero las necesidades de Juana eran urgentes, así que se acercó a la entrada del palacio y llamó al moderno timbre que la familia había instalado en la puerta. Un fuerte sonido hizo que Amelia se separara sorprendida de la entrada. En apenas unos segundos, el mayordomo del palacio abrió la puerta y saludó.

—¿En qué puedo ayudarla?

—Soy la señora Manheim, la hija de los Eguren, vengo a ver a la señora Abaitua.

—¿La está esperando?

—No, es una urgencia.

—Pase.

Se hizo a un lado el hombre, dejándola entrar.

Amelia lo acompañó hasta un salón decorado al estilo inglés, pues la familia había residido durante mucho tiempo en Liverpool. Paredes cubiertas de tela granate, una gran biblioteca repleta de libros y muebles en madera oscura daban al lugar un carácter acogedor pero intachable.

—Espere aquí, por favor —pidió el mayordomo, que señalaba un sofá tapizado a su izquierda.

Ella asintió y se sentó donde le indicaba. Apenas tuvo tiempo de admirar los jarrones y las plantas de interior que llenaban el lugar, porque la mujer salió a recibirla con los brazos abiertos y una cálida sonrisa.

—Amelia, cuánto tiempo. Estoy feliz de verte.

Acogió el abrazo con cariño sincero y la anfitriona la acompañó hasta el salón particular de la casa, un espacio pequeño y menos decorativo, pero mucho más funcional, donde Eulalia tenía repartidas varias carpetas con fotografías que ella misma había tomado. No pudo evitar mirarlas mientras la señora pedía que les sirvieran un té.

—¿Te gustan? Son las últimas que he revelado —dijo mostrándoselas con orgullo.

Amelia asintió impresionada. Eran fotografías de mujeres en su mayoría, que realizaban trabajos cotidianos mirando a cámara con ojos de realidad, de esa realidad que vivían Juana y Irune y que estaban muy lejos de experimentar mujeres como Eulalia y ella misma.

—Me gustan mucho —respondió con franqueza.

—Siempre las miro a los ojos. Quiero ver esa mirada que me regalan solo por tener una cámara delante, entre asustada y desafiante. Es un privilegio entrar un segundo en sus vidas, ¿verdad?

Amelia asintió de nuevo.

Tras pedir permiso, una criada entró con una bandeja y la dejó en la mesilla que separaba los dos sofás. Les sirvió té y desapareció discretamente.

—¿Qué te trae por aquí? —preguntó Eulalia antes de llevarse a los labios una delicada taza de flores.

—Vengo por una de las criadas.

Eulalia abrió mucho los ojos, sorprendida.

—¿No se habrá metido en un lío?

Amelia negó con la cabeza.

—La mujer que me crio, Juana, está muy enferma.

—La gripe... —anticipó Eulalia, sabedora de la situación—. Es terrible, está en todas partes, no se habla de otra cosa. He cancelado un par de cenas que iba a celebrar en casa por miedo a los contagios. Espero de corazón que se encuentre bien.

—Su estado es muy grave y me ha contado que su hija trabaja en esta casa. Quiere verla.

—¿Cómo se llama la chica?

—María.

—Es la que nos ha traído los tés. Muy trabajadora, discreta... Lleva aquí desde que era prácticamente una niña.

—¿Crees que podría venir conmigo para ver a su madre? Juana lo necesita.

—Por supuesto. Voy a hacerla llamar.

Eulalia agitó la campanilla que tenía junto al sofá y la misma chica apareció.

—¿Qué puedo hacer por usted, señora Eulalia?

—Te presento a la señora Manheim.

María no pudo evitar una mueca de sorpresa al reconocer el nombre de la mujer para la que trabajaba su madre.

—¿Mi madre está bien? —preguntó nerviosa.

—Me temo que no, María, está muy enferma. Tiene gripe y necesita verte.

María sintió un primer impulso de contestar inmediatamente, pero, acostumbrada a dejar de lado sus propias respuestas, miró a Eulalia.

—Si a la señora no le importa...

—Por supuesto que no —dijo ella enseguida—. Ve a prepararte. Iréis ahora mismo y así tendrás tiempo de volver para la hora de la cena, si a Amelia le parece bien.

—Estoy de acuerdo.

—Muchas gracias, señora —dijo María y se marchó rápidamente para prepararse.

—Pobre chica, espero que su madre se recupere —comentó Eulalia.

Amelia asintió una última vez.

Irune llamó a la puerta de la casa amarilla, esperando que Clara abriera, pero nadie salió a recibirla. Insistió varias veces, extrañada por la ausencia de su futura cuñada.

—¡Clara! —gritó por si estaba distraída con otra cosa.

Pero el silencio siguió siendo la respuesta.

En ese momento, Jon llegó con aspecto cansado y se acercó sorprendido.

—¿Qué haces en la puerta? —preguntó después de rozarle la mano con ternura.

—No sé si Clara está dentro, pero nadie me abre.

Jon sacó las llaves y accedió a la casa un poco nervioso. Sin esperar a Irune, comenzó a llamar a su hermana, a gritar su nombre sin éxito. Subió las escaleras de dos en dos mientras Irune entraba en la cocina. Al cabo de pocos segundos, y con el rostro desencajado, se volvieron a encontrar en el pasillo.

—No está... —susurró el hombre, como si no fuera obvio por la preocupación de sus miradas.

—Igual ha salido... —Irune quiso suavizar la tensión—. Igual...

—¿Salir a dónde? Le tengo dicho que, mientras no esté yo, se quede en casa, y mucho más en la situación actual —contestó de malas formas Jon.

El hombre salió a la calle alterado y gritó el nombre de Clara. Irune lo imitó. Muchos vecinos se acercaron a preguntar qué ocurría y se unieron a ellos en la búsqueda de aquella frágil chica a la que todos tenían mucho cariño. Solo al cabo de diez eternos minutos, en los que Jon sudaba y angustiado llamaba a su hermana, Irune vio una figura asomándose a la ventana del piso superior de la casa azul, la que estaba junto a la suya. Aguzó la vista y pudo ver a Clara riendo y volviéndose a esconder.

—Está allí, acabo de verla —dijo a Jon, que de inmediato se acercó a la casa y llamó a la puerta.

A los pocos segundos, una mujer con el rostro pálido, envuelta en una manta y con signos de estar enferma, abrió la puerta.

—¿Está Clara dentro?

—Creo que sí —dijo la mujer, confusa—, está jugando con mi hija. Nos encontramos algo indispuestas y...

Jon no dejó que la mujer terminara. Pasó a su lado y se dirigió a la habitación de la vecina, Ana, con la que Clara solía jugar algunas tardes. Al entrar en el cuarto, la niña estaba en la cama con la nariz roja y los ojos hundidos, pero sonreía como si todo aquel susto solo se tratara de un juego. A su lado, Clara aplaudía llena de inocencia.

—Me he escondido mejor que tú, ¿a que sí? —dijo a su hermano, contenta.

—Vamos, Clara —pidió Jon, serio, mientras reprimía las ganas de gritarle de pura frustración.

Desde la puerta, Irune lo observaba nerviosa, porque el estado de la madre y la hija, lo que ellas llamaban «algo indispuestas», le recordaba a los síntomas que tantas veces había visto en los niños del orfanato.

Los tres descendieron la escalera en silencio y salieron de allí con rapidez. Los vecinos se acercaron contentos, como si solo se hubiese tratado de una travesura. Jon asentía ausente y fue Irune quien les dio las gracias por su ayuda.

En cuanto entraron en la casa amarilla y cerraron la puerta, Jon pidió a Clara que subiera a su habitación para prepararse para cenar y así poder hablar con Irune a solas.

—Las vecinas estaban enfermas… —dijo mirándola angustiado.

Irune no quiso contarle nada de Margarita, no quiso hablarle de la muerte de sus hijos, no quiso decirle que había visto los mismos ojos acuosos y la misma nariz abotargada ni mencionarle los ataúdes ni la enfermedad que les rondaba en el orfanato.

—Clara tiene la salud débil… —añadió él con la voz quebrada.

—Seguro que no le pasará nada.

Lo abrazó, aunque Jon solo le puso una mano en la espalda como respuesta, incapaz de reaccionar.

—Quédate esta noche, todos dicen que las primeras horas son las más importantes. Venía en el periódico —pidió el hombre.

—¿Y qué va a decir mi casera? Ya sabes que a la viuda le gusta mucho hablar, y tú y yo compartiendo techo antes de la boda...

—Nos vamos a casar en menos de un mes, que hable lo que quiera.

Irune lo pensó un segundo, pero después aceptó.

Durante el trayecto en coche, María permaneció quieta, rígida, aterrorizada por los ruidos y los movimientos del vehículo. Amelia la miraba divertida. Sentía cómo se sobresaltaba en cada curva, con cada frenazo, y disimuladamente se asía con fuerza al asiento.

—Nunca habías subido a un automóvil, ¿verdad? —preguntó con una sonrisa comprensiva.

María negó con cara de pánico.

—No queda mucho, no te preocupes.

La tranquilizó Amelia.

El camino transcurrió sin incidentes y llegaron al palacete cuando estaba a punto de anochecer. El chófer abrió la puerta y Amelia descendió del vehículo, ayudada por su mano. Después lo hizo María.

—Ven conmigo —pidió Amelia mientras ambas se dirigían hacia las escaleras que daban acceso a la planta noble del edificio.

El mayordomo salió inmediatamente a recibirlas y miró con reticencia a María.

—Es la hija de Juana, viene a ver a su madre.

El hombre asintió. Tomó el sombrero y el abrigo de Amelia, pero no hizo lo mismo con el de María, que no se lo quitó. Desapareció dejando a las dos mujeres camino del cuarto de invitados, donde Juana estaba instalada. María observaba todo con extrañeza y finalmente preguntó:

—Señora, ¿por qué no está mi madre en su habitación, como los demás criados?

—Su cuarto no tenía buena ventilación y he preferido que se quede en el de invitados mientras esté convaleciente. En esta casa la apreciamos mucho —dijo con total sinceridad.

—Muchísimas gracias —contestó María, un poco incómoda.

Por fin llegaron al dormitorio y Amelia llamó a la puerta antes de entrar. Nadie respondió, pero de todas formas giró la manilla para acceder al interior. Juana estaba en la cama y dormía, aunque, al oírlas, entreabrió los ojos.

—¿María?

Amelia miró a la chica y contestó por ella.

—Está aquí, Juana —dijo haciéndole un gesto a la criada para que se sentara a su lado, en una silla que ella misma le acercó.

—Dame la mano, hija —pidió con los ojos temblorosos.

María así lo hizo, pero su cuerpo permanecía rígido, con el abrigo y el sombrero puestos, sin saber cómo actuar, muy lejos del natural cariño que Amelia esperaba ver en la escena.

—Cómo has crecido, eres una mujer... —susurró Juana con la voz quebrada.

—¿Cómo se encuentra, madre?

—No te preocupes por mí, hija. Cuídate, trabaja mucho, sé una buena chica, busca un hombre noble y que te quiera, y ten muchos hijos, pero cuida de ellos, no hagas como yo, cuida de todos ellos...

Juana se quebró sin remedio.

—No se preocupe madre, lo haré —dijo María tocándola levemente en la mano, con cierta indiferencia.

Amelia asistía a la escena contrariada. No era la actitud que esperaba en una hija que quizá estaba a punto de perder a su madre. Había frialdad, distancia, hasta cierto reproche disimulado en la actitud de la criada, y no lograba entenderlo.

—Lo siento mucho, hija, de verdad que lo siento, no haber estado contigo...

Juana estaba cada vez más alterada. Se quedaba sin aliento, temblaba, y Amelia comenzó a asustarse.

—Quizá es el momento de dejarla descansar —dijo a María.

Esta respondió poniéndose de pie; aliviada, se atrevería a decir Amelia.

—Gracias, gracias por traérmela.

Juana sonrió antes de cerrar los ojos, exhausta.

La señora pidió con un gesto a María que saliera con ella y la chica obedeció sin rechistar y sin dirigirle ni una palabra más a su madre. Cerró la puerta con cuidado y miró con reproche a la criada.

—Tu madre está muy enferma, creo que no eres consciente de la gravedad de la situación —dijo.

María endureció el rostro antes de contestar.

—Señora, no veía a mi madre desde que era una niña. Mientras cuidaba de usted, yo era atendida por mi abuela. Mi madre venía un domingo al mes a verme, cuando tenía el día libre en la casa. Al principio me hacía ilusión, pero con el tiempo me fui dando cuenta de que era una desconocida para mí. Al morir mi abuela, cuando yo tenía catorce años, entré a trabajar en casa de doña Eulalia. Llevo allí desde entonces y apenas la había visto tres o cuatro veces en los últimos años. Creo que mi madre es más madre suya que mía —respondió con seriedad—. Debo volver al palacio del Pino o no llegaré a la cena.

—Si quieres, puede llevarte mi chófer.

—Si no le importa, prefiero coger el tranvía.

María descendió las escaleras sin esperar a que la señora le diera permiso para marcharse. Amelia tenía el corazón encogido por las palabras de la chica y se sentía extrañamente culpable, como si Juana hubiese renunciado por su culpa a tener una relación con su hija, una vida más allá de las paredes de aquel palacete. Después entró de nuevo en la habitación y se sentó a su lado, dispuesta a permanecer allí todo el tiempo que fuera necesario porque, culpable o no, ella sí la sentía como su madre. Recordó los juegos infantiles, las mañanas terribles que había pasado últimamente y la mano cálida de Juana devolviéndola a la vida, el consuelo que le brindaba con cada desplante de Óliver, su uniforme siempre impoluto vistiendo su cuerpo cálido... No podía perderla, se dijo entre lágrimas.

Irune permanecía despierta en la cama de Jon. Era de madrugada, el silencio de la calle convertía la noche en un susurro lejano y los ruidos nocturnos de aquella casa aún extraña para ella la atemorizaban. En la cama de su novio, entre sus sábanas, podía sentir el tacto de la tela sobre su piel, la misma que otras noches rozaba la de Jon, ahora sobre el camisón de Clara que se había puesto. Pero es que también sentía la respiración de su prometido en el piso inferior, durmiendo en el incómodo sofá, y sabía que estaba despierto, y no solo por la preocupación que ambos sentían por Clara, no solo por eso. Era el deseo, la consciencia de saberse cerca sin poder tocarse, de estar a un paso, a menos de un mes de tenerse sin remordimientos, sin responder ante unos pecados castigados con lo más terrible. Pero se sentían, se deseaban, se sabían en la distancia.

Irune pensó más de cien veces en recorrer los pocos metros que la separaban de Jon, descender esas escaleras y aparecer en el salón donde él estaba acostado. Podía quedarse en la cama, fingir que estaba dormida, ser una buena chica, pero su cuerpo parecía actuar por ella. Lentamente se levantó de la cama y se estremeció al sentir el tacto frío de los pies sobre el suelo. El crujido de la madera hizo que aguantara el aliento, que sintiera vergüenza de que la necesidad de verlo en aquella oscuridad que nunca habían compartido fuera más fuerte que el pudor.

Procurando hacer el mínimo ruido, bajó uno a uno los peldaños que conducían hasta la sala de estar, donde había un pequeño y viejo sofá en el que Jon se había instalado. Sentía el corazón acelerado, el pulso acompasado con los susurros que su pie arrancaba del frío suelo. Tenía la esperanza de que él también estuviera despierto, de que el deseo hubiese mantenido también a Jon toda la noche en vela.

Llegó al salón y se quedó muda al descubrir que el sofá estaba vacío. La manta que Jon había utilizado para taparse yacía inerte, abandonada en algún punto de la noche que ella no había sentido. Se dirigió a la cocina y tampoco lo encontró allí, así que deshizo el camino y subió de nuevo al primer piso. Solo entonces escuchó un ruido y corrió a la habitación de Clara.

Lo que vio le dejó el corazón helado. Se sintió ridícula por lo que había imaginado unos minutos antes. Jon estaba de rodillas junto a la cama de su hermana, que, con la frente perlada de sudor, temblaba entre sus brazos.

—No sé qué hacer... —dijo él con la voz quebrada.

Irune había visto a los niños del orfanato de aquella manera y esa situación no auguraba nada bueno. Era increíble cómo la enfermedad avanzaba tan rápido, cómo se cebaba con los más débiles y asolaba a los más pequeños. Corrió a su habitación, donde, antes de meterse en la cama, Jon había dejado una palangana y una jarra llena de agua. Empapó la toalla que tenía sobre la silla y volvió a la habitación para intentar hacer lo que había visto en el orfanato: limpiar el sudor de la frente y refrescar el cuerpo de la niña. Pero estaba angustiada, a pocos enfermos había visto tan mal en tan poco tiempo.

—Vete a por el médico —pidió a Jon, que, a su lado, de rodillas, las miraba impotente.

El hombre asintió con la cabeza y se apresuró a salir de allí.

—Tranquila, pequeña, estoy aquí —susurró Irune.

Escuchó la puerta al cerrarse y los pasos de Jon corriendo en la acera. Sabía que removería cielo y tierra para traer un médico por lo que Clara significaba para él. Solo esperaba que llegara a tiempo, que no tuviera que ser ella la que le diera la peor noticia que podía recibir.

—Niña, despierta.

Amelia creyó escuchar la voz de Juana en sueños, como cuando venía a dar por comenzado el día cada mañana. Abrió los ojos poco a poco y lo primero que sintió fue un tremendo dolor en las articulaciones. Estaba entumecida porque había dormido toda la noche sentada en la silla y apoyada sobre el colchón de la cama en la que yacía Juana. La claridad de primera hora de la mañana que entraba por la ventana terminó de situarla de nuevo en la realidad. Miró a la criada con preocupación, pero se encontró algo totalmente distinto a lo que esperaba. La mujer, cansada, con el pelo revuelto y más delgada, la miraba consciente y con una leve sonrisa.

—Me encuentro mejor —susurró con un hilo de voz esperanzador.

Amelia no pudo evitar abalanzarse sobre ella.

—Creí que te perdía... —dijo con lágrimas en los ojos.

Juana extendió la mano y le acarició la cabeza con ternura.

—Vino mi hija a verme, ¿verdad? No lo soñé.

—Por supuesto. María vino y se preocupó mucho. Mandaré recado para que le digan que te encuentras mejor.

Amelia no quiso mencionar las palabras que con tanta dureza había pronunciado su hija.

—Muchas gracias por traerla, y por cuidar de mí.

—Te necesito, Juana —dijo aferrándose a su mano.

La mujer sonrió, pero se vio interrumpida por un ataque de tos. Se llevó la mano a la garganta.

—¿Quieres agua? —preguntó Amelia, sirviéndole un poco.

Después, la ayudó a beberla.

—¿Hay alguien más enfermo? —preguntó Juana.

—Dos criados, pero con síntomas muy leves. Aun así, les he prohibido trabajar y están en sus cuartos, sin contacto con nadie.

—Debería ayudar en la casa —se exclamó Juana—. No darán abasto.

—Hasta que no te recuperes del todo no pienso dejar que te muevas.

—Los demás me odiarán por tantas atenciones.

—Para mí nadie es como tú, Juana.

Se estrecharon la mano con ternura y muy aliviadas.

Irune se apartó de la cama de Clara, en la que había permanecido durante horas, cuando vio llegar a Jon con el médico que los atendía en la fábrica de Harino Panadera. El hombre parecía no haber dormido en años; demacrado y mal vestido, ni siquiera saludó al entrar. Se acercó a la cama e Irune se situó junto a su prometido.

Le cogió la mano para infundirle ánimos.

—Me ha costado mucho que viniera. Ha tenido que parar en no sé cuántas casas para atender a muchos enfermos, todos con gripe —explicó Jon.

—Es terrible.

Hablaban entre susurros para no molestar al médico, y también para ahuyentar con palabras esa angustia que se les había colado en el estómago con el baile de pruebas que el doctor estaba realizando a Clara. Tras unos minutos, el hombre se volvió hacia ellos.

—Lo siento mucho, pero mi experiencia me dice que no hay nada que hacer.

Irune sintió que se quedaba sin aire y se llevó las manos a la boca para después observar a Jon, paralizado.

—No puede ser.

—Lo siento.

El médico pasó entre los dos sin dar opción a que lo retuvieran o le hicieran más preguntas. Irune pensó que aquel hombre llevaba a sus espaldas el peso de muchas muertes, el dolor de las explicaciones, la imagen de tantas familias destrozadas en la desgracia que les había tocado vivir. Los dejó solos ante la niña, que aún respiraba con un hilo de aliento, casi imperceptible. Jon se acercó a la cama y se tumbó junto a su hermana, destrozado. Irune permaneció en la puerta derramando lágrimas silenciosas. «Qué nos queda ahora por hacer», se preguntó. Y solo encontró una respuesta: esperar a que Clara se fuera.

12

Amelia se vistió de negro, como requería la ocasión, para el funeral de Clara. Sor Matilde fue quien la avisó de su fallecimiento. Ella, sin dudarlo, decidió acudir, a pesar del peligro que corrían todos de contagiarse de aquella enfermedad que estaba arrasando a tantos ciudadanos de Bilbao y, por lo que se escuchaba, de todo el mundo. La ceremonia no se celebraba en la iglesia que ella solía frecuentar, la de Nuestra Señora del Carmen, justo frente a su palacete, sino en la Quinta Parroquia. Pero tenía que estar junto a Irune, tenía que ver cómo se encontraba y si podía hacer algo por ella, lo que fuera.

Llegó en su coche y pidió al chófer que aparcara un poco apartado del gentío que llenaba la entrada de la iglesia. Sabía que los que acudirían al sepelio no eran miembros de la alta sociedad bilbaína y no quería ser el centro de atención en un momento como aquel. Con discreción, se bajó del automóvil y, desde la distancia, intentó localizar a Irune. Al principio no lo logró; todos los asistentes vestían ropas oscuras y era difícil diferenciar los unos de los otros. Pero finalmente la reconoció junto a un hombre con el rostro hierático, ausente. Irune lo miraba preocupada, sin perderlo de vista ni un segundo, siempre agarrada de su brazo, por lo que supuso que se trataba de su futuro marido. No sabía su nombre. Amelia sintió una punzada de celos, una sensación agria en la boca del estómago que le hizo desviar la atención de la escena y clavarla en sus propias manos enguantadas de negro, solas, aferradas al asa de su pequeño bolso del mismo color. No entendía el motivo de sus sentimientos, por qué se imaginaba a su lado igual que lo estaba él, por qué tenía que ser de aquella manera que la condenaría para siempre. Desvió la vista hacia la iglesia y agachó la cabeza con culpabilidad. Era la soledad, se dijo convencida, el no tener a Friedrich cerca, la ausencia de su marido, eso era, y volvió a mirar a Irune fingiendo haber olvidado la culpa. Esta vez ella le devolvió la mirada y sonrió con esa dulzura amarga de los gestos incomprendidos. Y Amelia pensó que, incluso en la tristeza, seguía siendo la mujer más hermosa que había visto nunca.

Se acercó a la entrada de la iglesia al mismo tiempo que Irune se separaba durante un segundo de su prometido.

—Te acompaño en el sentimiento —dijo Amelia cuando la tuvo delante.

Se inclinó ligeramente para dejar su mano sobre el brazo de Irune, como muestra de apoyo, pero bastó ese breve contacto para que una corriente eléctrica inexplicable las separase de golpe.

—Gracias por venir —contestó la chica, confundida.

—Tenía que hacerlo.

Ambas mujeres se miraron con intensidad, en silencio, sin saber qué decir y, al mismo tiempo, sin querer decir nada mientras permanecieran en aquella indescifrable burbuja que se había creado alrededor de sus ojos. Pero entonces se acercó Jon.

—Usted debe ser la señora Eguren de Zúñiga —dijo con voz grave y ceremoniosa.

—Siento mucho su pérdida —respondió Amelia, tendiéndole la mano y disimulando la turbación que Irune había provocado en ella.

—Gracias —contestó él.

—Si hay algo que pueda hacer...

—Nada, gracias —dijo Jon—. Es complicado por la situación: hay muchos entierros, muchos fallecidos...

Asintió consciente de que la ciudad estaba viviendo un momento doloroso y difícil del que ninguno sabía cómo saldrían.

—Lo más complicado será llevar a Clara hasta sus padres —comentó Irune con pesar—. Las funerarias no pueden hacerse cargo de tanto traslado y a los particulares nos piden un dineral. No sé cómo lo haremos.

—Tenemos que buscar la manera —se lamentó Jon—. Ya es bastante duro que mis padres no hayan podido acudir al funeral de su hija; al menos debería descansar cerca de ellos.

Solo entonces, al ver las lágrimas en los ojos de Irune, tan afectada por las palabras de su prometido, a Amelia se le ocurrió la solución.

—Podéis usar mi coche.

Irune y Jon se miraron sin entender.

—He leído en el periódico que se necesitan vehículos para trasladar a los médicos de un lugar a otro. Ya había decidido cederlo el tiempo que hiciera falta y volver a recurrir al coche de caballos si necesito ir a algún sitio. Pero antes podéis llevar a Clara en el coche hasta...

—Vitoria, un pueblo cerca de Vitoria —contestó rápidamente Jon, esperanzado.

—No hay ningún problema. Podéis utilizarlo.

Jon e Irune se miraron asintiendo.

—Muchas gracias, señora, no lo olvidaré —dijo el hombre, emocionado—. Voy a comunicárselo a los de la funeraria.

—Que hablen con mi chófer y se pongan de acuerdo con los horarios y lo que necesiten.

Jon se mostró conforme y se marchó, dejándolas solas. Entonces Irune la abrazó, de repente, sin que lo esperara, sin darle tiempo de prepararse para sentir su cuerpo rodeándola.

—Gracias —le susurró al oído antes de volver junto a su prometido.

Amelia se quedó allí, inmóvil, sin aliento, guardando el contacto de Irune a su alrededor como si el aire ya solo llevara su nombre.

Horas más tarde, Irune observaba desde la ventana de su habitación cómo la brigada municipal de fumigadores limpiaba el lugar con aquel líquido que olía tan fuerte y que se suponía que los alejaba de la terrible enfermedad que se lo estaba llevando todo. Tenía la maleta hecha sobre la cama; su casera se la había dejado con lágrimas en los ojos después de conocer la noticia.

—Ay, niña, tu boda... —había dicho con genuina pena.

Ella se sentía culpable, porque pensaba que debería importarle bien poco su boda en aquellas circunstancias y, sin embargo, sí le importaba y ni siquiera había sido capaz de preguntarle nada a Jon. Lo veía tan triste, tan sumido en el silencio que no lo reconocía. Era un dolor que nunca le había visto y que la desorientaba.

Cerró la ventana con una mueca de desagrado por los olores que ascendían de la fumigación de la calle y se sentó en la cama. Al menos podían ir hasta Vitoria con Clara y dejarla descansar junto a su familia. Y todo gracias a Amelia.

—Le tenemos que estar muy agradecidos a la señora Eguren —había dicho su prometido la noche anterior. Escuchar su nombre en los labios de Jon le había resultado extraño, ajeno, como si la Amelia del mundo real no fuera la Amelia que ella sentía tras el abrazo, con el recuerdo de un beso fugaz perdido en la memoria. El abrazo había sido inesperado; si lo hubiese reflexionado un segundo, quizá no lo habría hecho, pero su cuerpo decidió por ella. Sintió su contacto, sintió el temblor de su piel bajo el vestido, su respiración entrecortada, su torpeza al devolverle el gesto, y aquello no le había dejado dormir en toda la noche.

De repente escuchó el pitido insistente de una bocina en la calle. Se asomó a la ventana y pudo ver el automóvil de Amelia esperándola. El chófer permanecía dentro, pero Jon estaba en la calle y se tapaba la cara con un pañuelo para aguantar el fuerte olor de los desinfectantes. Intentó no mirar el ataúd atado con cuerdas al techo del coche, amarrado para el doloroso viaje que les esperaba.

Irune abrochó los cierres de la bolsa bordada que la viuda de Ortiz le había prestado y descendió las escaleras a toda velocidad mientras ignoraba las recomendaciones de su casera.

—Niña, correr no es de señoritas...

Se preguntó si ella quería ser eso, una señorita, y como respuesta saltó varios escalones de una vez y produjo un gran estruendo. Después cogió aire para afrontar lo que venía y salió a la calle empujando la pesada puerta de hierro y cristal.

Amelia miró los caballos que aguardaban su paseo en aquella caballeriza que se convirtió en garaje cuando adquirieron el automóvil, hacía cuatro años. Se acercó al animal más antiguo, Trote, que la reconoció enseguida y agachó la cabeza para que se la acariciara. Pensó que aquel lugar era una mezcla de pasado y futuro; los coches de caballos libres de animales y uso convivían desde hacía varios años con el culpable de que aquello sucediera.

—Hola, amigo... —susurró mientras recorría su terso cuerpo con la mano.

Cuando era pequeña, solía montar. Escapaba de los límites del jardín y se adentraba en los bosques de los alrededores, se alejaba de los palacetes de Indauchu para olvidarse de todo, para correr y sentir la libertad que tenía vedada. No entendía por qué lo había dejado. Fueron las calles llenas de automóviles, las laderas de las montañas que rodeaban Bilbao cada vez más pobladas de edificaciones nuevas y su desidia de los últimos años. Decidió que quería retomarlo y aquel era un buen momento. Volvió a la casa y se acercó al mayordomo.

—Por favor, preparen mi caballo, a Trote. Saldré a montar esta misma tarde.

—Enseguida, señora —respondió el hombre. Pero, antes de obedecer sus órdenes, le tendió un sobre en una pequeña bandeja de plata—. Ha llegado para usted.

—Gracias —dijo cogiéndolo con indiferencia.

Subió hasta su habitación con la intención de ponerse la ropa de montar. Dejó el sobre en el tocador y, mientras se quitaba un pendiente, reconoció la letra de Friedrich. Se quedó sin aliento. Lo abrió con ansiedad. Miró la fecha que encabezaba la carta en la derecha del papel, arrugado y sucio. Era de hacía un año, lo que solo consiguió acrecentar la sensación de irrealidad.

Querida Amelia:

Los días se suceden sin tregua y he perdido la cuenta de los meses, años, que llevo sin acariciar tu rostro. Quizá me hayas olvidado, no te culparía si fuera así. Sin embargo, yo no dejo de pensar en ti, en tenerte cerca, en sentir tu presencia a mi lado y olvidar esta angustia que es estar a tantos kilómetros de distancia. Somos optimistas, Alemania es una patria fuerte y conseguiremos ocupar el lugar que nos corresponde. Ganaremos la guerra porque solo cabe esta opción para nosotros. Estoy deseando verte y sentirte. Solo pienso en nuestra casa y en volver.

Tu esposo que te quiere,

FRIEDRICH

Releyó una y otra vez la carta. Casi podía escuchar su voz y, sin embargo, sentía su presencia como la de un fantasma lejano, imposible, irreal, algo que había ocurrido solo en sus sueños. Lo echaba de menos, o al menos echaba de menos la sensación de ser su mujer, de sentirse parte de algo, de haber desechado la soledad que la acompañaba. Era triste que en la carta, fechada hacía un año, Friedrich aún mantuviera la esperanza de ganar la guerra. Era por todos conocido que aquello no era posible; los periódicos hablaban de un acuerdo para firmar la paz, de que Alemania sin duda era la gran perdedora de la contienda y de que los términos no serían favorables para los germanos. Sintió lástima por Friedrich y por todos esos soldados que habían muerto para nada, en el peor de los casos, o que, en el mejor, habían perdido años de su vida para ver derrotado todo por lo que luchaban. Dobló la carta con cuidado y la dejó sobre el tocador. La leería muchas veces.

El viaje fue largo y difícil. Irune se mareó en varias ocasiones, poco acostumbrada al movimiento del automóvil en el que viajaban por aquellas carreteras sin asfaltar que conducían hasta el pequeño pueblo.

—¿Estás bien? —preguntó Jon cuando vieron el cartel que anunciaba su destino: LUNA.

Irune asintió por no preocuparle, pero tenía el estómago revuelto y unas ganas terribles de no volver a subirse nunca a aquel vehículo ni a ningún otro.

A los pies del camino que llevaba hasta el pueblo de la infancia de Jon, en Cuartango, varios hombres esperaban quietos, como oscuras figuras hieráticas en mitad de un campo verde. Jon había enviado un telegrama al ayuntamiento de Zuazo para avisar de lo ocurrido y de la fecha en que llegarían. Era la población más grande y cercana a la familia de Jon a la que podía hacer llegar el recado con la máxima brevedad.

—Han venido muchos —susurró emocionado, al ver que los hombres de las localidades vecinas se habían unido al cortejo fúnebre y querían ayudar con el féretro.

Irune también estaba impresionada. El silencio era demoledor, solo roto por los ladridos lejanos de algún perro y los cencerros de un rebaño de vacas ajenas al dolor, a la vida y a la muerte. Los hombres se acercaban a Jon y le daban abrazos comedidos o un somero golpe en la espalda como muestra de acompañamiento. Todo era contención. Pero entonces se abrió un pasillo entre ellos y, al fondo, un anciano los miró con los ojos llenos de lágrimas.

—*Aita...* —susurró Jon con la voz rota.

Se acercó a él y se fundieron en un abrazo rebosante de

emoción. Irune tampoco pudo contener las lágrimas; lloró por todos aquellos hombres a los que no se les había permitido expresarse desde que eran niños, mudos, cabizbajos y con la emoción reprimida. El padre de su prometido fue hacia ella y le estrechó la mano sin pronunciar palabra. La mirada azul casi transparente del anciano terminó por romperla y tuvo que contenerse para que su sonoro quejido no desbaratara la solemnidad del momento.

Entre varios desataron el féretro del techo del coche y lo cargaron a hombros. El chófer, impresionado por la situación, ayudó a izarlo, pero después se mantuvo en un segundo plano, con la gorra entre las manos y la cabeza gacha. Emprendieron el camino hacia la ermita de la Trinidad, donde el cura de la comarca iba a dirigir una oración antes de que enterraran a Clara en el diminuto cementerio de la localidad.

Jon se situó junto a su padre, e Irune, inmediatamente después, los siguió en su peregrinación lenta y dolorosa.

Amelia cabalgaba sumida en los recuerdos de Friedrich, en la sensación de incertidumbre y de falta de pertenencia que la perseguía desde que se rindió, desde que tuvo que abandonar su trabajo y la vida por la que había luchado. Después de dar un largo paseo por los alrededores del monte Cobetas, se encontró observando el que había sido su refugio desde que tenía conciencia. Recorrió con la mirada la fábrica de cervezas expulsando humo, el ajetreo de los trabajadores que salían y entraban a aquella hora, en el cambio al turno de la tarde que ella misma negoció años antes. Suspiró llena de recuerdos.

De repente se formó un revuelo inesperado en la puerta

de entrada. Aguzó la vista intentando discernir qué estaba pasando, porque muchos de los trabajadores que habían salido improvisaban un pasillo en espera de que apareciera algo o alguien desde el interior. Un coche llegó a toda prisa y dos hombres vestidos de blanco corrieron hacia la fábrica.

Tardaron unos minutos en salir, pero nadie se marchaba, ni siquiera Amelia, que desde la distancia sentía curiosidad por ver a quién iban a recoger. Teniendo en cuenta las circunstancias que Bilbao estaba viviendo, podría ser cualquiera. La gripe seguramente habría corrido como la pólvora entre los trabajadores obligados a convivir durante innumerables horas para después viajar a las viviendas en las que se hacinaban varias familias en un mismo piso, o viceversa. Un círculo interminable de contagios que arrastraban las clases más pobres, como le explicó el doctor Arana en su momento.

Los dos hombres salieron empujando la silla de ruedas de Óliver, acompañados por Dolores y seguidos de Antonio. Su hermano iba sentado con la cabeza hacia atrás, como si estuviera inconsciente. Los hombres de blanco lo cogieron en volandas, un muñeco inerte entre sus brazos, y lo metieron en el coche, un automóvil particular reconvertido en ambulancia como pronto lo sería el suyo, dedujo. Dolores subió con ellos y desaparecieron de inmediato. Antonio arengó a los trabajadores con gritos y aspavientos, que Amelia no podía escuchar desde allí, para que volvieran al trabajo o siguieran su camino. Después desapareció dentro de la fábrica.

Estaba paralizada. Su hermano había enfermado. No estaba segura de ser bien recibida, si empezaba a preguntar por él, y sentía que, si tenía que hablar de nuevo con aquella mujer, con Dolores, terminaría más alejada de lo que estaba de su única familia. Pero era su hermano. Recordó sus juegos de niños, su soledad ante la ausencia de su madre, la distancia que mostraba su padre con ellos, los juegos que juntos habían inventado para olvidar lo que les rodeaba. Y no podía negarle su fuerza, su empeño en vivir, en no convertirse en un lisiado postrado en una cama dejándose morir. Amelia tiró de las riendas del caballo para dar la vuelta y regresar a casa mientras pensaba en cómo abordar aquella situación.

Irune acompañó a la madre de Jon hasta la cocina del caserío en el que vivían. Daba pasos diminutos, pero asía con fuerza los platos de madera que su propio marido había tallado. Acababa de obsequiarles con un plato de patatas —que ellos mismos cultivaban en su pequeña huerta— y huevos de sus gallinas.

—*Eskerrik asko, alaba* —dijo arrepintiéndose enseguida de utilizar esa palabra, porque la pérdida que acababan de sufrir se hizo aún más evidente; casi pesaba en el aire de aquella diminuta cocina de leña.

Irune quiso romper el muro de dolor que se había creado.

—Muchas gracias por todo —contestó, y colocó en una pileta los platos sucios para lavarlos con el agua del cubo que estaba al lado.

—Esta noche lo haré, así me entretengo y no pienso tanto —la detuvo la anciana, hablando un mal castellano.

No pudo llevarle la contraria, porque sabía que a veces estar ocupada era lo único que servía para desterrar la suciedad de la vida.

—*Etorri.*

Arantza, la madre de Jon, la condujo escaleras arriba, con dificultad y varios descansos, hasta el que era su dormitorio.

Irune entró en una alcoba pequeña, con una cama de matrimonio vestida de sábanas blancas y una gruesa y pesada manta de lana. A un lado, una mesilla y un armario antiguo cuya puerta no cerraba bien, de donde la mujer, agachada, sacó una caja de cartón de color grisáceo. La llevó con cuidado hasta la cama y la abrió para descubrir en ella un millar de retales, hilos, agujas y pequeños botones de muchos tipos. Con cuidado desenvolvió un papel de cebolla y extrajo dos tiras de encaje blanco hermosamente cosido haciendo dibujos circulares. La mujer miraba la tela como si fuera un tesoro. Irune, emocionada por el momento, no se atrevía a pronunciar palabra.

—Mi padre era agricultor y apenas salió del pueblo —comenzó a contarle con un fuerte acento y alguna palabra en euskera que Irune creyó entender—. Pero una vez, solo una, viajó a Vitoria y allí conoció a un hombre de un país llamado Bélgica. Hablaron y, al marcharse, el hombre, que era viajante, se dejó un paquete en la silla que *nire aita* encontró. Lo buscó por todas partes, pero nada. Se lo quedó y se lo trajo *amari* que descubrió dentro el encaje *oso polita*. Yo llevé en mi boda. *Orain zu* —dijo al tiempo que le entregaba la tela y la señalaba a ella con el dedo.

Con lágrimas en los ojos, Irune cogió la tela que aquella mujer le tendía y, temblorosa, asintió con la cabeza.

—Me encantará —dijo y, aunque aquel gesto resultaba muy cercano, para lo que ambas estaban acostumbradas, no pudo contenerse y le estrechó la mano.

Vio estremecerse el labio inferior de la anciana, que enseguida se levantó y, sin decir más, bajó las escaleras huyendo del dolor.

Amelia estaba a punto de retirarse a su dormitorio después de cenar algo ligero. Horas antes había pedido a uno de los mozos que fuera al recién terminado hospital de Basurto y se enterara de si el señor Óliver había sido ingresado. No quería acercarse ella en persona para evitar habladurías; prefería saber primero dónde ir y después enfrentarse ya a lo que tuviera que enfrentarse con Dolores y con el propio Óliver. Estaba esperando a que el muchacho volviera con la información. Miró por la ventana hacia la verja de hierro de la entrada, pero el chico no aparecía. Se sorprendió en cambio al descubrir su propio coche, parado delante del garaje del palacete, y a Irune, que descendía del automóvil.

Tenía aspecto de cansada, el cabello revuelto y el rostro pálido y ojeroso. Esperaba que Jon también se apeara del vehículo, pero nadie más lo hizo y el chófer fue a guardar el coche. Irune se acercó sola a la puerta de la casa. Amelia contuvo el aliento mientras esperaba a que sonara el timbre, atenta al repiqueteo de sus zapatos sobre la piedra de los escalones. Escuchó que el mayordomo abría, hablaba en susurros con la chica algo que no pudo entender y después entraba en la sala donde ella esperaba con el corazón latiendo con fuerza.

—Señora, la mujer a la que le dejó el automóvil dice que ha venido para darle las gracias.

—Hágale pasar —pidió con fingida indiferencia.

Se miró en el espejo, se atusó el pelo y se pellizcó las mejillas para refrescar un poco su aspecto. Después se volvió y esperó a que Irune apareciera acompañada del mayordomo.

—La señorita Irune Expósito —anunció el hombre.

—Está bien, gracias, déjenos.

El mayordomo miró con seriedad a la recién llegada, pero obedeció las órdenes de la señora de la casa y desapareció de inmediato. Amelia, en cuanto estuvieron a solas, cambió completamente de actitud.

—Pasa, siéntate, no sabía que volvíais hoy.

Irune se sentó donde le indicaba Amelia, que se acomodó a su lado.

—Muchas gracias por dejarnos el coche.

—No te preocupes. ¿Cómo ha ido todo?

Irune agachó la cabeza.

—Terriblemente triste —dijo—, pero la familia de Jon es muy amable.

—Habrá sido muy duro para ellos.

La muchacha asintió y Amelia tuvo que reprimir las ganas de retirarle un mechón de cabello que le caía sobre la frente.

—El padre es muy serio y se notaba que estaba desgarrado por lo ocurrido, pero es que la madre... Me emociono solo de pensarlo —dijo mientras sacaba un paquete envuelto en papel de cebolla de una vieja bolsa de viaje.

—Me lo ha regalado ella para que lo lleve en mi boda.

Amelia miró lo que le tendía y se sorprendió al reconocer el encaje de Bruselas, el más elegante y virtuoso que existía.

—Es precioso, Irune, tienes que utilizarlo.

—Pero me voy a casar de negro... —se lamentó.

—No importa, aunque sea en los bordes del escote —dijo colocándole la pieza sobre el cuerpo.

Ese mínimo contacto ya hizo que ambas tuvieran que desviar la mirada.

—Quedará muy bien... —aseguró Amelia para evitar la turbación.

Irune asintió y después guardó el encaje.

—¿Cuándo es la boda?

—Pasado mañana, aunque, desde la muerte de Clara, Jon

y yo no hemos vuelto a hablar del tema. Quizá prefiera no casarse...

Amelia se enterneció al ver sus dudas.

—Seguro que querrá.

Irune sonrió. Se miraron a los ojos, pero enseguida se puso en pie. Amelia la imitó.

—Debo marcharme. Muchas gracias de nuevo.

—No tienes por qué darlas.

Irune sonrió y abandonó el lugar discretamente, dejando a Amelia con esa mezcla de tensión, sonrisas y miedo que le quedaba siempre que estaba a su lado.

En ese momento, el mozo, al que no había oído llegar, dio unos golpecitos en la puerta pidiendo permiso para entrar.

—¿Qué has averiguado?

—Su hermano ha pasado por el hospital, pero hay tantos pacientes allí que le han dicho que es mejor que sufra la enfermedad en su casa. Están desbordados. Me ha dicho una enfermera que se les acumulan los enfermos y los muertos —dijo con una frialdad que le heló la sangre.

Amelia le dio las gracias, preocupada.

Rosa esperaba en el lavadero desde primera hora de la mañana a que Irune llegara.

—¿Te gusta? Yo creo que está bastante bien —dijo nada más verla.

Le mostró el precioso vestido verde claro que Irune había confeccionado para su boda teñido de negro, de luto riguroso.

—Era tan bonito... —Suspiró con tristeza.

—Era precioso, Irune, pero ya verás que así también vas a estar guapísima —intentó animarla su amiga.

Sonrió por compromiso y dejó el vestido con cuidado junto a la ropa que tenía que lavar ese día. Notaba la mirada de Rosa sobre ella, su preocupación, su tristeza, y quería cambiar de actitud, unirse a la charla intrascendente de las demás mujeres, pero era incapaz. Toda su ilusión se había desvanecido. Jon era una sombra de sí mismo y ella se sentía prácticamente igual. Incluso el día anterior le había sugerido cancelarla; al fin y al cabo, solo tendrían que hablar con el cura, porque el almuerzo que iban a preparar en casa ya había sido anulado. Ninguno estaba para fiestas. ¿Qué sentido tenía casarse si todo iba a ser de aquella manera?

—Porque quiero tenerte conmigo cada noche. Te necesito ahora —había dicho Jon sin esconder sus sentimientos.

Irune asintió y no se habló más del asunto. Se guardó las ilusiones frustradas y las tiñó de negro, igual que aquel traje de novia.

Esa misma noche, al abrigo de la soledad, en su habitación de la casa de la viuda de Ortiz, se dispuso a coser el encaje de la madre de Jon sobre el escote del vestido. Era un toque leve de luz, un recordatorio de que aquella celebración debía ser una fiesta y no lo que iba a ser. Acarició el encaje entre los dedos y ese gesto la transportó a Amelia, a aquella caricia que le encantó, pero que después la llenó de culpa. Estar a su lado era sencillo, le erizaba la piel y le hacía sentir viva; sin embargo, cuando no estaba, llegaba el desasosiego, un vacío en el estómago con el que no sabía lidiar.

Suspiró y cogió la aguja. Seguramente le llevaría toda la noche terminar aquello, pero al menos así tendría la sensación de que en verdad era el día de su boda.

13

Amelia no quiso perderse la boda de Irune. Se acercó a la Quinta Parroquia con la intención de descubrir si había cosido ese encaje que sostuvo unos segundos en el borde de su escote, en el diminuto trozo de piel que ella había rozado con la mano. Acudió a la iglesia, la misma donde se celebró el funeral de Clara, y se colocó en la parte de atrás para pasar desapercibida. Había pocos invitados; nada que ver con su propia boda, su vestido, la capilla en su casa, su fiesta... Vio a dos mujeres, una con su marido y un niño pequeño y otra sola, que se acercaron a Irune para felicitarla y abrazarla al final de la ceremonia. Por otro lado, tres hombres hablaban con el novio entre palmadas en la espalda y gestos contenidos. Y ahí terminó todo. Resultaba difícil esconderse cuando apenas había invitados. La recién casada no tardó mucho en localizarla y sonreírle desde la distancia. Ella devolvió el gesto e Irune sutilmente se llevó la mano hasta el encaje que le rodeaba el escote. Amelia sintió un escalofrío recorriéndole la espalda. Aquella conexión fue suficiente; si hubiese podido, se habría acercado y la habría besado, como ya hizo una vez, como se arrepintió de hacer y, sin embargo, habría repetido una y mil veces.

Pero esta vez se marchó de la iglesia con los sentimientos

rozándole los labios, el deseo acelerando su pulso y la sensación de estar equivocada, de haber nacido en el lugar, en el cuerpo y en la mente equivocados. Si ella fuera él, la querría, lo haría como su marido, como ese Jon la iba a querer aquella misma noche. Deseó haber nacido hombre y así poder quererla como la quería.

Irune y Jon entraron en su casa amarilla como marido y mujer. El silencio llenaba la estancia porque la ausencia de Clara se había hecho presente durante la breve ceremonia, y aún más dentro del hogar que antes compartían. La puerta se cerró tras ellos, un golpe que les dejó el alma fría. Habían estado muchas veces solos —de hecho, lo habían estado en aquella casa— y, sin embargo, esta vez fueron más conscientes que nunca de que lo estaban. Irune no sabía cómo actuar; permanecía de espaldas a él y deseaba volverse para mirarlo, sonreírle, decirle que estaba nerviosa, comportarse exactamente igual que lo hubiese hecho en cualquier otro momento. Pero se sentía extraña, como si cada palabra elegida pudiera ser malinterpretada, estar fuera de lugar o ser inapropiada para su dolor.

Pero entonces él la abrazó con fuerza desde atrás y le susurró al oído:

—Siento que esta boda no haya sido la que te mereces, pero estoy feliz de que por fin seas mi mujer.

Irune suspiró aliviada y se volvió para abrazarlo. Era el momento, los dos lo sabían. Habían esperado mucho, miles de encuentros sin dejarse llevar, sin realizar todo lo que deseaban. Jon la besó con intensidad e Irune respondió con cada milímetro de su cuerpo. Ella le quitó la chaqueta. Necesitaba sentirlo, ver sus manos sobre ella, esconderse bajo una piel nueva que ambos descubrirían en el otro. Subieron las escaleras a trompicones, entre ropa y abrazos, y abrieron la puerta del dormitorio de Jon, que ahora llevaría el nombre de los dos, y se dejaron caer sobre la cama para deslizar de su cuerpo la poca ropa que ya les quedaba.

—Me da miedo hacerte daño —le susurró él al oído.

—Hazlo —contestó ella, entregada.

Irune sintió el roce, el desgarro, la sangre brotando de ella, y cerró los ojos con fuerza. Para olvidar el dolor. Lo consiguió. De alguna manera, supo centrarse en las otras sensaciones que invadían su cuerpo, quedarse con las caricias de Jon en su pecho, con los besos ansiosos, con los dedos deslizándose por su interior lastimado. Nunca había experimentado nada igual, ni siquiera pensó ser capaz de sentirlo. Se agarró a él con la sensación de estar perdiendo el control de sí misma, de haberse colocado frente a un abismo al que sí se quería tirar, durara lo que durase la caída y fuera como fuese el final.

—¿Estás bien? —preguntó él al ver la sangre en las sábanas.

Irune miró la mancha con horror.

—Me costará muchísimo limpiarla —se quejó.

—Me da igual, tiraremos las sábanas si hace falta.

Jon se rio y la abrazó de nuevo.

Irune sonrió también y suspiró relajada. Así que eso era lo que llevaban años reprimiendo. Ya no había vuelta atrás, ya era una mujer casada. Se sintió bien, como si su vida a partir de aquel momento fuera a ser más sencilla porque él estaba a su lado. Era una ingenua, lo sabía, pero se trataba del día de su boda y había llevado un vestido teñido de negro y la desgracia prendida del pelo. Al menos se merecía soñar.

Amelia respiró hondo en la entrada de la casa que su hermano compartía con Dolores. El chófer conocía el lugar y la había llevado hasta allí aquella misma tarde, después de la boda de Irune. Estaba nerviosa, sentía el pulso acelerado y un leve temblor en las manos, pero necesitaba saber cómo estaban, cómo estaba su hermano y también su sobrino. Tras unos segundos de duda, por fin golpeó la puerta con la aldaba. Apareció Dolores con el rostro desencajado y su hijo de ya cuatro años pegado a la falda.

—Creo que mi hermano está enfermo... —empezó a decir Amelia.

Pero Dolores ni siquiera contestó. Le dijo a su hijo:

—Esta es tu tía. Tiene una casa muy grande, como un castillo, y vas a ir a vivir con ella hasta que tu padre se encuentre mejor.

Amelia estaba perpleja, no sabía ni qué decir al descaro y la encerrona de la mujer.

—Vete a por tus cosas —ordenó al pequeño.

—Pero... —se quejó el niño.

Dolores no le dio opción. Le empujó con suavidad y el pequeño obedeció desapareciendo en el interior de la casa.

—Tu hermano está muy enfermo. José falleció ayer mismo, así que ahora yo cuido de él, sola, y acabaré contagiada. Si Carlos se queda aquí, enfermará también, lo ha dicho el médico. Solo te tiene a ti, es tu sobrino.

Amelia seguía paralizada. El niño apareció con un hatillo de ropa y un oso de trapo. Su madre le dio un beso rápido en la cabeza.

—Corre, vete al coche.

El niño, con desgana y haciendo pucheros, se marchó hacia el vehículo y se subió en él ante la atónita mirada del chófer. Por unos instantes, Amelia dudó si debía sacar al niño de allí, decirle a Dolores que aquello era imposible y exigir ver a su hermano o, por contra, hacerse cargo de una situación que, estaba segura, tampoco le hacía la menor gracia a la madre del pequeño. Finalmente, Amelia asintió con la cabeza y aceptó llevárselo.

—Cuidaré de él —dijo a Dolores, que, a punto de derrumbarse, cerró la puerta de golpe y la dejó sola, paralizada y tan asustada como su sobrino.

—Si me lo cuentan, no me lo creo —confesó sor Matilde con lágrimas en los ojos—. Encima no nos dejan velar a los chiquillos, porque dicen que los cadáveres no deben permanecer en contacto con los demás más de lo necesario. Es terrible...

Irune observaba el desfile de pequeños ataúdes que se acercaba a la puerta con el horror reflejado en el rostro.

—Esta enfermedad se está cebando en los más pequeños —se lamentó la monja—. Tres muertes en una noche y aún tenemos muchísimos enfermos, por no hablar de la mitad de las hermanas contagiadas.

—Mañana saldrá la procesión de la Virgen de Begoña —comentó Irune sin saber qué decir ante tal desesperación.

—Ella nos ayudará —susurró la monja—, porque sabe Dios que necesitamos ayuda.

Nunca había visto a sor Matilde quebrarse de aquella manera. En la soledad de la recepción, después de cerrar la puerta a los de la funeraria, la mujer estalló en sollozos. Irune enseguida la abrazó. Quería decirle que todo saldría bien, que aquella maldita enfermedad se marcharía como había llegado, pero qué sabía ella; quizá aquel fuera simplemente el fin de la humanidad tal y como la conocían. Ya había sentido la pérdida muy de cerca y no se atrevió a pronunciar unas palabras de consuelo que tal vez fueran solo mentiras. Deseó que su abrazo sirviera al menos para mitigar un poco el dolor.

—Gracias, hija —susurró la monja—. Perdona, siento no haber podido asistir a tu boda. La situación aquí no me lo ha permitido, como ves.

—No se preocupe, lo entiendo. Fue muy sencilla y, dadas las circunstancias, ni siquiera hicimos un almuerzo, así que no se perdió nada.

La monja asintió e Irune se fijó en sus ojeras, en su rostro demacrado. Parecía haber envejecido diez años en apenas un mes.

—¿Por qué no se marcha a descansar un poco y ya me encargo yo de echar una mano aquí?

—Normalmente te diría que no hace falta, pero estoy tan agotada... —susurró la monja, que trastabillaba al caminar.

—No se preocupe, la acompaño a su celda y me ocupo hasta que se recupere.

—El resto de las hermanas te dirán lo que hay que hacer.

—Esté tranquila.

Irune acompañó a sor Matilde hasta su cuarto y se aseguró de que se tumbaba en la cama. Justo antes de cubrirse con la manta, la religiosa se quitó del cuello una pequeña medalla de la Virgen de Begoña y se la mostró a Irune.

—Quiero que la tengas tú —dijo—. La muerte acecha en cada rincón de esta casa y hasta cerrar los ojos unos segundos parece ser solo la antesala del sueño eterno...

—No diga eso... —se quejó Irune.

—En realidad siempre he querido que la tuvieras tú —intentó decirle la monja con lágrimas en los ojos, fruto del agotamiento, pero Irune la detuvo.

—Cuando llegue el momento... —replicó con ternura.

Sor Matilde sonrió y se guardó la medalla.

—No olvides esto nunca, ¿de acuerdo? Quiero que, cuando muera, sea hoy o no, esta medalla sea tuya.

—Prometido.

La cubrió con la manta.

Sor Matilde se quedó dormida en segundos.

Irune salió de la habitación y se encaminó al lugar donde estaban los niños enfermos. Una monja se acercó y le pidió que la acompañara. Era una de las antiguas niñas huérfanas, que ahora formaba parte de la congregación. Si no recordaba mal, se llamaba Elisa.

—Te cuento lo que nos ha ordenado el doctor; seguimos su rutina y sus directrices —dijo sin apenas saludarla—. Hay que renovar constantemente el aire de la habitación. Para que no pasen frío, vamos abriendo las ventanas de dos en dos, las dejamos diez minutos así y seguimos con las dos siguientes. Tienen que hacer gárgaras dos veces al día para lavar la faringe y una ducha nasal con el antiséptico que nos dejó el médico. Muchos niños se quejan, porque es desagradable, pero debes obligarlos.

—De acuerdo —asintió Irune mientras ayudaba a la hermana a abrir las ventanas en el orden que habían dispuesto.

—Tienen que sudar mucho para expulsar la enfermedad, así que deben permanecer siempre muy tapados. Intenta también que beban leche caliente.

Irune miró a los pequeños, perdidos en aquellas camas gigantescas en comparación con sus cuerpos diminutos. Eran todo ojos, unos ojos enormes que la miraban con tristeza, con un vacío al final de la pupila que la hacía estremecer.

—Usted tiene que lavarse las manos continuamente. Además, hay que dejar al sol, cuando sale —dijo mirando el día gris por la ventana—, todos los objetos que los contagiados hayan tocado y no permitir nunca que los cojan los niños sanos. No pueden mezclarse entre ellos y, al menor síntoma, al más mínimo estornudo o dolor de garganta, se trae al enfermo aquí para alejarlo de los demás.

Irune acató las instrucciones, obediente. Entonces escuchó la débil voz de una niña a su izquierda:

—Tengo sed...

Elisa dio a entender que debía atenderla ella misma y desapareció al fondo de la habitación. Irune se acercó a la cama.

—Bebe un poco de agua, pero despacito. ¿Cómo te llamas? —preguntó.

Con delicadeza la ayudó a incorporarse. Le impresionó su cuerpo reducido a huesos debajo del camisón y que, sin embargo, conservara fuerzas para agarrarse a su mano.

—Soy... Begoña —dijo entre pequeños sorbos.

—¡Qué casualidad! Tu Virgen sale hoy en procesión por las calles de Bilbao para que nos ayude con esta enfermedad.

—¿Crees que podrá ayudarme? No me encuentro muy bien y me llamo como ella... —susurró con la esperanza de que esa conexión la hiciera especial.

—Estoy segura de que lo tendrá en cuenta...— contestó Irune guiñándole un ojo.

—¿Irás a verla por mí?

—Te lo prometo.

La niña sonrió ligeramente antes de volver a tumbarse. Irune la tapó hasta el cuello. Sin perder de vista a aquella pequeña que tanto la había enternecido, siguió abriendo y cerrando ventanas y atendiendo a los demás.

Amelia observó al pequeño Carlos: sentado a su lado en el automóvil, formal, concentrado en el paisaje que discurría a su alrededor y en no volverse hacia ella para mirarla.

—¿Quieres que te coja eso? —preguntó en referencia al hatillo que llevaba entre las manos.

Carlos la miró con el ceño fruncido y, muy serio, lo agarró con más fuerza dándole a entender que no pensaba dejar que tocara sus cosas. Amelia entendió el mensaje y no insistió.

—¿Tienes hambre? ¿Cuál es la comida que más te gusta? Le diré a la cocinera que la prepare para comer.

El chico se quedó pensativo.

—Huevos fritos y pan —dijo con solemnidad.

—Perfecto. Hoy tendrás eso para comer y yo también pediré lo mismo, porque me encantan.

Carlos no contestó, pero se relajó un poco.

—¿Crees que mi padre se pondrá bien? —preguntó aún sin mirarla.

—Es mucho más fuerte de lo que todos creen, seguro que lo intentará con todas sus fuerzas.

El chico se mordió el labio con preocupación.

—Eres un chico muy valiente —dijo Amelia—. Pronto verás a tu madre y a tu padre, pero, mientras tanto, yo te cuidaré lo mejor que pueda.

Entonces sí giró la cabeza el niño para mirarla.

—¿Por qué no has estado nunca en mi casa?

Amelia se sintió avergonzada y quiso ignorar lo que aquella pregunta tenía de acusación.

—Estuve una vez, pero no lo recuerdas porque eras muy pequeño.

—A mi madre no le gustas. Dice que eres una estirada, pero yo creo que ella es más alta que tú, así que no lo entiendo.

Amelia sonrió.

—No pasa nada, para gustar a alguien hay que conocerse, y tu madre y yo no nos hemos dado la oportunidad.

—Grita mucho —se quejó el chico con naturalidad.

Amelia soltó una carcajada por su espontaneidad y Carlos se apoyó en el asiento, abandonando la rigidez con la que había salido de casa. Lo miró enternecida.

Irune estaba agotada. Se había levantado con el amanecer para ir al lavadero y después había pasado horas en el orfanato, cuidando de la pequeña Begoña y los demás; lo que más deseaba era marcharse con Jon a casa. Estaría a punto de llegar de su turno en Harino Panadera y se moría de ganas de verlo. Pero había hecho una promesa y tenía los grandes ojos de aquella pequeña clavados en la memoria. Así que allí estaba, entre la multitud que esperaba en la calle Hurtado de Amézaga a que la procesión se acercara en su peregrinación hacia la Casa de la Provincia, en la Gran Vía de López de Haro. Era increíble el gentío que se había congregado, también el que avanzaba tras la Virgen y los monaguillos que la portaban. Fue testigo de la solemnidad del momento, vio los rostros tristes, algunos desesperados, de los que habían acudido. Escuchó rezos, muchos, peticiones de familias que habían perdido a uno o más miembros, que estaban enfermos, que temían por el futuro... Necesitaban que la Virgen de Begoña ayudara a su pueblo en aquellas terribles circunstancias. Cuando la imagen pasó por delante de ella, sintió que su corazón se emocionaba y se unió al resto en la oración por la pequeña Begoña, pero también por Clara, por sor Matilde, por ellos y por el miedo que sentían ante un desenlace incierto.

De repente, una mano le rozó la espalda y se volvió. Amelia le sonreía.

—Veníamos en coche camino del palacete y nos ha sorprendido la procesión. Este es mi sobrino —dijo señalando al niño que la acompañaba—, Carlos.

Irune sonrió al pequeño, que no le hizo mucho caso, absorto como estaba con el paso de la Virgen.

—Mi hermano está enfermo y mi cuñada me ha pedido que lo cuide —le dijo al oído para que la escuchara entre tanto murmullo.

Irune asintió haciéndole una leve caricia al pequeño en el pelo. Observaron la procesión y sin darse cuenta, entre el gentío, sus manos se rozaron levemente. Aquel contacto las llevó a mirarse a los ojos.

—Yo... siento algo que... —susurró Amelia, incapaz de encontrar las palabras.

—Es imposible —la interrumpió Irune, rozándole los dedos discretamente—, está mal.

—Lo sé, pero...

Irune no contestó, solo se acercó y la asió del brazo, como hacían tantas otras mujeres, pero también como tantas otras parejas, con el deseo de que aquel instante durara para siempre a pesar de las palabras.

Amelia era incapaz de moverse por miedo a que Irune se marchara. De una mano, Carlos; del brazo, Irune. Su cuerpo, su calor, su secreto. Fue el instante más intenso de toda su vida. Sonrió. Irune también lo hizo.

14

Amelia se despertó sobresaltada al sentir una patada de Carlos en las costillas. Se quejó en silencio, porque no quería despertar al niño, y se giró para mirarlo. Como cada noche desde hacía casi un mes, el chico se escapaba a su habitación y entre sombras se subía a su cama para acurrucarse junto a ella. Amelia sonreía cuando su sobrino se arrimaba para buscar su abrazo, y lo estrechaba y lo besaba en la cabeza mientras volvía a cerrar los ojos para dormirse en esa especie de paz desconocida que solo él le daba.

Juana entró en la habitación dispuesta a despertarla. Traía una jarra con agua nueva para que pudiera lavarse y dejó el periódico sobre el tocador. Pequeñas rutinas que ya no había que pedir y que la mujer conocía al dedillo después de tantos años. Aquella mañana, Amelia, llevándose un dedo a los labios, le pidió que guardara silencio porque Carlos seguía dormido.

—Este niño... —Torció Juana levemente el gesto.

Aquel chiquillo había salido de la nada perturbando la paz de la casa, decía con fingido enfado después de que el pequeño hubiera tramado alguna travesura. Pero eran solo palabras; en el fondo estaba tan contenta como Amelia, feliz de tener otra vez el ruido de un niño, el trabajo y el jaleo de cuando Óliver y ella eran pequeños y que ya había olvidado.

—Ya lo despierto yo —susurró Amelia.

—Está bien. —Suspiró la criada—. Voy a preparar el desayuno para los dos.

—Gracias, Juana.

Desapareció de la habitación, disimulando una sonrisa al cerrar la puerta.

—Carlos...

El niño soltó un gruñido casi animal y cambió de postura para seguir durmiendo. Amelia sonrió, decidió darle un poco más de tiempo y se levantó. Fue a cambiarse detrás del biombo con motivos florales, a juego con la tela de las paredes. Se aseó con el agua que le había dejado Juana y, haciendo el mínimo ruido, observó el periódico a su lado, en el tocador. Desde la llegada de Carlos, cuando no había colegio, como aquel día, las mañanas se habían ralentizado. Amelia entonces disfrutaba de echarle un primer vistazo al diario nada más levantarse, sin esperar al desayuno.

—¡Dios mío! —exclamó sin poder reprimirse, cogiéndolo entre las manos.

—No me quiero levantar... —se quejó un somnoliento Carlos desde la cama.

No contestó al pequeño, conmocionada por el titular del diario. Se había firmado la paz en Europa después de cuatro largos años. Los periódicos llevaban días anunciando el fin de la contienda, pero las cláusulas iban y venían; había leído ya tantas noticias contradictorias que nunca terminaba de creérselo. Pero aquel 12 de noviembre leyó que Alemania había firmado el armisticio un día antes, aunque con unas condiciones penosas para el país. Hizo sonar la campana y Juana acudió a los pocos minutos.

—Tengo que mandar un telegrama a los Manheim. Ha terminado la guerra.

—¡Volverá el señor!

La mujer se alegró sinceramente.

«Si está vivo...», pensó Amelia, pero no lo pronunció. La campana volvió a sonar estridente en manos de Carlos. Aquella era su travesura preferida, que los traía locos a todos.

—¡Señorito! —se quejó Juana.

Pero Carlos consiguió contagiarle la risa.

FIN GUERRA. NECESITO NOTICIAS FRIEDRICH. AMELIA.

Cerró el papel en el que había escrito el mensaje, apuntó una dirección en el reverso y pidió a la criada, que había acudido equivocada al escuchar la campana en manos de Carlos, que enviara un telegrama a la familia de Friedrich, por si se habían restablecido las conexiones. Amelia había intentado anteriormente contactar con ellos, pero nunca había recibido respuesta. Quizá ahora, con el fin de la contienda...

—Enseguida...

Se llevó el papel mientras sonreía al ver cómo Juana reñía con ternura a Carlos.

No podía moverse, no podía levantarse. Debía ser ya bien entrada la mañana e Irune no había acudido al lavadero. Sentía el cuerpo dolorido, los músculos parecían pedir su espacio y cada pestañeo hacía que le explotara la cabeza. Tragar era una tortura por el ardor en la garganta que raspaba por dentro y hasta hablar se le hacía difícil. Quiso salir de la cama y empezar su día, sentirse normal, pero no fue capaz. Temblaba, se refugiaba bajo las mantas, pero, por mucho que se abrigara, seguía sintiendo un terrible frío que le impedía respirar con normalidad. Jon trabajaba por la noche aquella semana y pensó con esperanza en que quizá estuviera a punto de volver a casa. Aparecería en cualquier momento, se repetía, pero los minutos parecían siglos y una lágrima desesperada descendió por su mejilla. Era obvio que Irune también se había contagiado de esa gripe de la que hablaban los periódicos, la que todos decían que estaba remitiendo, la que parecía estar despidiéndose. Pero se había llevado a Clara, a muchos niños del orfanato, a varios hijos de Margarita y a innumerables personas en toda la ciudad y el país. Quizá también lo haría con ella.

—¿Irune?

Jon se acercó inquieto al verla en la cama. Ella, con lágrimas en los ojos por la fiebre y un poco más tranquila al dejar de estar sola, susurró con un hilo de voz:

—No me encuentro bien...

—Otra vez no —pudo escuchar que rogaba su marido al ponerle la mano en la frente.

Quería decirle que lo sentía y que no tenía ni idea de cómo se había contagiado, pero que se encontraba mal, que por favor no se fuera, que quería decirle tantas cosas...

—Tengo que encontrar al médico.

—No me dejes sola... —rogó cogiéndole la mano.

—No puedo hacer otra cosa.

Jon la besó angustiado en la frente.

Irune sintió que los ojos se le volvían a llenar de lágrimas, soledad y miedo mientras escuchaba a Jon descender las escaleras a toda velocidad.

—Óliver se encuentra mucho mejor, pero no creo que pueda volver a trabajar —dijo Dolores.

Desde hacía una semana, como el menor de los Eguren parecía remontar de la enfermedad y ella no se había contagiado, a pesar de haber permanecido a su lado día y noche, visitaba cada día a su hijo, que estaba encantado de tener a las dos mujeres juntas.

—¿No se ha recuperado del todo? —preguntó Amelia mientras le servía el café del desayuno.

—Respira con dificultad y está muy cansado.

—¿Qué os ha dicho el doctor?

—Que va a tener secuelas. Que, como su salud ya era débil desde un principio, esta enfermedad se ha cebado con él.

Amelia no quería alegrarse de aquella circunstancia, pero vio la posibilidad de recuperar su puesto, de volver a la fábrica y ser quien era antes. Inmediatamente después, se reprochó a sí misma su falta de sensibilidad. Pero, si Friedrich volvía, si estaba bien, podrían ser por fin lo que siempre habían deseado.

—Me ha pedido Óliver que te dijera que va a necesitar que vuelvas.

No podía creer la suerte que tenía. La petición que tanto anhelaba y de boca de su hermano, el fin de la guerra, todo se estaba poniendo de repente de cara. Hasta que recordó a Antonio.

—No volveré si está Antonio.

—Es un imbécil. —Dolores no pudo resistirse.

Amelia la miró sorprendida, poco acostumbrada a ese tipo de lenguaje, y Carlos también fijó los ojos en su madre al escuchar aquella palabra y la fuerza con la que la había pronunciado.

—Mira, tu hermano tiene una deuda contraída hace años con ese hombre. Es por eso por lo que no puede deshacerse de él, aunque quiera.

—¿Le debe dinero? —preguntó extrañada, porque, si de dinero se trataba, podían ser más que generosos y olvidarse del problema.

—No, le debe silencio. Por mí. Hace muchos años, cuando yo aún trabajaba en la calle Cortes...

Amelia desvió la mirada porque aún se sentía intimidada por la antigua profesión de Dolores, pero procuraba ignorarlo incluso como pensamiento.

—... hubo una redada y Óliver estaba allí. También Antonio venía habitualmente, pero las chicas lo evitábamos porque sus gustos eran... demasiado difíciles —dijo con toda la suavidad de que fue capaz—. Tu hermano no podía escapar tan fácilmente con la silla de ruedas y no quería que la policía lo relacionara con aquel lugar. Así son las cosas: todos los hombres acuden, pero ninguno quiere que se sepa y soportar un escándalo del que, en el fondo, todos son cómplices. Antonio se encargó de sacarlo de allí y Óliver prometió no olvidarlo nunca. Pero sus amenazas fueron aumentando con el tiempo. Empezó un velado chantaje y por eso terminó por nombrarlo director, para tenerlo controlado y fingir que era su mano derecha y que así no revelara mi antigua identidad.

—Desde luego, lo ha fingido a las mil maravillas —se quejó Amelia, recordando cuando la echaron del despacho.

—Lo sé... —se lamentó Dolores—. Si supieras las veces que me lo he tenido que quitar literalmente de encima...

—¿Y cómo soportas trabajar junto a él? —preguntó sorprendida.

—¿Crees que es más difícil trabajar en una fábrica con un imbécil que hacerlo en un...?

No llegó a terminar la frase porque Carlos estaba delante. Amelia asintió sintiéndose una ingenua, como siempre que estaba con ella.

En ese momento, el mayordomo se acercó.

—Perdone, señora, hay un hombre en la puerta que pregunta por usted. Dice que está relacionado con una tal Irune.

Amelia se levantó como un resorte y fue derecha a la entrada, donde se encontró a Jon con el rostro desencajado por la angustia.

—Irune está muy enferma —dijo.

El mundo se tambaleó bajo sus pies.

Irune estaba frente al mar, un mar que nunca había visto. Las olas se acercaban y se alejaban mojándole los pies, llenando de frescor aquella sensación pesada que tenía sobre los hombros, que abotargaba su cabeza. Sonrió sin saber por qué. Una música comenzó a sonar, aquella música francesa que escuchaba Amelia. En la playa aparecieron como espectros los edificios que ella había visto en la postal que le robó. Vio la torre Eiffel, vio la Ópera de París y escuchó el susurro de aquel idioma que no entendía, pero que la abrazaba fuerte, intensamente. El cuerpo de Jon la rodeó con fuerza y le dijo que todo iba a salir bien. La besó. Y, de repente, los labios de Jon se convirtieron en los de Amelia, en su sonrisa y en aquellas canciones francesas que sonaban a su alrededor. Te llevaré a París, le decía, algún día te llevaré a París. Irune sintió un escalofrío mientras su garganta entonaba aquella canción que nunca había cantado. De repente, el mar bañaba todo su cuerpo y estaba helada. Y se ahogaba. Se alejaba de la orilla y ni siquiera tenía fuerzas para decirles a Amelia y a Jon, que la saludaban desde la playa, que no sabía nadar.

Amelia sentía al marido de Irune sentado a su lado, en el coche, y miraba de reojo su cuerpo, su preocupación, su miedo. Era como estar asistiendo a una de esas películas del cinematógrafo, se había convertido en la protagonista de un melodrama junto a un hombre que amaba a la misma mujer que ella... No se atrevió a continuar aquel pensamiento. Ahora lo importante era que Irune estuviera bien. Irune su amiga, no la Irune mujer de Jon, porque, aunque fueran la misma persona, en su mente parecían ser mujeres completamente distintas. Aún sentía sus manos rozarse, sus brazos entrelazados en aquella procesión de la Virgen de Begoña.

En la calle, vieron un grupo de hombres que llevaban un rústico ataúd hasta el ferrocarril de Lezama, desde donde transportaban a los muertos hasta el cementerio. Imaginó el cuerpo y el rostro de Irune encerrados en aquella caja de madera y tuvo ganas de vomitar.

—No te preocupes, el médico no podrá rechazar nuestra visita.

Jon asintió con rostro preocupado.

El doctor Arana, al ver a Amelia, enseguida los atendió. Ahora que la pandemia parecía estar remitiendo, se ofreció sin problemas a acompañarlos. Llegaron a la casa apresurados y se encontraron a una Irune sudorosa que deliraba por la fiebre, con el cuerpo empapado y repitiendo palabras que no tenían ningún sentido. Jon y Amelia se miraron angustiados.

—Cariño, el médico de Amelia ha venido a verte, ¿de acuerdo? —susurró Jon cogiéndola de la mano.

—Amelia... —Irune sonrió con ternura.

Ella, que hasta entonces observaba desde la puerta, se acercó.

—Estoy aquí. El doctor te cuidará y nosotros no nos separaremos de tu lado —dijo queriendo integrar a Jon en la frase, aunque con gusto lo hubiera sacado de ella.

Se alejaron mientras el especialista hacía su trabajo. Al terminar, escribió en un papel varios nombres de medicamentos. Jon dijo que saldría inmediatamente a comprarlos.

—¿Puede quedarse con ella? —preguntó apurado a Amelia.

—Por supuesto.

Amelia dio las gracias al doctor, que le pidió que se cuidara e hiciera lo mismo que en su día hizo con su criada. Ella se lo prometió, porque sabía que precisamente haría lo que hizo entonces: no separarse de su lado. Los dos hombres salieron de la habitación y ella se sentó junto a Irune.

—Amelia... —susurró con una sonrisa.

—No hagas esfuerzos, vas a ponerte bien —dijo pasándole un paño por la frente para secarle el sudor.

—Amelia, estas aquí... —seguía susurrando.

—No voy a moverme de tu lado, no te preocupes.

—No quiero quedarme sola —dijo a punto de llorar.

Se aferró a ella. Amelia sintió que el corazón le latía a destiempo cuando el pequeño cuerpo sudoroso de la mujer a la que quería —sí, la quería— se agazapaba en su regazo. La abrazó, la abrazó con fuerza, con desesperación y con culpa. Se le llenaron los ojos de lágrimas cuando vio que alzaba los ojos hacia ella y decía:

—Tú me diste mi primer beso, Amelia. Nunca lo voy a olvidar. Nunca. Me da igual que esté mal.

Sentía que el corazón iba a estallarle, que se quedaría allí sin vida y que al mismo tiempo habría merecido la pena morir después de aquel instante.

—Te quiero —musitó Amelia besándola en la frente—, siempre te he querido.

Solo entonces se dio cuenta de que en la puerta de la habitación de Irune, del dormitorio de aquel matrimonio recién estrenado, estaba Jon, el marido, mirándolas con los ojos incendiados, la mandíbula hermética y la bolsa de papel con los medicamentos aplastada entre los dedos.

—Márchese —ordenó con la voz más dura que nunca había escuchado.

Amelia no supo reaccionar, no supo moverse ni pronunciar una palabra. Jon entonces se acercó amenazante.

—Márchese y no vuelva nunca por aquí, ni aparezca por la vida de Irune —repitió.

Supo que no había vuelta atrás. La miró entre sus brazos, intentó capturar aquel momento con lágrimas en los ojos, pero, con la cabeza gacha y mucho dolor, se deshizo de Irune para desaparecer de sus vidas.

—¿Amelia? —preguntó Irune mientras Jon le daba la medicina minutos más tarde.

Su marido no contestó. Decidió hacer como que aquella mujer no existía, como que no había visto lo ocurrido, lo que su mujer había dicho. Irune creyó que aquella visita había sido fruto de la fiebre, aunque el rostro desencajado de Jon le revelaba justo lo contrario: había sido muy real y, además, él había sido testigo.

—Tómate la medicina y descansa, es lo que ha dicho el doctor.

Irune obedeció y cerró los ojos, confusa. Jon la besó y le dijo con tono amenazante:

—Te quiero y vamos a ser felices.

Le acarició el rostro e Irune sonrió para después quedarse dormida.

Amelia se subió al coche con las lágrimas brotando de sus ojos y pidió al chófer que condujera sin rumbo fijo por la ciudad. No podía regresar a casa, no podía volver a la realidad. Necesitaba algo de tiempo para ordenar aquel torrente de sentimientos que se agolpaban dentro de ella. Se sentía feliz y arruinada al mismo tiempo, con la presión en el pecho por las palabras de Irune, por su declaración, con una puntiaguda angustia en el estómago después del enfrentamiento con Jon y la certeza de que, a partir de entonces, muy probablemente no volvería a verla. Todo el trayecto intentó recrear en su piel la sensación de tenerla entre los brazos, de cumplir por fin el sueño que no se había atrevido siquiera a soñar. Horas más tarde, después de haberse perdido por las carreteras y las calles de la ciudad, ya más entera, llegaron a las antiguas cocheras del palacete. Respiró hondo antes de bajar del coche y se secó las lágrimas con fuerza, obligada a empezar a vivir sin la posibilidad de Irune.

Ascendió las escaleras que conducían a la entrada principal, siempre húmedas por culpa del incipiente frío de noviembre. Solía levantarse los bajos el vestido, pero acababan mojados y el agua le calaba los pies. Deseaba meterse en la cama y cubrirse con el edredón de plumas para olvidar todo lo ocurrido. El mayordomo, que la había oído llegar, no esperó a que tocara la puerta. Abrió y dijo con una sonrisa:

—Señora, tiene una visita en la sala.

Amelia disimuló una mueca de disgusto. No sabía quién podía ser, pero estuvo a punto de pedir al visitante que se fuera con cualquier excusa. Decidió ser cordial, atender aquella inoportuna visita con rapidez e irse a descansar lo antes posible. Entró en el salón. Allí, un hombre alto, de espaldas, la esperaba. Llevaba un traje pasado de moda que además le quedaba grande, porque, aunque su espalda era ancha, su cuerpo parecía consumido. Amelia frunció el ceño, contrariada por tener que recibir a alguien cuando toda su mente estaba llena de Irune, de su enfermedad, de la despedida forzada.

—Buenas noches, ¿qué puedo hacer por usted? —preguntó con tono cansado.

Cuando el hombre se volvió y clavó sus ojos emocionados en ella, no logró reconocerlo. Estaba muy delgado y con el rostro demacrado, cargado de hombros como si llevara el peso de recuerdos dolorosos y vivencias interminables a su espalda. Además, un gran parche negro le cubría el ojo izquierdo dándole una expresión huraña, como de pirata a punto de morir en un naufragio. Pero Amelia se centró en el ojo que tenía sano. Aguzó la vista y entonces lo vio. Reconoció el azul casi transparente de su iris, la expresión tierna y cálida de todas las veces que sus miradas se habían cruzado, de la despedida en el muelle hacía cuatro años. Era el azul que no había olvidado, que estaba vivo, que había vuelto.

—Hola —susurró Friedrich con las manos temblorosas, agarrado al sombrero como si estuviera de visita, como si no supiera encajar en aquella casa que era suya.

Amelia, en cuanto lo reconoció, no lo dudó un segundo. Se acercó a él con torpeza, con la sensación de que se encontraba frente a un fantasma, llena de miedo y de nostalgia al mismo tiempo. Friedrich no fue capaz de moverse. Solo la observaba como si estuviera esperando a comprobar si tenía permiso para comportarse como su marido o si las circunstancias y el olvido lo habían convertido en un invitado no deseado en aquella casa y en aquel matrimonio. Ella se acercó, se colocó frente a él y lo abrazó como si nunca se hubiese marchado, aferrándose al cuello de su chaqueta, recordando su olor, con su incipiente barba raspándole el rostro y el pelo de su nuca remoloneando entre los dedos. Aquella noche lo necesitaba más que nunca, aquella era la noche perfecta para que regresara. Tenerlo de nuevo con ella era agarrarse a su tabla de salvación. Friedrich se estremeció, emitió un leve gemido al tenerla entre sus brazos, como si hubiese estado aguantando el aliento durante cuatro años y por fin pudiera relajarse. La estrechó con tanta fuerza que le hizo daño con las manos que se aferraban a su espalda. Pero Amelia no se quejó, solo permaneció sumergida en su mísero cuerpo, recuperando la sensación de familia que Friedrich le proporcionaba, respirando por fin.

Irune despertó de madrugada, sin sobresaltos, presa de una extraña lucidez. No sudaba. La fiebre había remitido y, aunque débil, se sentía mucho mejor. Miró a Jon dormido a su lado. Mientras lo observaba respirar acompasadamente, se preguntó si el encuentro con Amelia, ese que no podía quitarse de la cabeza, había sido real o fruto de su delirio. Con cuidado, besó a su marido en la mejilla para despertarlo.

—Irune, ¿estás bien? ¿Qué ocurre?

Se incorporó asustado.

—Me encuentro mejor —dijo sonriendo.

Jon le puso la mano en la frente y asintió.

—Creo que no tienes fiebre.

Ella sonrió. El hombre la abrazó con alivio.

—Qué susto me has dado… —susurró.

—Tengo que preguntarte algo. ¿Ha estado Amelia aquí? —planteó con la inocencia de quien cree que ha sido un sueño y que está a salvo.

Sintió que el cuerpo de su marido se tensaba de inmediato, rígido ante su sola mención.

—No quiero volver a escuchar ese nombre en esta casa —dijo con la voz firme y tajante.

Irune ya no tuvo dudas. Lo que había vivido era real y precisamente por eso se había convertido en irrepetible. De repente sintió miedo de que Jon no la quisiera, que hubiese pensado en acabar con su matrimonio o dejarla en la calle alegando que era una enferma, cosa que, al ser hombre, podía hacer sin muchos problemas. Sintió terror de que no pudiera mirarla como lo había hecho hasta aquel momento.

—Jon, yo... lo siento... —rogó con voz temblorosa.

Su marido la abrazó con fuerza:

—Esa mujer nunca volverá a molestarnos, ha desaparecido. Piensa que ha muerto, porque así es.

Irune se dejó mecer por los fuertes brazos de su marido, con el corazón agarrotado por la angustia y un destello de soledad que la acompañaría siempre desde ese instante.

Amelia llevaba más de una hora hablando. Quería que Friedrich supiera lo que había ocurrido en la fábrica, con su hermano, con Antonio y con Irune, y cómo en los últimos años ella se había desvinculado del negocio por obligación, por aquella cláusula tan estúpida que su padre había impuesto. Él escuchaba atento, sentado a su lado, con las manos entrelazadas y sin soltarla ni un solo segundo. Pero sus ojos estaban agotados. Con la cabeza gacha, apenas respondía con monosílabos, escondido tras una sonrisa de compromiso. Se dio cuenta de que lo estaba abrumando con tanta charla cuando acababa de llegar de un viaje muy largo, y le pidió disculpas mientras apretaba las manos entre las suyas y las besaba.

—Leí lo del armisticio y envié a tu casa un telegrama, pero jamás pensé que pudieras volver tan pronto.

—Allí ya no queda nadie —dijo con tanto dolor que Amelia no se atrevió a preguntar.

Con curiosidad aunque infinita ternura, llevó la mano hasta la cinta que le sujetaba el parche en el cogote.

—Me hirieron hace un tiempo. Una bomba estalló muy cerca de donde me encontraba y me afectó al rostro. He perdido la visión de un ojo y tengo grandes heridas aún abiertas bajo el parche, por eso lo llevo —se explicó cansado.

Después de cuatro años hablando únicamente alemán, le costaba encontrar las palabras en castellano y tardaba una eternidad en terminar cada frase.

—No te preocupes... —dijo Amelia intentando sonreír—, curaré tus heridas sean cuáles sean. Aquí muchos me llamaban la viuda de Manheim y estás vivo, eso es lo único importante...

Friedrich sonrió levemente. Pero se vieron interrumpidos cuando Carlos apareció con cara somnolienta. Amelia se soltó de Friedrich y se levantó enseguida para abrazarlo. Durante un segundo, su marido la miró con el rostro iluminado por la ilusión de pensar que aquel niño pudiera ser suyo.

—Es mi sobrino..., nuestro sobrino, el hijo de Óliver —explicó volviendo a sentarse en el sofá con el niño en el regazo—. Mira, este es tu tío Friedrich.

—¿Es un pirata? —preguntó Carlos al ver el parche.

El hombre sonrió.

—Sí, pero no he podido traerme el loro de mi barco porque aquí hace demasiado frío para él —contestó fingiendo una voz más grave.

Carlos sonrió y Amelia y Friedrich cruzaron una mirada cómplice.

La epidemia de gripe desapareció por fin de las vidas de Irune y Jon y con ella el amargo recuerdo de lo ocurrido. Jon continuaba trabajando en la fábrica de Harino Panadera. El dolor por la muerte de su hermana iba amainando y la nueva vida de hombre casado le aportaba una tranquilidad que Irune reconocía en sus ojos cada noche al volver a casa. Ella, por su parte, acudía cada día al lavadero para limpiar la ropa y la memoria. Casi habían olvidado a Amelia, casi habían enterrado por completo aquella confesión, la verdad que ninguno de los dos estaba dispuesto a admitir. Nunca más se pronunció su nombre en la casa, nunca más se hizo referencia a lo que aquella mujer rica había hecho por ellos ni a la confianza que en cierta forma también les había arrebatado. Si ignoraban el pasado, eran un matrimonio realmente feliz.

Aquella tarde, Irune esperaba en el salón con los nervios revueltos a que Jon llegara de la fábrica. Su marido entró en casa cansado, con los restos de harina ya característicos que cubrían parte de su ropa y su piel y que ahora ella se encargaba de limpiar. Irune se puso de pie y esperó a que se reuniera con ella. Él entró en la sala y la miró sorprendido.

—¿Qué haces ahí, tan quieta?

Irune se acercó a él nerviosa, ajena por una vez a las rojeces de su piel, su sequedad, lo maltrechas que tenía aquellas manos suyas por culpa de tanto lavar. Acarició con ellas el rostro de su marido y sonrió.

—Tengo que decirte algo.

Jon frunció el ceño e Irune se dio cuenta de que la sombra

de Amelia había planeado durante unos instantes sobre ellos. Pero no quiso empañar el momento con el deseo que aún sentía. Ese era su gran secreto y se había jurado no compartirlo jamás con nadie.

—Estoy embarazada —dijo por fin.

Su marido se sorprendió en un primer momento, pero enseguida la abrazó.

—Vas a ser la mejor madre del mundo —exclamó pletórico.

Irune se preguntó cómo lo sabía, cómo sabría lo que era ser una buena madre si nunca había tenido una.

—Esta tarde lo celebramos en algún sitio, ¿qué te parece?

—Quiero un bollo suizo en Las Delicias. Ya sé que el azúcar está por las nubes, pero...

—No se hable más. Hoy merendamos chocolate y bollos, aunque tenga que trabajar doble la próxima semana. —Jon rio.

Amelia colocó las manos sobre los hombros de Carlos mientras Friedrich golpeaba con la aldaba en la puerta de la casa de Óliver y Dolores. Había llegado el momento de que el niño volviera con sus padres, después de un tiempo viviendo con ellos. Su hermano se encontraba mejor, aunque muy debilitado por la enfermedad, y Dolores les había insistido muchas veces para que lo trajeran. Si no lo habían hecho antes era porque el niño había resultado ser un bálsamo para la vuelta de Friedrich, un regreso mucho más duro de lo que incluso él mismo había imaginado. Se veía golpeado por días melancólicos en los que no hablaba con nadie, se encerraba en sus terribles recuerdos y se aislaba de la realidad, dejando a todo el que intentaba acercarse al otro lado, muy lejos de él.

Amelia le permitía navegar por aquel océano oscuro al que ella no podía acceder, pero, cuando veía que los días así se sucedían, preguntaba, insistía, lo traía de vuelta a su lado como fuera. Poco a poco le contó lo desgarradora que había sido su experiencia en la guerra —el hedor de las trincheras, el frío, el miedo, la incertidumbre, los muertos, las máscaras de gas—, cómo los hombres parecían monstruos emergiendo de la tierra cuando los necesitaban y, finalmente, la irrupción de aquella gripe que todos silenciaban, pero que acabó con regimientos enteros. La habían llamado «gripe española» porque solo en España se hablaba de ella, pero había sido un enemigo más a batir en aquel enfrentamiento mundialmente terrible. Y la derrota, la sensación de abuso y el ridículo que les había quedado a los alemanes, tras aceptar las condiciones que el otro bando les imponía.

Amelia escuchaba en silencio. Intentaba apoyarlo en lo que podía y se alegraba de volver a tenerlo en casa, aunque llegara acompañado de grandes cicatrices, visibles e invisibles. La madre de Friedrich había muerto al principio de la contienda por culpa de un desafortunado disparo y su padre se había sumido en una depresión tan grande que respiraba por pura inercia. Permaneció durante meses en un estado catatónico, al cuidado de una vecina que no pudo hacer nada por él cuando decidió dejar de comer lo poco que tenían y simplemente desaparecer. Un hombre derrotado por la vida, decía de su padre, pero también de sí mismo; una derrota más, repetía Friedrich, afectado. Tuvo que malvender la casa familiar para sufragarse la vuelta a España porque su familia había quedado en la ruina y la comunicación con Amelia era imposible.

—La fábrica y tú sois lo último que me queda —había repetido muchas veces desde su llegada. Ella lo abrazaba porque poco más podía hacer, o al menos eso sentía. Debía apoyarle y, por supuesto, mantener en absoluto silencio a Irune y todo lo relacionado con ella para no hacerle más daño.

—Mi niño... —dijo Dolores a Carlos cogiéndolo en volandas.

El chico se sintió reconfortado de inmediato y olvidó sus reticencias iniciales a dejar el palacete Eguren.

—Pasad, Óliver os espera. He preparado algo de comer.

Friedrich y Amelia entraron al acogedor caserío. Su hermano los esperaba junto al fuego, sentado en la silla de ruedas, tapadas sus esqueléticas piernas por una manta de gruesa lana y las manos entrelazadas en su regazo. Le costaba respirar. Incluso levantar la mano para estrechársela a sus invitados le suponía un esfuerzo inmenso. Carlos se acercó a su padre con cuidado. Óliver reunió todas las fuerzas que le quedaban y acarició al pequeño con ternura. El chico lo abrazó ante los emocionados ojos de su madre.

Más tarde, después de haberles servido el té inglés que tanto le gustaba a su hermano y sin atender a las reticencias de Friedrich al ver su procedencia, hablaron de negocios.

—Hemos intentado ponernos al día en la fábrica, pero Antonio no nos lo ha facilitado en absoluto —se quejó Friedrich—. De hecho, he de decir que no estoy de acuerdo con su nombramiento.

—Le debo un favor, no podéis echarlo —intervino Óliver, tajante.

—Estoy al tanto del favor —dijo Amelia, mirando a Dolores para sorpresa de su hermano—, pero hemos pensado que podríamos, entre los dos, Friedrich y yo, recuperar la dirección y empezar a darle cada vez menos quehaceres.

—Se dará cuenta —comentó Oliver—. No es muy leído, pero sí es listo y peleará por lo suyo.

—La diferencia es que la fábrica es nuestra y él es un empleado —se quejó Friedrich.

—Solo os digo que tengáis cuidado con él. Debéis ser sutiles para no ponerlo en vuestra contra, porque os puede crear problemas. Lo conozco: si no es ahora, será con el tiempo. Antonio no olvida y siempre lo quiere todo —dijo Dolores mirando a Amelia.

—Lo tendremos en cuenta —respondió—. Otra cosa, queremos que Dolores continúe en su puesto.

La mujer abrió mucho los ojos, sorprendida porque, desde que había enfermado, se había dedicado a Óliver por completo y en su puesto estaba una jovencita que el mismo Antonio había contratado, seguramente su amante del momento.

—Me parece perfecto —afirmó Óliver.

—¿Qué opinas? —preguntó Friedrich a la mujer, aunque en su mirada brillaban las ganas de recuperar su vida. Aun así, preguntó a su, a todos los efectos, marido:

—¿Estarás bien?

—Podemos hablar con sor Matilde para que nos envíe a una de las monjas y me ayude con el día a día mientras tú no estés.

Friedrich y Amelia miraron a Dolores expectantes. La mujer asintió ilusionada.

—Pues no se hable más, empiezas el lunes —dijo Friedrich.

—Y no llegues tarde —bromeó Amelia.

Irune paseaba su embarazo aquel domingo por entre el gentío que asistía al concierto de la banda municipal en el Kiosco del Arenal. Caminaba del brazo de Jon y sonreía. Se sentía fuerte, como si aquel bebé, además de quitarle horas de sueño y darle náuseas y la necesidad de orinar cada cinco minutos, también le hubiera regalado la fortaleza para realizar cualquier cosa. Así se sentía, capaz de todo.

Entonces la vio, también del brazo de su marido, también como espectadora de la banda, también paseando bajo los tilos en una agradable mañana de primavera. Irune la miró de reojo, creyendo que Amelia no la había visto, pero se encontró con sus ojos clavados en ella, en su abultado vientre imposible de ocultar. Amelia sonrió en la distancia. Irune esbozó la misma sonrisa y se llevó la mano al abdomen con ternura. De aquella manera, sintieron que seguían unidas a pesar de todos.

TERCERA PARTE

Bilbao. Febrero de 1933

15

Amelia miró la invitación que asomaba de un sobre de bordes dorados y filigranas, sobre la superficie del tocador en su dormitorio, y la ignoró con desgana. Era noche de Carnaval y se esperaba de ellos que asistieran a aquella fiesta a la que acudirían las personalidades más influyentes de todo Bilbao.

—¿De verdad tenemos que ir? —preguntó con la espalda encorvada y el rostro sin maquillar, observándose en el espejo del tocador—. No estoy de humor para participar en un baile de máscaras tan aburrido como todos los anteriores.

—Antes te encantaban —respondió Friedrich, que, de pie a su lado, ya había empezado a vestirse.

—Antes me gustaban muchas cosas que ahora no... —se quejó enigmática, mientras jugaba con la tarjeta entre los dedos.

—Como por ejemplo yo, ¿verdad?

Su marido la escrutó con esa tendencia a la autocompasión que lucía últimamente y que Amelia había llegado a detestar.

—No empieces...

Friedrich no dijo nada. Sacó del armario su chaqué y se lo colocó con parsimonia. Hacía años que habían prescindido de los asistentes a la hora de vestirse. Parecía algo poco moderno para aquel año 1933, en el que cada mínimo detalle cambiaba a gran velocidad. Amelia sentía que sí, que todo a su alrededor era distinto: la política, las ideas sobre la educación, la sexualidad, el matrimonio... Hasta atronaban las voces que apoyaban el voto femenino. Pero ella seguía detenida en aquella casa, como aislada del tiempo, que dentro de las paredes del palacete parecía ir a distinto ritmo. Sí que era cierto que ahora trabajaba en la fábrica abiertamente junto a su marido, que allí cada vez había más mujeres contratadas y que se respiraban aires de libertad. Sin embargo, ella se sentía al margen.

Friedrich se acercó por detrás y la abrazó; ambos cruzaron la mirada en el espejo del tocador.

—Lo pasaremos bien, ya lo verás, no todo va a ser trabajar. Además, hace mucho que no salimos los dos juntos.

Amelia forzó una sonrisa y suspiró. Friedrich la besó en el cabello y continuó preparando su atuendo.

—Al menos sé que va Félix —comentó distraída.

—Ese amigo tuyo... —se quejó Friedrich con una mueca de desagrado—. No tiene muy buena fama entre los caballeros.

—Bueno, no creo que le importe lo que tus estirados amigos piensen de él. Ni a mí tampoco, la verdad.

—Piensan que le gustan los hombres.

—Piensa mal y acertarás —dijo Amelia, soltando una carcajada.

Su marido, bastante conservador, aún reconfortado con el antiguo orden de las cosas, frunció el ceño, pero disimuló tomándolo por otra de las excéntricas ideas de su cada vez más excéntrica mujer. Amelia había conocido a Félix en un club de París hacía ya unos seis años y aquella amistad entre compatriotas en un país extranjero fue un bálsamo para ella. Gracias a aquel hijo de familia rica, al que solo conocía de oídas en su ciudad, había descubierto una oportunidad, una forma de ser sin todas las máscaras que estaba acostumbrada a llevar.

—¿Qué disfraz has elegido? —preguntó su marido con curiosidad mientras intentaba atarse una pajarita de papel, de colores vivos y tamaño exagerado, que había hecho confeccionar con el único motivo de la fiesta.

—Ya lo verás —contestó Amelia con una sonrisa traviesa.

—¿De verdad que tienes que irte? —preguntó por enésima vez su hijo Martín con los ojos llorosos.

El pequeño tenía cuatro años y siempre andaba pegado a las faldas de su madre, Irune. Era tímido, sensible, temeroso también. Nada que ver con su hermano mayor de catorce, Luis, que desde muy niño había sido independiente, decidido y bastante insensato.

—Sí, cariño, te lo he explicado muchas veces. Hace siglos que no veo a mi amiga Rosa —dijo con paciencia sentándose a la mesa de la cocina con el pequeño en sus rodillas—. Antes era lavandera y trabajaba con ella cada mañana, pero ya no la veo nunca. Ahora cuido de vosotros mientras *aita* va a trabajar y lavamos en casa. Pero hoy es su cumpleaños y me ha invitado a cenar para celebrarlo aprovechando que es Carnaval. Te prometo que no me echarás en falta, porque mañana a primera hora estaré aquí para darte el desayuno, ¿de acuerdo?

Su hijo hizo un mohín y cruzó los brazos sobre el pecho para dejarle a Irune bien claro que aquello no le parecía bien.

—¿Y quién va a darnos de cenar?

—Vuestro padre estará aquí enseguida.

—¡Pero él no sabe cocinar!

Irune no pudo evitar sonreír porque el niño tenía toda la razón.

—No te preocupes por eso, he dejado la cena preparada, ¿de acuerdo? Tienes garbanzos, que ya sé que te encantan.

Martín abrió mucho los ojos y dio palmas, por fin convencido.

El ruido de la llave en la puerta interrumpió la conversación y Jon entró con el rostro demacrado y las ojeras que siempre lo acompañaban desde que, además de trabajar en la fábrica de Harino Panadera, se había metido en política y militaba en el PNV. Apenas tenía tiempo para nada más.

—¡Ya estoy en casa! —dijo con fingida alegría mientras golpeaba la puerta con fuerza.

El pequeño salió corriendo hasta la entrada y lo abrazó. Se le colgó del cuello.

—¿Seguro que sabes calentar los garbanzos? —preguntó a su padre, que lo sostenía en brazos.

—Ya veo qué es lo que te importa —contestó fingiendo estar ofendido.

Irune los observaba desde la puerta, llena de ternura. En ese instante, habría dado cualquier cosa por cancelar sus planes, quedarse con ellos y descansar un poco, si es que eso era posible cuidando de la casa y la familia. Pero debía ir. Solo Jon lo sabía, pero Rosa estaba enferma, muy enferma, y le había pedido que la acompañara en el que quizá fuera su último cumpleaños. Cuando se lo dijo de aquella manera, Irune creyó que exageraba, pero su amiga negó con la cabeza con tal inusitada entereza que la llevó al borde de las lágrimas. Fue Rosa la que terminó por consolarla. Será el embarazo, se disculpó aquel día, porque estaba de tres meses. No podía faltar a la cena por muy dolorosa que fuera.

—Venga, Martín, a jugar —dijo su padre y lo empujó al

salón, donde tenía un caballito de madera en el que pasaba horas.

—Pero quiero estar con vosotros... —se quejó.

Irune puso los ojos en blanco y cruzó una mirada cómplice con Jon. Aquel niño trastocaba todo lo aprendido con Luis. A su hijo mayor había que atarlo a la mesa para que se dignara a aparecer, porque siempre estaba jugando en la calle y metiéndose en problemas. Pero Martín prefería estar junto a sus padres el mayor tiempo posible.

—Venga, vete a por la pelota y la tiramos por la escalera —sugirió el padre, a lo que el niño obedeció encantado.

Irune lo miro con desaprobación. Cada vez que hacían aquello, alguno de los dos, los dos o algo de la casa salía mal parado.

—Un día es un día... —dijo Jon, que la cogió de la cintura y la besó para convencerla.

No quiso añadir nada y respondió al beso. Sabía cuál era su papel en la armonía familiar. No siempre le gustaba ser la que pensaba en todo lo referente a los niños, la que regañaba y consolaba, cuidaba y vigilaba, pero tenía que apoyar a su marido. Jon llegaba siempre a última hora, cansado y con pocas ganas de encargarse de ellos. Bastante con que trabajara todo el día y además se interesase por la política, le había contestado otra madre con la que coincidía en el mercado y a la que se le había ocurrido quejarse un poco de la situación. Irune asintió dándole la razón, pero seguía preguntándose quién haría todo lo que ella hacía si no estuviera... No volvió a comentar nada en voz alta, porque no quería que la tildaran de feminista o de sufragista, o de alguna de esas palabras despectivas que usaban con otras. Disimulaba, pero ella secretamente admiraba la fuerza y las ideas de esas mujeres y estaba deseando votar.

—Te he dejado todo preparado, ¿de acuerdo?

—¿Y Luis?

—En la calle con sus amigos...

—Como debe ser... —comentó Jon, orgulloso siempre de su hijo mayor, más valiente, más cercano a lo que tenía que ser un hombre, según él.

Irune forzó una sonrisa y le besó en la mejilla antes de ir por su abrigo. Se preguntó cuántas veces tendría que morderse la lengua, antes de hacerse una herida real, para no decir que ella adoraba a Martín, su sensibilidad, su diferencia, y que no soportaba que lo hiciera de menos por ser distinto.

—Vuelve pronto.

—Cuando Rosa me deje.

—Claro, pobre...

Martín bajó corriendo las escaleras y abrazó a su madre con fuerza.

—Te quiero mucho, hijo —susurró besándole el pelo.

—Venga, venga, ya vale de besos, que lo vas a malcriar. —Jon los separó.

Irune cruzó una mirada cómplice con su hijo. Ambos hubiesen necesitado unos segundos más, un beso más. Sonrió buscando su complicidad, pero el niño le devolvió una mueca triste. Obedeció a su padre y se fueron a jugar. Irune cerró la puerta de casa con el corazón encogido.

—No puedes ir así —dijo Friedrich, enfadado nada más verla.

—Solo es un disfraz... —contestó Amelia, satisfecha por haber logrado escandalizarlo.

Habían merecido la pena todas sus dudas con tal de ver el

rostro desencajado de su marido en aquel instante. Encargó a la modista que le arreglara uno de los trajes de Friedrich y ahora lo lucía junto con un sombrero que le cubría las ondas del cabello.

—¿No te gusta? —preguntó sonriente, con los labios rojos y acercándose a él llena de sensualidad.

Friedrich no podía resistirse a ella y Amelia lo sabía. Se acercó a su cuerpo y, provocadora, le acarició el rostro, incluido el parche que tapaba su ojo herido en la guerra.

—No tienes por qué ponértelo en casa —había dicho una y mil veces, refiriéndose al parche, sin convencerlo—. A mí me gustaría verte tal y como eres.

Pero su marido no quería que lo descubriera sin él. Amelia lo había visto mientras dormía, aunque nunca se lo hubiera dicho. En un primer momento, la horrorizó aquella cicatriz, aquel ojo derruido y roto que confería a su apariencia un tono mucho más rudo, casi amenazador. Pero después de numerosas noches en las que, con un levísimo gesto, le había levantado el parche y había estado mirándolo sin interrupciones, se había acostumbrado a él y hasta había llegado a apreciar esa imperfección en su piel por otro lado tan perfecta.

—Qué van a decir nuestros amigos... —susurró Friedrich mientras contenía las ganas que tenía de acariciar su cuerpo oculto por el traje.

—A Félix le va a encantar —aseguró Amelia con sorna—. Y los demás no me importan, son tus amigos, no los míos —dijo separándose de él.

Friedrich no contestó porque aún intentaba recuperar el aliento. Ella pensó que quizá, solo quizá, si en ese instante caminara hacia ella y la abrazara apasionadamente, se entregaría a él, cosa que eludía casi siempre. Pero su marido recuperó la compostura, recolocó su ridícula pajarita de mil colores y, sin darse cuenta, alejó la posibilidad del reencuentro que él mismo tanto anhelaba.

Irune llamó al timbre del segundo piso de Torre Urizar, muy cerca de su casa, en el barrio de Irala. Una mujer de unos sesenta años abrió la puerta con una sonrisa.

—Ya creía que no venías...

—Martín, ya sabes, que le cuesta mucho dejar que me vaya.

—Es un niño estupendo.

Asintió con la cabeza por pudor, porque lo que le hubiera gustado decirle era que sí, mostrarle lo orgullosa y unida que estaba a su hijo pequeño, lo que amaba su ternura y su sensibilidad y cuánto detestaba que le hicieran sentir diferente. Se contuvo.

—Pasa, que te ayudo con el disfraz —dijo la mujer, haciéndose a un lado para que entrara.

Se llamaba Celia, era viuda y trabajaba en el economato del barrio. Desde la primera vez que pisó su tienda, aún embarazada de Luis, se hicieron amigas a pesar de la diferencia de edad. La ayudaba con los niños si lo necesitaba e Irune estaba pendiente de ella y de que no pasara sola mucho tiempo. Ambas se acompañaban la una a la otra sin necesidad de muchas palabras.

En casa de Celia estaban las tres tonterías que había reunido su amiga para su disfraz: un sombrero rescatado del armario de su difunto marido, un bastón de la misma procedencia y un bigote que Irune había confeccionado y teñido con el pelo oscuro de una manta. La mujer, con sumo cuidado, ayudó a pegárselo a Irune sobre el labio superior.

—Podré quitármelo luego, ¿verdad? —preguntó un poco preocupada al notar lo bien que se adhería.

Celia soltó una carcajada mientras le daba golpecitos para que el pegamento hiciera su labor.

—Quizá te tire un poco, pero tu marido no pensará que te has convertido en un hombre, no te preocupes.

Eso esperaba Irune. Jon era bastante tradicional. No le importaba que esa vez fuera a cenar por las circunstancias especiales de Rosa, pero ver a su mujer vestida de hombre era una cosa muy distinta. Por eso había preferido ocultarle el disfraz de Charlot, al que adoraba desde hacía muchos años.

Celia se separó de ella, la observó con todos los complementos y torció el gesto.

—¿Qué ocurre? ¿No está bien? —preguntó Irune mirándose a sí misma, preocupada.

Tenía que reconocer que llevar aquello sobre el vestido gris le resultaba extraño, casi ridículo, pero nunca se atrevería a vestir completamente de hombre. Si alguien la reconociera sería un verdadero escándalo. Justificar un bigote era una cosa, convertirse en Charlot era otra muy distinta.

Celia desapareció en alguna habitación de su casa e Irune se quedó en el salón esperando nerviosa. Al cabo de pocos segundos, su amiga reapareció con un estrecho lazo negro a modo de corbata, que le ató al cuello.

—Ahora estás perfecta —dijo sonriendo.

Irune le devolvió la sonrisa agradecida.

—Lo que necesites, hija, ya me gustaría a mí ir disfrazada contigo.

—Otro día te llevo.

Guiñó el ojo con complicidad.

Mientras se dirigía a la puerta de entrada, Irune comenzó a hacer los movimientos propios del personaje y de repente se sintió libre, porque ya no era ella, no era solo ella, era mucho más. Incluso tarareó una melodía que oyó en el piano que acompañaba una de sus películas. Celia aplaudió con ilusión. Irune se volvió e hizo una torpe reverencia, como la hubiese hecho Charlot antes de cerrar la puerta.

Irune recordó la vez que, en lugar de aquella casi anciana, los ojos que la miraban eran los de Amelia. Se preguntó si en otra vida ella hubiese sido más feliz siendo otra persona, cantando, actuando o vistiéndose de forma diferente a una madre y ama de casa que oculta a su marido y a todos quién es en realidad.

Amelia se miró al espejo muy satisfecha. Con aquel traje estaba atractiva y, de alguna extraña manera, más femenina que nunca. Igual que Marlene Dietrich, se dijo, y su mente viajó a su última estancia en París, esa que repetía cada año y donde siempre se encontraba con Félix. Cada viaje a la Ciudad de la Luz llevaba escrito un nombre de mujer, y la última fue Charlotte. Era diseñadora de vestuario en una compañía de teatro. Ella fue la que la llevó a ver aquella película, *Marruecos*, y le dio la mano discretamente en el cinematógrafo cuando Marlene Dietrich, vestida de hombre, besó a una mujer en la pantalla. Recordaba la sensación en el estómago, el deseo, las ganas de imitar a la actriz y besar a Charlotte ante los ojos de todos. No lo hizo, pero se sació de sus labios las dos noches siguientes en un pequeño apartamento de Montmartre. Y antes de Charlotte fue Céline, y antes Marie, y antes Sophie y muchas otras que colmaban sus deseos año tras año y después desaparecían de su vida tan rápido como habían llegado.

Amelia cogió una violeta del ramo que decoraba su tocador y la colocó en el ojal de su chaqueta después de olerla, imitando el gesto de la actriz en la película. Había olvidado nombres y rostros, incluso había olvidado a la primera mujer con la que se acostó, quizá porque no pensaba en ella mientras lo hacía, porque en su cabeza estaban solo Irune y todas las sutiles veces en las que se habían visto desde la distancia durante aquellos años. Mientras deslizaba la lengua por las caderas de la mujer sin nombre, mientras exploraba su pecho, su cuello y su sexo, soñaba con la sonrisa de Irune el día que la vio paseando por el Arenal con su hijo mayor; también pensaba en las lágrimas en su suave rostro en el funeral de sor Matilde, unos años antes, lágrimas solitarias porque no pudieron abrazarse ni consolarse, cada una del brazo de su marido. Susurró su nombre mientras la lengua experta de aquella primera mujer la llevaba al éxtasis más desbordante que había experimentado nunca. Se congeló el tiempo y el recuerdo de Irune en el cuerpo de la desconocida. Y en el de todas las otras mujeres que vinieron después.

Sin tener que buscar demasiado, Amelia sacó del cajón del tocador un joyero y, de este, la única comunicación directa que habían mantenido en aquellos quince años. Óliver falleció en 1925; una muerte esperada pero dolorosa. Nunca logró recuperarse de la que llamaron gripe española y su cuerpo se fue debilitando hasta que una noche simplemente se apagó. En el cementerio, un chico se acercó a ella cuando todos se retiraban hacia los coches y le entregó una nota: «Lo siento mucho, Amelia».

—Me lo ha dado aquella mujer —dijo estirando la mano para que le diera unas monedas.

Ella lo hizo mientras buscaba en la distancia a la autora de aquellas sencillas palabras.

Entonces la vio, sola y oculta tras otra tumba. La miró en silencio. Hizo el amago de acercarse, pero Irune desapareció.

Amelia observó en sus manos aquel papel, ya arrugado y desgastado de tanto recuerdo, y lo guardó con cuidado. Deseó no estar enamorada de ella, deseó no tenerla siempre en el recuerdo y sobre todo deseó no necesitarla de aquella manera angustiosa que tenía de hacerlo. Pero, mientras se colocaba la chistera sobre la cabeza y acariciaba la violeta en la solapa, supo que, igual que su manera de desear, igual que su naturaleza, quererla a ella era simplemente lo único que podía hacer.

16

Amelia sonrió traviesa ante la mirada de desaprobación de Juana cuando la vio subirse al coche. Se sentía como una niña pequeña reafirmando su personalidad en un mundo de adultos. El día que mandó traer a la modista y le expuso su idea, la criada la miró con expresión desconcertada. Juana ya era una mujer mayor y habían reducido mucho sus tareas domésticas para que no acabara exhausta. Tenían un número mucho más pequeño de trabajadores del servicio, pero en ningún momento dudaron de que ella permanecería a su lado todo lo que le quedara de vida. Si Juana hubiese querido marcharse se habría podido ir, pero, como ella misma le había confesado cuando se lo preguntó, no tenía ningún lugar al que regresar: aquel se había convertido en su hogar y por eso estaba agradecida de que le permitieran quedarse. Su hija María seguía en la casa de Eulalia Abaitua, y en su pueblo, Dima, del que se fue con trece años, no conservaba ninguna amistad, ningún conocido, ni familia. Hacía demasiado tiempo que se había ido... Amelia se aseguraría de cuidar de ella tal y como ella la había cuidado desde su infancia.

—¿No era mejor repetir el traje de cisne que llevó cuando estaba prometida? —preguntó discretamente sin que la modista la oyera el día de la última prueba—. Estoy segura de que, con unos poquitos arreglos, le hubiese quedado estupendamente.

Amelia se negó a llevar otra vez aquel traje, precioso por otra parte, porque sentía que ya no casaba en lo más mínimo con quien era.

Vestida tal y como quería, dedicó un último guiño a Juana desde el vehículo. Esta la despidió con una sonrisa de medio lado. Amelia pensó que, si supiera de verdad cómo era, su cariño cambiaría radicalmente. La despreciaría, igual que todos.

El chófer cerró la puerta con un leve golpe a uno y otro lado del coche y dejó al matrimonio con la sola compañía del murmullo del motor.

—Seguro que al final consigues disfrutar, ya lo verás —la animó Friedrich, cogiéndola de la mano—. Además, la mayoría serán clientes, y ahora que hemos sacado las bebidas de limón y naranja necesitamos estar presentes en todos los eventos sociales que podamos.

Amelia se sintió profundamente incómoda con el contacto de la piel de su marido y aquel gesto de complicidad, pero se contuvo y no retiró la mano, porque sabía que le llevaría a reproches que no quería escuchar.

—Lo sé, pero no soporto la actitud de todos esos socios conmigo. Ya sabes lo que murmuran, lo que incluso dicen de ti —se quejó.

—¿Y te extraña? ¿Quién lleva los pantalones en esta casa?

Amelia estuvo a punto de responderle, desairada por el comentario, hasta que se topó con la gran sonrisa burlona de su marido. Sonrió también, aliviada.

—Relájate, bebe champán, charla... Pasémoslo bien por

una noche —sentenció Friedrich antes de dirigir su mirada al exterior.

Amelia asintió y fingió una leve tos para liberarse de la mano de Friedrich y llevarse la suya a la boca. Él no pareció notar el engaño y suspiró tranquila.

Sus amigas la recibieron con gritos y aplausos, sentadas a una mesa de madera de la cervecería que la empresa de los Manheim había abierto en los jardines próximos a la fábrica, muy cerca de La Casilla. Irune sintió un leve escalofrío al ver de nuevo aquel lugar —sus torres, sus paredes de ladrillo rojo— y comprobar lo bien que les iba, porque, como habían hecho otras cerveceras como La Salve o La Cervecera del Norte, el último adelanto había sido abrir aquel lugar al público para el consumo de sus productos. Tomaban gaseosas de naranja y limón, la novedad de aquellos días.

—Dichosos los ojos —dijo Rosa.

Se acercó a ella y la abrazó con fuerza.

Permanecieron unos segundos de más aferradas la una a la otra, lo suficiente para que sintieran que la emoción empezaba a desbordarlas. María, otra amiga que conoció a través de Rosa y que trabajaba en el palacio del Pino, se acercó con una corona de reina en la cabeza, que había elaborado ella misma con papel, y una capa de tul que la favorecía.

—Venga, venga, basta ya de tonterías —dijo para que el ambiente no se convirtiera en un drama.

Las dos amigas se separaron con lágrimas en los ojos e Irune, ignorándolas, saludó también a Carolina, la hermana pequeña de Rosa, que había venido para estar con ella cuando su enfermedad fuera a peor. Trabajaba como dependienta en Los Encajeros. Rosa se había puesto un turbante y decía que era una odalisca; Carolina llevaba pintados unos bigotes y lucía unas orejas de gato hechas también con papel.

Se sentaron a la mesa contentas, alteradas, sin mantener una conversación coherente porque siempre terminaban quitándose la palabra las unas a las otras. Comentaban las últimas novedades en ropa y opinaban sobre la polémica de aquel momento en la ciudad: derruir o no el monumento al Sagrado Corazón de Jesús.

—¡Que lo tiren! —decía María riendo—. Somos republicanos, no queremos símbolos religiosos por muy brillantes que sean.

Rosa puso los ojos en blanco.

—No sé qué mal puede hacer una estatua, que la dejen. La religión es una cosa; la política, otra.

Irune sabía que su marido no estaba de acuerdo con que la derruyeran porque, como nacionalista, defendía la religión por mucho que los republicanos y los anarquistas quisieran acabar con todos los símbolos construidos bajo el mandato de Primo de Rivera. A ella aquella polémica la traía sin cuidado.

Mientras sus amigas hablaban, discutían y se divertían, ella miraba a su alrededor y de alguna manera se sentía cerca de Amelia por estar junto a la fábrica. Incluso albergaba una diminuta esperanza sin sentido de que apareciera por allí en algún momento. Pero sabía que era imposible, la señora Manheim nunca se sentaría en aquellas mesas a tomar unos refrescos; sus mundos eran distintos y sus vidas completamente opuestas. Apenas se había permitido pensar en ella en los últimos años. Tampoco había tenido tiempo y, sin embargo, recordaba a la perfección cada una de las ocasiones en las que habían estado cerca: el funeral de sor Matilde, el momento en que asistió al entierro de su hermano y le entregó una nota y aquella última vez, cuando la vio en el cinematógrafo, en una película de Charlot. Ese día estaban muy separadas la una de la otra; Irune en los asientos más baratos y Amelia, junto a su marido, en los más distinguidos. Pero vio la película a través de sus ojos todo el tiempo que duró el largometraje.

—¡Irune, vuelve, que estamos aquí! Ya te preocuparás de tus hijos mañana... —la reprendió Rosa, dándole un amistoso codazo.

—Sí, tenéis razón —dijo algo cohibida.

—¡Que es mi cumpleaños! —exclamó Rosa alzando su bebida.

Las demás la imitaron, aunque María se quejó ajustándose el abrigo:

—Ya podías cumplir años en julio, porque empieza a hacer un frío que pela...

Las tres rieron y siguieron con la conversación, que viró hacia la posibilidad de que pudieran votar en las siguientes elecciones.

Amelia y Friedrich paseaban por los jardines del Teatro Campos Elíseos. Saludaban a uno y otro lado, a compañeros de la industria cervecera, a políticos y a gente importante de la ciudad que no se perdían el evento de Carnaval en aquel lugar idílico. Cada persona con la que se cruzaban miraba a Amelia y su traje de hombre con desaprobación más o menos disimulada, envuelta en cuchicheos. Vio cisnes, vio princesas, vio odaliscas y egipcias, pero siempre trajes con decoro, gusto y el mínimo de adornos posible. Friedrich intentaba disimular lo incómodo que le hacía sentir el disfraz elegido por su mujer, mientras que ella disfrutaba de ser el centro del escándalo, de haberse quitado el miedo a ser señalada que había arrastrado desde la época en la que firmaba con el nombre de su hermano.

—Vaya noche me vas a dar... —susurró su marido con los ojos en blanco, después de comprobar, como temía, que su traje causaba sensación.

En ese momento, se acercó a ellos la familia Olano Abaitua con varios de sus hijos. Eulalia, ya una mujer de ochenta años, la cogió de las manos con una sonrisa.

—Desde luego tienes agallas —dijo entre risas.

Conversaron unos minutos. Mostraron todos su desaprobación a la retirada del Sagrado Corazón de Jesús, un símbolo ya en la ciudad. Amelia le preguntó por sus nietos y Eulalia habló maravillas de ellos. Sentía sobre su cuerpo la mirada de Friedrich, como cada vez que charlaban con aquella familia numerosa. Habían estado muchos años intentando tener hijos, pero ese embarazo nunca llegó y los encuentros físicos se convirtieron en un simple trámite para tener descendencia, un negocio que debían culminar, un objetivo que cumplir, igual que hacían en la fábrica. Amelia estaba harta; harta de bebidas de hierbas, harta de rezos a cualquier Virgen, harta de esperar, de desesperarse y de sangrar cada mes sin falta alguna. Pero, sobre todo, estaba harta de la presión que su marido ejercía sobre ella, de esa mirada indirecta y reprobadora que sentía en sus espaldas, como si aquel juego no fuera de dos y toda la responsabilidad recayera solo sobre sus hombros.

La familia de Eulalia se marchó y uno de los camareros les trajo unas copas de champán en una elegante bandeja. Se sirvieron sin mirarse.

—Mira, el doctor Villanueva —dijo Friedrich saludando con el brazo al médico del que le hablaba una y otra vez.

—No me lo puedo creer —susurró enfadada por la encerrona mientras terminaba su bebida, la dejaba en una bandeja y cogía una copa nueva.

—Buenas tardes —dijo el recién llegado cortésmente.

—Doctor Villanueva, justo le estaba hablando a mi mujer de usted y de los buenos resultados que tiene en la creación de nuevas familias, además de una gran trayectoria que viene avalada por los mejores hospitales de Londres.

Amelia miró a su marido con ganas de matarlo. No podía creer que hablara de la situación que sufrían sin consultárselo primero, y mucho menos en una fiesta de Carnaval.

—Bueno, a veces la naturaleza necesita un empujón —dijo aquel hombre mirando a Amelia con complicidad, que lo ignoró contrariada.

—Por medio de unas pastillas de vitaminas creo que es, ¿verdad? —insistió Friedrich, a pesar de que su mujer estaba dejando bien claro que aquella conversación no le gustaba lo más mínimo.

—Sí, se hace una exploración inicial, se cuidan los hábitos de vida —dijo el hombre mirando descaradamente y con mala cara tanto la copa de champán en la mano de Amelia como el traje que llevaba—. Y se ayuda así a que el cuerpo de la mujer esté en las mejores condiciones para la reproducción.

Ya no soportaba aquella monserga y, pidiendo disculpas, se llevó a Friedrich agarrado del brazo por entre los sinuosos caminos del jardín hasta un lugar un poco más apartado.

—¡¿Qué tipo de teatrillo habéis montado ese médico y tú?! —preguntó enfadada.

—Ha sido todo casual... —quiso defenderse él, pero la mirada de Amelia dejó claro que no le creía—. Está bien —confesó—, he consultado con él y quiero que vayamos a una cita, que lo volvamos a intentar. Llevamos mucho tiempo sin estar juntos. ¿Tú no quieres tener hijos, Amelia?

Ella miró al cielo con lágrimas en los ojos, porque sí, lo imaginó una y mil veces y lo había intentado, pero nada había ocurrido y simplemente había perdido la esperanza y las ganas.

—No sé, Friedrich, creo que no quiero —dijo borrando de un manotazo una lágrima de rabia que se deslizaba por su rostro.

Le resultó insoportable la expresión decepcionada de su marido. Se alejó de él y de su silencio. Se sentó en un banco de madera que había bajo una palmera, muy cerca de donde los músicos habían dejado los estuches de los instrumentos. Intentó calmarse bebiendo champán y respirando acompasadamente. Se recostó en el asiento, contenta de al menos haber encontrado un lugar para no ser vista.

—Los médicos no son optimistas —explicó Rosa con serenidad—. Dicen que no hay mucho que hacer, que la enfermedad me irá invadiendo el cuerpo poco a poco y que procurarán que sufra lo mínimo.

Irune escuchaba a su amiga con lágrimas en los ojos.

—Estamos aquí para ayudarte, ¿de acuerdo?

Las cuatro entrelazaron las manos en el centro de la mesa mientras se miraban con emoción.

Uno de los camareros, encargado de recoger los vasos vacíos de las mesas, se acercó a ellas para preguntar si habían terminado y también si iban a tomar algo más, porque cerrarían pronto. Se levantaron de inmediato y recogieron sus cosas. Irune miró su reloj. Ya eran más de las doce.

—Tengo que irme a casa… —susurró.

Pero Rosa, mucho más corpulenta que ella, la cogió por los hombros y, sin dejarle escapatoria, dijo riendo:

—Ni hablar, esto es solo el principio. Te vamos a llevar a tomar algo más fuerte que una limonada.

—¿Dónde? —preguntó Irune con desconfianza.

—¿Tú no has querido ir siempre a París?

Irune puso los ojos en blanco y asintió con la cabeza.

—Pues esta noche vas a ir al Moulin Rouge —dijo María entre risas y agarrándola del otro brazo.

Había oído hablar de aquel local en la calle Cortes, la zona de peor reputación de Bilbao, pero sin duda la más animada de toda la ciudad. Pensó que Jon pondría el grito en el cielo si se enterara de que había entrado a aquel lugar.

—No quiero ir a un sitio de mujeres…

—Hace años que es un cabaret, mujer —dijo Rosa—. Tampoco te vamos a llevar a un lupanar —rieron todas.

Irune sonrió nerviosa, como una niña traviesa que sabe que va a cometer una falta. Rosa se dio cuenta y soltó una carcajada.

—¡Convencida! —exclamó encantada.

Caminaron hasta allí entre risas. Muchos locales de la zona, como el Bataclán o Las Columnas, tenían esa noche fiestas de Carnaval y, si ya cualquier día era allí especial por las luces, los cabarets, la música y el ambiente, aquella noche las dejó con la boca abierta. Por la calle se encontraban a distintos grupos más o menos disfrazados, riendo, cantando, ebrios de madrugada y de la sensación de estar viviendo plenamente. Irune sonreía entre amedrentada y encantada de vivir aquello. A lo lejos, vio el Moulin Rouge, —el Molino Rojo, como lo llamaban— y se imaginó estar en París, escuchando aquellas canciones francesas que no entendía pero que sonaban tan bien. Claro, pensó en Amelia.

—Vamos a entrar —dijeron las chicas, nerviosas también, excitadas por saberse a las puertas de una aventura.

El portero les dio paso a un local repleto de humo y música, abarrotado de gente, risas e incluso alguna pelea rápidamente zanjada por los corpulentos hombres de seguridad. Encontraron una mesa junto al escenario, diminuta pero con sitio para las cuatro. Se sentaron muy juntas, dándose seguridad las unas a las otras. Una camarera con menos ropa de lo que Irune hubiese imaginado que se podía llevar en público se acercó a ellas.

—Chicas, ¿qué os pongo?

Las cuatro se miraron sin saber qué decir, como colegialas pilladas en falta. Observaron las caderas envueltas en cintas doradas de aquella mujer y los pechos tan solo cubiertos por un sujetador brillante que los enmarcaba y ensalzaba.

—Creo que os voy a traer unas cervezas antes de que os dé un síncope —dijo riendo.

Y tenía razón. Ninguna había estado nunca en aquel lugar, ninguna conocía cómo era la noche bilbaína, y se dieron cuenta de lo que se estaban perdiendo. En el escenario apareció una mujer con un salto de cama bastante discreto para el lugar, pero sugerente, y con picardía se puso a cantar el cuplé *La pulga*, que había popularizado hacía unos años La Chelito y que todas más o menos conocían y susurraban entre risas. Pero ese no fue el único número que vieron. También se cantaron tangos y algún pasodoble, y un pianista amenizó los descansos de las cantantes. Irune estaba conmocionada ante el espectáculo, ante la libertad que allí se respiraba, donde hombres trajeados convivían con trabajadores y se mezclaban con algunas mujeres, las menos, eso era cierto, si no se contaba a las camareras y cantantes. Ni siquiera se dio cuenta de que estaba tarareando la melodía que entonaban en el escenario, hasta que Rosa le susurró al oído:

—Había olvidado lo bonita que era tu voz. Recuerdo cuando nos cantabas en el lavadero...

—Yo también lo había olvidado...

—Pero, chica, ¿qué haces ahí tan mustia?

Félix se acercó y se sentó en el banco a su lado. Llevaba un traje que había decorado con ribetes de plumas blancas en los puños. Amelia se rio al verlo.

—Qué discreto... —dijo soplando una de ellas.

—Pues anda que tú...

Los dos se echaron a reír, encantados con la transgresión a la que ellos mismos se aferraban para no perderse en aquella maraña de mentiras que urdían cada día a su alrededor.

—¿Qué te pasa, niña?

—Friedrich...

—Ay, los hombres... —Félix suspiró con complicidad—. Aunque supongo que tú no tienes mal de amores —dijo guiñándole un ojo.

—Ha montado un teatrillo con el médico porque quiere que vaya a hacerme un tratamiento para tener niños.

Amelia le había contado todo su sufrimiento en uno de sus viajes acompasados a París, donde ambos daban rienda suelta a su necesidad de desnudarse de piel y máscaras.

—Qué inoportuno.

—Mucho —convino Amelia, que se preguntaba si había algún momento oportuno para ella en aquel tema.

—Esta fiesta es muy aburrida, ¿no crees?

—Llevo en este banco más de una hora, creo que me voy a ir a casa. No lo he hecho antes solo por no tener que acercarme a Friedrich para decírselo —se quejó.

—¿A casa? ¿En Carnaval? De eso nada... Tú te vienes conmigo a una fiesta de verdad. Ya sé que no es París, pero nos apañaremos...

Amelia sonrió encantada de alejarse de su rutina y de su matrimonio, y de todas las decepciones de las que sentía que era la causante. Se levantaron riendo como dos adolescentes ebrios de vida, aunque apenas habían probado el alcohol. Intentaron mantener la discreción mientras se movían entre los invitados hasta la salida. Friedrich, que hablaba con un hombre al que no reconoció, frunció el ceño extrañado al verla salir. Amelia le sostuvo la mirada, pero no se detuvo. Se despidió levemente con la mano y desapareció todo lo rápido que fue capaz.

Félix y Amelia se subieron al coche del primero y se dirigieron hacia la calle Cortes. Nunca había estado en ninguno de aquellos locales, aunque sí había oído hablar de ellos. Estaba segura de que Friedrich sí los conocía, pero no era un hombre que frecuentara ese tipo de ambientes; disfrutaba más de una copa y un puro en alguna tertulia que de la música y la noche.

—Va a ser como estar de viaje... —le susurró al oído Félix mientras la cogía de la mano, a salvo de la mirada de todos. Pero Amelia se fijó en el chófer y, nerviosa por lo que pudiera pensar, se separó de él. Su amigo sonrió.

—Tranquila, cobra como un marqués. Le pago, y mucho, para que sea ciego y sordo. Y está encantado.

Observó la nuca de aquel hombre que los había ignorado por completo y aceptó el gesto de cariño de su amigo hasta que llegaron. En apenas unos minutos, las luces estridentes de la calle, con locales a ambos lados, y el ambiente de cualquier noche de París los recibieron.

—Bienvenida al Moulin Rouge —dijo Félix, señalando un local con ese nombre en grandes letras rojas y negras.

Amelia sonrió porque de nuevo se sintió libre.

17

Irune estaba a un pestañeo de desmayarse. La Dama del Carmín Rojo, la cantante que estaba en el escenario interpretando el tango *A media luz*, se había fijado en ella. Al comenzar la actuación, no había podido evitar entonar emocionada la melodía, porque era una de sus favoritas. Y parecía que su entusiasmo le había hecho alzar demasiado la voz, al menos lo suficiente para que la artista en el escenario la mirara fijamente en la penumbra.

—Te ha oído —susurró María, nerviosa a su lado.

Se quedó muda cuando la mujer, elegante y con una sonrisa de medio lado, descendió del escenario y se acercó poco a poco hasta su mesa. Las chicas alternaban las carcajadas nerviosas y medio reprimidas con los cuchicheos, mientras que Irune, si sus piernas le hubieran respondido con normalidad, habría salido corriendo del local.

—Bueno, si esta noche ha venido Charlot a ver el espectáculo... —bromeó la Dama del Carmín Rojo, a lo que el público, devoto, respondió con risas cómplices.

Irune sentía cómo el color invadía sus mejillas sin remedio.

—Levántate, cariño —dijo la mujer y, sin darle muchas opciones, la cogió de la mano y la obligó con sutileza a hacer lo que le pedía.

Las demás se daban codazos las unas a las otras, entre avergonzadas y divertidas.

—Te he oído cantar desde arriba, ¿es que quieres quitarme el puesto? —siguió bromeando la mujer con desparpajo.

Irune se apresuró a decirle que por supuesto que no, pero la cantante ni siquiera la escuchó y, levantando con levedad la mano, le pidió al pianista que comenzara la canción. Los compases del tango llenaron el cabaret y la artista pidió a Irune que se uniera a la música. Cuando movió los labios para hacer lo que le pedían, creyó que no le saldría la voz, que se quedaría con la boca abierta, muda, siendo el hazmerreír de los presentes, pero le surgió clara y dulce para admiración del público y de ella misma. Irune se sintió viva por primera vez en muchísimo tiempo. Su corazón latía al ritmo de la música y los nervios iniciales se convirtieron en puro disfrute a medida que el tango avanzaba y el público mostraba su entusiasmo. Al finalizar, todos los presentes estallaron en vítores y la Dama del Carmín Rojo le hizo una caricia en el rostro, seguida de un delicado aplauso. Irune sonrió y se sentó inmediatamente. Se cubrió la cara, arrobada. Sus amigas la felicitaron como nunca y brindaron con la cerveza que tenían delante, llevadas por la euforia.

Amelia y Félix entraron en el local en mitad de un gran revuelo. Enseguida les buscaron una mesa y les sirvieron el champán que Félix solía pedir.

—¿Por qué nunca he estado aquí? —preguntó Amelia mirando las luces, las mesas, la gente bebiendo y charlando y los músicos.

Félix soltó una carcajada, sirvió dos copas de champán y brindaron. Mientras se llevaba el burbujeante líquido a los labios, se dio cuenta de que la cantante, que hasta hacía unos segundos estaba en el escenario, había descendido y se aproximaba a una de las mesas. Apenas podía escuchar nada desde allí, al otro lado del local, pero vio cómo mantenía una conversación con alguien del público y hacía un gesto al pianista.

Entonces una mujer comenzó a cantar y Amelia contuvo el aliento, porque le resultó familiar. Aguzó la vista y se movió en su asiento para localizar a la dueña de aquella voz, porque no se atrevía a creerlo ni siquiera a pensarlo. Cuando la vio, su cuerpo rompió a temblar como presa de una terrible enfermedad. Irune entonaba aquel tango que tanto le gustaba y que, desde ese momento, siempre quedaría unido a ella. No podía apartar los ojos de su cuerpo, de su rostro acalorado, de sus manos temblorosas agarradas a la mesa y su pelo rubio bajo aquel sombrero de Charlot que la ocultaba. Al finalizar, el público aplaudió con entusiasmo mientras Irune desaparecía de su vista, otra vez sentada a su mesa. Amelia estallaba de deseo. Apenas era capaz de respirar.

—¿Estás bien? —preguntó Félix, preocupado.

Amelia negó con la cabeza. Reunió fuerzas y, con un hilo de voz, susurró:

—Es Irune.

—¿Quién? —preguntó nervioso mirando a todas partes en el local.

—La que acaba de cantar —aclaró.

Félix sonrió al localizarla y levantó la copa de champán para brindar con su temblorosa amiga.

—Por París —dijo con complicidad.

Amelia no supo contestar, pero esbozó una sonrisa y bebió del líquido burbujeante.

—Ha sido increíble —dijo María—. No tenía ni idea de que cantaras así.

—Casi me muero de la vergüenza —dijo Irune mientras daba otro trago a su cerveza.

—Esto se lo tienes que contar a tu marido —comentó Carolina con entusiasmo.

—A mi marido de esta noche ni una sola palabra, ¿de acuerdo? —pidió—. Si se enterara de que he estado aquí, no sé cómo reaccionaría... Lo que pase esta noche no se le cuenta a nadie, ¿de acuerdo?

Todas hicieron un pacto juntando las manos entrelazadas sobre la mesa. Prometieron lo que Irune les había pedido.

—¿Quién es ese hombre que se acerca? —preguntó Rosa, extrañada al ver una figura dirigirse directamente hacia ellas.

—No es un hombre, es una mujer disfrazada —dijo María con cierto desdén—, y yo la conozco. Es la señora Amelia Manheim. Mi madre trabaja en su casa desde siempre.

Al escuchar su nombre, Irune miró en aquella dirección y la reconoció enseguida. Amelia, vestida de hombre, se acercaba directamente hacia ellas con una sonrisa en los labios.

—Hola, Irune, cuánto tiempo —dijo mirándola con descaro.

Ella se levantó también, temblorosa, y aceptó los dos besos incómodos y fuera de lugar que Amelia le estaba ofreciendo, como si fuera una igual, como si no vivieran en mundos separados. Sintió su olor, su traje de lana, la sutil caricia que había hecho en la espalda... Se habría tatuado con gusto el camino que su dedo le trazó en la piel, toda su trayectoria a través de la ropa.

—¿Te apetece tomar algo? No sé nada de ti desde hace años... —dijo Amelia con seguridad—. Si no os importa, claro —pidió a sus tres amigas.

—Por supuesto que no —respondió Rosa por todas.

Irune no contestó, pero siguió a Amelia hasta otra mesa que acababa de quedar vacía y aceptó el champán que le ofrecieron. Hubiese preferido una cerveza, porque nunca había probado el champán, pero no protestó.

—Te he oído cantar —dijo Amelia con una sonrisa.

—Ha sido... —Iba a refugiarse en la vergüenza, en la falsa modestia, en mil máscaras que solía utilizar delante de todos, pero esta vez no quiso hacerlo—. Me ha encantado.

—A mí también.

Se miraron a los ojos.

Amelia agradeció levantando su copa la invitación a champán que su amigo Félix le hacía desde la mesa que ahora compartía con un joven atractivo y trabajador de las minas, a tenor de su atuendo.

—Ese no es tu marido, ¿no? —preguntó Irune, aunque sabía cuál era la respuesta.

Amelia soltó una carcajada.

—Te aseguro que él, Félix se llama, no está hecho para el matrimonio, al menos no conmigo —explicó para después inclinarse un poco hacia ella y susurrarle—: Aunque intuyo que, si no fuera pecado mortal, una aberración y cosa de enfermos, estaría encantado de disfrutar de una luna de miel con ese chico.

Sintió que escandalizaba a Irune, que no estaba acostumbrada a esas libertades, a los comentarios sin tapujos. Pudo ver en sus ojos los mil pensamientos que se deslizaron por sus pupilas, acompañados de los sueños que ambas secretamente compartían. Amelia estuvo a punto de decir algo, de tranquilizarla, de hacerle ver que a su lado estaba segura, pero temió asustarla, temió dar un paso de gigante y balancearse en la cuerda floja de una realidad que, aunque con la República parecía algo más cercana, seguía siendo silencio y tabú.

—Tienes dos hijos, ¿verdad? —Quiso devolverla a terreno conocido para que se sintiera menos frágil.

—Sí, mi hijo mayor tiene ya catorce años y se llama Luis. Y el pequeño tiene cuatro y se llama Martín —contó con el rostro iluminado.

Amelia apartó a un lado su frustración y su dolor y se sumergió en el sentimiento que nunca conocería a través de los ojos tiernos que estaba deseando cerrar con una caricia.

—¿Qué tal se portan? —preguntó por preguntar, y se dio cuenta de que estaba tan lejos de saber lo que era ser madre como de saber cómo hablarle a una.

—Cada uno a su forma. Son muy diferentes. Luis es como su padre: terco, independiente y con ideas firmes. Y Martín se parece más a mí: sensible, algo asustadizo, cariñoso y dulce.

Amelia sintió simpatía por Martín, porque podía ver en esa descripción lo que tanto le gustaba de Irune.

—¿Y qué opinan de tener una madre que canta como tú?

—No creo ni que se hayan dado cuenta. —Rio antes de dar un sorbo a la copa de champán—. Para ellos soy su madre y poco más.

—¿No les cantas para dormirlos, por ejemplo?

—Luis me echaría de la habitación, si lo hiciera; se moriría de la vergüenza. —Frunció el ceño y después se acercó en confianza—. Pero a Martín ya le he enseñado un montón de tangos...

Amelia se echó a reír.

—Tangos con cuatro años... —Fingió estar reprobándola.

—Los tangos son buenos a cualquier edad. —Rio Irune.

Estuvo a punto de preguntar por su marido. Tenía el nombre de Jon en los labios y, sin embargo, no fue capaz, se negó con su silencio a introducir en la ecuación a quienes nadie había invitado.

Irune observaba a Amelia hablar de la fábrica, de sus negocios, de su amigo Félix, de sus viajes a París, y se sentía una aldeana, una mujer de poco mundo, lo que era: una huérfana que nada sabía de la vida y de vivirla intensamente, una mujer ausente de su esencia y de su piel, que se negaba a darse voz.

—¿Cómo es París? —preguntó con envidia.

Amelia pareció pensarse mucho la respuesta. Esbozó una sonrisa de medio lado que Irune no supo descifrar del todo y que la hizo sentirse aún más ignorante.

—Mucho más... libre —dijo por fin.

Irune agachó la mirada, porque, incluso con aquella ambigua respuesta, ella sentía que naufragaba, que apenas tenía a qué agarrarse. Fingió una sonrisa y asintió.

—Claro, es París...

Amelia se acercó más y pudo sentir su rodilla junto a la suya, su brazo rozándole el final de la chaqueta, su mirada tan cerca de los labios y de los ojos que, si hubiese tenido valor, habría necesitado solo un milímetro para cruzar el abismo entre Bilbao y París.

—No, Irune, no es solo París. Es tú y yo, es nosotras, mujeres, es... nuestra posibilidad —dijo mirándola a los ojos.

Irune sintió que se quedaba sin oxígeno y sin vida, que expiraba la última opción de seguir jugando al escondite frente una realidad que la aterrorizaba y la atraía de igual manera.

—No sé qué quieres decir... —negó en un murmullo tan ridículo e innecesario que se arrepintió nada más pronunciarlo.

Vio el rostro decepcionado de Amelia y quiso enmendar la situación, pero Rosa se acercó hasta ellas y le tocó en el hombro.

—Irune, nos vamos a casa, es tarde ya.

El reloj en contra de París, en contra del Moulin Rouge, en contra del recuerdo del único beso que Amelia le había dado nunca y que no podía olvidar. Sin pronunciar palabra, miraba a Amelia en la mesa y a Rosa a su lado. Su amiga se acercó y le dio un beso en la mejilla.

—Es la noche, Irune, hoy es la noche, sea cual sea la historia, y no seré yo quien la convierta en día y mucho menos ahora que sé tanto de finales. Nadie dirá nada. Disfruta.

Irune se emocionó con sus palabras y la abrazó con fuerza.

Rosa le devolvió una sonrisa triste antes de llamar a las demás para decirles que a Irune iba a llevarla a casa la señora Manheim en su coche.

Amelia, al escuchar las palabras de la amiga de Irune, reaccionó inmediatamente.

—Por supuesto, no hay ningún problema —contestó, aunque no había venido en su coche sino en el de Félix, pero no pensaba desaprovechar esa oportunidad que le estaba brindando la noche.

—Ya nos podía acercar a todas... —se quejó María haciendo un mohín.

Entonces la reconoció.

—Tú eres la hija de Juana, ¿verdad?

—¿Cómo está mi madre? —preguntó con cierta indiferencia—. Hace mucho que no la veo.

—Bien, ya casi no se encarga de la casa, pero sigue viviendo con nosotros.

—Qué detalle —dijo María, y sonó a reproche y a rencor, pero Amelia no quiso entrar en la consabida lucha de clases tan de moda en aquella época. Simplemente les dio las buenas noches y volvió a sentarse.

En silencio observó como Irune se despedía de sus amigas y volvía con ella. Cuando se cercioró de que habían dejado el local, creyó ver en los ojos de Irune cierta libertad, como si se hubiera quitado un peso de encima.

—Me sé una canción en francés —dijo con una sonrisa de colegiala.

Amelia la miró sorprendida y enternecida.

—¿Sabes francés? —preguntó incrédula.

Irune entonó en un susurro una canción que a Amelia le encantaba, que había escuchado millones de veces en su casa, en París y en la radio, *Parlez-moi d'amour.* Se dio cuenta enseguida de que la chica no sabía absolutamente nada del idioma —pronunciaba las palabras fonéticamente— y tuvo que contener la risa.

—Tienes una voz preciosa —susurró al terminar—, pero no tienes ni idea de francés.

Irune se echó a reír y se defendió, divertida:

—*Oui.*

Y dio un sorbo al champán sin apartar la mirada ni un segundo.

18

—Señorita, ¿podría bailar con usted?

Se acercó un hombre a Irune tendiéndole la mano.

Irune y Amelia se miraron con complicidad.

—No, lo siento, soy una mujer casada. No creo que bailar con usted le gustara a mi marido —se disculpó con educación.

Pero aquella respuesta no pareció satisfacer al desconocido, que las miró con sorna.

—Tampoco creo que le gustara que llevara bigote y estuviera así con esa señora que va vestida de hombre.

—¿Es que no se ha dado cuenta de que es Carnaval? —se defendió Irune—. ¿Tampoco le parece bien mi bastón de Charlot?

Se puso de pie desafiante para situarse cara a cara con aquel impertinente que había venido a empañar la única noche que Amelia y ella estaban compartiendo.

—Mujeres vestidas de hombre, solas en una mesa, a altas horas de la madrugada, sin sus maridos. ¿Esto es lo que ha traído la República? ¿Este es el país que quieren construir? Una aberración. Se empieza por demoler el monumento al Sagrado Corazón de Jesús o por dejar votar a las mujeres y se termina por vivir en Sodoma y Gomorra.

Amelia se levantó entonces, dispuesta a lo que fuera. La situación se estaba poniendo tensa e Irune pensó que era mejor no ir más allá o aquello se les podría ir de las manos fácilmente y acabar en oídos de su marido o de cualquiera.

—Bueno, si quiere que baile, bailaré...

Intentó apaciguar los ánimos.

—Lo siento, pero no me interesa bailar con una desviada.

Aquellas palabras la golpearon en el centro del estómago. Se aisló de la situación, ajena ahora a que Amelia le estuviera susurrando que no pasaba nada, que no hiciera caso. Se sentó a la mesa encogida sobre sí misma, como si con aquella postura quisiera desaparecer. Félix, el amigo de Amelia, y su compañero de mesa se acercaron a ellas cuando se dieron cuenta de que algo ocurría. Irune se cubrió el rostro con las manos, angustiada.

—¿Qué está pasando aquí? —preguntó Félix con cara de pocos amigos.

—Este caballero, por llamarlo de alguna manera, no se ha conformado con la negativa de mi amiga, sino que la ha increpado sin ninguna consideración —explicó Amelia con enfado.

El desconocido, al darse cuenta de que aquellas dos muchachas no estaban solas como él había supuesto, se amedrentó.

—Ella es mi esposa —dijo Félix señalando a Amelia—, y la señora que está sentada a la mesa es la esposa de mi amigo.

Miró a su acompañante dándole un leve empujón. Este reaccionó enseguida y se sentó junto a Irune. Ella se lo agradeció con una leve sonrisa y se acercó un poco a su supuesto marido para corroborar la historia que Félix había creado.

—¿Tiene algún problema con ellas? Porque he escuchado

una serie de improperios que no esperaba oír de alguien que parece un caballero. ¿Es usted un caballero o solo lo parece? Mi mujer y su amiga estaban teniendo una conversación íntima que no es de su incumbencia. Además, cualquier mujer tiene derecho a decirle que no a un hombre que quiere sacarla a bailar. Y mucho más con su marido presente, y mucho más cuando ese supuesto caballero llega con insultos y falsas acusaciones. Creo que estas mujeres se merecen una disculpa para que podamos poner fin a una irrelevante discusión y continuar con la celebración de este baile de máscaras. ¿Está de acuerdo?

El hombre, herido en su orgullo, dudó unos segundos antes de hacer una inclinación de cabeza y quitarse el sombrero a modo de disculpa.

—Que pase usted buena noche —dijo Félix, sin apartarle la mirada, mientras se alejaba de ellos y salía del local.

—No hay nada como tener un hombre cerca... —comentó Amelia sin entusiasmo.

—Bueno, hija, para algo os tenemos que servir, ¿no?

Félix le dio un codazo cómplice y se sentó a la mesa junto a Irune y a su amigo.

—Tu marido se llama Alberto y trabaja en la mina de San Luis.

Irune le sonrió.

—Encantada.

—Yo soy Félix y no sería el marido de esta señora de ninguna manera, ni aunque me obligaran.

El hombre tendió la mano a Irune, que se la estrechó después de haber soltado una carcajada.

—Mucho gusto.

Horas más tarde, cuando los músicos estaban ya tomando algo en las mesas y disfrutando de un rato de descanso antes del cierre del local, Félix, Alberto, Irune y Amelia conversaban animadamente sobre el tema del momento, la demolición de ese monumento erigido durante la dictadura de Primo de Rivera que tenía dividida a la ciudad.

—Yo soy religioso y no creo que haga mal a nadie que siga donde está. Construirlo sería otra cosa, pero derruirlo... Que lo dejen tranquilo —opinó Alberto con la aprobación de Irune.

—No hace daño a nadie.

—A mí me hace daño a los ojos —se quejó Félix entre risas—. Ya me parecía feo cuando lo pusieron ahí, en medio de todo, y mira que lo dorado me encanta, pero sigue siendo feo también ahora que no lo quiere nadie.

—Tienen miedo —explicó Amelia—, los nuestros tienen miedo a que quiten ese símbolo y después quiten otro, y luego otro y luego otro, y finalmente perdamos todos nuestros privilegios de clase alta.

—No está mal repartir un poco, ¿no? —comentó Alberto, provocador.

—Uy, si es guapo y revolucionario. —Se rio Félix mirándolo con lujuria—. Una fantasía de hombre. Y vosotras dejad de protestar tanto, si hasta os vamos a dejar votar —siguió bromeando.

—Ojalá sea verdad —dijo Irune.

—Ya se inventarán cualquier cosa para que no ocurra —se lamentó Amelia.

—Quejicas... —dijo Félix.

El minero esbozó una sonrisa burlona y lo miró con deseo, cosa que el hombre entendió perfectamente.

—Bueno, creo que va siendo hora de que nos retiremos a

nuestros aposentos —dijo con tono engolado y cara de lascivia.

Irune miró a Amelia con miedo, porque intuía que aquel era el final de toda posibilidad, de todas las cosas nuevas que estaban por venir, de la libertad y de la piel de Amelia. Volvería a casa a cuidar de sus hijos, a meterse en la cama junto a su marido, a dejar de soñar y de cantar. Necesitaba esa noche, necesitaba mirar por un agujerito y ver a esa otra Irune que podría haber existido, en otra ciudad y en otro tiempo.

—Señoritas, espero que nos acompañen a la última. No entramos en el coche, pero no queda lejos mi humilde morada. Serán ustedes muy bienvenidas —dijo Félix haciendo una exagerada reverencia que las hizo reír—. Además, siempre he querido invitar a Charlot a una copa.

—¿Vienes? —preguntó Amelia con los ojos ávidos de respuestas, de posibilidades, de ganas.

Irune asintió y se levantó para salir del local con ellos, hacia lo desconocido.

19

—Bienvenidos a mi casa —dijo Félix abriéndoles la puerta.

Irune, Amelia y Alberto entraron en aquel piso de la Gran Vía, nuevo, reluciente y enorme.

—¿Por qué parece que es de día si es noche cerrada? —susurró a Irune el minero, igual de impresionado que ella con todo aquel boato.

—¿Serán las lámparas de araña? —respondió ella encogiéndose de hombros.

Los dos se miraron e intentaron aguantar la risa nerviosa que estar allí les provocaba.

—Mis padres, los marqueses, viven en un palacete en Las Arenas. Este es mi pisito de soltero, en el que esperan que siente la cabeza algún día —explicó Félix mirando con intención lasciva a Alberto, que también sonrió—, pero mucho me temo que, una vez más, su querido hijo los va a decepcionar.

—¿No hay nadie? —preguntó Amelia mientras se dejaba caer en un sofá tapizado de pequeñas flores, mucho más acostumbrada al mismo tipo de vida.

—Ese es el truco, querida. Nadie del servicio se queda a dormir y así no pueden hablar. Eso sí, señoritas y supuesto caballero —dijo cogiendo de la mano a Alberto—, a las ocho de la mañana esto debe estar despejado, libre y como si no hubiese ocurrido aquí nada pecaminoso. ¿Todos de acuerdo?

Los tres asintieron como niños obedientes.

—Al fondo del pasillo a la derecha nos podréis encontrar al revolucionario y a mí. A la izquierda, señoras, tienen una pequeña habitación con salón abastecido con lo necesario para olvidar o recordar, o ambas cosas. Buenas noches.

Félix se despidió con una reverencia y después cogió a Alberto y lo besó en los labios. Ambos, presos de la lujuria, desaparecieron por la puerta que el hijo del marqués había señalado segundos antes.

Irune nunca había visto besarse a dos hombres. Creyó que se sentiría incómoda o que tendría que apartar la mirada por pudor, pero, mientras los observaba caminar abrazados, simplemente sonrió.

—¿Vamos a la habitación que nos ha dicho Félix? —preguntó Amelia acercándose.

Asintió con la cabeza a modo de respuesta, más por curiosear el resto de la casa que porque se diera cuenta de lo que su última afirmación suponía.

En la entrada, Amelia le tendió la mano en un gesto cómplice y delicado. Irune lo pensó unos segundos, pero deseaba su contacto tanto como no sentirse sola aquella noche. Ya había mentido, ya había fingido ser lo que no era, había cantado en público y había sido más ella misma que nunca; darle la mano no parecía tan importante, después de todo lo demás, y era lo que más deseaba. Entrelazó sus dedos con los de ella y sonrió, sobre todo al ver su rostro emocionado.

—¿Vamos? —volvió a preguntar Amelia.

Irune asintió porque aquella noche habría dicho que sí una y mil veces.

Amelia abrió la puerta que Félix le había indicado, como si no solo entrara a otra habitación, como si un mundo nuevo y desconocido apareciera también ante ella. Y solo eran muebles, y solo era una *chaise longue*, y solo una mesa de madera y cerámica, y solo un biombo, y solo detalles pequeños que conformaban un cuarto como cualquier otro. Pero estaban teñidos de la irrealidad de la mano de Irune entrelazada con la suya, una sensación que le recorría el cuerpo, que la convertía en otra persona muy diferente a la Amelia de París, a la de las otras mujeres. Se ruborizó al intuir la cama y al saberse al lado de la mujer de la que estaba enamorada desde hacía más de una década. No sabía jugar a aquello, no era capaz de manejar las emociones y solo se entregó al miedo y al deseo igual que había hecho con el amor. Sonrió asustada.

—No está mal, ¿verdad? —preguntó al darse cuenta de su mirada alucinada, de su pudor por tocar cosas tan lujosas, de lo diferente que debía ser su vida.

—Nunca había estado en una habitación así —confesó Irune.

—Las cosas al final son cosas... —dijo Amelia, intentando quitarle presión.

Consiguió el efecto contrario e Irune levantó una ceja en un gesto burlón.

—Sí, claro, eso lo dices porque las tienes.

Amelia se sintió avergonzada y torpe. Irune soltó su mano y se quitó todos los accesorios de Charlot que llevaba, incluido el bigote, que le provocó una breve mueca de dolor al arrancarlo. Después paseó por la habitación y, con mucho cuidado para no dañar la tapicería, se sentó en el sofá. Lo acarició como si se tratara de un pequeño animal al que tuviera que cuidar. Después se volvió hacia ella.

—¿No te vas a sentar? —preguntó con naturalidad.

Amelia se despojó de la chaqueta de su traje. No entendía por qué de repente parecía ella la inexperta, la que no sabía manejar la situación ni las miradas. Se colocó a su lado con la cabeza gacha. El silencio pesaba, ese silencio que sentía que era responsable de llenar. Pero no soportaba la presión, la quietud, y se puso de pie.

—¿Quieres un poco de champán? —preguntó viendo la opción de salir de allí, de buscar a Félix, de aceptar su cobardía y rendirse a ella.

—Creo que ya he bebido suficiente. —Irune resopló.

Amelia asintió y volvió a mirar al suelo acobardada. Tuvo la certeza de que todo terminaría exactamente igual que siempre, que conseguiría fastidiar lo que llevaba tanto tiempo soñando, porque tenía miedo, porque nunca había sentido tanto, porque temblaba. Se resignó y pensó que al menos habían compartido unas horas, que se conformaría con eso y que lo recordaría siempre. Suspiró repentinamente triste.

Irune miraba a Amelia extrañada. Ella era la que estaba allí por primera vez, la que se permitía vivir aquello por vez primera, la inexperta, la torpe... Y, sin embargo, Amelia se estaba comportando como si fuera al contrario. Quizá la pura ignorancia la hiciera sentirse fuerte, quizá aquello era tan ajeno a cualquier cosa que hubiese hecho en cualquier otro momento de su vida que, solo por el hecho de atreverse a intentarlo, ya había logrado perder toda vergüenza. Sentía curiosidad, como una niña a punto de experimentar algo que le ha sido vedado desde siempre, ansiosa y ligera.

—¿Has conocido a muchas mujeres? —soltó a bocajarro, porque, si no lo hacía así, no iba a ser capaz de plantearlo de ninguna manera.

—No lo sé... —dijo Amelia, incómoda—. No es que las haya contado...

Irune no entendía el cariz que estaba tomando la situación, el muro que se había alzado entre ellas. Ese silencio y esa distancia, incluso física, estaban agriando el momento. No estaba celosa, no era capaz de sentir celos por otras mujeres porque nunca se había permitido siquiera sentir atracción por ninguna de ellas.

—Estoy nerviosa... —confesó Amelia, sentándose de nuevo al otro lado del sofá—. Yo..., sí, ha habido otras mujeres —dijo sin mirarla—, pero ninguna eras tú.

Irune no supo qué contestar a aquella confesión y a su mirada, pero no se apartó.

Amelia se acercó a Irune y, con la voz temblorosa, confesó:

—Todas esas mujeres eran tú, todas llevaban tu nombre.

Irune sonrió levemente y a su vez confesó:

—Yo no he sido capaz nunca de mirar a una mujer de esa manera...

Amelia sintió el abismo bajo sus pies y los latidos del corazón que se marchaban por la ventana, hasta que Irune terminó la frase:

—... solo a ti.

Le devolvió la sonrisa y acertó a deslizarse por el sofá para salvar la distancia que las separaba. Irune no huyó de ella y eso le dio alas para llevar la mano hasta su rostro. Sintió su piel con todas las connotaciones reservadas a las caricias hechas por y para los hombres. Pensó que solo su marido la había rozado de aquella manera y se imaginó los diminutos besos de sus hijos sobre la mejilla de aquella mujer que ya era suya. Quizá por unos segundos, pero ya era suya. Irune cerró los ojos y buscó su mano. Amelia entrelazó los dedos de ambas justo antes de acercarse y besarla con delicadeza en los labios. Fue apenas un roce, una caricia hecha con miedo, pero, al abrirlos, descubrió que Irune sonreía y volvió a besarla, esta vez con pasión.

Irune respondía al beso, a las caricias de Amelia en su cuello, en su pelo, a la forma en que susurraba su nombre una y otra vez, y un escalofrío le recorría el cuerpo y le erizaba la piel.

—No me sueltes —pidió algo asustada por el precipicio que tenía delante, por el miedo a sentir que aquello estaba mal, que se arrepentiría, que era tan pecado como le habían dicho siempre.

—No lo haré —susurró Amelia.

—¿Por qué no me siento mal? —preguntó Irune, incluso sorprendida.

—Porque esto no puede estar mal, no puede estar mal lo que ocurre entre tú y yo... —dijo abrazándola.

Estuvo de acuerdo. No podía estar mal algo que la hacía sentir tan viva, tan inolvidable, tan capaz de todo y tan vulnerable al mismo tiempo.

Amelia se levantó y la condujo de la mano hasta la cama.

—¿Todo bien? —preguntó de nuevo, preocupada al ver su expresión.

—Eso creo...

Volvió a abrazarla y la intensidad del abrazo creció un instante tras otro. Buscó con la mano el final del vestido de Irune, se deslizó por sus muslos haciendo que tuviera que agarrarse a su cuello por miedo a desmoronarse. Amelia la besó y, sin dejar de hacerlo, comenzó a jugar con su ropa. Buscó las costuras y le recorrió cada una de ellas, mientras que Irune, durante unos segundos, rezó para que no se diera cuenta de los remiendos, de lo desgastado de las telas, del abismo que las separaba. Pero Amelia no parecía estar preocupada por nada de eso, ni por sus muslos algo más llenos que a los veinte años, ni por su abdomen después de haber tenido dos hijos, ni por sus manos ajadas tras una vida lavando en casa y fuera de ella.

—Te deseo tanto... —susurró Irune, que, al saberse el centro de su piel, olvidó todas las dudas.

Se decidió a unirse a aquel juego de tacto y piel, de ropa que poco a poco se iba deslizando hasta el suelo. Se echaron sobre la cama e Irune se fijó en sus lunares, en la seda que cubría su cuerpo bajo aquel traje masculino, de lo preciosa que era su ropa interior, pero mucho más en lo que le hizo sentir tenerla desnuda a su lado. Piel con piel.

Amelia recorrió el cuerpo de Irune besándola sin descanso. Se agarró a cada centímetro de ella y hundió los dedos en su centro, en aquellos otros labios que también la recibían entre gemidos, como música.

Irune cerró los ojos a las sensaciones que Amelia le producía, al éxtasis, al terremoto que despertaba en ella de una forma mucho más profunda. No creyó ser capaz de experimentar tanto placer, más de una vez, sin saber cuándo parar, sin saber cómo hacerlo, solo arrastrada por el miedo a perder la razón entre los labios de Amelia.

Amelia mostró a Irune su propio deseo, su forma de acariciarse y sintió cómo ella se esforzaba. Y en ese esfuerzo, en esa inexperiencia, la quiso aún más, la deseó aún más. Se dejó llevar también por ella y experimentó un placer distinto al que había vivido en París, uno que conllevaba un latido del corazón acompasado a otro, una ternura que nunca hasta entonces había sentido.

—Te quiero —susurró.
—Te quiero —susurró.

20

La claridad comenzó a teñir de tonos dorados aquella mañana de febrero. El frío se adivinaba al otro lado de la ventana de la habitación en la que Amelia e Irune se escondían, enredadas bajo las sábanas.

—Nunca pensé que pudiera gustarme el cuerpo de una mujer —comentó Irune, que besó uno de los pechos de Amelia y se colocó sobre su vientre con una paz desconocida.

—¿Cómo es ser madre? —preguntó Amelia de repente.

Irune se incorporó para mirarla a los ojos y encontró en ellos tristeza y resignación. No supo qué debía contestar. No quería hacerle daño e intuía en ella un dolor profundo que no deseaba traer a la superficie.

—Lo hemos intentado muchas veces, mucho tiempo, pero debemos de tener algún problema. Bueno, debo tenerlo yo —aclaró Amelia, jugando con los dedos de Irune para no cruzarse con su mirada—. Friedrich dice que se ha hecho pruebas y que por su parte está todo bien. Quizá yo debería hacérmelas, pero... me he rendido, no sé si quiero.

Irune se acercó para besarla y después sonrió en un intento de quitarle algo de peso a la pena de Amelia.

—Es agotador... —dijo con una mueca y un resoplido que balancearon un mechón de sus cabellos rubios.

Amelia sonrió.

—En cierta forma desapareces, solo te importan tus hijos, que estén bien, que sean felices... De repente dejas de ser tú en tu propia vida para convertirte en un elemento de la vida de otro. Te echas de menos, te necesitas y, sin embargo, en esa debilidad, te das cuenta de que eres más fuerte que nunca. A veces me siento como la niña de siempre jugando a un juego del que no sé las reglas, así que improviso y rezo para que simplemente todo salga bien.

Irune se recostó junto a Amelia mientras pensaba en sus hijos, en la parte que no le estaba contando para no hacerle daño, en el amor infinito, en la necesidad de estar junto a ellos y ese dolor inaudito y profundo, el terror a que algo pudiera pasarles, la vida en una sonrisa, sus manitas entrelazadas con sus dedos...

—Siempre me dio miedo no saber ser madre por no haber tenido una —confesó Irune, vulnerable.

—Estoy segura de que lo estás haciendo bien. Yo tampoco tengo muchos referentes...

—Dos niñas sin madre... —susurró Irune.

Ambas miraron al techo ensimismadas, pero con las manos unidas sobre la cama.

—¿Crees que volveremos a estar así? —preguntó Amelia.

—No lo sé... —contestó algo insegura.

—No soy capaz de asimilar que esta vaya a ser la única noche para nosotras —insistió llena de miedo.

Pensó en volver al palacete, en la rutina, en no tenerla a su lado en la cama, en esa soledad junto a su marido, en volver a mirarla desde la distancia, en los silencios, los miedos, la incertidumbre y ese deseo muerto.

—¿Y qué podemos hacer? —preguntó Irune.

—¡Dejemos a nuestros maridos y vayámonos a vivir a París! —bromeó Amelia, teatral—. Tú cantarás en algún cabaret y enamorarás a todo el mundo y yo viviré de mirarte.

Irune soltó una carcajada, la besó apasionadamente y después dijo:

—Pero en esta fuga imaginaria seríamos tres; bueno, cuatro o cinco.

La miró con el ceño fruncido.

—Tengo dos hijos en casa y uno en camino —contestó con una sonrisa.

Amelia creyó que se sentiría mal, que sentiría envidia al saber que Irune estaba embarazada de su tercer hijo, pero su sensación fue completamente distinta. La quiso como si aquel niño fuera suyo. Se agachó a tocarle el vientre desnudo, lo acarició con ternura y se quedó allí, anclada a ese sueño y a ese corazón que ya latía dentro de ella.

—¿Y si nos vemos cada Carnaval? —preguntó Irune con los ojos clavados en el tictac de un reloj dorado, sobre la mesilla de noche, y la angustia por la despedida que su trascurrir traía con él.

—¿Para ir siempre disfrazadas? —intentó bromear Amelia mirando la misma luz, la misma angustia frente a frente.

—No lo sé. Es por tener algo a lo que agarrarnos.

—No quiero verte como una cita médica, una vez al año.

Irune soltó una carcajada por la comparación y después volvió a abrazarla, deseosa de ocultar las lágrimas que ya asomaban a sus ojos por la despedida anunciada.

—No quiero irme —susurró aferrada a su cuerpo, iniciando el recorrido por su piel una vez más.

Amelia respondió inevitablemente con la misma ansiedad por tenerla, con la misma urgencia, y ambas hundieron sus manos en el cuerpo de la otra mientras se miraban a los ojos.

Amelia observaba a Irune vestirse en silencio y, con cada prenda que ponía sobre su cuerpo, el dolor de la despedida se hacía patente, puntiagudo, angustioso.

—No te vayas —pidió sin esperanza.

—Tengo que hacerlo —contestó Irune con la voz quebrada.

El silencio volvió a instalarse entre ambas. Cada una más y más cerca de su propio mundo, ya con un pie fuera, en esa realidad que ninguna quería afrontar.

Irune terminó de vestirse y miró a Amelia, que abrazaba sus piernas sentada en la cama con el rostro triste.

—¿No vienes a despedirme?

Amelia se levantó de inmediato, cogió la sábana en la que antes habían estado envueltas, más por el frío que dejaba la partida que por la temperatura, y se abrazó a ella. En silencio acompañó a Irune hasta la entrada. Vio cómo abría la puerta, vio cómo se volvía para mirarla a los ojos, cómo, a punto de quebrarse, la abrazaba y la besaba de nuevo, quizá por última vez. Contestó al beso, a la caricia, al abrazo y, sin embargo, cuando la observó descender las escaleras a toda velocidad, sintió que había quedado todo por hablar, que había mucho que preguntarle aún, mucho que contarle. La necesitó con un nudo en el estómago y corrió hacia la ventana para retenerla, aunque ella recorría ya la calle y se alejaba de su vida.

—Si se vuelve es que me quiere —susurró infantil.

Irune supo que Amelia estaba en la ventana, observándola. Se volvió y sonrió. La intuyó entre las incipientes luces del amanecer y quiso dar marcha atrás, volver a subir aquellas escaleras por última vez y besarla, hacerlo tantas veces como sus labios resquebrajados se lo permitieran.

El tranvía cruzó a su lado y la devolvió a la realidad del día incipiente, de las responsabilidades y la vida que había dejado justo antes de salir de casa, unas horas antes. Se dio cuenta de que se había olvidado el disfraz, pero no le importó; así no tendría que esconderlo. Esperaba que a Celia no le supusiera un disgusto.

Vio la mirada de un hombre sobre ella al pasar a su lado y pensó que no debía tener muy buen aspecto, que no debía estar en la calle a esas horas, que no debía haber hecho y dicho tantas cosas aquella noche, que el peso de los recuerdos no cabía en sus bolsillos ni en su corazón.

Se volvió hacia aquella ventana ya en la distancia, justo antes de girar la calle y perderla de vista.

Amelia vio a Irune detenerse una última vez antes de desaparecer. Después se sentó en la cama, envuelta en la sábana, y pensó en cada momento vivido con una mezcla de añoranza y felicidad que no reconocía. Se dejó caer sobre el colchón y cerró los ojos, aferrándose a cada recuerdo, su alimento hasta su próximo e incierto encuentro.

21

Amelia entró en casa con el ánimo aún conmovido, pero feliz por el olor de Irune todavía en la piel, por los pechos casi en carne viva después de horas de contacto, por el recuerdo del gran deseo que la envolvía. Pero, nada más llegar al salón del palacete, descubrió que la memoria de aquel encuentro quedaría empañada por lo que iba a suceder. Friedrich estaba allí, sentado en uno de los sofás, y la miraba con los ojos incendiados de celos, una copa en la mano —seguro que no era la primera—, la ropa de la noche anterior desabrochada y una sombra bajo el único ojo visible, síntoma de que no había dormido en toda la noche.

—¿Dónde has estado? —preguntó como saludo.

Barajó todo tipo de mentiras, también todo tipo de verdades, y no supo decidirse por ninguna, así que simplemente contestó:

—Estoy muy cansada, quiero acostarme.

Y de verdad tenía la esperanza de esconderse en su habitación, la que ya prácticamente nunca compartía con Friedrich, la que era su refugio, y saborear allí lo ocurrido con Irune.

Pero Friedrich se levantó y se interpuso en su camino. Amelia esperaba oír reproches y una retahíla de preguntas sobre su ausencia, una gran discusión con gritos y sentimientos al límite, pero se encontró con un hombre al borde de las lágrimas.

—Por favor, necesito la verdad —pedía con la voz entrecortada.

No supo discernir si aquella era una petición real, si era mejor seguir mintiendo, si su marido realmente quería saber todo lo que no sabía de su matrimonio, pero aquella noche Amelia no tenía fuerzas para continuar llevando su máscara.

—No quiero hacerte daño —susurró con una sinceridad absoluta.

Friedrich suspiró con un sutil alivio al darse cuenta de que ella no le contestaba con excusas.

—Lo necesito —dijo.

Amelia asintió y lentamente, como si así pudiera ordenar su voz antes de hablar, se dirigió al sofá, donde se sentó y esperó a que Friedrich lo hiciera a su lado.

—He pasado la noche con una mujer —sentenció sin tregua.

Vio en el rostro de Friedrich primero confusión, luego incredulidad, más tarde desprecio y al final algo parecido a la ternura.

—¿Estás enferma? —preguntó. Y no había ni un ápice de reproche en su voz, solo el intento de entender lo que aquello significaba.

—No lo estoy, Friedrich —aclaró cogiéndolo de la mano—. Es solo otra forma de quererse.

—Pero… ¿hace mucho que…?

—Desde siempre —aclaró ella—. He estado con otras mujeres, en París.

Amelia casi podía ver los pensamientos de Friedrich pasar por sus ojos confusos y hacer memoria de sus viajes, de lo que ahora parecían mentiras, porque lo eran, pero mucho más complicadas que lo blanco o lo gris de una respuesta al uso.

—Pero esta vez es distinto, estoy enamorada de ella —explicó. Incluso al decirlo se sintió infantil y al mismo tiempo inmensamente feliz.

—¿Enamorada? —preguntó Friedrich—. ¿Y yo?

Amelia estrechó sus manos con toda la ternura de que fue capaz.

—A ti te quiero mucho y siempre lo haré.

—¿Quieres divorciarte? —preguntó su marido con un nudo en la garganta.

Amelia sopesó la posibilidad. Era una opción real en aquella nueva República, pero enseguida supo que no era lo que quería. Estaba enamorada de Irune, pero aquella relación era una mera utopía. Y tampoco quería perder a Friedrich; llevaban muchos años de matrimonio y lo sentía un amigo, un compañero de trabajo y de vida, alguien que no quería dejar de tener a su lado.

—Sé que es complicado de entender... Yo no quiero perderte —dijo sincera Amelia—, pero no puedo darte el matrimonio que tú deseas. Creo que la decisión es tuya, no mía, y aceptaré lo que resuelvas.

Friedrich permaneció unos segundos en silencio antes de levantarse.

—Yo sí estoy enamorado de ti, Amelia —dijo con serenidad, como si solo fueran una serie de palabras sin sentido, precipitadas al vacío en un momento inoportuno.

—Lo sé —admitió, ahora emocionada.

Su marido no respondió, se giró y desapareció escaleras arriba, camino de su dormitorio. Amelia también se levantó, terminó la copa que Friedrich había dejado sobre la mesa y después, cabizbaja, subió las escaleras con el ánimo cambiado.

Irune entró en casa sigilosamente. El silencio no era habitual en su hogar y suspiró cerrando los ojos, aliviada de que aún durmieran. Tenía miedo de una mala reacción de Jon al saber que había vuelto tan sumamente tarde. Tropezó con un juguete de Martín y recogió al pasar un libro que Luis había dejado en las escaleras. Colocó todo sobre la silla donde solía dejar la ropa recién planchada antes de guardarla y se dirigió hasta la habitación de sus hijos. Abrió la puerta despacio y en una de las camas vio a Luis que dormía a pierna suelta. Sonrió con ternura porque, solo cuando dormía, aquel chico parecía el niño que había sido hacía apenas unos años. Mientras estaba despierto, jugaba a ser un hombre e Irune echaba de menos el pequeño terremoto que trastocó su vida. Se acercó y lo tapó con la manta.

La otra cama, la de Martín, estaba vacía y deshecha, como cada noche. Irune sabía dónde lo encontraría, porque no había ni un solo día en el que su hijo pequeño no durmiera entre sus padres. Se dirigió al dormitorio y allí lo descubrió, tumbado en la cama de matrimonio, con la pierna y el brazo en el pecho y la cara de su padre. Jon apenas ocupaba una diminuta esquina y también dormía con aspecto relajado.

Irune sintió el impulso de ir a besarlo, pero se detuvo confusa. No entendía cómo no se sentía culpable después de haber estado con Amelia, cómo era capaz de acercarse a su marido y quererlo como siempre. Pero es que simplemente le parecía que querer a Amelia le hacía querer más a Jon, algo en apariencia incongruente pero cierto para ella. Iba a mentirle cada día, cada hora, cada minuto de cada instante que viviera con él, porque sabía que un hombre como su marido jamás entendería sus sentimientos ni lo que acababa de vivir. Pero pensó que se sentía más completa que antes y que solo así sería capaz de ser ella sin fisuras también con él.

Se acercó y lo beso en la frente, apartándole un mechón de pelo que le caía en el rostro. Lo despertó sin querer.

—Has vuelto... —susurró él con la voz pastosa.

Irune asintió.

—Métete en la cama.

Se quitó el vestido para quedarse en saya. Se despojó también de las medias y se soltó el pelo. Con cuidado, se acurrucó junto a su hijo y su marido. Jon alargó la mano para coger la suya e Irune cerró los ojos abrazando con la otra a Martín.

Era casi mediodía y Amelia, después de no haber pegado ojo en lo poco que le quedó de noche al llegar, se vistió y bajó a desayunar. En el comedor, el mayordomo que aún conservaban le dijo que enseguida traería el café y Amelia le dio las gracias. Se quedó sola y se sentó a la gran mesa vacía. Friedrich no había bajado, o quizá lo había hecho temprano y ya se había marchado. Se imaginó yendo a su habitación y encontrando todos los armarios vacíos. Imaginó aquella casa sin él, sin sus pequeñas manías y costumbres que tan bien conocía después de tantos años de matrimonio. Imaginó el vacío de su silla, normalmente llena de papeles, los periódicos perfectamente doblados en lugar de aquella desastrosa forma que él tenía de leerlos. Imaginó el vacío de las tardes, cuando se sentaban a disfrutar de una copa juntos, charlando del día, de la fábrica... Imaginó la fábrica sin él, despertarse cada día sin él, dormirse cada día sin su beso distraído. Su matrimonio no era perfecto, pero estaba repleto de pequeños detalles y lo echaría tanto de menos...

Amelia sintió que las lágrimas le rodaban por las mejillas pensando en el fin de aquella vida. Pero entonces vio a Friedrich entrar en el comedor. Se quedó sin aliento, esperando su reacción. Él también la miró algo confuso y finalmente cogió aire. Se sentó en el lugar en el que lo hacía cada mañana.

—¿El café? —preguntó con media voz.

Amelia carraspeó intentando recuperar la compostura.

—Enseguida.

Friedrich asintió. Después cogió el periódico y lo abrió mientras las hojas se salían de su lugar con torpeza. Amelia sonrió. El mayordomo volvió y les sirvió un café a cada uno.

—Tenemos una reunión con los proveedores —dijo Friedrich mientras daba un sorbo de su taza.

Amelia asintió. Era la repetición de una mañana cualquiera de su matrimonio y se sintió por completo reconfortada.

CUARTA PARTE

Bilbao. Junio de 1937

22

No había luz, no había agua y apenas les quedaban un par de patatas que tendrían que estirar hasta poder conseguir algo mejor, cosa bastante improbable. Amelia se colocó el pañuelo marrón para cubrirse el pelo, se vistió con su falda gris y su blusa del mismo color, a juego con el ánimo de la ciudad aquel 17 de junio de 1937, con la guerra más cerca que nunca, y se miró al espejo con tristeza. Lejos habían quedado los vestidos elegantes, el maquillaje y los sombreros, las fiestas y el champán. Llevaban casi un año en guerra y la vida había cambiado tanto que apenas se reconocía en esa mujer frente al espejo.

Suspiró resignada y se acercó a la habitación donde ahora se escondía Friedrich, en la zona inferior de la casa antes reservada a los criados. Lo encontró tumbado en la cama, leyendo por enésima vez uno de los libros que tenían en la biblioteca. El suyo era un encierro voluntario que ya casi duraba cinco meses, desde el 4 de enero, cuando, tras el bombardeo alemán de la ciudad, la población civil asaltó las cárceles y aquello se convirtió en una masacre de presos contrarios al Gobierno provisional del País Vasco y a la República.

—¿Cómo voy a dejarme ver? Todo el mundo me conoce,

con este parche es difícil pasar desapercibido. Y saben que soy alemán. Me matarán.

—Sí, pero no eres tú quien está tirando las bombas... —intentó animarlo Amelia aquella terrible noche en la que su marido decidió desaparecer del mundo.

—¿Crees que eso les va a importar a los que han matado a tantas personas como represalia? Los alemanes seguirán bombardeando y yo seguiré siendo alemán, aunque ya apenas me sienta orgulloso.

Amelia no dijo nada, pero de repente se quedó sola ante aquella situación nueva, sola ante una guerra que ninguno había decidido y que les estaba cambiando la vida. Despidieron al poco servicio que les quedaba con la excusa de que se marchaban a Alemania, que solo Juana se quedaría al mando de la casa y que Amelia intentaría ir y venir siempre que pudiera. Ninguno de sus empleados hizo ningún comentario. Nunca supo si creyeron sus explicaciones, pero poco importaba; los hombres a su servicio tendrían que alistarse en el frente y las mujeres deberían simplemente salir adelante.

—Friedrich, voy a la fábrica. Quizá quede allí algo de agua o pueda coger un poco de cebada para intentar cocinar cualquier cosa.

El hombre asintió distraído mientras seguía leyendo. Era como si, desde el estallido de aquel conflicto, se hubiese sumido en un estado de miedo permanente. Amelia lo achacaba a que él ya había vivido otra guerra y sabía lo que traería, y por eso la miraba con esos ojos de muerto en vida, de desesperación silenciosa y distante que tanta tristeza le daban. Le cerró la puerta de nuevo y se encaminó a la cocina.

Vivían los tres en los departamentos de los criados, sin pisar para nada los pisos nobles del palacete que simulaban tener cerrado; un edificio muerto, como la mayor parte de la ciudad, y unos animales escondidos en sus madrigueras por miedo o por precaución.

—Juana, me acerco a la fábrica —dijo a la mujer, que en ese momento cortaba una de las sillas del comedor con un serrucho para tener algo de madera con la que encender el fuego de la cocina—. Quizá pueda traer algo.

—Tenga cuidado, señora —pidió con el rostro preocupado.

Amelia asintió con una media sonrisa de resignación y se dirigió a la calle. La ciudad se preparaba para la llegada de la guerra a sus puertas. Los sublevados estaban cerca, batallando en Artxanda, un monte que podía verse desde su propia calle. Ya nadie limpiaba la ciudad y los escombros por los bombardeos que habían sufrido ocupaban aceras y carreteras. Los ciudadanos solo sobrevivían, nada más, y ya era mucho.

Agachó la mirada y aceleró el paso, exactamente igual que todos los que se atrevían a pisar la calle: sin mirarse y con muchísimo miedo.

Irune observaba en la lejanía el monte Artxanda desde la parte delantera de su casa. Martín jugaba con una pelota y tenía a la pequeña Rosa, de casi tres años, colocada en la cadera. Lo miraba cada día, como si con solo divisarlo pudiera descubrir qué ocurría, qué horror estaban viviendo su marido y su hijo mayor en aquel lugar. No era justo que, con apenas diecisiete años, Luis luchara en una guerra, que tuviera que matar y tener la posibilidad de morir, porque solo era un niño, nada más. Irune aguantaba las lágrimas, disimulaba ante Martín y Rosa su preocupación y su dolor para no asustarlos. Pero aquella espera era terrible y angustiosa. Apenas dormía y eso, unido a que casi no tenían comida que llevarse a la boca, convertía los días en una sucesión interminable de horas y minutos tan solo repletos de infinita preocupación.

—*Ama*, tengo hambre —decía Martín a cada rato.

Irune se desvivía por darles algo, por encontrar cualquier cosa donde no la había, por inventar recetas con peladuras de patata, con mondas de naranja, con pan que no era pan, y por mentir sobre la carne que comían y su procedencia, porque ya no se veían caballos ni gatos por Bilbao y los alrededores y ya nadie preguntaba. Los suministros, ahora que la batalla estaba tan cerca, apenas entraban en la ciudad y aquello los estaba matando lentamente. No soportaba ver los ojos de sus hijos, aquella mirada cada vez más grande en un rostro cada vez más anguloso. No tener qué darles de comer estaba siendo lo más duro que había tenido que pasar en su vida.

Celia, su amiga y vecina de Torre Urizar, se acercaba por el final de la calle con el rostro preocupado. Irune se dio cuenta de que, en realidad, ese era el rostro que tenían todos, el único que podían tener, porque hacía mucho que no reían, que no cantaban e incluso que no soñaban con algo mejor.

—Me voy, Irune —dijo la anciana, que se echó en sus brazos con lágrimas en los ojos.

Había decidido seguir la última recomendación del Gobierno vasco y marcharse a Santander. Les habían asegurado que sería algo temporal, que solo necesitarían salir de la ciudad por precaución mientras durara aquella ardua batalla que se estaba librando en Artxanda. Por eso muchos cogieron cuatro cosas y decidieron abandonar Bilbao, entre ellos su amiga Celia. Pero Irune no podía irse, no podía dejar allí a Jon y a Luis sin saber qué había ocurrido con ellos. Necesitaba estar cerca de su familia, aunque eso supusiera arriesgar la vida de una parte de ella.

—Toma, me ha sobrado un poco de arroz. No es mucho, pero... Dáselo a los niños —dijo Celia entregándole una bolsa de tela con lo que era un tesoro en aquel momento.

Irune, emocionada, la abrazó.

—Esto terminará, ya lo verás —susurró la anciana—. Dentro de nada volveremos aquí y esos facciosos se habrán tenido que marchar con el rabo entre las piernas. Que somos de Bilbao, no podrán con nosotros.

—Estoy segura —contestó nada convencida—. Cuídate mucho, ¿de acuerdo? —pidió a la que se había convertido en niñera ocasional, confesora y amiga desde hacía años—. Te estaremos esperando aquí de vuelta con los brazos abiertos.

—Ya verás, cuestión de días... —repitió Celia, como si así quisiera convencerse también a sí misma.

Un tremendo estruendo las sobresaltó; provenía del monte. Explosiones que no cesaban escondían el lugar donde antes estaba el Casino. Nada se podía ver. Irune sintió que se quedaba sin aliento, como si una parte de sí misma estuviera rompiéndose en mil pedazos solo de imaginar lo que allí ocurría. Martín y Rosa corrieron hacia ella y se abrazaron a sus piernas. Celia la miró con preocupación, pero Irune estaba más allá, estaba arriba, en la batalla, junto a su marido y su hijo mayor.

—Solo han venido tres —dijo Dolores nada más verla.

Su cuñada tenía el rostro desencajado, el rictus cada vez más desfigurado por cada una de las ráfagas de la batalla que se escuchaban cerca de Bilbao. Carlos estaba luchando en

Artxanda y su madre temía por su vida. Durante este tiempo de supuesta ausencia de Friedrich, ella había sido la encargada de vigilar la fábrica, de apuntar a los hombres que faltaban porque se alistaban o los alistaban y de contratar a las mujeres que sustituían a esos hombres durante la contienda. Desde la muerte de Óliver hasta el inicio de la guerra, Dolores se había convertido en una mujer independiente, que conducía su propio coche, que llevaba la fábrica con diligencia siempre que lo necesitaban, que vestía a la última moda y que ya no se escondía de nada ni de nadie. Hasta que Carlos tuvo que alistarse y su madre empezó a consumirse de preocupación.

Por su parte, la fábrica, aunque con menos intensidad porque la cebada llegaba con dificultad a Bilbao, había seguido en marcha. Hasta ese momento.

—No tiene sentido que se queden —dijo refiriéndose a esos pocos trabajadores que habían acudido—. Mejor que se marchen con sus familias, ya veremos qué ocurre los próximos días —dijo Amelia, resignada.

Dolores asintió y otra detonación se escuchó a lo lejos, como el recuerdo atronador del fin del mundo.

—Esto no va a ir bien —dijo la mujer con lágrimas en los ojos—. Hoy está siendo la peor ofensiva hasta la fecha.

—Lo sé. Nunca había sido tan fuerte.

Amelia miró a su cuñada y entendió que estaba a punto de derrumbarse, con los nervios convirtiéndola en un esqueleto con piel de madre derrotada y los ojos apagados como el humo que había dejado de salir de las fábricas. Lo único bueno, si es que podía haberlo en aquellas circunstancias, era que Franco había dado orden de no bombardear la industria, y eso les había permitido seguir trabajando, tener algo a lo que agarrarse y suministrar a la ciudad de un poco de cerveza y gaseosas para los días en los que aún jugaban a que la vida no se había roto por la mitad.

—Carlos va a estar bien, estoy segura —intentó animarla Amelia, con la voz rota—. Tenemos que ser fuertes por ellos.

Dolores esbozó una sonrisa fingida. Amelia sintió que se estaba guardando los reproches tras la cortina de la resignación.

—Sí, claro, por los *gudaris* que están luchando por nosotros... —dijo en una cantinela aprendida.

Habría preferido escucharla gritar, desesperarse o llorar en lugar de verla sumida en esa especie de rabia contenida que explotaría en cualquier momento y en ese dolor que se le adivinaba y la hacía imprevisible.

—¿Ha quedado algo de cebada? —preguntó Amelia con esperanza.

Dolores negó con la cabeza.

—No queda más que los restos en las máquinas. Hasta que no acabe esto, no va a llegar el barco con el cargamento.

—¿Y alguna otra cosa?

Dolores se levantó y abrió el armario para sacar un paquetito con dos huevos que había guardado como oro en paño.

—Toma, os he traído esto. De la gallina esmirriada que queda en el caserío; las otras dos, pobres, ya nos las comimos. Ha puesto estos huevos... Llévatelos.

Amelia cogió los dos huevos con delicadeza, porque eran mucho más valiosos que cualquier joya que ella pudiera tener.

—Gracias.

La ofensiva en el monte Artxanda volvió a ocupar la conversación y las dos mujeres se miraron con angustia.

Irune lo supo. En el momento en que la puerta se abrió silenciosa aquella noche, cuando su hijo Luis apareció, sucio, con restos de sangre en el uniforme y una mirada que no le había visto nunca, lo supo. Rosa, Martín y ella habían cenado a oscuras —si es que se podía llamar cenar a una sopa de peladuras de patata y algo del arroz de Celia, debidamente racionado para varios días—, solo con la insignificante luz de una vela que encendía a ratos. Ahora los niños dormían.

—¿Tu padre? —preguntó con la voz quebrada.

—Ha sido una batalla terrible... —susurró Luis con la voz de un hombre, un hombre que no era y que le estaban obligando a ser.

—¿Dónde está?

—En el monte... Hay muchos...

Luis no quiso pronunciar la palabra «muerto», pero Irune lo supo. Sintió como si se hubiese quedado vacía, inerte ella también, sin poder llorar ni respirar. Notaba la mirada de su hijo clavada en su rostro, esperando una reacción que no terminaba de llegar.

—*Ama*, ¿me has entendido? *Aita* ha muerto en la batalla —dijo Luis arrodillándose frente a ella, ahora sí con lágrimas en los ojos.

Pero Irune seguía sin reaccionar. Acarició el rostro de su hijo, la suciedad de su piel, y rebuscó entre su cuerpo.

—¿Tú estás bien?

—Sí, yo estoy bien, la sangre no es mía... —dijo Luis, algo confundido.

—¿Cómo ha sido? —preguntó Irune con frialdad.

—Metralla.

Luis sacó del bolsillo la única foto que Jon y ella se habían hecho. Una tarde, emocionados y nerviosos, acudieron a un fotógrafo que tenía su local en el Casco Viejo y decidieron hacérsela como recuerdo. Para ellos, para sus hijos. Irune rememoró las risas, el rictus serio que el fotógrafo les pidió; vio su mano sobre el hombro de su marido y la actitud firme de él. La fotografía estaba ajada después de haber sido manoseada muchas veces. Irune sonrió al imaginarse a Jon con ella en las manos, mirándola en los momentos solitarios, en el miedo, en la incertidumbre...

Y entonces se desmoronó. Sintió que no podía respirar, que la habitación desaparecía a su alrededor, que iba a desmayarse.

—¿Estás bien, *ama*? —Su hijo la intentó sujetar y se agachó para abrazarla.

Pero Irune no estaba bien, luchaba contra sí misma para soportar el dolor punzante que sintió de repente, la angustia, la falta de aire, la sensación de ahogo que la envolvía haciéndole creer que iba a morir.

—Iré a por un médico —dijo Luis, asustado. Intentaba levantarse sin que su madre fuera capaz de soltarlo.

Irune negó con la cabeza. No necesitaba un médico, o quizá sí, pero solo podía pensar en Amelia, en que le diera la mano, en que la acompañara en aquel grito desgarrador que estaba conteniendo en su garganta para no despertar a sus hijos pequeños, para no aterrorizar aún más a su hijo mayor.

—Tengo que ir donde Amelia...

En cuanto quiso poner los pies en el suelo, las náuseas hicieron que se doblase sobre sí misma.

—*Ama*, dime qué quieres que haga, dime qué hago —preguntaba Luis, impotente, intentando retirarle el pelo sudoroso de la cara.

—Llama a Amelia —pidió desesperada, agarrada a su camisa—. Dile que venga.

—¿Quién es Amelia? Creo que estás confusa... —dijo Luis, asustado, acariciándola, abrazándola.

—Ve a buscarla, por favor. Vive en el palacete de los Manheim, en Indautxu. Entra por donde los criados —pidió con un susurro desgarrador, angustiada por hacerle marchar, pero desesperada al mismo tiempo.

—No quiero dejarte sola... —dijo Luis, agobiado.

Irune intentó recuperarse un poco, pero fue incapaz. Lo empujó levemente para que la obedeciera. Su hijo mayor salió corriendo.

Irune, sola en mitad de aquel cuarto, gimiendo en silencio para no despertar a sus hijos, se sentía al borde de un precipicio, de la locura, con la mano del miedo empujándola hacia el abismo. Tenía que mantener la calma, tenía que ser fuerte por ellos, tenía que sonreír, tenía que vivir, tenía que aferrarse... Abrazó la foto de su marido y se acunó a sí misma en medio de tanto dolor.

Amelia, Friedrich y Juana se miraron atónitos al escuchar los golpes en la puerta trasera de la casa, en la cocina, donde estaban ellos.

—No abras —pidió el hombre con el miedo en la voz.

—Mi madre está muy mal, me ha pedido que venga a buscar a Amelia. Soy Luis, el hijo de Irune —se escuchó decir al chico, titubeante al otro lado de la puerta de servicio.

Friedrich fue a esconderse. Amelia se levantó y abrió la puerta con el rostro desencajado. Vio en los ojos del chico una honda tristeza y mucha oscuridad.

—Soy Amelia —se presentó haciéndole pasar—, ¿qué ha ocurrido?

—*Aita*, mi padre... ha muerto —dijo ralentizando la voz, como si fuera la primera vez que lo pronunciaba en voz alta— y *ama* está...

—¿Qué le ocurre a tu madre? —preguntó acercándose más a él, nerviosa.

—No puede respirar, no sé qué hacer, nunca la había visto así, yo... —contestó desesperado al borde de las lágrimas.

No lo dudó un segundo, cogió un jersey que tenía sobre la silla en la que estaba sentada un minuto antes y se lo echó por los hombros.

—Vamos.

Luis asintió y juntos se dirigieron en silencio y a paso rápido hacia la casa de Irune.

Irune estaba sentada en su cama de matrimonio, en la habitación contigua al dormitorio de los niños. Había logrado llegar allí, pero había sido incapaz de tumbarse, incapaz de volver a sentir aquel lugar como suyo, porque sin duda el mueble que Jon y ella compartían había cambiado para siempre. Acarició la sábana, se agarró a ella con el puño cerrado como única muestra de sentimiento y observó cómo se iba apagando el día sumida en las sombras que el ocaso dibujaba en la pared. Sentía que el estómago la golpeaba, como un nudo agarrotado que le impedía respirar con normalidad, que le llenaba el rostro de lágrimas, que encorvaba su espalda como si no pudiera erguirse, sumergida en la curva de una ausencia que no era capaz de manejar.

No supo cuánto tiempo había pasado en aquella posición, en aquella angustia, cuando vio aparecer a Amelia y, detrás, a su hijo Luis. Solo con verla se derrumbó de nuevo. Las lágrimas comenzaron a rodar por su rostro y la angustia le agarrotaba la garganta; temblaba mientras la recién llegada corría a abrazarla.

—No quiero que me vea así... —susurró refiriéndose a Luis, que las observaba desde la puerta con el rostro desencajado, pero sin atreverse a entrar.

—Él también lo necesita... —respondió Amelia.

Irune levantó la mirada oculta en el abrazo de la mujer y la clavó en su hijo. Luis no tardó ni un segundo en correr hacia ella y, cuando Amelia se apartó, se acurrucó en su regazo como cuando era un niño. Su madre le acarició el pelo, le besó la frente, le rodeó con sus brazos y se sintió aliviada de poder tenerlo con ella.

—Lo siento, hijo, siento que me hayas visto de esta manera.

Luis se aferró más a su falda, acompasando sus tristezas, tranquilizándose mutuamente en aquella pena.

Pasaron así unos minutos hasta que su hijo levantó la cabeza.

—*Ama*, tengo que volver —dijo en un susurro temeroso.

—¡No! ¡No te harán volver después de haber perdido a tu padre! —exclamó Irune, horrorizada.

—No me obligan, me han dejado venir y me han dicho que me quede, pero tengo que hacerlo. La ciudad está a punto de caer y yo... tengo que protegeros —contestó con fuerza en la voz.

Irune acarició su rostro dibujado por lágrimas que creaban surcos entre la suciedad. Luis la besó en la frente con ternura y dedicó a Amelia una mirada suplicante, como si le estuviera pidiendo que cuidara de ella en su ausencia. Ella asintió.

Luis desapareció en la noche, camino del infierno en el

que había fallecido su padre para pisar la misma tierra, para luchar con las mismas armas, para enjuagarse las lágrimas por los muertos y para alegrarse de la propia vida el tiempo que la tuviera.

Irune se abrazó a Amelia y lloró su soledad entre los brazos de su amiga. Sentía que tenía que vaciarse antes de poder hablar con sus hijos pequeños, antes de enfrentarse al horror de decirles que su padre había muerto.

Amelia miraba por la ventana cómo el amanecer llenaba la habitación de sombras y luces, de fantasmas silenciosos y sin nombre. Irune se había quedado dormida en su regazo. No quería despertarla. No había vuelto a entrar en aquella casa desde el día en que Jon la echó de allí y le dijo que no volviera. Tampoco se encontró con él en más ocasiones.

Durante aquellos años, después de la primera vez que estuvieron juntas, se habían visto en más ocasiones. Félix les dejaba la casa; ellas solo tenían que avisar y pasaban horas haciendo el amor, pero también charlando, entreteniendo a una casi recién nacida Rosa o jugando con ella en el suelo. Cuando la pequeña comenzó a hablar, sus encuentros se hicieron algo más difíciles, porque Irune no quería que Jon supiera nada de ella y solo podían verse si una vecina aceptaba quedarse un rato con la niña mientras su madre hacía algunos recados. Así la llamaba Irune, su recado.

En su caso, Friedrich no preguntaba a dónde iba, pero tampoco fingía que no lo sabía. Era un pacto tácito desde aquella conversación, cuatro años antes, de la que ninguno había vuelto a hacer mención. Les iba bien, estaban tranquilos, querían seguir juntos y permanecer sin reproches uno al lado del otro les era suficiente.

—¿Qué hora es? —preguntó Irune entreabriendo los ojos.

—Está amaneciendo —dijo Amelia, que le acariciaba el cabello con ternura.

Irune se frotó los ojos hinchados y rodeados de una oscura sombra —física e invisible a simple vista, pero más profunda— y la miró.

—Siento que estoy traicionando la memoria de Jon contigo aquí —confesó con un nudo en la garganta.

Amelia le cogió la mano y asintió, porque lo entendía, porque parecía que habían esperado a que muriera para contradecir lo que él pidió expresamente.

—Es que no podía afrontar esto sola —se lamentó Irune con lágrimas en los ojos—, creía que me volvería loca.

—Lo sé...

—*Ama*...

La voz de Martín les hizo mirar a la puerta. El pequeño permanecía en el umbral y las observaba con su hermana de la mano, ambos en pijama, ambos con cara de sueño y ese aire vulnerable que les daba la mañana.

—Cariño... Venid —pidió Irune abriendo los brazos para recibirlos.

Amelia se apartó discretamente a un lado de la habitación mientras Irune, intentando mantener la compostura, se disponía a hacer una de las cosas más difíciles que había afrontado en su vida.

—Vuestro padre... —empezó a buscar las palabras que era imposible encontrar.

—¿Le ha pasado algo a *aita*? —preguntó Martín con los ojos muy abiertos.

—Vuestro padre es un *gudari*, ha luchado como el que más para derrotar a esos hombres malos que están intentando entrar en Bilbao..., pero en la batalla le hirieron... —Amelia sintió la mirada de Irune sobre ella, pidiendo ayuda o buscando simplemente comprensión. La encontró—. Ahora está en el cielo.

Los niños permanecieron callados unos segundos. Martín enseguida rompió a llorar y Rosa, más por la situación que porque realmente entendiera a sus cuatro años lo que estaba ocurriendo, se abrazó a su madre. Irune los consoló como pudo mientras sacaba fuerzas de donde no tenía. Amelia no dejó de estar a su lado.

23

—No voy a ir a ninguna parte —repitió Irune ante la insistencia de Amelia.

Aún no se había marchado a pesar de que ya era de día. El viernes 18 de junio había llegado y la situación parecía algo más tranquila tanto fuera como dentro de aquella casa. La observaba con los brazos cruzados y el ceño fruncido.

—No seas cabezota, han recomendado que la población civil deje Bilbao, que nos pongamos a salvo y nos dirijamos hacia Santander, porque permanecer aquí es peligroso. Puede haber bombardeos en toda la ciudad, pueden entrar a la fuerza... No sabemos cómo va a terminar esto. Tienes que pensar en tus hijos y ponerlos a salvo.

—Enseguida vuelvo —pidió a los dos pequeños que observaban la escena con los ojos muy abiertos. Se llevó a Amelia a otra habitación para hablar sin asustarlos—. Ten cuidado con lo que dices, no quiero que lo pasen peor de lo que ya lo están pasando.

—Marchaos esta misma tarde, Irune, aún estáis a tiempo. Son pequeños, podemos conseguir algún transporte, alguna forma de ir hacia Santander. Pagaremos lo que haga falta.

—¿Tú vendrías conmigo? —preguntó escéptica.

—No puedo dejar a Friedrich... —se excusó Amelia.

—¿Por qué me obligas a mí a hacer algo a lo que tú no estás dispuesta?

—Porque yo no tengo dos hijos pequeños...

—Te olvidas de que tengo otro hijo mayor que sigue luchando cuando su padre acaba de morir, solo por salvar esta ciudad. No voy a abandonarlo —contestó Irune con la voz quebrada, pero más firme que nunca.

Dicho esto, regresó con sus hijos convencida de que no haría en ningún caso lo que Amelia le estaba pidiendo. Los besó en la cabeza con ternura. Los pequeños, abrumados por la situación, nunca habían estado tan quietos y en silencio. La niña se agarró a ella y con lengua de trapo le dijo:

—*Ama*, yo contigo.

Irune no contestó. Simplemente la cogió en brazos y los acompañó hasta el salón para sentarlos en el suelo y jugar con los juguetes. Cruzó la mirada con Amelia, que permanecía allí, y la mantuvo firme, incluso desafiante, hasta que una nueva propuesta la dejó sin palabras.

—Entonces os venís con nosotros.

Irune la miró desconcertada.

—¿Qué estás diciendo? Te has vuelto loca...

—No voy a dejaros aquí solos a los tres. Venid a mi casa, al menos estaremos juntos.

—¿Y Friedrich? —preguntó Irune.

Amelia se encogió de hombros con resignación.

Amelia avanzaba en silencio junto a Irune y sus dos hijos, camino del palacete. Aquello era una locura, lo sabía; era hasta una falta de respeto hacia Friedrich, sí, quizá así era... Pero ¿qué podía hacer? ¿Dejar allí a una mujer y sus dos hijos pequeños, solos ante lo que probablemente se les venía encima?

Aunque consiguieran salvaguardar la ciudad, cosa cada vez más improbable, los ataques irían aumentando en fuerza y destrucción. Eso era lo que pensaba contarle a su marido, fingiría que aquella era una decisión tomada con la cabeza, racional y solidaria, y no un arranque del corazón. Porque solo de pensar que pudiera pasarle algo a Irune sin haber hecho nada, sin ayudarla, la angustia se le ahogaba en la garganta.

Dejaron una pequeña nota para Luis en la mesa de la cocina y después reunieron unas cuantas cosas, que ahora llevaban entre todos hasta su casa.

La batalla seguía ardua en el monte. La ciudad parecía silenciosa en comparación con los estruendos que se escuchaban en la lejanía. Las pocas personas que se aventuraban a pisar la calle, que no se habían marchado ya de la ciudad, avanzaban cabizbajas, sin mirarse las unas a las otras, asustadas. En cualquier momento podría sonar la sirena que anunciaba un bombardeo, un avión enemigo que se acercaba dispuesto a terminar con todo lo que habían conocido, con su ciudad, con sus casas, con sus vidas. Y tendrían que correr y refugiarse en alguna parte, como habían hecho tantas otras veces envueltos en miedo y rezos, deseando simplemente sobrevivir.

Amelia recordó uno de sus encuentros, que fue sorprendido por esa sirena; tuvieron que correr hasta un refugio cerca de la casa de Félix. Estaban juntas. Abrazadas y aterradas, escuchaban las bombas caer una detrás de otra. Nunca había sentido tanto miedo como entonces, solo ahora. Mientras todo parecía desmoronarse a su alrededor, tenía que disimular sus tremendas ganas de dar rienda suelta a los sentimientos y simplemente llorar y gritar como una loca, porque vivir aquello no era justo, porque no quería morir.

Irune llevaba de la mano a los dos niños y también la miraba asustada en aquel peregrinaje hasta el palacete que se hacía eterno. Amelia quería abrazarla, susurrarle que todo saldría bien, besarla sin descanso mientras se acurrucaban bajo las sábanas como hacían aquellas horas robadas a la rutina que pasaban juntas en casa de Félix. Se preguntó dónde estaría él. Lo último que sabía era que había tenido que irse a vivir con su familia en el palacete que tenían en Las Arenas, fuera de la ciudad, agachar la cabeza y ampararse en los contactos y el dinero de sus padres para no luchar. No le culpaba. Sí, era un cobarde a ojos de todos, pero quizá cada uno de los que estaban ahora mismo en aquel monte hubiesen dado cualquier cosa por esa posibilidad y habrían huido sin mirar atrás. O quizá no, quién sabe. Amelia había aprendido de su propia experiencia a no juzgar las decisiones tomadas por el miedo.

—Ya casi estamos.

Se volvió para mirar a los dos niños, que la observaban sin saber quién era aquella mujer que había aparecido de repente en sus vidas.

Pocos minutos después, llegaron al palacete, que nada tenía que ver con el esplendor que lució durante la infancia de Amelia. Ya nadie cuidaba el jardín, nadie se preocupaba de los desperfectos, de esa contraventana rota, de aquella escalera destrozada, del polvo, la suciedad y el desamparo. Así era mejor, así no llamaba la atención de nadie.

—Espero que esto sea una buena idea... —susurró Irune cuando estuvieron en la puerta trasera.

Amelia la miró con cara de circunstancias y giró la llave en la cerradura.

En cuanto entraron, Irune supo que no debería estar allí. El marido de Amelia, Friedrich, la miró intensamente con el rostro pétreo y el ojo azul, casi transparente, que no tenía cubierto por el parche. Amelia intentaba actuar con naturalidad, pero en su voz, al final, había un deje de nerviosismo que Irune percibió enseguida. Cogió a sus hijos por los hombros y los tres se quedaron en un rincón de aquella cocina tan grande como su casa. Amelia pidió a la anciana, a Juana —Irune la identificó enseguida por todo lo que le había hablado de ella— que les preparara dos de las habitaciones de los criados. La mujer asintió y les invitó a acompañarlos hasta allí. Antes de salir de la cocina, echó un último vistazo a Amelia y a su marido, que en silencio se desafiaban con la mirada esperando a quedarse solos.

Juana parecía una mujer tranquila y amable, y era exactamente como Amelia se la había definido en muchos de sus encuentros. Pensó en María. Ella era amiga de la hija de aquella mujer, aunque no había vuelto a verla desde el inicio de la guerra, cuando tomaron caminos muy distintos. María se centró en la lucha y ella, en su familia. Muchas cosas habían cambiado con el comienzo de aquella contienda, pensó.

—Pueden instalarse aquí —dijo Juana al tiempo que abría una puerta que daba una habitación con dos camas, una mesilla de noche entre ellas y una cómoda con varios cajones, todo muy austero y simple—. Era el cuarto de las dos criadas más jóvenes y por eso tiene dos camas; creo que a ustedes les vendrá bien. ¿Está de acuerdo, señora?

—Yo no soy ninguna señora. —Irune sonrió de medio lado—. Y el cuarto nos parece perfecto.

—En unos minutos lo tendré preparado —dijo la anciana. Se acercó a la cómoda y sacó la ropa de cama.

—Lo haremos entre todos —dijo Irune ayudándola—. Venga, niños, vamos a hacer las camas. Coged un extremo de cada sábana, como en casa.

Los dos pequeños se colocaron junto a las mujeres y siguieron sus indicaciones. Levantaban las sábanas y creaban una corriente de aire que les revolvía el pelo y les hacía reír. Juana estaba encantada de tener unos pequeños allí con los que poder pasar las horas, interminables de otra manera. Irune sonreía aparentemente, pero afinaba el oído por si podía captar algo de la conversación de Amelia y su marido en la cocina.

El marido de Amelia la intimidaba. Un hombre alemán, tan alto, con un parche en el ojo, que había aceptado aquella situación con estoicismo... Jon nunca había vuelto a oír de ella, pero Friedrich conocía toda la verdad, al menos a grandes rasgos, y con todo permanecía al lado de su mujer. Su marido jamás lo habría permitido. Se preguntó qué le podría llevar a continuar junto a Amelia aun sabiendo que no era el único. Pero después pensó en sí misma; al fin y al cabo ella era igual que él, el tercer lado de este triángulo con la mujer que amaba, a quien ambos compartían. Vivir tras una máscara, eso es lo que habían hecho siempre. Todos.

—¿Qué hacen aquí? —preguntó Friedrich.

Amelia vio en sus ojos más dolor que enfado, y eso la hizo sentirse aún más culpable que si hubiera encontrado ira en ellos.

—No podía dejarlos solos... Su marido, el padre de los pequeños, acaba de morir y estaban en aquella casa, sin vecinos, sin nadie que les pudiera ayudar...

—¿Y yo? ¿Has pensado en mí? —preguntó Friedrich intentando no alzar la voz.

Amelia sabía que se refería a tener a la mujer con la que se acostaba bajo el mismo techo, pero no quería verbalizarlo.

—Ahora saben que estoy aquí, podrían decir algo... —se escudó su marido en sus miedos.

Lo miró con tristeza, una tristeza difusa que le daba ternura y la decepcionaba al mismo tiempo. Entendía su dolor por tener a la mujer que ella amaba allí, con ellos, algo que pensó que jamás pasaría, pero odiaba su cobardía.

—No podía hacer otra cosa... —se excusó acercándose a él.

Sintió cómo la proximidad de su cuerpo tensaba los músculos de su marido. A pesar de la ropa poco elegante, de los años transcurridos, de las arrugas y de las traiciones, a Amelia le maravillaba que Friedrich aún sintiera algo por ella. Toda su piel se erizaba, su cuerpo reaccionaba a su contacto y ese poder le hacía sentirse en parte déspota y en parte excitada. El deseo de Friedrich despertaba el suyo. Se acercó a él, que estaba apoyado con los brazos sobre la mesa, cabizbajo, y le cogió el rostro para mirarlo a los ojos. Lo besó con suavidad en los labios.

—En mi casa no, por favor —pidió su marido con un hilo de voz.

Amelia negó con la cabeza y los dos se abrazaron.

—¿Y qué vamos a ofrecerles, si no tenemos nada? —preguntó aquel hombre esencialmente bueno.

Se encogió de hombros igual que él.

—Además, no podemos volver a salir. La batalla está perdida, lo pone en el periódico. Lo ha ido a buscar Juana a primera hora —dijo Friedrich enseñándole el ejemplar de *Euzkadi* que habían encontrado—. Es el único que se ha publicado hoy.

Amelia lo miró. Leyó sobre la batalla del día anterior y en esas líneas casi podía encontrar a Jon y a Luis, el marido y el hijo de Irune, y también a su sobrino Carlos, protagonistas sin nombre de la historia. Eran héroes, decía el periódico. Recordó lo que Irune les había dicho a sus hijos para reconfortarlos; no solo habían sido palabras, era real el sacrificio que habían hecho por la ciudad.

—No podemos salir de casa —advirtió Friedrich, y Amelia estuvo de acuerdo.

—Nos quedaremos aquí toda la noche y veremos qué pasa mañana.

La primera vez que Irune se sentó a la misma mesa que Friedrich se avergonzó. Se sentía culpable de estar allí, en su casa, y vulnerable por la presencia de sus hijos y por el dolor por la reciente muerte de Jon. Apenas se atrevía a levantar la cabeza para mirarlo. Evitaba su contacto y contestaba con monosílabos a todo lo que le decían. Habían juntado lo poco que les quedaba de comida en la casa con los restos que habían traído ellos desde la suya y, en un plato que Juana colocó en el centro del mueble, picaron arroz y algo de carne de procedencia desconocida. Cuando anocheció, encendieron una vela y el marido de Amelia repartió un poco de vino para que así Martín y Rosa pudieran acabarse a sorbitos la escasa agua que tenían guardada de días anteriores. En realidad, fueron los niños los que consiguieron llevarse algo a la boca, porque los cuatro adultos renunciaron en su favor con disimulo.

Irune observó a Martín y a Rosa, que no dejaban de mirar el parche en el ojo de Friedrich: Martín con algo de pudor, la pequeña abiertamente.

—¿Por qué tienes un parche? —preguntó aprovechando el silencio incómodo que mantenían.

—Rosa, eso no se pregunta…

—No pasa nada —dijo Friedrich con tono amable.

Solo con esas palabras Irune se irguió en su asiento, porque era la primera vez que se dirigía directamente a ella.

De repente, imágenes vividas con Amelia la asaltaron: Amelia desnuda, Amelia riendo, Amelia susurrándole que siempre iba a quererla. Irune intentó desviar su pensamiento, pero solo consiguió mirar a la Amelia real, que le dedicó una media sonrisa para tranquilizarla.

—Es que, cuando era joven, fui pirata... —susurró Friedrich a los dos pequeños, que lo miraron alucinados—. Pero no se lo digáis a nadie, porque es un secreto.

—Cuando iba al colegio, una vez nos leyeron un cuento de piratas —explicó Martín.

Friedrich sonrió y se acercó a ellos.

—¿Queréis ver cuántos parches tengo? —preguntó—. Si a vuestra madre le parece bien... Los tengo en el dormitorio...

Irune asintió y los niños corrieron a coger la mano de aquel hombre inmenso y desaparecieron a su lado.

—Hubiese sido un buen padre... —afirmó Amelia, emocionada.

—Estoy segura —respondió Irune.

De madrugada, varias explosiones despertaron a Amelia. Se preguntó si serían bombas cayendo sobre la ciudad, pero no habían sonado las sirenas alertando a la poca población que quedaba. No sabía por qué, pero sentía que aquello era distinto. Sigilosamente subió al desván, intentando no despertar a nadie. Desde allí quizá podía ver algo de lo que estaba ocurriendo tanto en Bilbao como en el monte Artxanda. Descalza, entró en aquella habitación llena de trastos. Trepó a una silla de madera sobre un aparador y abrió la ventana que había en el techo. Se había producido una gran detonación en la propia ciudad; aquello no tenía que ver con la batalla, al menos no directamente. Sonó otra más a la izquierda y pudo ver el humo elevándose hacia el cielo. No había observado ningún avión soltando un proyectil. Pensó que quizá eran los tanques enemigos, tan cerca como para poder atacar un edificio directamente, y sintió ganas de vomitar de puro miedo. Pero entonces escuchó otra explosión un poco más allá. No podía ser, se dijo, era imposible que hubieran entrado tan rápido, que hubiera un tanque en cada esquina de Bilbao. Y entonces pensó algo inverosímil, pero que parecía la única explicación. Estaban volando los puentes para ralentizar el acceso de las tropas franquistas. Debían de estar muy cerca como para actuar así, a la desesperada. Amelia se bajó de la silla porque le temblaron las piernas. Descendió rápido las escaleras y se acercó a la habitación de Friedrich. Lo despertó con un susurro y, cuando estuvo más o menos consciente, le dijo:

—Creo que están volando los puentes de la ciudad.

—Eso es que ya están aquí —contestó él, y su marido dibujó una leve sonrisa de alivio que en aquel momento a Amelia le espantó, pero que con los tiempos que vendrían quizá consiguiera salvarlos.

24

—Creo que deberías quedarte aquí —dijo Amelia desde el umbral de la puerta del dormitorio.

—No puedo quedarme en casa, necesitamos saber qué está ocurriendo... —contestó la misma Irune tozuda de siempre.

Aquella mañana de sábado, Juana había salido a la calle para intentar conseguir un periódico y con mucha suerte algo de comer, y se había encontrado con una única noticia en boca de todos.

—Han entregado la ciudad, se ha perdido la batalla. El Gobierno vasco ha volado esta madrugada los puentes de Bilbao para retrasar la llegada de las tropas, pero ha sido en vano. Es inminente —anunció nada más cerrar la puerta tras ella.

—Tenemos que salir a recibirlos. Será bueno para nuestro futuro —dijo Friedrich, muy seguro de sí mismo.

Irune se sentó en una de las sillas de la cocina con el cuerpo tembloroso. No sabía qué habría sido de Luis. Si habían perdido la batalla, había tres opciones: lo habían apresado, estaba huido o había ocurrido lo peor y había muerto en la contienda. Ninguna la reconfortaba lo más mínimo. Pero no podía quedarse en casa, se negaba a permanecer oculta, quería ver, preguntar por él, descubrir dónde estaban aquellos soldados. Y también necesitaba ver a los asesinos de su marido pisar las calles de su ciudad, dedicarles con desprecio todo el odio que su mirada fuera capaz de reunir. Era un recurso poco útil, lo sabía, pero solo imaginarlo ya la reconfortaba.

—Amelia, vamos a ir con vosotros —sentenció.

—¿Y si te ve alguien conocido? Podrían denunciarte y...

—¿A mí? —preguntó incrédula—. ¿Y qué he hecho yo?

—Eres mujer y madre de *gudari*, con eso muchos tendrán suficiente.

—No van a dejarme encerrada en casa —contestó con cabezonería.

—Al menos cúbrete el pelo para que nadie se fije en ti. No hay muchas mujeres tan rubias como tú.

Irune aceptó. También cubrieron el cabello de la pequeña Rosa, que había heredado el mismo tono de su madre.

—Estamos listos —dijo ansiosa por salir a la calle.

Lo primero que les llamó la atención fue el silencio. Los rostros de los que se encontraban eran serios, ajenos a celebraciones. Algunos hombres no llevaban boina para no tener que quitársela al paso de las tropas, las mujeres y los niños se acercaban a las principales calles de la ciudad para saciar su curiosidad y otros quizá para salir de sus escondrijos, como Friedrich. No había vítores, no había grandes grupos celebrando la victoria. Era una ciudad rendida y se notaba. Se colocaron en el lugar más concurrido para pasar desapercibidos, junto a la Diputación. Vieron los tanques avanzar delante de ellos y a los soldados ufanos, vencedores, pasear por la Gran Vía, dominarla. Irune tuvo que contener las lágrimas que pugnaban por salir de sus ojos. Se fijó en cada uno de esos hombres que desfilaban delante de ella y pensó que cualquiera de ellos y todos al mismo tiempo eran los asesinos de su marido y quién sabía si de su hijo. Quiso gritar, quiso increparlos, pero Amelia a su lado la detuvo con un gesto. Cogió aire e intentó tranquilizarse sin olvidar el dolor.

Amelia se sentía en la multitud entre dos mundos, entre el pasado y el futuro, en tierra de nadie. A su izquierda, Irune pugnaba consigo misma para no dejarse llevar por los sentimientos e increpar a las tropas que desfilaban frente a ella con la impunidad de los vencedores. A su derecha, Friedrich levantaba el brazo, como muchos de los presentes, para hacer el saludo fascista y dar la bienvenida a quienes ya gobernaban una ciudad cansada, hambrienta y sucia.

Martín, justo delante de ellos, se mostraba impresionado por el tamaño de los tanques y, al ver a Friedrich levantar la mano, quiso hacerlo él también. Amelia se fijó en los ojos horrorizados de su madre, en que estaba a punto de levantarle la voz a su hijo sin darse cuenta de que aquello no era más que un juego para él. Se adelantó y cogió de la mano al pequeño para impedírselo. Este la miró extrañado y Amelia le sonrió y se agachó para distraerlo con un comentario sobre las grandes dimensiones de aquellos vehículos que ninguno de los dos había visto nunca.

Trasladó la atención hasta la acera de enfrente, al otro lado del desfile de las tropas. Un hombre saludaba efusivamente y gritaba «¡Viva Franco!», alentando a la multitud a su alrededor.

—¿Ese no es Antonio? —preguntó Amelia a Friedrich—. Creía que estaba en la cárcel...

Sus ideas contrarias al nacionalismo vasco y a la República le habían llevado al estallar la guerra a ser encarcelado.

—Habrán soltado a los presos como medida de buena fe —susurró su marido.

En aquel momento, Antonio, al notarse observado, les devolvió la mirada. No terminaron bien después del conflicto en la fábrica. Les costó mucho dinero y tiempo, pero al final consiguieron echarlo cuando ambos retomaron la dirección. Pero él se fue a regañadientes, peleó y prometió que aquello no terminaría así. Amelia se preguntó con un escalofrío si habría llegado su momento. Y más cuando vio la forma en la que miró a Irune a su lado, ajena al hombre que la agredió hacía años y que ahora le dedicaba la sonrisa terrorífica y codiciosa de quien sabe que le ha llegado el turno.

—Vámonos —pidió incómoda tanto a Irune como a Friedrich.

Asintieron y poco a poco se escabulleron entre la gente.

Ya estaban dejando atrás el desfile cuando Irune sintió que alguien la agarraba con fuerza del brazo. Le hizo daño, se giró y, con el ceño fruncido, vio a una mujer alta, fuerte, con los ojos penetrantes y unas ojeras negras que llamaban la atención.

—Si quiere ver a su hijo, venga conmigo —susurró nerviosa mirando a ambos lados.

Irune se quedó sin aliento al escucharla, pero no lo dudó ni un segundo.

—Amelia, llévate a los niños a casa. Es Luis —dijo como única explicación.

Después, sin esperar respuesta, siguió a aquella chica rezando para que no fuera una trampa, absorta en sus pasos acelerados, en aquella espalda mucho más corpulenta que la suya. No pronunciaron una sola palabra en todo el camino; solo escuchaba su propia respiración, cada vez más agitada, mezcla de los nervios y el ritmo al que la llevaba la mujer.

De repente, la desconocida se detuvo, se volvió y con un gesto señaló el portal del número 8 de la calle Egaña. Después siguió su camino, dejando a Irune perpleja y con el miedo agarrado a sus manos temblorosas. Tragó saliva y se acercó a la puerta. Supuso que estaría abierta porque, en caso contrario, no sabría a qué piso debía llamar. No se equivocó. La estrecha puerta de cristal y hierro cedió enseguida ante su empuje. Accedió a una estancia oscura. Aún no había luz en toda la ciudad y la poca que entraba por la ventana no era suficiente para iluminar el portal por completo. Entonces escuchó un susurro.

—*Ama*... —dijo alguien desde la parte de atrás de la escalera, que subía hacia los pisos.

Irune sintió que el corazón se le paraba, que aquel susurro le desgarraba por dentro y la llenaba de alegría y de dolor al mismo tiempo.

—Luis... —dijo con la voz rota, sin poder ver aún a nadie.

Solo entonces una silueta se acercó hasta ella y con prisa la agarró de la mano y la ocultó junto a él, detrás de la escalera. Madre e hijo se abrazaron entre lágrimas.

—Estás vivo... —susurró Irune recorriendo su cuerpo con las manos para comprobarlo.

—Tengo que irme, *ama*, lejos. Vamos a salir de la ciudad esta noche, pero no sé dónde iré, no sé qué haré... Tengo miedo... —dijo aquel niño disfrazado de hombre que tenía frente a ella.

—Lo sé, hijo, lo sé... —susurró Irune. Las lágrimas le recorrían el rostro sin descanso.

El chico se dio cuenta de su sufrimiento y se las secó con los dedos.

—Estaré bien, *ama*, no te preocupes, ya sabes que siempre me las he apañado.

—Desde pequeño has sido un chico muy inteligente, estoy segura de que lo conseguirás. Toma. No vale mucho, pero empéñala si lo necesitas.

Irune se quitó una cadena finísima que llevaba en el cuello con una imagen de la Virgen de Begoña. Era el regalo que sor Matilde le prometió durante la epidemia de gripe y que después le legó en su testamento al morir.

—¿Y si no volvemos a vernos? —se preguntó Luis, angustiado mientras se colgaba la cadena.

—No digas eso, hijo —contestó ella, que lo estrechaba con todas las fuerzas que le permitía la caja de huesos en la que se había convertido—. Lo haremos, estoy segura.

—A Martín y a Rosa...

—Lo sé, se lo diré —ayudó Irune mientras le acariciaba el rostro, las lágrimas y el cabello como cuando era un niño.

—Debo irme. —La besó en la frente—. Vosotros también deberíais salir de la ciudad, *ama*. También estáis en peligro —pidió Luis, apurado.

—No te preocupes. Amelia cuidará de nosotros, ella tiene dinero.

Luis no contestó, pero Irune se dio cuenta de la cantidad de preguntas que se ahogaban en su silencio.

Su hijo se separó de ella con brusquedad, miró atrás y después desapareció por una pequeña puerta que había en la parte más oscura de aquel portal y que parecía dar a un patio. Irune tuvo que agarrarse para no caer al suelo. Sintió que algo se moría en su interior, como si pudiera palpar la ausencia de Luis dentro de su cuerpo vacío. Se dejó llevar por el desconsuelo.

Amelia llegó con los niños a casa después de haber conseguido encontrar un poco de pan duro que darles.

Se lo tendió a Juana con la esperanza de que inventara algo para ellos aquella noche.

—Espero que dejen entrar pronto a los barcos de suministros, porque esta situación es insostenible —se quejó la anciana.

Después se dirigió a los pequeños.

—Mientras estabais fuera, he estado rebuscando entre las cosas de Amelia y Óliver de cuando eran niños y he encontrado unos cuantos juguetes. Son un poco antiguos, pero seguro que no os importará. Los tenéis en vuestra habitación.

Los niños corrieron felices y allí encontraron un caballito de madera, un antiguo pizarrín y un par de tizas medio rotas, libros infantiles y una muñeca de trapo que Amelia adoraba de niña y que Rosa corrió a abrazar.

—Soy tu *ama* —susurraba— y no me voy a marchar a ninguna parte.

Amelia se emocionó al ver a aquellos niños jugar con su pasado. Un sinfín de recuerdos se agolparon en su mente y pensó en lo que les depararía el futuro a aquellos pequeños que habían venido a nacer en la peor época posible.

Friedrich se le acercó por detrás y le hizo un gesto para que se apartara un poco y pudieran hablar.

—Se rumorea que mañana viene Franco a la basílica de Begoña, a una misa por la liberación de la ciudad.

—¿Liberación? —preguntó Amelia, indignada—. Ese

enano no nos tenía que liberar de nada, más le hubiera valido quedarse quietecito donde estaba...

—Vas a tener que empezar a contener tus palabras —dijo su marido, solemne— o nos meterás en un problema aún más grande que el que ya tenemos.

—¿Qué quieres decir?

—Ocultamos a una familia de republicanos, ¿crees que eso va a ser algo que se premie en los próximos tiempos? Tenemos que ir mañana a esa misa, dejarnos ver, retomar las amistades que habíamos olvidado y sonreír mucho —explicó, muy seco.

—No sé si voy a ser capaz de fingir de esa manera —dijo Amelia con sinceridad.

—Lo serás si quieres sobrevivir.

—¿Y no les parecerá extraño que tú, que se suponía que no estabas aquí, aparezcas de repente?

—¿Dónde te crees que han estado ellos? —preguntó Friedrich con una media sonrisa.

Amelia suspiró sin ser muy consciente aún de lo que estaba en juego, del teatro de apariencias y máscaras que tendrían que representar a partir de aquel momento. Pensó en Irune, pensó en su cuerpo, en el sueño de estar con ella toda la vida, en la fantasía de compartir una vida juntas, en esa imagen tan simple y tan imposible que era pasear de la mano por la calle como una pareja más. Si antes era improbable, ahora era simplemente una quimera.

Irune solo salió de aquel portal cuando estuvo segura de que no se desvanecería al dar un paso. Sentía la necesidad de abrazar a sus otros hijos, de tenerlos con ella, de respirar a través de ellos, de su pelo, de su piel...

—¡Ahí está! —escuchó de repente a su espalda la voz de varias personas que la llamaban.

Irune no se fijó en quiénes eran y simplemente agachó la cabeza y aceleró el paso, asustada.

—Te estamos llamado a ti —dijo un hombre acercándose.

—Mira, si se está poniendo colorada —bromeó una mujer a su lado.

—No, no es eso, es que es una roja, la mujer de un *gudari* muerto.

Se carcajeó un tercero del que le sonó levemente la voz.

—Y con un hijo que será fusilado dentro de poco, seguro —siguieron increpándola.

Irune tembló al escuchar aquella posibilidad. Tuvo miedo de que la hubieran visto hablar con su hijo, pero entonces uno de ellos se colocó casi a su lado y lo entendió todo. No se trataba de Luis, ni de Jon, se trataba de ella.

—¿Es que no me recuerdas, ratilla?

Sintió que el suelo se tambaleaba bajo sus pies y volvió en un segundo a la fábrica, a la agresión, a Amelia, al miedo que aquel hombre le producía. Antonio sonrió satisfecho.

—Por favor, no quiero problemas —dijo Irune cada vez más segura de que no tenía escapatoria.

—De esos ya tienes un montón —contestó él, cogiéndola de la cintura ante las risas de los otros.

Irune intentó zafarse, pero entre varios la sujetaron y Antonio la golpeó en la cara. Los que pasaban a su alrededor desviaban la mirada, temerosos de que pudiera pasarles a ellos. Mientras la zarandeaban, pensaba en la forma de escapar. Intentaba escabullirse, alejarse de los brazos que parecían ser miles a su alrededor.

—¿Qué ocurre aquí? —preguntó un soldado de la brigada que acababa de entrar en Bilbao.

Todos se detuvieron.

—Es una roja, señor.

—Pues llévenla con las autoridades ahora mismo —dijo con firmeza—. No queremos que esto se convierta en un escarnio público.

—Enseguida —contestó Antonio.

Irune no supo si debía dar las gracias a aquel hombre o sentir aún más miedo mientras era empujada hacia un destino que desconocía.

Amelia seguía despierta de madrugada, después de haber conseguido dormir a los niños, muy preocupados por la falta de su madre. Entre Friedrich y ella intentaron explicarles que Irune había ido a ayudar a su hermano Luis, pero que volvería en cuanto pudiera, que ellos los cuidarían bien.

—Si mi madre muere, me lo dirás, ¿verdad? —preguntó Martín en un susurro al oído que le partió el corazón.

Amelia solo supo asentir con la cabeza. No era capaz ni de verbalizar la opción de que la hubieran detenido, el miedo atroz a que acabara muerta en cualquier parte y que ella ni siquiera lo supiera. Aquella incertidumbre la estaba matando, era terrorífico, y se dio cuenta del calvario en el que había tenido que vivir la propia Irune teniendo a su hijo y a su marido con la muerte como abrazo durante el último año.

Friedrich se acercó a ella en la oscuridad de la noche silenciosa y helada de pleno junio, tan distinta a pesar de seguir aparentemente igual.

—Seguro que aparece mañana, ya lo verás. Se le habrá hecho de noche y, con el toque de queda, no habrá podido volver.

Amelia lo miró con lágrimas en los ojos, porque algo le

decía que no, algo dentro de ella le estaba doliendo, la estaba atenazando.

—Me ayudarás a buscarla, ¿verdad? —preguntó angustiada ante la posibilidad de quedarse sola en su propia soledad.

—¿Aún no te has dado cuenta de que sigo aquí, contigo?

Amelia se echó a llorar y se refugió en los protectores brazos de su marido, que la besó y la consoló hasta el amanecer.

25

Irune se despertó sobresaltada. Era increíble que hubiese conseguido dormirse en el suelo de un camión junto a otras veinte mujeres. El agotamiento, después de tanta incertidumbre, de tanto miedo, hizo que, en cuanto se sentó unos segundos en el frío suelo, sus ojos se cerraran.

La tarde anterior, Antonio y el resto de los que estaban con él la habían dejado allí junto con otras mujeres que habían mostrado adhesión al Gobierno vasco o a la República, que habían luchado contra Franco de alguna manera o se habían vuelto enemigas del régimen, como empezaban a llamarlas, a la espera de decidir dónde las llevarían. Irune estaba allí por Antonio, aunque tenía uno y mil motivos para ser considerada un peligro: su marido, su hijo, Amelia incluso... La situación era un caos en aquellas primeras horas después de la liberación, e Irune temía desaparecer sin que pudieran encontrarla nunca.

—¿Dónde nos van a llevar? —preguntó en alto a nadie en concreto.

—Lo mejor es que no nos lleven lejos —susurró una anciana, que esperaba en el camión como ella—. Si nos llevan lejos, será imposible encontrarnos.

—Lo mejor será que no nos maten —se quejó una mujer al fondo del vehículo.

El silencio se instaló entre ellas y ocupó el poco espacio que quedaba en medio de aquellos cuerpos de mujeres de todas las edades y condiciones. El miedo era espeso como los llantos sigilosos de quienes querían ser fuertes, pero no podían. Irune sintió que estaba a punto de desmoronarse cuando pensó en sus hijos. Sabía que Amelia los cuidaría bien, pero ellos apenas la conocían, estarían asustados y quizá no volverían a verse. Su cuerpo comenzó a temblar de forma incontrolable. Se agarró las piernas en un vano intento por recuperar el dominio de sí misma.

—Lo más importante es no pensar —dijo la anciana que había hablado antes, poniéndole la mano sobre una de las rodillas.

Irune se la agarró como si fuera un ancla con el mundo que le permitiera recuperar el control. Miró a la mujer, que sonreía con fingida tranquilidad. Cogió aire y lo retuvo unos segundos para después soltarlo con fuerza. Así varias veces.

—¿Mejor?

—*Eskerrik asko* —susurró Irune con complicidad.

Ni la anciana ni Irune hicieron amago de soltarse las manos, y menos cuando una mujer uniformada con el traje de los nacionales se asomó y les dijo que iban a hacer un viaje.

—¡Y no quiero ni una treta! ¿De acuerdo? Todas formales y quietecitas.

Asintieron obedientes, persiguiendo en el contacto femenino esa necesidad de fuerza, de grupo, de solidaridad, que necesitaban.

Amelia terminó de prepararse con las manos temblorosas. Se puso un vestido oscuro que tuvo que ajustar con un cinturón, porque le quedaba mucho más holgado que antes de la guerra. Sacó un chal de encaje que le serviría como mantilla para cubrirse el cabello y se maquilló discretamente. Así le había dicho Friedrich que debía ir a la misa a la que Franco iba a asistir en la basílica de Begoña aquel domingo 20 de junio. Pensó en el dolor de todos y cada uno de los que habían dirigido sus plegarias a la patrona de Vizcaya, en lo que significaría para ellos que quien les había derrotado celebrara en aquel lugar la victoria. Era una declaración de intenciones, una forma de dejar bien claro no solo quiénes eran los que habían ganado, sino por encima de quién, y así poner de manifiesto que representaban la verdadera religión y la forma legítima de pensar.

—¿Estás lista? —preguntó Friedrich desde la puerta.

Amelia asintió y siguió a su marido hasta la planta inferior. Habían vuelto a recuperar las habitaciones de la zona noble de la casa, al menos aparentemente, porque los niños seguían escondidos en las de los criados y ella pasaba allí la mayor parte de la noche para que no se sintieran solos.

—¿Vas a ver a nuestra madre? —preguntó Martín.

Se acercó a él y se agachó a su altura cogiéndolo de las manos.

—Voy a hacer todo lo posible por verla, ¿de acuerdo? Confía en mí.

El chico asintió. Se aferraba a cualquier palabra que Amelia le decía. Lo besó en la frente y le pidió que volviera abajo con Juana y que procurara no salir de la casa ni que nadie los viera.

—Como si estuvierais jugando al escondite, ¿de acuerdo? —Quiso transformar aquello en algo mínimamente divertido.

Martín no sonrió, pero obedeció. Volvió a ocultarse en los pisos inferiores. Amelia pensó en la tristeza de aquella mirada; un niño no debería tener los ojos llenos de preocupación. Inspiró con fuerza para no emocionarse.

—Vamos, Amelia —pidió Friedrich, comprensivo.

—Pobres niños...

No pudo reprimirse.

—No lo pienses.

Amelia asintió porque no tenía otro remedio. Se dirigieron al coche. Friedrich había conseguido gasolina y un chófer de unos amigos que, aunque nadie dijera una sola palabra, también habían estado escondidos.

Mientras circulaban por la ciudad, se fijaron en que las farolas empezaban a encenderse y apagarse como si estuvieran haciendo pruebas para cuando cayera la noche. También se veían brigadas de limpieza que retiraban los escombros y devolvían a la vida una ciudad que ellos mismos se habían empeñado en destruir.

—Tenemos que descubrir dónde tienen a Irune.

—Cuidado a quién preguntas —advirtió Friedrich.

Amelia asintió.

—La cárcel de Larrínaga —dijeron algunas cuando se acercaban con el camión al presidio.

Irune no pudo ver el edificio hasta que no hubieron bajado todas. Un muro separaba la prisión del exterior y entre aquellas mujeres se sintió diminuta, como una hormiga a punto de ser aplastada por las paredes del penal. Entraron en el edificio empujadas por guardas que les hicieron dar su nombre.

—Irune Expósito.

—¿Irune? Aquí hablamos en español. Trinidad Expósito —apuntó con rabia.

—Pero yo me llamo Irune... —rebatió sin pensarlo.

—Ese es nombre de separatista. En la España liberada eres Trinidad o no eres nada. ¿Quieres no ser nada? —preguntó con los ojos ardiendo aquella mujer escuálida.

Irune agachó la cabeza y dio la discusión por perdida.

—¡Siguiente!

Entraron empujadas las unas por las otras, sustentándose entre ellas como podían. Fueron divididas en grupos y las metieron en distintas celdas ya abarrotadas. Se habían dispuesto colchones por el suelo en un dudoso estado. Avanzaron entre miradas de lástima de algunas de las que ya se encontraban allí, y también de rabia porque sin duda iban a quitarles el poco espacio que tenían hasta el momento. Aunque no fuera culpa suya.

La puerta metálica se cerró con un golpe a sus espaldas, lo que provocó el grito angustiado de las presas.

—¡Irune!

Escuchó su nombre desde el fondo de la estancia. Sorprendida, dirigió la mirada hacia la voz y vio la sonrisa emocionada de María, su amiga, la hija de Juana. A empujones, consiguieron colocarse juntas y se abrazaron.

—¿Cómo es que estás aquí? —preguntó Irune.

—Bueno, formaba parte del Emakumearen Batza. Me cogieron junto con otras mujeres de la organización repartiendo unos panfletos a favor del nuestro legítimo Gobierno vasco, y aquí estoy. ¿Tú?

—Creo que por rencor, y supongo que por ser mujer y madre de *gudari*.

—De héroes —corrigió María.

Irune se sintió incómoda con la efusividad.

—Siéntate conmigo —pidió su amiga señalando la zona de la que había venido.

Irune se volvió para mirar a la anciana que la había acompañado hasta aquel momento. Estaba de pie, con un halo de indefensión sobre sus hombros porque sentía que iba a perder el apoyo que ella representaba. Inmóvil, no sabía dónde colocarse, y la antigua calma que antes había conseguido insuflarle se había desvanecido. Parecía una niña en mitad del patio a punto de echarse a llorar porque nadie quería jugar con ella.

—Viene conmigo.

—Claro... —asintió María sin darle la más mínima importancia.

Irune se acercó a la anciana. Vio cómo se le iluminaba la mirada al darle la mano para que la acompañara.

Amelia y Friedrich llegaron a Begoña cuando la misa ya había comenzado. Habían tenido que dar un gran rodeo porque los puentes habían sido destruidos. Ya en la basílica, Amelia iba del brazo de su marido, callada, seria, solemne, como se esperaba de ella. Desde la distancia pudo ver al pequeño hombre artífice de aquella guerra. El general Franco estaba en primera fila asistiendo entre otros militares a la ceremonia de celebración de su victoria. La iglesia estaba abarrotada de hombres y mujeres afanados en demostrar su afección al régimen.

Dos filas más adelante reconoció a Félix del brazo de una mujer joven y muy elegante. Nunca hubiera imaginado que precisamente él pudiera estar allí. Aunque seguramente su amigo pensaría lo mismo de ella. Cruzaron una mirada y esbozaron una sonrisa de emoción disimulada.

Al terminar la dolorosa misa, los asistentes se reunieron en la parte exterior de la basílica para estrecharse manos y sonreírse los unos a los otros, satisfechos de su poder y su victoria.

—Nos creímos la libertad, amiga... —escuchó mientras se acercaba Félix y le susurraba al oído.

Amelia estuvo a punto de echarse en sus brazos como hubiese hecho en cualquier otra situación, igual que años atrás tras haber estado con Irune, cuando se quedaba en su casa y conversaban durante horas. La mujer joven se acercó a ellos con curiosidad y la miró con cierto desdén. Dedicó un gesto poco disimulado a Félix para que las presentara.

—Señora Manheim —dijo con una formalidad inusitada en él, que incluso hacía que le cambiara el tono de voz—, le presento a la señorita Arregi, mi prometida.

Amelia no pudo evitar un gesto de sorpresa, que disimuló como pudo.

—Enhorabuena —dijo a la pareja.

La chica sonrió por compromiso y, después de susurrar algo al oído a su prometido, se dirigió a un grupo de hombres con traje y aspecto adinerado. Amelia pensó que quizá aquella era su oportunidad.

—No sé dónde se han llevado a Irune... —susurró a Félix, asegurándose de que nadie los oía—. No apareció ayer por la noche, sus hijos están conmigo y...

Félix la mandó callar, nervioso.

—Mañana a mediodía en el Café Iruña, ¿de acuerdo?

Amelia captó la incomodidad de su amigo y asintió simplemente. Después Félix se reunió con su prometida. Se dio cuenta de la máscara que ahora llevaba, que hasta sus gestos habían cambiado; parecía otra persona, pero esperaba que siguiera quedando un mínimo de él al que poder recurrir.

Irune no era capaz de conciliar el sueño. La anciana, que ahora sabía que se llamaba Carmen, se había acurrucado a su lado y estaba completamente dormida en su regazo. Observó al grupo hacinado en aquella celda y se preguntó cómo iba a sobrevivir. Se escuchó una tos al otro lado de la sala y pensó en la epidemia de hacía años. Una enfermedad en aquel lugar suponía una muerte inmediata. Pero qué podía hacer. Qué podía hacer cualquiera de aquellas mujeres. Solo rezar por permanecer. Todas temían lo que llamaban «el paseo», que alguien las viniera a buscar, las sacara de allí y las llevara a un lugar indeterminado, escondido, al bosque quizá, o a un muro, donde las colocarían en fila como animales temerosos antes de dispararles. Fin.

Irune respiraba con dificultad. No pensar, le habían recomendado. Pero no pensar era algo completamente opuesto a su condición de madre. Ella pensaba cada día, cada segundo, mil pensamientos por hora. Nunca tenía tiempo, nunca podía pararse un momento y, sin embargo, ahora contaba con innumerables horas vacías, un silencio tan grande y un estancamiento tan inesperado que todos los sentimientos y pensamientos aparcados se le acumulaban.

Jon le hubiese dicho que durmiera, que lo intentara al menos, porque no sabía qué pasaría al día siguiente y seguro que necesitaría fuerzas para afrontarlo. Se lo imaginó a su lado, mirándola con la ternura que siempre le dedicaba a pesar de su aparente rudeza. Se imaginó su miedo, su incomprensión en el segundo antes de su muerte, el sinsentido de todos aquellos sueños sobre el futuro que de repente se terminaban. Se le llenaron los ojos de lágrimas y las dejó resbalar en silencio, unas lágrimas sin voz que ya había practicado durante años tumbada de lado en su cama.

Irune había fingido estar bien, había fingido sentirse bien al querer a Amelia y también a su marido, bien en aquella dualidad de la que se sentía presa. Pero la culpa la había atenazado muchas noches. Necesitaba a Amelia más de lo que su propio cuerpo podía expresar. Su cálida voz en un susurro, su dulce piel y aquella forma que tenía de saber exactamente lo que ella necesitaba en cada momento. Cuando la tocaba dejaba de ser ella misma para creer que todo era posible, que ella era posible de muchas más formas de las que le ofrecía la realidad. Pero luego la mirada de Jon, su sonrisa, sus hijos...

Escuchó un sollozo ahogado dos colchones más allá. Miró y se encontró con los ojos de una mujer, una mujer cualquiera, que lloraba y la observaba llorar.

26

Al día siguiente, Amelia llegó temprano a su encuentro con Félix. Estaba muy nerviosa, pero se afanaba en disimularlo mirando al frente con la cabeza alta, fingiéndose una vencedora. Había recuperado su ropa anterior a la contienda, sus sombreros y sus guantes, para dar sensación de estatus, de estar en el bando correcto según los recién llegados a la ciudad. Hacía lo que Friedrich le había recomendado, aunque para ella era obvio que portaba un disfraz, no muy distinto a aquel de cisne que llevó cuando casi era una niña.

Entró en el Café Iruña, recién reabierto después de los últimos días de incertidumbre, llena de miedo, como quien se asoma al pasado y teme que se lo arrebaten de las manos de un tirón. Visitar una cafetería de nuevo, que la recibieran a nombre de «señora», todas las pequeñeces que había olvidado y que de repente la hicieron sentirse importante al mismo tiempo que culpable. Cruzó la puerta giratoria aliviada de que ningún bombardeo hubiese podido con ella. El día anterior había vuelto la luz al establecimiento y esa misma mañana empezaba a correr el agua tanto en las fuentes públicas como en las casas y los locales.

Conducida por un camarero, se sentó a una de las mesas de madera y azulejos que poblaban el café. Pidió una gaseosa, se quitó los guantes y los dejó con cuidado a su lado. Miraba sin tregua la puerta de entrada esperando ver a Félix, sin saber si aparecería o si su única esperanza de encontrar a Irune se desvanecería al mismo tiempo que lo había hecho el amigo que conoció. El camarero le trajo un vaso y le pidió disculpas por la temperatura de la bebida. Hacía tan poco tiempo que la electricidad había vuelto que las cámaras frigoríficas aún no enfriaban lo suficiente. Amelia le quitó importancia y le dio las gracias. Se entretuvo mirando los techos de estilo árabe, los arcos y los espejos que habían sobrevivido a los bombardeos de la ciudad y al paso del tiempo, pero evitó su propia imagen: no quería descubrir la verdad en su mirada asustada.

Cuando ya había consumido media gaseosa, lo vio entrar y volvió a sorprenderse de su elegancia, su sonrisa, su forma de afrontar el mundo, como si una guerra no hubiese pasado por él, como si nada le afectara. Félix la localizó enseguida; solo había tres clientes en todo el local, así que no fue difícil. Pidió una cerveza en la distinguida barra de madera y la señaló para indicar que se la sirvieran en la mesa de Amelia. Después se acercó. Ella se puso de pie para abrazarlo, pero Félix le pidió con un gesto sutil de la mano que simplemente se la estrechara.

—Podría vernos alguien y malinterpretar este encuentro —dijo preocupado.

El camarero trajo la bebida, una cerveza de la competencia.

—Ya sabes que la vuestra no me gusta —sonrió Félix.

Amelia le devolvió la sonrisa en aquel pequeño comentario cómplice, tan irreal en aquella situación.

—¿Qué tal tu prometida? —preguntó sin poder evitar un leve desdén en el tono.

—Es una buena chica, no te burles de ella.

—Perdona.

Un silencio incómodo se instaló entre los antiguos amigos, como si nunca hubiesen sido cómplices, como si nunca hubieran compartido sus mayores secretos.

—Solo intento sobrevivir.

Se encogió de hombros Félix, con tristeza. Amelia se sintió irremediablemente culpable por haberlo juzgado. Quién era ella para opinar sobre las decisiones que nadie tomaba para seguir adelante, sobre todo en aquellas circunstancias.

—Lo siento mucho, he sido una egoísta.

Félix sonrió abiertamente. Después se inclinó sobre la mesa para hablar en confidencia.

—Sé dónde está Irune.

Amelia abrió mucho los ojos, sorprendida.

—Mi futuro suegro tiene muchos contactos y he conseguido que mi prometida le pregunte fingiendo que es una antigua conocida...

—Siento todo lo que he insinuado de ella... —se lamentó Amelia.

—Está en la cuarta galería de la cárcel de Larrínaga. Allí han llevado a las mujeres presas, por el momento. Dicen que pronto las ubicarán en otro lugar. Han mencionado el Chalet Orúe, pero aún no es nada seguro.

—¿Cómo voy a sacarla de allí? —se lamentó Amelia con los ojos llenos de lágrimas.

—En eso ya no te puedo ayudar, sería arriesgarme demasiado. Ahora me toca hacer poco ruido y rezar para no encontrarme con nadie que conozca mi pasado. Pero al menos sabes dónde la tienen y que está viva.

—Gracias, Félix —dijo Amelia, emocionada.

Su amigo apuró la cerveza y se levantó.

—Mucha suerte. Te lo deseo de corazón.

Félix hablaba con la voz entrecortada y se aferraba a su sombrero con fuerza para contenerse y no darle un abrazo. Ella no se levantó, porque si lo hacía se lanzaría en sus brazos sin remedio.

—Quizá nos volvamos a ver en París, algún día —dijo su amigo con la voz rota y una sonrisa que quería ser esperanzadora, pero resultó más que amarga.

Amelia asintió.

—Cuídate, por favor.

Y aquellas palabras, por primera vez, no eran una frase hecha, sino un deseo y un ruego.

Félix sonrió con tristeza, se colocó el sombrero y se marchó rápidamente. Amelia tuvo que fingir que se retocaba el maquillaje con ademán distraído en un pequeño espejo que guardaba en el bolso y la ayudó a disimular las lágrimas.

Irune permanecía de pie junto al resto de mujeres. Hacinadas en aquella celda, sucias y sobre todo aterrorizadas. Estaban en una cárcel de hombres y eso añadía un plus de terror al hecho de estar encerradas. Se repetían que era imposible que en aquel cuarto entraran más personas y, sin embargo, esa misma mañana apareció un nuevo grupo. La convivencia se hizo insoportable y las horas, eternas. Las que ya estaban allí se quejaban, no querían que las recién llegadas ocuparan más espacio y hacían la entrada de aquellas mujeres aún más terrible. Ya no eran solo presas de Bilbao, también las había de los pueblos cercanos, mujeres denunciadas por vecinos, por familiares, historias rocambolescas de todo tipo que cada una contaba para matar el tiempo.

—¿Tienes hijos? —preguntó la anciana, que había terminado allí por haber ejercido de profesora de euskera.

Irune les habló de la muerte de su marido, pero no mencionó a Luis ni al resto de sus hijos. Un miedo indefinido le hacía guardarse ciertos detalles, porque no sabía qué podían utilizar las demás en su propio beneficio. La desesperación no entendía de secretos.

A lo largo del día, las sacaron una vez al patio, conducidas por hombres que no se cortaban a la hora de alargar la mano para tocarlas con descaro a la vista de todos o de burlarse de ellas en el camino, por mucho que intentaran defenderse. El terror apareció en los ojos de Irune cuando reconoció a Antonio entre los guardias. Era obvio que habían aceptado a muchos voluntarios afectos al nuevo régimen para ayudar en las cárceles desbordadas de traidores. Por su culpa estaba allí y sabía que no le iba a poner las cosas fáciles. Las piernas le temblaron. Antonio también se fijó en ella en el patio, desde la distancia, y sonrió provocándole un escalofrío. Pasó a su lado con la mirada clavada en su cuerpo, la hizo revivir aquella sensación que nunca había olvidado. No le dijo nada, pero su sonrisa fue suficiente para que Irune supiera que la buscaría y que la encontraría. Cuando él quisiera.

—Sé dónde la tienen —dijo Amelia a Friedrich nada más llegar al palacete—. En la cárcel de Larrínaga han metido también a mujeres, en un pabellón que llaman la cuarta galería.

Friedrich asintió con cara de circunstancias y rostro pensativo.

—Allí trabaja Antonio desde hace unos días, porque necesitan a todos los voluntarios posibles. He conseguido averiguarlo esta mañana —dijo él con el rostro preocupado.

Amelia se llevó la mano a la boca, ahogando un grito de horror por las consecuencias que aquello podría acarrear a Irune.

—Tenemos que sacarla —dijo muy nerviosa.

Friedrich asintió con la mirada ausente, cavilando en su interior algo que Amelia no llegaba a entrever.

—Iremos esta misma tarde, lo tengo todo solucionado —dijo enigmático.

Apenas comió nada en todo el día, a pesar de que la normalidad comenzaba a llegar a Bilbao. Juana contaba que el ejército franquista había repartido pan auténtico, patatas y judías, en parte para congraciarse con la población civil, hastiada de tanto desgaste por la contienda. Los niños devoraban lo que había con una sonrisa en la boca, ajenos al futuro de su madre y felices por dejar de sentir el dolor en el estómago que provoca el hambre.

Nada más terminar, Friedrich y Amelia subieron al coche para que los llevara hasta la prisión. Cuando llegaron, el caos reinaba. Una larga cola de personas que preguntaban por sus familiares rodeaba el inmenso edificio. Al mismo tiempo, camiones cargados de presos entraban por la puerta para engrosar las filas de los detenidos. Friedrich se acercó a un guardia de la entrada y pidió ver al director; tenía una cita con él.

—Por supuesto, señor Manheim, le está esperando —dijo aquel soldado servicial tras escuchar su nombre.

Mientras los conducían por el interior de la cárcel, Amelia observaba angustiada las distintas escenas a su alrededor y se preguntaba qué habría tenido que vivir Irune de todo aquello. Lágrimas, ruegos, gritos, empujones..., historias atropelladas en las frías paredes de aquel terrible lugar.

El director salió de una puerta que daba a unas escaleras de piedra y se acercó a ellos. Tendió la mano a Friedrich con pleitesía, pero a Amelia solo la miró un segundo sin darle ningún tipo de importancia.

—Disculpen el lío, desde la liberación de Bilbao no dejan de llegar traidores al régimen, la peor escoria, y no damos abasto para encontrarles un lugar.

—No pretendemos robarle mucho tiempo —se disculpó Friedrich.

—No se preocupe, acompáñenme.

Amelia frunció el ceño por el completo desprecio que aquel hombre mostraba hacia ella. Friedrich le pidió con la mirada que no se dejara llevar por sentimientos inoportunos.

—Ahora solo eres mi esposa, actúa en consecuencia —le había dicho en el automóvil. Nunca pensó que le fuera a resultar tan complicado.

Subieron las escaleras y entraron en un despacho, donde el director les invitó a sentarse.

—Venimos a preguntar por una presa. Trabajó con nosotros y queríamos saber de ella después de todo lo ocurrido. Desapareció cuando acudió con nosotros al recibimiento de las tropas.

—Mucha gente quiere saber de sus familias en este momento... —se quejó el director.

Friedrich asintió fingiendo comprensión.

—Lo sé, tiene que ser agotador. Verá, estamos poniendo la fábrica en marcha de nuevo para mayor gloria del régimen, después de este tiempo trabajando a medio gas, y necesitamos que nos aclare un problema con los pedidos que ella misma realizó. Será cuestión de minutos.

El director lo meditó durante unos segundos.

—Su cerveza es una de mis favoritas...

—Y por supuesto que, como agradecimiento por su amabilidad, le enviaremos varias cajas de la nueva producción para que pueda darles el visto bueno antes de que salgan al mercado. Ya he dado orden.

El hombre pareció satisfecho. Cogió el teléfono que había sobre su mesilla y pidió que llamaran a la presa.

—¿Cómo ha dicho que se llama? —preguntó tapando el auricular.

—Irune Expósito.

El hombre repitió el dato y después de colgar corrigió a Amelia.

—La presa Trinidad Expósito les esperará en la sala de las visitas.

—¿Le importa que vaya mi mujer? Yo querría hablar con uno de sus guardias, Antonio Larrea. También fue trabajador nuestro muchos años atrás y me gustaría saludarle.

—Por supuesto, le haré venir. Ahora, si me disculpan, tengo mucho trabajo, pero quedo a la espera de su ofrecimiento.

—No lo dude. En cuanto todo esté de nuevo en orden, usted será el primero en recibir un pequeño presente y, por supuesto, recordaremos su amabilidad en los tiempos venideros. ¡Arriba España!

—¡Arriba! —dijo el director, excitado y satisfecho.

Otro hombre entró en el despacho y pidió a Amelia que le acompañara. Con los nervios a flor de piel, asintió.

—Trinidad Expósito —anunció un guarda en la celda.

A Irune, una vez más, le costó unos segundos reaccionar a ese nuevo nombre con el que la obligaban a llamarse. Finalmente se levantó, temblorosa. Sus compañeras la miraron con incertidumbre. Aquello podía significar muchas cosas y, en aquel lugar y en aquellas circunstancias, posiblemente ninguna buena. Se acercó a la puerta de la celda intentando no pisar a nadie.

—¿Dónde me llevan? —preguntó mientras el carcelero la sacaba del brazo y la empujaba a caminar por un pasillo con otras presas.

Se escuchaban llantos, preguntas, tropiezos y quejas. Las mujeres avanzaban en fila ante la atenta mirada de los guardias y sus medias sonrisas de superioridad.

—Nos van a fusilar —susurraba una y otra vez casi una niña, a su lado, entre lágrimas y rezos.

Irune sintió que sus ojos se empañaban al escuchar la letanía de las que estaban a su alrededor. Tuvo la necesidad de rezar ella también, pero lo único que logró fue recitar el nombre de sus hijos, Luis, Martín y Rosa, una y otra vez, una y otra vez, como si fueran su propia oración, su dios particular.

Las condujeron hasta una sala con barrotes en medio y, sin esperar a que entraran todas ni darles ninguna explicación, abrieron otra puerta en el lado opuesto de la estancia permitiendo el acceso a varias personas. Las escenas de desconsuelo entre los familiares se sucedieron: abrazos a través de las rejas, alivio y angustia al mismo tiempo, llantos, desesperación. Irune buscó entre la multitud el motivo por el que la habían llevado allí y deseó que no estuvieran sus hijos. Quería verlos con todas sus fuerzas, pero no de aquella manera, que no fuera esa la última imagen que se llevaran de ella.

—¡Irune! —escuchó una voz al otro lado de la sala.

Cuando distinguió a Amelia agitando los brazos, empujándose con todos a su alrededor, sintió como si pudiera volver a respirar. Se abrió camino a empellones ignorando las quejas y las miradas duras de otras presas. Nada importaba, solo llegar hasta ella, mirarla a los ojos. Cuando llegó a su lado la vio tan elegante, tan guapa, que pensó que en realidad todo debía ser un sueño. Se dejó caer arrodillada en el suelo, derrumbada, llorando a lágrima viva mientras Amelia la abrazaba con todas sus fuerzas a través de los barrotes.

—¿Estás bien? ¿Estás bien? —preguntaba también llorando y sin soltarle las manos. Le limpiaba las lágrimas, le besaba las manos, que justo cabían por los huecos y se aferraban a ella con desesperación.

Irune asintió como pudo.

—¿Mis hijos?

—Tranquila, están perfectamente, en casa con nosotros.

—Llévatelos —pidió angustiada, decidida a utilizar cada segundo de aquel encuentro por si era el último—, llévatelos lejos, que no sufran. Huid, escóndelos, que no vivan nada de lo que me pueda pasar aquí.

—No voy a ir a ninguna parte sin ti —aseguró Amelia, rota de dolor, preocupada.

—Me van a matar, seguro que al final me van a matar —dijo Irune, presa del pánico—. Antonio está aquí, él lo hará.

—Te vamos a sacar de este lugar, como sea. Friedrich está hablando con él ahora. Haremos lo imposible, te lo prometo.

Los guardias gritaron que se habían acabado las visitas y las empujaron en dirección a la puerta por la que habían entrado. Irune se negaba, no quería soltar a Amelia, consciente de que quizá no volvería a verla. Amelia se aferraba a los barrotes y lloraba a lágrima viva mientras un guardia cogía en volandas a Irune para llevársela casi a rastras.

—Diles cuánto los quiero —rogó Irune, chillando cada vez desde más lejos—. Díselo cada día, por favor.

—Sé fuerte y confía en mí.

En el último momento, Irune se acordó de María y de que quizá su madre tampoco supiera dónde se encontraba su hija. Se volvió y, entre los brazos del guardia que la empujaba, levantó la voz:

—¡María, la hija de Juana, está aquí! —gritó con todas sus fuerzas sin tener la certeza de si Amelia la había oído.

No dejaron de mirarse a los ojos ni un solo segundo hasta que cada una fue llevada por una salida diferente y la soledad las golpeó como el basto ruido metálico de la puerta de una celda.

En el automóvil, Friedrich intentaba consolar a una Amelia destrozada. El encuentro había sido terrible, doloroso y deprimente, y de camino al coche su marido la tuvo que agarrar del brazo para que mantuviera la compostura ante los ojos de todos y no levantara ninguna sospecha.

—Quiere que huyamos con los pequeños —dijo a Friedrich entre lágrimas cuando ya estuvieron a salvo.

—Y lo vamos a hacer.

—No voy a ningún sitio sin ella.

Friedrich la abrazó.

—Eso está solucionado. He hablado con Antonio y, aprovechando el caos que tienen en este momento, se va a encargar de sacarla. Espero que esta misma noche.

—¿Te fías de él? —preguntó Amelia soltando una carcajada irónica.

—Tiene mucho que ganar.

—¿Qué le has prometido?

—Lo que siempre ha querido.

Amelia se quedó pensativa unos segundos.

—La fábrica —afirmó incrédula.

Friedrich no contestó, porque pronunciarlo en alto lo hubiese convertido en demasiado real. Llevó su mirada hacia el exterior, a una ciudad que poco a poco intentaba recuperarse.

—No puedes hacer eso... La fábrica es... toda nuestra vida —susurró Amelia, intentando hacerse a la idea de perder lo que fue su salvación desde niña, lo que la había anclado al mundo y a su matrimonio.

—Nuestra vida ya no está aquí —dijo serio—. Hay que huir o tendremos que vivir mintiendo y comportándonos como hoy durante no sabemos cuánto tiempo.

—Quizá pierdan la guerra... —susurró Amelia.

—Si es así, volveremos y recuperaremos lo que es nuestro.

Suspiró cogiendo la mano de su marido y queriéndole más de lo que le había querido nunca.

—Tenemos que hablar con Dolores, es la única que puede ayudarnos.

Amelia asintió y los dos se abrazaron en el coche, camino al lugar que pronto dejaría de pertenecerles.

Irune se había quedado dormida en brazos de la anciana. Después del encuentro con Amelia, estaba exhausta y, apenas llegó a la celda, rompió a llorar calladamente confortada por los brazos de Carmen. La acunaba con ternura y le susurraba que todo saldría bien. Irune cerró los ojos así, arrullada por las palabras de una madre inventada por las circunstancias.

En plena noche, Irune se despertó siendo arrastrada por un hombre que le decía que debía acompañarla.

—¿Dónde la lleváis? —gritaban María y Carmen, que intentaban retenerla agarrándola de la ropa.

—¡Soltadla o vendréis vosotras también! —gritó el carcelero.

Irune se deslizaba, intentando ponerse de pie sin éxito, por encima de algunas presas que miraban a otro lado. Clavó los ojos en los dos pilares que tenía entre aquellas cuatro paredes, las dos mujeres que la habían apoyado, y no fue capaz de decir nada para despedirse. Pero cuando la puerta se cerró, se le llenaron de lágrimas y pérdida, dio su vida por acabada y se dejó llevar sin pelear.

Tenía miedo. Siguió a su guía por los pasillos desiertos, con las luces apagadas y solo con el sonido de algunos gritos que rompían la noche en mil pedazos.

—Pasa aquí —ordenó él tras abrir una puerta.

Irune obedeció. Cuando el hombre cerró tras ella y se encendió la luz, ahogó un grito, aterrorizada. Era una sala vacía, sucia, con un foco en el centro de la habitación y poco más. Pero lo que la convirtió en un pequeño animal de presa, acurrucada contra la pared de azulejos húmeda, fue la presencia de Antonio, que, al fondo de la sala, sonreía.

—Ratilla, no te asustes, saldrás de aquí. Tengo un acuerdo con tus amigos, pero antes vamos a divertirnos un rato.

Irune se echó a llorar en silencio, sin creer ninguna de las palabras que pronunciaba. Estuvo segura de que no escaparía, de que no la iban a salvar, de que aquella era su condena y esa noche la fecha de su muerte. Deseó estar pegada a un muro frente al pelotón de fusilamiento, deseó una muerte rápida porque sabía que no iba a tenerla. Cerró los ojos cuando Antonio se acercó y empezó a manosearla, cuando le sintió la lengua en su boca muerta, en sus brazos muertos, en su piel sucia aún más sucia después de que él la tocara. Se dejó hacer porque ya se había rendido, se dejó hacer porque, al verlo, había perdido la esperanza.

Amelia paseaba por el palacete en la penumbra. Quería despedirse de sus recuerdos, de su infancia, de su vida tal y como la conocía. Recorrió cada estancia y deslizó los dedos por los muebles, las ropas en su armario, su vestido de novia, los libros en la biblioteca... Visitó la pequeña capilla donde se casó con Friedrich, la habitación de sus padres, la de Óliver... No sabía si lograrían huir de allí, pero, si lo conseguían, aquellas cosas ya no le pertenecerían nunca más. Las tendría que abandonar a cambio de una vida que no había pedido vivir. Tendrían que hacer recuento de lo valioso, clasificar las cosas por su precio y no por el recuerdo, porque los recuerdos no les darían de comer, no les abrirían puertas. Cuando la pura existencia está en juego, el corazón desvía la mirada.

27

Irune intentó abrir los ojos. Con el izquierdo apenas podía atisbar algo de luz, un hilo de claridad indefinida que solo demostraba lo hinchado que debía tenerlo. Únicamente existía eso y el dolor. Con el otro solo encontró la imagen borrosa que se fue haciendo un poco más clara al transcurrir los segundos. Pero no reconocía nada. Notaba el frío del suelo en la mejilla, la dureza del pavimento bajo las manos y todo el cuerpo. Ya no estaba en aquella habitación donde creyó que iba a morir. No había azulejos, ni humedad, ni esa luz fluorescente que se le clavó en las retinas mientras sentía a Antonio dentro de ella. Murió allí, eso lo tenía claro; una parte de ella falleció entre los olores y los golpes de aquel demonio.

Se incorporó como pudo y miró al cielo, cruelmente despejado, ajeno al dolor y a la muerte. Era muy temprano, pensó, por el frescor que sentía en la piel y la poca fuerza del sol para remediarlo. Creyó que estaba en otra parte de la cárcel, que quizá Antonio la estaba reteniendo en algún lugar para matarla de nuevo. Pero entonces reconoció la Casa Galera y se dio cuenta de que estaba fuera de la cárcel. Antonio la había torturado y violado durante toda la noche y después la había tirado inconsciente en cualquier calle como a un trapo que ya no se quiere usar más. Irune solo sentía dolor. En los ojos, en las múltiples heridas que tenía en el labio, en todo el cuerpo magullado y roto. Se miró las ropas sucias, desgarradas, e intentó colocárselas de forma que le permitieran llegar hasta su destino, la casa de Amelia. Tenía que conseguirlo, costara lo que costase.

Amelia encontró a Juana en la cocina ya vestida a pesar de que era muy temprano.

—He dejado leche para los niños y un poco de pan duro para que puedan untarlo y ablandarlo.

—¿Vas a acercarte a la cárcel?

—Tengo que ver a mi hija, comprobar que se encuentra bien.

Amelia asintió. Se sirvió un poco de leche y algo que en la tienda habían llamado café.

—No te preocupes, tarda lo que necesites —dijo, y se sintió condescendiente e injusta.

—Gracias, hija —contestó Juana con una sonrisa triste y cansada antes de abrir la puerta de la cocina y salir apresuradamente.

Amelia esperaba que consiguiera ver a María, pero no las tenía todas consigo. La tarde anterior escuchó las quejas del resto de los familiares por las horas que habían tardado en acceder al interior. También comentaron que mucha gente de la larga cola que había fuera se quedaría sin visitar a sus seres queridos un día tras otro.

El dinero, pensó, la suerte del dinero, la misma suerte que los iba a sacar de allí, porque sin las joyas, sin los contactos, sin la fábrica, sería imposible ni siquiera pensar en la posibilidad de huir. Era consciente de sus privilegios, pero también de lo egoísta que necesitaba ser en los próximos días. Dejaría atrás a Juana, con su hija María en la misma situación que Irune y sin ayuda, dejaría atrás a Dolores y a Carlos, su sobrino, que no sabían si estaba vivo o muerto, a Félix, su casa..., y se aventurarían en una nueva vida en la que quizá saldrían perdiendo. Sería difícil igualar lo que tenían en Bilbao. Por no hablar del peligro de escapar, de ser descubiertos, de ser acusados y también de proteger a Irune y a sus dos hijos.

—Dolores está a punto de llegar —anunció Friedrich, que se acercó a servirse el mismo triste café que ella estaba tomando—. Qué malo... —dijo nada más darle un sorbo.

Amelia recordó los días en los que los criados les servían en el comedor, en los que desayunaban leyendo la prensa con toda clase de opciones: pan fresco, huevos, mantequilla... Ahora tenían café que sabía a todo menos a eso, los periódicos aún no habían vuelto a poner en marcha las rotativas y desayunaban de pie en la cocina que antes nunca pisaban.

—¿Sabes algo de Carlos?

Friedrich negó con la cabeza. Su sobrino había luchado en Artxanda y después había conseguido mandar un mensaje a su madre para decirle que estaba bien, pero que se iba a entregar. No sabían nada más.

Martín y Rosa aparecieron en la cocina con cara somnolienta y cogidos de la mano, como siempre. Amelia les dijo que se sentaran a desayunar. Friedrich lo hizo con ellos.

—¿Qué tal habéis dormido?

—Yo he soñado con *ama* —contó Rosa con tranquilidad—. Estaba dormida conmigo. ¿Ha venido y se ha marchado pronto? —preguntó esperanzada.

—No, cariño —contestó Amelia, poniéndose a la pequeña sobre las rodillas—. Vuestra madre aún no ha podido volver.

—Pero lo hará pronto —aseguró su marido.

Amelia y Friedrich intercambiaron una mirada de complicidad y miedo.

Irune había perdido la noción del tiempo. Desconocía cuánto llevaba caminando, pero sí sabía que pronto no podría más. Llevaba días sin comer y tenía el cuerpo roto. Había llegado a la plaza de los Auxiliares, junto a la plaza Nueva, y se sentía incapaz de continuar. Aún estaba lejos, no tenía dinero y no se atrevía a acercarse a nadie para pedirlo. Empezaba a haber movimiento en las calles. La ciudad poco a poco recuperaba algo de vida, dejaba de lado el miedo inmediato y lo transformaba en ese temor indefinido a la verdad, a decir lo que se piensa, a ser quien se es.

De repente, alguien se le acercó por la espalda.

—¿Eres la del tango?

Irune miró a aquella mujer con ropas llamativas y muy maquillada y le costó saber de quién se trataba.

—Eres tú, ¿verdad? Recuerdo cómo cantaste... Estuve buscándote un tiempo, por si querías subirte a un escenario conmigo, pero no te encontré.

Entonces se acordó de la cantante del Moulin Rouge cuatro años antes, la Dama del Carmín Rojo. Le entró miedo, se sintió vulnerable y se giró para seguir caminando.

—No... —susurró.

Irune intentó acelerar el paso, pero tropezó y cayó al suelo. Una derrota más. Se sintió superada, apenas podía levantarse. La mujer corrió a su lado y la cogió por la cintura para ayudarla.

—Así no puedes ir a ninguna parte.

Irune la miró a los ojos y se emocionó al ver la sonrisa tan real, tan paciente y verdadera que le estaba dedicando.

—Es que llevo casi tres días sin comer...

—Para empezar, pondremos solución a eso —dijo acompañándola con pasitos cortos hasta la plaza Nueva.

Entraron en el Café Bilbao, casi desierto a aquellas horas.

—Ponme lo que tengas para comer —dijo a un hombre muy mayor que estaba detrás de la barra.

—Claro, Pili, lo que mandes, pero esta noche nos vemos... —negoció el camarero guiñándole un ojo y asegurándose de que nadie podía oírlos.

—Tú no perdonas ni en guerra... —bromeó ella.

—Bueno, hay que seguir viviendo, ¿no?

Les trajo pan y un trozo pequeño de tortilla de patata.

—Es lo único que hay. Nos ha vendido huevos una mujer que venía de un caserío en no sé dónde y las patatas son las que repartió el ejército de Franco —dijo con sorna.

—Igual están envenenadas —soltó la mujer.

El hombre también soltó una carcajada, pero después se llevó un dedo a los labios y pidió silencio porque otro cliente entraba a por un café.

—Come despacio o te sentará mal —pidió la cantante a Irune cuando vio las ansias con las que se abalanzaba sobre el plato.

Irune devoró aquella tortilla con poca sal y menos gracia que sin duda era la mejor que había probado nunca.

—¿Sabes algo de Carlos? —preguntó Amelia nada más recibir a Dolores, que había llegado en su propio coche, aparcado en la entrada.

Su cuñada negó con la cabeza y el rostro lleno de preocupación.

—Vamos a escapar —dijo Amelia en cuanto estuvieron en el salón.

El silencio se sentó junto a ellos como un cómplice más.

—¿Cómo? —logró preguntar Dolores con un hilo de voz.

—Con el primer barco que traiga cebada a la fábrica —aclaró Friedrich—. ¿Sabes cuándo será?

Ese era el plan, lo que habían hablado la noche anterior hasta la extenuación, lo único que se les había ocurrido. Eso si Antonio cumplía su palabra...

—Parece que mañana —dijo Dolores—. Pero es muy pronto, aún tenemos que encontrar a Carlos.

—No podemos esperar mucho, cuanto más lo posterguemos más peligroso será.

—Iremos con vosotros —sentenció.

Friedrich carraspeó incómodo, pero contestó muy seguro:

—Contábamos con ello. Buscaré a tu hijo, no te preocupes.

La mujer se relajó.

—Podríamos ir en camión hasta el puerto —sugirió Amelia—, en uno de los de reparto.

—No tenemos a nadie que lo conduzca —se lamentó Friedrich.

—Yo lo haré —se ofreció Dolores—, no puede ser muy diferente a conducir mi coche.

Los tres se miraron con cara de circunstancias.

—¿Cuándo llega el barco? —preguntó el alemán.

—A primera hora, supongo que sobre las siete estará en el puerto.

—De acuerdo, iré allí en cuanto atraque y hablaré con el capitán. —Amelia sabía que, cuando Friedrich se refería a hablar, en realidad quería decir sobornar—. Intentaremos que se marchen mañana mismo y que nos oculten en el barco con ellos.

—No creo que haya problema para cuatro personas —dijo Dolores.

Amelia y Friedrich se miraron con preocupación.

—Vamos a ser más.

Tuvieron que ponerla al día de su situación, de los niños, incluso de Irune, aunque obviaron la relación que la unía a Amelia. Dolores no decía nada, pero su rostro cada vez era más sombrío.

—Hay que intentarlo —sentenció el alemán.

Los tres se miraron con preocupación.

—Llévanos a donde diga ella —pidió al hombre que conducía el coche.

Irune estaba sorprendida por los contactos de la Dama del Carmín Rojo. Había convencido a un chico que jugaba en los soportales de la plaza Nueva para que se acercara al restaurante Víctor Montes, preguntara por el señor Arrieta y le dijera que la señora Pilar Mayo necesitaba utilizar un segundo su vehículo por una emergencia. Irune, que había recuperado algo de fuerzas, miró impresionada a la cantante.

—Conozco a mucha gente... —se explicó esta con una sonrisa.

Irune no quiso indagar más porque sabía que, en su caso, el verbo «conocer» tendría un significado bastante más amplio del que ella solía darle.

El chico volvió corriendo y le dijo a Pilar que el coche

estaba junto a la plaza, pero que no tardara mucho porque lo iban a necesitar pronto. El muchacho alargó la mano pidiendo una recompensa. Pilar le dijo al camarero del Café Bilbao que le sirviera una gaseosa.

Las dos mujeres caminaron hasta el vehículo. Irune dio la dirección de Amelia al chófer, que se puso en marcha.

—Vaya, tú también tienes amigos importantes —dijo Pilar al saber a dónde se dirigían.

Se encogió de hombros.

—No sé qué te ha ocurrido, no sé quién eres —habló la cantante durante el trayecto—, pero creo que debo decirte algo.

Irune la miró expectante.

—Sobrevive. Eso es lo más importante en este momento, sea lo que sea lo que te hayan hecho —dijo refiriéndose a su cuerpo y su ropa.

Agachó la mirada, avergonzada.

—Cabeza alta, chica. Yo he estado en algún lugar parecido al que tú estás ahora y, si algo he aprendido, es a aferrarme, a seguir viviendo. Lo que te ha ocurrido regresará, volverá a visitarte una y otra vez, intentará adueñarse de todo lo tuyo, de todos tus pensamientos, de todo tu amor... —dijo—. No lo permitas. Acepta que has tenido que pasar por eso y sigue adelante. Míralo a la cara y sé más fuerte que tus recuerdos.

Irune no sabía cómo hacer aquello que le estaba pidiendo la desconocida, pero aquellas palabras las recordaría siempre.

Tras dar varias vueltas para evitar las diferentes obras de acondicionamiento de la ciudad, por fin llegaron a la casa de Amelia. Irune se bajó del coche a duras penas. Antes de avanzar hasta la entrada, se volvió e hizo un esfuerzo por sonreír a Pilar.

—Gracias.

—Y canta, canta mucho. Siempre —la animó ella para después desaparecer en aquel coche oscuro.

Amelia se extrañó al escuchar el timbre de la puerta principal. Se acercó entre temerosa y algo esperanzada. Irune estaba al otro lado, apoyada en la pared fría de piedra, exhausta, desconocida. Levantó la mirada y se encontró con unos ojos inyectados en sangre, hinchados, deformados por el dolor. La cara la tenía llena de moratones y la ropa, medio rota. Irune intentó erguirse, pero no pudo soltarse de la pared, agotada. Amelia tuvo que taparse la boca para no gritar, después la abrazó sollozando. Irune, sin embargo, no era capaz de responder al afecto. Se colgó de ella y le susurró al oído:

—Por favor, no quiero que me vean así mis hijos. Deja que me asee un poco.

Entraron en la casa con pasitos cortos procurando no hacer ruido. Avanzaban a duras penas.

—Vamos arriba.

Amelia la llevó casi colgada de los hombros hasta el piso superior, entre el dormitorio de Friedrich y el suyo, donde hacía unos años habían instalado uno de los baños de la casa. Una gran bañera presidía la estancia.

Sentó a Irune en la banqueta que utilizaban para las toallas y dijo:

—Ve desnudándote. Aún no hay agua caliente. Voy a hervir un poco en la cocina —explicó Amelia abriendo el grifo de la fría—. Avisaré a Friedrich para que entretenga a los pequeños hasta que estés preparada para bajar, ¿de acuerdo?

Irune asintió y comenzó a quitarse la ropa lentamente. Amelia dedicó una última mirada a su cuerpo magullado y tuvo que reprimir un grito de pura rabia al verla así. Antonio había cumplido su promesa de soltarla, pero también le había hecho pagar un alto precio.

Bajó a toda velocidad, puso una olla a hervir en la cocina y corrió hasta la habitación de los niños, donde Friedrich les leía un cuento.

—Ha llegado alguien de la fábrica —dijo señalando con la mirada a los niños—, pero necesita asearse un poco, ¿de acuerdo?

Friedrich entendió lo que quería decir.

—Sí, nosotros ahora estamos ocupados, ¿verdad? —dijo a los chicos, que enseguida asintieron concentrados.

Amelia volvió a la cocina, cogió la olla y regresó deprisa escaleras arriba. Encontró a Irune terminando de quitarse la ropa con lentitud y mucho dolor. Mezcló el agua para conseguir un baño templado. Tuvo que sujetar a Irune cuando se metió en la bañera. Con cuidado, la ayudó a sentarse, intentando ignorar los golpes y las heridas que tenía por todo el cuerpo. Le entregó una pastilla de jabón ya casi terminada, pero de la que todavía se podía sacar algo y ayudó a pasársela por la piel. Veía cómo Irune aguantaba las lágrimas, cómo procuraba no quejarse incluso por el más leve de los roces. Amelia, con toda la ternura de que era capaz, la acariciaba con la espuma para borrar con dulzura la pesadilla que había tenido que vivir. De repente se detuvo; entre las piernas tenía adherida sangre seca en la piel, y en los muslos, una costra del líquido que le reveló exactamente la clase de tormento al que Antonio la había sometido.

—No he podido limpiarme... —se disculpó Irune con un hilo de voz, avergonzada por todo.

Amelia la besó en la frente y la abrazó sin importarle mojarse la ropa.

—Te quiero —susurró, y sintió que Irune se aflojaba, que, como un muñeco de trapo, su cuerpo se desmadejaba en un llanto cansado, doloroso, casi mudo.

No la soltó mientras se desahogaba, mientras intentaba volver a la realidad junto a ella. No hacían falta palabras, ambas tenían muy claro lo sucedido, lo vivido por el cuerpo y el alma. Solo el consuelo de sus manos entrelazadas les daba algo de esperanza.

Unos minutos más tarde, Irune pareció tranquilizarse y Amelia la ayudó a salir y a secarse el cuerpo con una toalla. La recién llegada solo tenía que aferrarse a una silla. Ella haría el resto.

—Cuidaré de ti.

Después de ponerse ropa limpia, Irune se miró al pequeño espejo del cuarto de baño, con el rostro magullado aunque habiendo recuperado algo de la dignidad perdida. En cuanto vio su propio reflejo, giró la cabeza, horrorizada.

—Necesito verlos.

Es lo único que pudo decir. Amelia asintió.

Con cada paso, Irune ocultaba el dolor que sentía en innumerables partes de su cuerpo. Amelia bajaba muy rápido las escaleras para ella, pero tampoco quería retrasar el momento de reencontrarse con los pequeños. Necesitaba verlos, saber que estaban bien aunque no lo dudaba, sentirlos entre sus brazos, recuperar lo bueno de su vida después de haber vivido lo peor. Solo esperaba no asustarlos demasiado con su aspecto.

—Van a estar felices al verte —dijo Amelia con una sonrisa.

Irune sintió una punzada de envidia por los minutos que

ellos habían compartido con Friedrich y Amelia en su ausencia. Se sentía celosa de la vida que siguió adelante mientras ella estuvo anclada en el dolor y la cárcel.

Por fin llegaron a las habitaciones de los criados.

—Intentamos mantenerlos aquí para no ponerlos en peligro, para que nadie los vea. Por cierto, Juana ha ido a visitar a María a la cárcel, gracias por contárnoslo.

Irune asintió y siguió a Amelia, sintiéndose una extraña. Pensó en su amiga en la cárcel y en Carmen. Se sintió aún peor, egoísta, una privilegiada.

Llamaron a la puerta del dormitorio que compartió aquella noche con sus hijos y los vio rodeados por los paternales brazos de Friedrich mientras les leía un cuento. Jon y aquel alemán rubio no podían ser más distintos. Su marido jamás les había dedicado ese tiempo, porque siempre estaba trabajando y leer no era precisamente su fuerte. Pero verlos con el marido de Amelia le recordó su falta, la ausencia de su padre y el hecho dc que hubieran estado a punto de perder también a su madre. Sintió una certera angustia al ser consciente de aquello. Dejar solos a sus hijos como vivió siempre ella en su infancia... No, eso no iba a pasar, decidió en aquel segundo. Después abrió los brazos, se agachó a pesar del intenso dolor y se aferró a ellos.

28

Juana entró en la cocina contenta, había encontrado en el puerto a un marinero que le había vendido un poco de chocolate que pensaba dar a los niños para desayunar. Amelia se levantó temprano porque quería estar a solas con ella. La noche anterior le había contado que no había conseguido ver a María, pero que sabía que estaba allí y que de momento estaba bien, pero que había tanta gente que no le llegó el turno. Hoy volvería a intentarlo.

—Juana... —empezó a decir Amelia con la voz rota—, quizá cuando vuelvas...

Quería decirle que lo más probable era que ya no estuvieran, que había sido como una madre para ella, que la quería, que ojalá pudieran irse todos, pero...

La mujer se acercó y le sonrió con los ojos llenos de lágrimas.

—No hace falta que digas nada, hija, nada.

Amelia la abrazó para retener en la memoria su olor, su pelo canoso, sus ojos grises. Se quedaron aferradas la una a la otra unos segundos más, rompiendo la barrera que siempre les habían impuesto las diferentes plantas de una misma casa.

—Llévate todo lo que quieras, vende todo lo que quieras, ¿de acuerdo? Todo esto es tuyo por derecho propio —dijo

Amelia, porque sabía que tendría que buscar un nuevo hogar e iba a necesitar el dinero.

—Lo querrán cuando vuelvan... —contestó la anciana.

—Juana, hazme caso. Necesito saber que vas a estar bien —pidió cogiéndole el rostro entre las manos.

La anciana asintió. Después se marchó apresurada, diciendo que debía ir a visitar de nuevo a su hija. Y desapareció de la vida de Amelia.

Irune permanecía aún en la cama junto a sus hijos en aquel amanecer del inicio del verano, el 23 de junio de 1937. Estaba agotada porque, a pesar de su necesidad de dormir, no había podido hacerlo. Cada vez que cerraba los ojos, su sueño se llenaba de pesadillas y recuerdos y se despertaba asustada. Sabía que en pocos minutos debían levantarse. Friedrich y Amelia le habían puesto al corriente del plan de huida, pero quería arañar a la noche unos segundos más, tener a sus pequeños abrazados, sentir su calor en el cuerpo, verlos respirar acompasadamente.

Tenía el estómago revuelto por los nervios. Friedrich habría vuelto ya del muelle, donde habría esperado al capitán del navío, dispuesto a sobornarlo con lo que hiciera falta para conseguir que los dejara embarcar. Qué fácil eran las cosas con dinero, pensó. Se imaginó a Luis, que no tenía nada, al que solo había podido darle una humilde medalla y que debía huir igual que ella. Se le llenaron los ojos de una preocupación que mutó en lágrimas que descendían sigilosas por sus mejillas. Iba a abandonar a su hijo mayor, pero sabía que no tenía más remedio que hacerlo por los otros dos. Solo pensar en que pudieran arrebatárselos y recluirlos en algún centro e incluso en la cárcel por ser rojos o traidores, o familia de traidores, o todas las barbaridades que se rumoreaban... Se iría a cualquier parte, pasaría por cualquier cosa con tal de que nada de eso ocurriera.

Alguien llamó a la puerta y abrió sin esperar.

—Es la hora —dijo Amelia.

Suspiró. Miró a sus hijos y comenzó a despertarlos con movimientos suaves.

—Debemos llegar en el coche hasta la fábrica y escondernos en los camiones que irán a recoger la cebada. Así luego podremos subirnos al barco cuando vayan a cargar —dijo Friedrich—. Primero iré yo con los niños, que se tendrán que esconder bien agachados en el suelo del asiento trasero hasta que lleguemos, para que nadie los vea. Después iréis vosotras, tú también escondida —dijo a Irune.

—¿Y el chófer? ¿No nos traicionará? —preguntó ella.

—Sabe que cobrará mucho si no lo hace y en estos tiempos eso es lo único que cuenta.

Amelia se sentía incómoda cuando Friedrich e Irune se hablaban directamente. No eran celos, solo la sensación de que esas dos personas nunca deberían haber estado juntas, de que todo hubiera sido más sencillo si aquello simplemente no hubiese ocurrido.

—Yo quiero ir con *ama* —susurró Martín sin mucho convencimiento, porque ya le habían explicado muchas veces que después se reunirían todos.

—No voy a volver a dejaros, ¿me has oído? —dijo Irune—. Nunca. No entramos los tres juntos. Pero será poco tiempo.

Los niños finalmente aceptaron y se subieron al vehículo tal y como Friedrich les había indicado. Esa noche habían cosido al forro de las ropas de todos las joyas que Amelia había heredado y comprado a lo largo de los años. Así, si algo les ocurría por separado, tendrían un poco con lo que sobrevivir cada uno. También habían dividido el dinero del que disponían. Amelia cogió algunos recuerdos: una foto de su hermano, un pañuelo de su madre, una estilográfica sin tinta de su padre y la foto que Eulalia Abaitua les había hecho a los dos. No llevaba nada más.

—Tardan mucho —decía Irune, nerviosa, mientras esperaban en el salón a escuchar de nuevo el ruido del coche entrando en la casa.

—Tranquila, no querrán ir muy rápido para no despertar sospechas.

Irune asentía, pero a los pocos minutos volvía a levantarse, volvía a preguntar y volvía a escuchar la respuesta que Amelia le daba con infinita paciencia. Por fin llegó el coche. Amelia, al cerrar la puerta del palacete por última vez, sintió que su corazón se detenía. Inspiró una última vez para recordar el olor de su hogar.

—Es hora —apremió Irune.

Amelia asintió y se subieron al coche.

—¿Estás bien? —preguntó cuando se acurrucó entre sus piernas, ahogando gestos de dolor.

Asintió, aunque fuera mentira.

El trayecto estaba siendo mucho más doloroso de lo que había imaginado, pensó Irune. Con sus heridas y el estado en que se encontraba, los movimientos del vehículo la hacían estremecer a cada instante. Se agarraba a las piernas de Amelia para soportarlo y ella le alargaba la mano consciente del dolor que padecía.

—Ya queda poco —susurraba, pero nunca parecían llegar.

Irune salió de aquel cubículo tambaleándose. Amelia la ayudó pasándole el brazo por los hombros y cargando con buena parte de su peso. El chófer apenas esperó a que bajaran; puso en marcha el vehículo y las dejó solas sin mirar atrás.

Entraron en la fábrica a toda prisa para evitar que nadie pudiera verlas. Aún no habían reemprendido la actividad desde que tuvieron que detener la producción, justo antes de la entrada de las tropas en la ciudad. Eso resultaba una ventaja, porque no habría testigos.

—Tenemos que ir hasta el almacén, ¿recuerdas? Está en la parte de atrás —dijo Amelia tirando de ella con suavidad.

—Tengo un mal presentimiento —susurró Irune mirando alrededor con desconfianza.

—Es solo miedo —intentó tranquilizarla Amelia, sin mucha convicción.

Pero no era así, no era solo miedo. El miedo lo conocía muy bien y aquella era una sensación distinta.

Apoyadas la una en la otra, atravesaron la fábrica hasta el almacén donde Dolores las estaría esperando. Friedrich y ella habían planeado viajar con unos sacos de tela que serían los que después, dentro del barco, rellenarían con cebada antes de regresar a la fábrica. Ellos esperarían ocultos en la bodega a que se los llevaran y después partirían hacia Burdeos.

Llegaron al almacén extrañadas. El silencio era excesivo. No escuchó a sus hijos, ni la voz de Friedrich, nada.

—¡Cuidado, *ama*! —gritó una voz a su espalda.

Un hombre uniformado como los vencedores tenía al marido de Amelia agarrado por el cuello y apuntaba a su cabeza con una pistola. Dolores permanecía a su lado con el rostro desencajado, pero fingiendo firmeza. Los niños estaban acurrucados en una esquina, muertos de miedo y abrazados el uno al otro.

—¡Quietos todos! —ordenó el hombre con un tono de voz autoritario y muy nervioso.

Pero, a pesar de la advertencia, en cuanto la vieron, Rosa y Martín corrieron hacia su madre e Irune los protegió con su cuerpo, ocultándose tras unas cajas de madera.

—Deja que ellas se marchen —rogó Friedrich.

—No —pidió Amelia inmóvil mirando a su marido y a aquel soldado que lo agarraba con determinación.

Amelia observaba la situación sin comprender. No sabía por qué estaba allí aquel hombre. En apenas unos segundos, dedujo que Irune no podía haber sido la que les traicionaba porque, mientras estuvo en la cárcel, no sabía nada, y jamás hubiese puesto en peligro la vida de sus hijos. Pensar en los niños era un sinsentido y la pistola que apuntaba a Friedrich despejaba toda duda sobre él. Eso dejaba a Dolores como única posibilidad, pero era una locura dudar de ella.

—Dolores, ¿qué está pasando? —preguntó desconcertada, porque solo podía ser ella.

La mujer negó con la cabeza con lágrimas en los ojos.

—Es por Carlos, Amelia, me ha prometido salvarlo. Lo tienen preso y me ha asegurado que va a sacarlo de la cárcel, que hablará por él. Si no, lo matarán. Lo fusilarán y yo solo tendré su cuerpo... —dijo sollozando junto al soldado.

—Te ha mentido —intervino Friedrich.

—¡Cállate! —gritó el soldado, que lo golpeó con la culata del arma en la cabeza—. Os entregaré a todos.

—Dice la verdad, se va a salvar —intentaba convencerse Dolores, mirando a uno y a otro, dudando de sí misma, de lo que le decía aquel desconocido al que, de manera desesperada, había entregado todas sus esperanzas.

—Carlos fue fusilado hace dos días —dijo Friedrich intentando zafarse del soldado.

—¡Cállate! —gritó el hombre de nuevo.

Un disparo de advertencia al techo provocó la angustia inmediata de Amelia. Pero el alemán fue lo bastante rápido como para aprovechar ese momento y zafarse del soldado, que cayó al suelo. Como pudo, corrió junto a su mujer.

Ocurrió en apenas unos segundos. El hombre, desde el suelo, levantó el arma de nuevo y apretó el gatillo. El disparo sonó ajeno, como si estuviera lejos, o eso sintió Amelia al ver sacudirse a Friedrich delante de sus ojos cuando corría hacia ella. Esta vez sí había acertado en la espalda del alemán, que se precipitó en los brazos de su mujer.

—¡No! —gritó ella tapándole la herida con las manos.

Dolores reaccionó, se giró, cogió al soldado desprevenido y forcejeó con él para arrebatarle el arma con ayuda de Irune, que dejó a sus hijos agazapados en la pared antes de correr hasta ella. La pistola, en la pelea, se disparó y, tras un instante de confusión, el soldado cayó al suelo muerto. Dolores e Irune se miraron asustadas pero cómplices.

Irune volvió con los niños para abrazarlos y consolar su angustia mientras que la cuñada de Amelia corría hasta Friedrich. Se arrodilló junto a él llorando desconsoladamente.

—¿Es cierto?

El alemán asintió con un leve gesto de la cabeza, porque ya no podía hablar, porque la sangre comenzaba a empapar su ropa y la de Amelia.

—Tenías que habérmelo contado —dijo Dolores, presionando también la herida mientras sollozaba—. Ese hombre me engañó, me prometió que…

La mujer se abrazó a Friedrich y susurró un «lo siento» lleno de pérdidas.

—Tenemos que irnos —interrumpió Irune.

Poco a poco fueron levantándose para ir hasta la trasera de la fábrica. Friedrich avanzaba a duras penas, colgado de Amelia y Dolores. Al otro lado de la sala, junto a la entrada, estaba aparcado el camión que debía llevarlos.

Irune comprobó que los sacos estuvieran dentro del vehículo.

—Meted a Friedrich en el camión —dijo Irune, dueña de la situación, quizá por sentirse algo menos implicada en lo sucedido.

Después se acercó a Dolores y con discreción le tendió la pistola que le había arrebatado al soldado.

—Por si acaso.

Esta asintió y se borró las lágrimas del rostro de un manotazo. Guardó el arma en el bolsillo de su vestido.

Recostaron a Friedrich en el fondo del vehículo mientras sus hijos y ella se colocaban delante, intentando dejar intimidad al herido y, al mismo tiempo, mantener a los pequeños alejados de él, que cada vez tenía peor aspecto.

—Hay mucha sangre —dijo asustado Martín, que se colocó a un lado del camión, dándoles la espalda.

—Estamos juntos, estamos bien, esto terminará pronto.

Dolores amontonó unas cajas delante de ellos para que no los descubrieran si alguien abría el portón. Se quedaron en un repentino silencio mientras ella subía al asiento del conductor. Puso en marcha el motor y todos contuvieron el aliento.

La sangre de Friedrich le había empapado la ropa y las manos, se escapaba entre los dedos de Amelia y con ellos se llevaba su vida. Se sentía impotente, desesperada, presionaba la herida con voluntad, pero la realidad de los ojos cada vez más ausentes de su marido se imponía. Lo supo, no había nada más que hacer. Ahogó un sollozo y en ningún momento paró de abrazarlo. No podía creer que fuera a perderlo.

Amelia lo besó en la frente y este la cogió de la mano con fuerza.

—Ten una vida, por mí.

—Te vas a poner bien... —intentó mentir, pero no pudo seguir haciéndolo al ver la media sonrisa de su marido, que le apartó la mano de la herida con ternura.

—Te quiero mucho... —susurró entonces, besándolo en los labios.

—¿A pesar de todo? —preguntó él ya con un hilo de voz que apenas escuchaba.

—A pesar de mí —contestó Amelia, acunándolo con ternura.

Su marido se le escapó en aquel abrazo y se llevó con él lo último que le quedaba de una familia.

Cuando llegaron al puerto de Bilbao, el capitán los estaba esperando.

—¿El señor Manheim? —preguntó con desconfianza cuando Dolores se acercó con la ropa sucia, el rostro reseco por las lágrimas y la angustia en la voz para decirle que habían llegado.

—Ha habido un enfrentamiento y ha ocurrido lo peor —intentó explicarle ella, algo temerosa pero segura.

Conteniendo el aliento, Irune escuchaba desde dentro del camión cómo el capitán del barco se negaba a seguir con su trato en aquellas circunstancias.

—Ven conmigo —pidió entonces Dolores.

La mujer retiró una de las cajas del camión. Dos mujeres, dos niños y un hombre muerto fue el panorama que encontró aquel capitán de barco que no fue capaz de decir nada.

—¿Los vas a dejar aquí?

El capitán dudó unos segundos. Después asintió y llamó a sus hombres para que descargaran los sacos.

—¡Cuidado! —pidió—¡Mercancía delicada!

Irune ayudó a sus hijos a meterse en los sacos, los besó y les pidió que fueran muy valientes antes de que aquellos hombres se los llevaran sin dificultad a la bodega del barco. Después vio el suyo cerrarse sobre su cabeza. Se abrazó a sí misma y notó las manos de varios marineros que aferraban su cuerpo a través de la tela. El movimiento la mareaba, la angustia le tenía atenazados todos los músculos y sentía un miedo atroz a que pudiera pasarles algo a los pequeños. Aquel diminuto trayecto le pareció una eternidad.

Amelia lloraba en silencio dentro de aquel saco asfixiante. Abrazaba el abrigo manchado de sangre de su marido, con las joyas cosidas en su interior y su olor impregnándola de recuerdos. Se sentía ahogada, sola, huérfana de nuevo.

De repente, una voz autoritaria preguntó en el exterior:

—¿Qué llevan en ese camión?

Amelia contuvo el aliento y pensó que todo había terminado. Los descubrirían, los detendrían y la muerte de Friedrich habría sido inútil. Los marineros no se detuvieron, la llevaban cada vez más deprisa. El hombre del vozarrón insistía con menos paciencia y más seriedad. Amelia se aferró al abrigo de Friedrich sin apenas poder respirar. Todo estaba perdido. Encontrarían el cadáver e irían a por ellos. Su vida terminaba ahí.

Pero entonces, a lo lejos, pudo escuchar la voz de Dolores que gritaba:

—¡He sido yo! ¡Apartad o disparo! ¡A ese hombre lo he matado yo!

Se dio cuenta de que su cuñada se había sacrificado para salvarlos, se había convertido en el centro del caos para desviar la atención del barco, había enseñado la pistola y descubierto el cadáver de Friedrich, y estaba segura de que la habrían detenido de inmediato. El barullo se alejaba del saco donde Amelia abrazaba su vida pasada en aquel abrigo, perdida ya sin remedio. Finalmente la depositaron en el suelo y alguien la liberó.

El rostro de Irune y sus brazos ayudándola a salir en la bodega del barco consiguieron que, al menos, volviera a respirar.

Horas más tarde, ya en tierra firme, en el puerto de Burdeos, Amelia e Irune agradecieron a los tripulantes y al capitán toda la ayuda recibida. Los vieron partir con la sensación de que se llevaban la única conexión con la que había sido su vida hasta aquel momento.

Amelia e Irune se dieron la mano con los ojos clavados en el mar. Abrazaron a los niños, convertidos en la familia que tendrían que ser a partir de entonces.

—¿Dónde iremos? —preguntó Amelia.

—A París —respondió Irune tras un breve silencio.

—Sí, a París.

Agradecimientos

En primer lugar, quisiera agradecer a mi agente Isabel Martí de IMC su apuesta por mis novelas, su trabajo y por no rendirse nunca.

Luego, a Ana María Caballero, mi editora en Ediciones B, así como a todo su equipo editorial, por apoyarme, entusiasmarse con esta historia y hacerme sentir que el sueño sigue mereciendo la pena.

A Kenia y Chris, por darme la primera oportunidad, por seguir contando conmigo a pesar del tiempo pasado y por todas esas conversaciones en las casetas de tantas ferias.

A las librerías, en especial a El gnomo de Amelie en Baracaldo y la Librería Campus de Indautxu en Bilbao, porque sin su apoyo, su tesón por colocar mis novelas donde todos puedan verlas y su determinación por contar conmigo siempre nada de esto ni de lo que venga sería posible.

A cada una de las personas que vienen a las presentaciones, que se acercan a las firmas, que me escriben por redes sociales y que me emocionan con sus opiniones. Que alguien dedique parte de su tiempo a apoyarme, sea de la forma que sea, me hace seguir adelante.

A mis alumnos de los cursos de escritura creativa, porque me sacan de mi cueva de escritora para mostrarme el mundo y llenarme de retos.

A Hémera, por confiar en mí y contar conmigo para su proyecto de La Desafinada.

A mi familia, por apoyarme y por leerme.

A Sara, porque me escucha y no deja que me rinda.

A mi madre, mi hermano, mi cuñada y mis sobrinos, por estar siempre cerca.

A Joseba por acompañarme en el camino.

A Begotxu, porque es mi centro, la persona en quien me miro, la que me hace crecer y me sorprende cada día, la que reconoce mis libros en las librerías con ilusión y me aplaude con entusiasmo.

A cada uno de los lectores que se han sumergido en mis novelas desde el principio. Gracias infinitas.